JN430115

각의
도시

연여름 장편소설
각의 도시

초판 1쇄 발행 2025년 9월 25일

지은이 연여름
펴낸이 이광호
주간 이근혜
편집 윤소진 김필균 허단 유하은 조아혜 최은지 김다연
마케팅 이가은 허황 최지애 남미리 맹정현
제작 강병석
펴낸곳 ㈜**문학과지성사**
등록번호 제1993-000098호
주소 04034 서울 마포구 잔다리로7길 18(서교동 377-20)
전화 02)338-7224
팩스 02)323-4180(편집) 02)338-7221(영업)
전자우편 moonji@moonji.com
홈페이지 www.moonji.com

ⓒ 연여름, 2025. Printed in Seoul, Korea

ISBN 978-89-320-4461-3 03810

각의 도시

연여름 장편소설

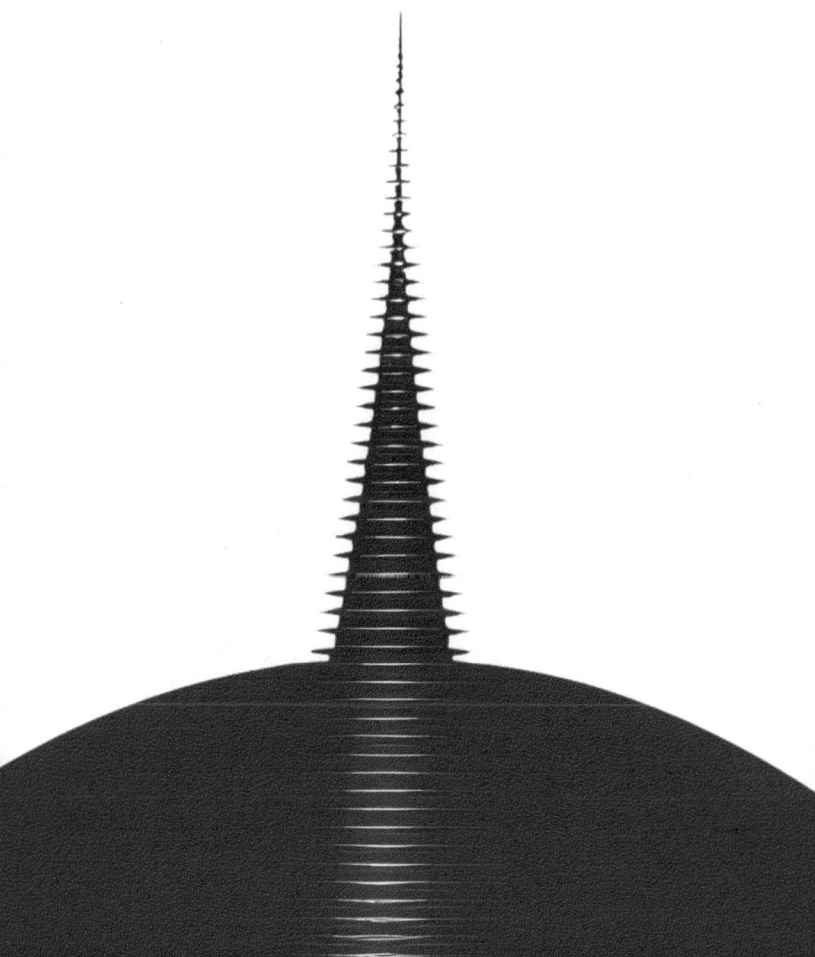

문학과지성사

차례

1부

그늘의 아침

"한 장."

엄지 길이의 짧은 검은색 뿔 한 쌍을 가진 거대한 남자가 허공에 검지를 세우며 말했다. 시진은 농담하지 말라는 듯 고개를 저었다.

"무슨 말이야? 전에 세 장 줄 땐 언제고."

카운터 너머의 펍 주인은 웃지 않았다.

"단속 강화 기간이잖아. 묶인 물량도 아직 많다고. 성에 안 차면 다른 데 알아봐."

남자는 흑각이 든 주머니를 시진에게 되밀었다. 자신이 원하는 만큼 가격을 쳐줄 곳 따위 없다는 것쯤은 시진도 잘 알았다. 이곳은 시진이 유일하게 신뢰하는 야생 흑각 중개소였다.

"그러지 말고. 두 장은 줘. 제레미랑도 나눠야 해."

"한 장도 밑지는 거야. 팔기는커녕 폐기하게 될지도 모르는데.”

“그 정도로 능력 없는 장사꾼은 아니잖아, 로드.”

로드라고 불리는 펍의 주인은 못이기는 척 결국 100페이
두 장을 꺼냈다. 시진은 그것을 빠르게 낚아채 재킷 속주머니
에 쑤셔 넣었다.

“그런데 너 이제 그만 이 일에서 손 떼는 게 어때?”

“단골 매입처에서 들을 충고는 아닌 것 같은데.”

“노친네로서 말하는 거야. 요즘 단속하는 거 보면 분위기
가 심상치 않아.”

“언제는 또 안 그랬다고. 뜬금없이.”

“이런 흐름으로는 나도 언제까지 버틸 수 있을지 확신이
없달까. 나이도 나이고.”

시진은 로드의 넋두리가 또 시작됐다고 생각했다.

로드에게는 7년 전 이 일을 자처한 자기 나름의 신념이 확
고했다. 공중도시가 일방적으로 정한 악법을 더는 방관하지
않겠다는 지상 시민의 저항이자 자부심이었다. 그런데 흑각
중개에서 손 뗀 로드라니, 그거야말로 상상할 수 없었다.

“그놈의 모자는 왜 쓰고 다녀? 각인으로 오해받아서 좋을
게 뭐 있다고.”

로드가 시진에게 맥주잔을 내밀며 물었다. 잔에 담긴 맥주
는 겨우 한 모금이나 될까 싶은 미미한 양이었다. 시진은 그

걸로 입술만 가볍게 적시고는 카운터에 내려놓았다.

"나쁜 짓에 위장은 기본이지. 어쩌다 덜미라도 잡히면 로드 같은 각인 중에서 열심히 수색해보라고 말이야."

"단속부도 이제 웬만한 얄팍한 수에는 안 속아. 괜히 질 나쁜 커터가 뿔 자르겠다고 덤비면 어쩌려고?"

"지금까지 그런 일은 한 번도 없었는데 뭐."

"운이 좋았을 뿐이야. 면역인이면 면역인답게 다녀."

"네네."

시진은 순순히 말을 들을 것처럼 손을 머리에 가져다 댔다. 그러나 모자를 살짝 들어 보이는 시늉의 구식 작별 인사일 뿐이었다. 시진의 모자는 양쪽 귀를 덮는 모양의 트래퍼햇이라 애초에 그 인사와 어울리지도 않았다.

"유진 소식은 뭐 없고?"

컵을 정리하면서 로드는 매번 하는 똑같은 질문을 했다.

"있을 리가 있나."

"아무튼 당분간 아무것도 가져오지 마."

"또 봐요, 로드."

시진은 로드의 경고를 무시하며 펍을 떠났다.

공중도시, 즉 라뎀Lathem 본사의 야생 흑각 단속은 연례 행사나 다름없었다. 지상에서 재배 흑각의 유통이 원활하지 않으면 두세 달 바짝 잡고, 그러다가 또 느슨해지기를 매번 반복해왔다. 집중 단속 시기가 지나면 로드는 언제 그랬냐는 듯 잔소리 없이 물건을 받아줄 것이다.

오늘은 햇살이 눈부시게 내리쬐는 날이었다. 시진은 캄캄한 그늘 구역으로 들어가기 전 햇빛이나 실컷 만끽하기로 했다. 흑각을 제값에 팔지도 못했고 술에 취한 것도 아닌데 흥얼흥얼 콧노래가 흘러나왔다. 시진도 그런 자신이 참 실없는 인간이라는 걸 잘 알았다. 그러나 그늘 구역에 적을 두고 살아가야 하는 사람에게는 적당히 낙관적인 성격이 흑각보다 유용한 진통제였다.

바로 어제만 해도 제레미는 시진에게 쓸데없이 낙관적인 게 문제라고 말했다. 밤에 야생 흑각을 채취하다 미끄러져 바위에 머리를 부딪친 걸 대수롭지 않게 막 웃어넘긴 참이었다. 울퉁불퉁한 바위가 널린 암석사막에서는 종종 겪는 일이었다.

쓸데없이 낙관적이라는 지적은 사실 제레미의 입버릇이나 마찬가지였는데, 그다음에는 "그래서 마음에 든다니까"라는 결론이 늘 따라붙었다. 그러면 시진은 "언젠가 마음에 안 들게 되면 당장 단속부에 신고해서 포상금 챙겨. 대신 그중 절반은 나한테 넘겨야 해"라고 되받아쳤고, 둘은 소리를 죽인 채로 키득거렸다.

그런 면에서 둘은 야생 흑각을 불법 채취하는 공범이기 이

전에 죽이 잘 맞는 친구였다. 단속부의 감시를 피해 제1 국경 바깥인 암석사막에서 흑각을 모으려면 그 정도 배짱은 필수였다.

머리를 부딪친 후유증으로 생긴 두통을 뒤로하고 시진은 제레미와 함께 바위와 바위틈에 자란 새까맣고 윤기 나는 흑각을 발견하는 대로 꺾었다. 단속부의 조명등이 둘을 방해하기 전까지 부지런히 움직였다. 분위기가 심상치 않다던 로드의 말은 사실이었다. 곧고 선명한 불빛은 오늘 밤 누군가를 잡아내기 전에는 절대 안 꺼질 기세로 해가 뜰 때까지 사막 곳곳을 집요하게 훑어댔다.

덕분에 시진과 제레미는 주머니를 겨우 반만 채운 상태로 바위 사이에 납작 엎드린 채 아침을 맞아야 했다. 그러다가 단속부의 교대 시간에 맞춰 전속력으로 줄행랑쳐 국경 안으로 간신히 들어와 로드의 펍으로 직행한 것이었다.

탈 없이 국경을 넘고 흑각도 처리하고 나자 비로소 긴장이 풀린 시진에게 졸음이 밀려들기 시작했다. 그때였다.

"라뎀."

낯선 목소리가 시진의 졸음도 콧노래도 한 번에 몰아냈다. 라뎀 본사 제복 차림의 단속원, 속칭 '라뎀의 개' 두 명이 나타나 시진의 앞을 가로막았다. 검은 제복에 비슷하게 그을린 피부, 똑같은 스타일로 빗어 넘긴 머리 모양 덕분에 둘은 마치 서로의 복제인간처럼 보였다. 시진은 평소에도 공중 본사에 소속된 단속원들이 마치 공장에서 찍어내기라도 한 것처럼 비슷비슷하게 생겨먹었다고 생각했다. 본인들은 그걸 자부심으로 여기는 듯했지만 뼛속까지 지상 시민인 시진으로서는 이해하기 어려웠다. 이들이 모든 인사를 '라뎀'이라고 하는 것도 마음에 안 들었다. 만날 때도 헤어질 때도 라뎀, 라뎀.

라뎀은 이 도시의 이름인 동시에 그것을 운영하는 기업의 이름이기도 했다. 한 세기 전 다국적 농업 기업이 라뎀시 전체를 매입했다. 행정의 민영화는 이미 세계적인 흐름이었다.

시진은 아무 대꾸 없이 단속원들을 빤히 쳐다만 보았다. 이들의 목적이야 뻔했다. 야생 흑각 불법 유통을 단속해 실적을 올리는 것이다.

"시민, 방금 저 펍에서 나왔나?"

"그런데요."

"본사의 권한으로 수색한다."

오른쪽 단속원이 말을 끝맺기도 전에 왼쪽 단속원은 이미 시진의 몸을 샅샅이 더듬고 있었다. 시진은 순순히 양팔을 들고 협조했다. 주머니에서 라뎀 화폐 두 장을 제외하고는 다른 물건이 발견되지 않자 단속원은 곧장 시진의 모자를 벗겼다. 먼지와 때로 찌든 낡은 트래퍼햇 속에도 그들이 바라는 구체적인 뭔가는 없었다.

"등록 번호는?"

"G4948021."

"각인인가?"

"면역인입니다. 여러분처럼."

능청스러운 대답에도 단속원은 시진의 검은 머리카락을 이리저리 헤집더니 뿔이 있는지 없는지부터 확인했다. 하필 어젯밤 바위에 부딪힌 곳을 사정없이 눌러대는 바람에 잠시 잊고 있던 통증이 다시 올라오기 시작했다.

"아아, 아프다고요."

"펍에서는 뭘 했지?"

"뭘 했겠어요. 술 마셨지."

시진은 단속원들의 얼굴을 향해 긴 숨과 함께 싸구려 맥주 냄새를 뿜아냈다. 둘은 동시에 얼굴을 찌푸렸다.

"이 시간부터?"

"3구역에 아침부터 여는 펍은 저기 하나뿐이니까. 그늘에 살다 보면 종일 캄캄해서 아침이니 저녁이니 시간 같은 건 별로 의미가 없거든요. 저희 위에 사시는 공중분들은 잘 모르시 겠지만."

몸을 수색했던 단속원이 시진의 등록 번호 조회 결과가 출력된 스퀘어를 동료에게 건네 보였다. 스퀘어는 손바닥보다 약간 큰 화면을 가진 통신기기로 본사 소속 직원에게만 사용이 허가됐다. 내용을 확인한 단속원의 얼굴이 더 깊은 굴곡을 그리며 구겨졌다.

"뱅커군."

경멸 섞인 반응에 시진은 뭘 기대했냐는 듯 어깨를 으쓱였다. 시진에게는 새삼스러운 일도 아니었다. 특정 직업이나 고정 수입 없이 매달 본사에서 지급하는 기본 페이에 기대는 수급자를 라뎀에서는 '뱅커'라고 칭했다.

"면역인이라는 행운을 타고났으면 좀더 그럴듯한 시민이 되도록 노력해도 좋을 텐데 말이야."

단속원이 한심하다는 듯 중얼거렸다. 그러곤 두 사람은 시진의 팔을 각각 한쪽씩 붙든 채 2구역 방향으로 끌고 가기 시작했다. 적당히 하고 보내줄 거라 예상했던 시진은 몸을 비틀며 저항했다.

"왜요!"

"보안국으로 인계해 추가 조사한다."

"그러니까 왜냐고!"

"이달 뱅커 페이 지급일은 벌써 3주 전이었다. 다 쓰고도 남을 때지. 그런데 온몸에 흙먼지를 묻히고 아침부터 술 마시는 주정뱅이 놈이 뱅커 페이보다 두 배나 많은 돈을 소지하고 있으면 출처를 물어야 하지 않겠나."

보안국은 지상 상급 구역의 첫 관문이라고 할 수 있는 2구역의 초입이었다. 지상과 공중을 잇는 본사 산하 기관은 대부분 2구역에 있고, 그곳에서 일하는 이들은 모두 공중 시민권자였다.

2구역은 라뎀의 상급 구역 중에서 가장 낮은 등급이었지만 0구역인 공중도시 바로 밑에 위치한 4구역, 통칭 그늘에 비하면 안락한 환경이었다. 하늘을 가리는 천장이 없으니 낮과 밤의 경계가 분명하고, 길거리에 흙먼지가 쌓이면 한 번씩 물을 뿌릴 여유 정도는 있으며, 주머니 속 페이나 음식을 도둑맞지 않을까 경계할 필요도 없었다.

그래도 시진은 이곳이 마음에 들지 않았다. 이런 취급을 받을 바에야 24시간 캄캄한 그늘에 종일 박혀 공중을 떠받치는 편이 백배 나았다.

보안국 유치장은 시진과 비슷한 이유로 먼저 끌려온 사람들로 이미 소란스러웠다. 대부분 한밤중 제1국경 밖에서 야생 흑각을 채취하다 현행범으로 붙잡혀온 것이었다. 그런 경우에 내야 할 벌금은 70페이였다. 직접증거도 물증도 없는 시진은 괘씸죄일 뿐인데 조사 순서를 기다리는 것만으로 하루를 꼬박 보내야 하다니 없던 기운마저 쭉 빠졌다. 적당히 낙관적이면서 실없는 인간으로 집에 돌아가 내 몫의 100페이를 끌어안고서 늘어지게 자려던 소박한 소망은 먼지처럼 흩어졌다.

시진은 유치장 구석에 기대 눈을 감았다. 당장 그늘 구역에 있는 집으로 돌아갈 수 없다면 눈꺼풀을 닫고 이곳을 그늘로 만드는 수밖에 없었다. 하지만 연이어 항의하는 하급 구역 사람들의 목소리와 바깥 소음 그리고 부딪친 자리의 두통까지 합세해 잠에 들기 힘들었다.

그렇게 얼마나 앉아 있었을까. 엉덩이와 척추뼈가 이대로 유치장 바닥에 화석으로 남아도 이상하지 않겠다 싶을 때였다. 멀찍이서 낯선 듯 낯설지 않은 목소리가 드문드문 섞여 들려오더니 유치장 쪽으로 천천히 가까워지기 시작했다.

시진은 눈을 떴다. 라뎀 제복 차림의 호리호리하고 키 큰, 밤색 곱슬머리 남자가 창살 바깥에서 시진을 내려다보고 있었다.

"별일이군. 여기서 그늘 최고의 쫄보를 만날 줄이야."

가까이서 보니 시진이 아는 얼굴이었다. 그저 이런 곳에서 마주칠 거라는 생각을 해본 적이 없어 조금 놀랐을 뿐이다.

"샐?"

남자의 본명은 기억나지 않았지만 시진은 어릴 때부터 그를 샐이라고 부르곤 했다.

"부장님, 아시는 놈입니까?"

시진보다 어려 보이는 초짜 보안국 조사원이 샐에게 조심스럽게 물었다.

"이자가 야생 흑각을 유통하기라도 했나?"

샐이 되물었다.

"그, 그건 아닙니다."

"그럼?"

그는 마치 자신이 조사를 받는 것처럼 알고 있는 모든 것을 샐에게 보고했다. 결론은 페이 두 장의 출처만 제대로 밝힌다면 더는 붙잡아둘 이유가 없다는 것이었다.

시진은 유치장에서 나와 간단한 경위서를 작성한 뒤 이제 귀가를 해도 좋다는 허가를 받았다. 경위서에는 펍에서 내기가 있었고, 시진이 이겨서 그 대가를 받았다고 적었다.

"경위서 내용이 모두 사실인가?"

허가 도장을 찍으며 책상 너머 샐이 물었다. 애초에 시진이 작성한 경위서를 믿는 눈치도 아니었다.

"사실이 아니라면 도로 들어가야 해? 저녁 메뉴가 괜찮다면 생각해볼게."

시진은 일부러 빈정거렸다.

지금껏 시진은 샐을 그늘 구역 사람들의 불만을 듣거나 경범죄를 단속하는 일반 조사원으로 알았다. 그에게는 보통 라템의 개들과 다른 점이 있었는데 그늘 시민에게 위압을 행사하지도 않고 공중 시민권자라는 특권에도 무심해 보인다는 것이었다.

시진은 샐이 자신과 같은 시민처럼 느껴졌다. 평소 그는 제복이 아닌 낡아빠진 올리브색 피코트를 즐겨 입었고, 각인과 뱅커를 허물없이 대했다. 보통의 하급 구역 시민처럼 미로 같은 그늘에서 길을 척척 찾아내는 샐을 완전한 이방인으로 보기는 힘들었다.

시진뿐 아니라 다른 이들도 샐이 사실 지상 태생인데 공중으로 이민 간 것이 아닐까 하고 생각했다. 혹시 그런 거냐고 물으면 샐은 뜻 모를 희미한 미소만 지을 뿐이었다.

그런데 보안국 부장이라니. 시진은 이제껏 속아왔다는 배신감 비슷한 기분을 떨칠 수 없었다.

"커터 한 놈을 살해 용의자로 막 검거했다는 스퀘어를 받았는데, 오늘 그 녀석과 같은 방을 쓸 자신이 있다면 그렇게 하든지."

진심인지 농담인지 구분도 안 되게 미적지근한 샐의 대꾸는 별로 놀랍지도 않았다.

"사양할게."

시진은 그만 돌아섰다. 샐과 상관없이 오늘은 무척 길고 다사다난한 하루였다. 기운도 없고 머리도 아팠다. 이제 그늘 구역의 어둠으로 돌아 가고 싶었다.

"아."

그래도 떠나기 전에 한 가지는 확인해야 했다.

"유진 행방에 관해서는 다른 소식 없어?"

"응, 없어."

샐의 대답은 7년째 변함없었다.

어느덧 바깥은 캄캄했다. 시진이 속한 하급 구역과 달리 이곳은 늦은 시간에도 사람들의 이동이 활발했다. 그리고 모자를 쓴 사람이 한 명도 없었다.

기묘한 풍경이었다. 하급 구역에는 뿔을 감추기 위해서든, 잘 단장하지 못해서든 모자를 쓰는 경우가 흔했으니까. 이곳도 공중도시가 아닌 이상 각인이 존재하지 않을 리 없는데 이상하리만치 사람들의 머리는 뿔 없이 매끈했다. 그래서일까, 시진은 나뭇가지처럼 여러 갈래로 뻗은 커다란 뿔을 고스란히 드러낸 채 앞을 지나쳐가는 키가 큰 여자를 발견했을 때 눈을 뗄 수 없었다.

당연히 2구역은 그늘보다 치안이 좋았고 뿔을 노리는 커터에게 습격당할 확률도 그만큼 낮았다. 사실 여자의 윤기 없고 울퉁불퉁한 뿔은 커터가 노릴 만한 아름다운 뿔과는 거리가 멀었다. 거기다 붉은 머리카락이 투박하고 무질서한 뿔의 모양을 더 부각시켰다. 위험과는 별개로 퍽 대범한 행동이 아닐 수 없었다. 상급 구역에서 뿔을 수치스러워하지 않는 각인이라니. 주변 행인들이 저렇게 숱한 곁눈질을 보내는데도.

그러나 누구보다 노골적으로 그 뿔을 응시한 사람은 시진이었고, 여자도 시진의 시선을 눈치챘다. 이곳에서 유일하게 모자를 쓴 시진이 여자의 눈에도 이상해 보인 듯했다. 시선이 엉킨 후에도 시진이 고집스럽게 눈을 떼지 않자 먼저 고개를 돌린 여자는 인파에 묻혀 천천히 사라졌다.

그늘의 밤

다음 날 오전, 시진은 3구역 푸드 뱅크에서 제레미를 만났다. 제레미는 흑각을 팔러 간 시진에게 종일 소식이 없자 뭔가 잘못된 줄 알고 전전긍긍한 모양이었다.

"내가 페이만 챙겨서 튀기라도 했을까 봐?"

"무슨 말을 그렇게 하냐. 날 뭘로 보고. 섭섭하게."

제레미의 섭섭함은 제쳐두고 그건 애초에 의미 없는 가설이었다. 라뎀 안에서 뱅커 페이를 쓸 수 있는 곳은 푸드 뱅크를 포함한 3구역 내 상점들뿐이므로 페이를 갖고 튀어 봐야 결국 푸드 뱅크에서 재회하게 되는 뻔한 결말이었기 때문이다. 차이가 있다면 두 사람의 관계가 친구에서 원수로 변했을 거라는 것뿐.

시진은 어제 하루 동안 겪은 일을 차근차근 털어놓았다. 계산대 줄은 길고 두 사람은 시간이 많았다. 뱅커 페이에 의존

해 푸드 뱅크에서 허기를 달래는 뱅커에게 넉넉한 것은 오로지 시간뿐이었다. 하급 구역에 거주하는 시민의 70퍼센트는 본사의 자비로 살아가는 뱅커다. 시진과 제레미도 마찬가지였다.

시진의 말을 들은 제레미는 미안해했다. 로드의 펍에 혼자 보낸 것도, 보안국에 끌려가게 한 것도. 그러나 샐의 이름이 나오자 곧장 호기심 충만한 눈이 되었다.

"부장이면 꽤 높은 직급 아냐?"

그동안 샐에 대해 멋대로 추측했던 것은 제레미 역시 마찬가지였다.

"그리고 그런 직책이라면, 태생부터 공중에서 나고 자란 완전 면역인일 거고."

"그렇겠지."

"와, 너무 아무렇지 않게 그늘에 들락거려서 나는 당연히 이민 간 놈들 중 하나라고 생각했는데, 반전이네. 라뎀의 개가 된 걸 은근슬쩍 과시하고 싶은 그런 부류인 줄 알았더니."

제레미의 목소리에 부러움이 섞였다.

"그런데 제레미, 네가 되고 싶은 게 그런 부류 아니야?"

시진이 툭 내뱉었다.

"이런 시씨. 그래도 나는 좀 다르지."

제레미는 뭔가 입장이 곤란해졌을 때나 제 뜻을 분명히 관철하고 싶을 때 시진을 '시씨'라고 부르곤 했다.

"뭐가 다른데?"

"공중으로 이민을 가고 싶은 건 사실이지만 나는 면역인이니까 애초에 자를 뿔이 없잖아."

어제도 제레미는 그 공중 시민 선발 면접에 가느라 시진을 대신 펍에 보낸 것이었다. 펍은 번갈아서 간다는 규칙에 따른다면 원래는 제레미 차례였다.

면접은 분기별 한 번 이민국에서 실시하는데 이민국 역시 2구역이었다. 제레미는 공중 시민이 되고 싶어 했다. 시진을 붙잡은 단속원이 언급한 '행운을 타고난 노력하는 면역인'이라고 할 수 있었다. 면접 대상이 되려면 기본적으로 면역인이어야 하며 전과는 물론 벌점 기록이 하나라도 있어서는 안 되었기에 야생 흑각 채취 역시 절대로 들통나서는 안 됐다. 면접 자격 자체가 유효한 걸 보면 그동안 제레미의 운이 좋았다고 봐야 했다. 그건 부정할 수 없었다.

"그러니까 시씨 너도 같이 면접 보자니까. 솔직히 나 혼자 시민권 따서 올라가면 그게 무슨 재미야."

한 1년 잠잠하더니 제레미는 또다시 그 이야기를 꺼냈다. 시진에게는 없는 계획이었다.

"말 같지도 않은 소리 마."

"설마 아직도 유진 누나를 기다리는 거야?"

대기 줄이 점차 줄어들었다. 시진은 입을 꾹 다문 채 바구니를 들고 앞으로 이동했다. 그 틈에 누가 끼어들기라도 할세라 제레미도 서둘러 거리를 좁혔다.

"내가 몇 번이나 말했잖아. 이쯤 되면 유진은 뿔을 자르고 위에서 잘살고 있는 거야."

제레미의 지론이 시작됐다.

"벌써 7년이라고, 시씨. 누나가 죽었다면 보안국에서 벌써 시신을 찾았을 거고, 돌아올 생각이었다면 돌아오고도 남을 시간이야. 둘 다 아니면 결론은 하나 아냐? 유진만큼 그늘을 싫어한 사람이 또 어딨겠어."

어쩌면 제레미의 말이 맞는지도 모른다. 그렇다면 샐은 사실을 다 알고 있으면서 일부러 모르는 척하는 게 아닐까 하는 의심도 줄곧 들었다. 공중 시민권을 딴 사람은 보통 자신의 과거를 지우고 싶어할 테고, 타인이 그걸 멋대로 밝힐 권리는 없으니까.

"유진도 언젠가는 네가 그늘을 떠나기를 바라지 않겠어? 그러니까 같이 올라가보자니까. 응?"

시진은 계산대 줄이 완전히 줄어들 때까지 침묵을 지켰고, 실컷 떠들던 제레미도 나중에는 제풀에 지쳐 조용해졌다.

당장 필요한 먹거리와 생필품 계산을 마치자 100페이가 순식간에 사라졌다. 매달 뱅커에게 지급되는 본사 페이는

1인당 120페이로 그걸로 한 달을 버티기란 웬만한 근성이 아니고서는 불가능했다. 부가 수입이 아니었다면 시진은 앞으로 며칠은 더 굶어야 할 상황이었다.

어제의 후유증 때문인지 머리가 다시 지끈거리기 시작했다. 순간 계산대 안쪽에 신얼된 의약품 신반으로 눈길이 갔지만 남은 페이가 없었다. 한 주만 더 있으면 본사 페이가 지급되니 그때는 진통제를 사두자고 다짐만 했다.

의약품은 식료품보다 비싼 탓에 이렇게 부가 수입이 생길 때조차도 우선순위에서 밀려났다. 다음번에도 상황이 어떻게 변할지는 시진도 모를 일이었다. 가장 좋은 건 그 전에 이 두통이 말끔히 사라지는 것이었다.

진통제 옆에는 개별 포장된 흑각이 높은 가격으로 책정되어 있었다. 잘 자란 흑각 한 줄기는 성인의 엄지 크기 정도로 통통하며, 표면이 광택 있는 검은빛을 띤다. 이렇게 푸드 뱅크에서 공식적으로 판매하는 흑각은 모두 공중도시에서 재배한 것들이었다.

흑각은 원래 암석사막에서 자생하는 식물이다. 그러나 30년 전, 라뎀 본사는 야생 흑각의 채취를 전면 금지하고, 공중의 신뢰할 수 있는 토양에서 재배하는 흑각만 일반 유통할 수 있도록 법을 바꾸었다. 말도 안 되는 일이었다. 암석사막만 가면 흑각이 널려 있는데 그걸 놔두고 공중에서 재배하는 흑각에 값을 지불하고 먹으라니. 본사에서는 지상 시민의 건강과 안전을 위한 불가항력적 조치라고 했으나 지상 사람에게는 웃기는 소리였다.

전 세계 대부분의 토양이 오염된 이후 오염도가 평균치보다 높은 지역에서 자란 곡식을 섭취한 인구를 중심으로 각인이 태어나기 시작했다. 도시마다 비율의 차이는 있으나 전체 인구의 절반은 각인이었다. 흑각 역시 같은 시기에 야생에서 자라기 시작한 새로운 종이었다. 그런데 라뎀 본사는 흑각도 청정 토양에서 자라야 안전하다며 농작을 위해 인공적으로 조성한 공중에서 재배를 강행했다.

흑각의 효능은 단 하나였다. 각인의 머리에 난 뿔이 자라거나 러프 샌딩rough sanding으로 상처 난 뿔이 회복할 때 통증을 잠재우는 것이었다. 때문에 각인에게 흑각은 필수품이나 다름없었다.

"제레미, 진통제 있어?"

시진의 물음에 제레미는 고개를 젓더니 주머니에서 뭔가를 꺼내 건넸다. 흑각 한 조각이었다. 어제 몰래 챙겨둔 모양이었다.

"혹시나 필요한 사람이 있을까 봐, 비상용."

"그럼 도로 가져가. 각인용 진통제, 어차피 나한테는 듣지도 않을 거."

"어디 가서 물물교환이라도 하라는 거지."

그렇게 덧붙이며 제레미는 가까운 그늘 입구로 사라졌다. 시진이 주로 다니는 그늘의 입구는 남쪽으로 더 내려가야 했다. 결국 한 덩어리의 그늘이라 제레미와 같은 입구로 들어가도 되었지만, 시진은 3구역의 햇빛 아래를 조금 더 걷고 싶었다.

그늘 시민이 이용하는 푸드 뱅크와 상가가 밀집한 3구역은 라뎀 하급 구역의 입구다. 1구역, 2구역과 마찬가지로 하늘은 열려 있으나 2구역까지 존재했던 질서가 3구역부터는 사라져가기 시작한다. 소리와 냄새, 분위기도 달라지고 모자를 쓴 사람과 각인 들도 빈번하게 보였다.

라뎀을 지도에서 보면 3구역은 거대한 원형의 공중도시, 즉 0구역을 감싼 가장 안쪽 둘레에 해당한다. 그보다 하나 바깥이 상급 구역인 2구역, 가장 바깥쪽 둘레가 1구역이다.

1·2·3구역에 해당하는 세 겹의 둘레는 완전한 원형이 아닌 북쪽으로 치우친 반원이고, 남쪽으로는 토양 오염 이후 거주가 불가능해진 구역이 된 암석사막이 펼쳐져 있다. 사막도 엄연히 라뎀 영토에 속하지만, 본사가 흑각 채취를 막기 위해 제1 국경으로 봉쇄해 철조망으로 차단해두었다.

그리고 시진이 살고 있는 하급 구역의 가장 밑바닥 4구역, 통칭 그늘이 있다. 그늘의 위치와 면적은 공중도시와 동일하다. 다만 그늘의 1,000미터 위로 공중도시가 건설되어 있어서 상공에서 보면 마치 존재하지 않는 것처럼 가려져 있을 뿐이다. 지도에도 해당 구역의 이름은 공중도시를 뜻하는 0구역으로만 표기되어 있다. 온종일 공중도시의 지반과 그것을 떠받치는 수많은 기둥 그림자에 가려져 해가 들지 않는 구역. 그늘은 존재하면서도 존재하지 않는 땅이었다.

다름 아닌 그늘 사람들이 바로 그곳에 공중도시를 지었다. 한 세기 전이었다. 라뎀 본사는 당시 이곳 시민들을 공중도시 건설 노동력으로 사용하는 대가로 뱅커 페이라는 조건을 걸었다. 그 영구적인 기본 소득 시스템은 오랫동안 빈곤에 시달린 사람들에게 충분히 합리적으로 여겨졌고, 본사에게는 도시 국가 승인을 받기 위한 인구가 필요했다. 그늘 인구는 그렇게 애물단지로 떠안은 것이나 다름없으니, 지도에서 지우는 것쯤이야 아무것도 아니었을 것이다.

상급 구역 시민에게 그늘은 지도에서뿐 아니라 현실에서도 존재감이 없는 곳이었다. 그들이 드나드는 하급 구역은 고작해야 3구역 정도였다. 푸드 뱅크와 라뎀 본사의 승인을 받은 상점 관리자 대부분은 상급 구역 거주자였고 로드처럼 그늘 출신의 각인이 상점의 주인인 경우는 드물었다.

그런 사람들에게 그늘이란 뱅커의 베드타운이자 최대 우범지대인 '코어'를 품고 있는 문제 구역에 불과했다. 어둡고 안전에 취약하고, 악취가 진동하며 라뎀이 추구하는 질서를 실천하기 위한 노력을 포기한 낙오자들이 집합해 있는 곳. 타인의 뿔을 탐하는 미친 커터들이 출몰하는 곳. 반드시 가야 할 용무라도 있지 않는 한, 아무도 발을 들이고 싶어 하지 않아했다.

시진도 어느 정도는 동의했다. 실제로 그늘은 캄캄했고 그곳에 살면 늘 퀴퀴한 냄새에 시달려야 했으며, 조금만 긴장을 놓쳤다가는 가방에서 뭔가 사라지기 일쑤였으니까.

하지만 누군가가 '그래서 너는 이곳을 싫어하느냐'고 묻는다면 대답은 '아니'였다. 그런 질문 앞에서 시진은 자신이 알고 있는 몇몇의 얼굴을 먼저 떠올릴 테고, 그들 덕분에 그늘에서의 삶이 전부 나쁘지만은 않았다고 반박할 자신이 있었다. 그중에는 유진과 제레미 그리고 로드와 베르트가 있었다. 지금까지는 샐도 포함이었는데 이제부터는 어떻게 해야 할지 조금 애매해졌다.

시진의 집은 그늘의 남서쪽 공동주택 29층이다. 공중도시의 지반을 떠받치는 빽빽한 기둥 가운데 하나로, 느리지도 빠르지도 않은 걸음으로 입구에서 30분쯤 걸리는 위치였다. 내부는 그늘의 다른 공동주택과 마찬가지로 단출했다. 방 하나에 부엌 하나 그 옆에 화장실 하나가 전부다.

시진은 집 안에 들어오자마자 하나뿐인 전등을 밝혔다. 손전등을 줄로 엮어 천장에 매단 것이었다. 전구가 오래되어 형편없는 광량이어도 주위의 해상도가 조금은 높아졌다. 그늘 주민들은 보통 자가발전기로 충전한 이런 조명 하나로 집 안에서 지낸다. 건물을 통해 공급되는 전기는 없으며, 더 밝은 환경을 원한다면 개별적으로 배터리나 발전기를 구비해야 했다.

그래도 태양은 생각보다 관대해서 한낮은 조명 없이도 사물의 형태 식별 정도는 가능했다. 그저 입구에서 30분이나 안쪽으로 들어온 이상 '밝다'나 '선명하다' 같은 단어는 잊는 편이 좋았다. 그늘 생활 22년 차인 시진은 전등 없이도 일상생활에 지장이 없었지만, 지금은 제레미에게 받은 흑각을 자세히 관찰하고 싶었다.

흑각은 온전한 한 덩이가 아닌 작은 조각이었다. 겉면은 채취할 때처럼 윤기가 흐르고 잘린 단면은 광택 없이 꺼끌꺼끌했다. 크기는 손가락 한 마디의 반 정도로 전체의 4분의 1가량 될 듯했다. 이런 작은 조각은 로드도 받아주지 않았다. 흑각은 야생이든 재배든 수확 후 3개월 이내 소비하지 않으면 광택을 완전히 잃고 독성을 띠기 시작한다. 잘린 단면의 면적이 크면 수확 시기를 가늠하기 어려워 상품 가치가 사라져버렸다.

이러한 흑각의 고유한 특성은 30년 전 라뎀 본사가 강행한 흑각 안전 유통 사업의 가장 좋은 구실이 되어주었다. 안전 관리를 개인에게 맡겨서는 안 된다는 것이었다.

물론 반발은 거셌다. 지상의 각인들은 여느 기관의 간섭 없이도 흑각을 잘 다뤄왔다. 그런데 그 모든 역사를 불법으로 규정하는 것도 모자라 이제부터는 비용까지 치르라니. 시민들은 생존을 위해 첨단 농업기술을 가진 기업에게 이 도시의 운영을 내맡길 수밖에 없었지만, 흑각을 건드린 것은 선을 넘은 일이었다. 흑각은 지상의 식물이었다. 공중도시의 청정 농장에서 대량으로 재배하는 농작물과는 성격이 달랐다. 그러나 결과적으로 지상은 변화에 순응할 수밖에 없었다. 공중에서 재배한 흑각은 그 효능을 인정받아 다른 도시 국가로도 수출되기 시작했는데, 그 관세 수입으로 뱅커의 페이가 20퍼센트 이상 상향했기 때문이다.

본사는 재배부터 유통까지 엄격하게 관리한 흑각을 구매해 먹으면 모두가 안전하다는 입장을 고수하고 있다. 면역인인 뱅커에겐 손해 볼 일 없는 시스템이겠지만 각인인 뱅커에게는 지겨운 헛소리였다. 한 덩이에 40페이짜리 흑각을 고민 없이 집어 들어 계산할 뱅커는 어디에도 없었다.

뿔이 자라는 고통은 결국 각인과 그 가족이 감당해야 할 과제가 되었다. 면역인인 시진이 제1국경을 넘어 사막에서 야생 흑각을 몰래 채취하기 시작한 것도 각인으로 태어난 누나, 유진을 위해서였다.

흑각을 이만큼 자세히 들여다보기는 꽤 오랜만이었다. 유진이 사라지고 난 뒤로는 손에 잡히는 대로 꺾어 팔기에만 바빴다. 이제 유진도 없으니 이렇게 상품 가치가 없는 흑각은 믿을 만한 사람에게 나눠주는 것 말고는 처리 방법이 없었다.

시진은 흑각을 종이에 한 번 싸서 28층으로 향했다. 바로 아래층에 사는 베르트에게 도움이 될 것 같았다. 베르트는 임신 중인 각인 이웃이자 친구였다.

28층 복도 가장 안쪽 방문을 노크했다. 부재중인지 아무런 반응이 없었다. 최근 베르트는 외출을 자제하는 편이었다. 입덧 때문에 암석사막에 흑각 채취하러 나가기는커녕 푸드 뱅크조차 못 가겠다면서 대신 다녀와달라고 시진에게 지난주에도 두 번이나 부탁했다.

이상함을 느끼며 시진은 문을 한 번 더 두드렸다. 그제야 안쪽에서 느릿한 기척이 들려오더니 문이 열렸다.

"뭐지."

전등을 들고나온 여자는 베르트가 아니었다. 각인이긴 했지만 늘 봐왔던 얼굴은 아니었다.

베르트는 짙은 갈색 머리카락에 검지 크기의 원뿔형 청록색 뿔을 하나 가졌고, 최근 러프 샌딩을 하지 않아서 뿔 전체에 윤기가 흘렀다.

이 사람의 뿔은 고동색으로 나뭇가지처럼 여러 갈래로 날카롭게 뻗어나간 한 쌍이었다. 길이는 두 뼘에 가까울 만큼 길었는데 러프 샌딩을 강하게 한 건지 원래 그런 건지 윤기라고는 찾아볼 수 없을 만큼 거칠었다. 저만큼이나 러프 샌딩된 뿔은 상품 가치가 없어서 그 어느 커터도 탐내지 않는다. 뿔만 그런 게 아니라 인상 역시 거칠다. 그리고 짙은 붉은색 머리카락.

시진에게 이 사람은 초면이 아니었다. 어제 보안국 앞 2구역 거리에서 봤던 그 여자였다.

"베르트는?"

시진은 알은체 않고 물었고 여자는 그게 누구냐는 듯 시진을 내려다볼 뿐이었다. 복도가 아무리 어두워도 베르트 집을 잘못 찾아왔을 리는 없었다.

"오늘부터 살게 됐어."

여자는 자신이 이 집의 거주자라는 증명서를 내밀었다. 데인이라는 이름이 적혀 있었다. 그는 어제 마주친 사람이 시진이라는 사실을 모르는 듯했다.

"여긴 베르트 집인데."

"나한테 말해봤자 소용없어. 행정국에서는 적당한 공실에 날 밀어 넣은 것뿐이니까."

"공실?"

주거지가 공실이 되었다는 건 주민이 공식적으로 이곳의 거주를 포기했다는 뜻이었다. 자의로든 행정 명령으로든.

하지만 베르트는 떠날 계획이 있다는 말 같은 건 한 번도 한 적 없었다. 한 가지 가능성이 있다면 여기보다 더 안쪽 그늘로 들어가는 단속부의 페널티 정도일 텐데 보통 야생 흑각 채취 단속에 여러 번 걸려 벌점이 누적되는 경우가 그랬다.

상급 구역에서는 그늘이 다 한통속처럼 보이겠지만, 그늘 내부에서도 가장 좋은 곳과 그럭저럭 지낼 만한 곳 그리고 웬만해서는 발을 들이지 말아야 할 곳이 구분되어 있다.

단연 그늘의 바깥쪽이 가장 좋았다. 3구역과 인접하고 조금이나마 일광의 수혜를 받을 수 있어 공실이 나면 입주 신청자가 구름처럼 몰려들었다. 그때마다 제레미도 복권을 사듯 신청했지만 아직 그 운을 차지할 기회는 없었다. 시진이 사는 곳은 그럭저럭 적응하며 지낼 만했다. 제레미를 포함해 시진이 알고 지내는 그늘 사람들 대부분이 이 근방 거주자였다. 마지막으로 발을 들이지 말아야 할 곳은 이곳에서 한 시간 정도 더 걸어 들어가야 하는 그늘의 정중앙, 코어다. 그곳은 말그대로 24시간 햇빛이 조금도 들지 않는 암흑이며, 한 치 앞도 내다볼 수 없는 어둠의 중심이었다. 그늘 구역에 거주하는 시민조차 그쪽으로는 선뜻 접근하지 않으려 했다.

시진도 코어에는 발을 디딘 적이 없었다. 언제나 사방에서 위험이 도사리는 곳이라 들었을 뿐이다. 설마 코어와 더 가까운 쪽으로 옮겨갔을까. 그렇다 해도 베르트라면 언질 정도는 줬을 텐데.

머리가 다시 지끈거리기 시작했다.

시진은 집으로 돌아와 고이 싸두었던 흑각을 다시 꺼냈다. 당장 쓸 수 없게 된 물건은 그냥 스스로 처리하기로 했다. 조각을 입에 넣고 깨물었다.

이내 쓰디쓰고 고약한 풍미가 입안에서 폭탄을 터뜨렸다. 각인에게는 도움을 준다지만 역시 기분 나쁜 맛이다. 이런 걸 평생 먹어야 하는 삶이라면 시진은 두말할 것 없이 사절이었다.

두 개의 국경

"베르트라면 그 땅딸막한 각인이지?"

로드가 자신의 갈비뼈 중간께에 손을 갖다 대며 물었다. 베르트와 키가 비슷한 시진은 입을 삐죽였다.

"땅딸막하다니."

로드는 시진이 아는 사람 중 가장 연장자인 동시에 키와 덩치도 제일 컸다. 시진은 로드의 체격이 항상 부러웠다. 그늘 사람은 물론 상급 구역 주민도 로드 앞에서는 정중하게 행동했다. 체구가 작은 사람들이 보통 어떤 대접을 받는지, 그 고충을 로드가 알 리 없다. 그늘 출신 각인에게 위협에 처할 확률이 낮다는 건 엄청난 특권이었다.

"최근에 들른 적은 없었어? 아니면 누가 봤다거나."

"아니. 마지막으로 본 게 두 달은 된 거 같은데, 아기 태어날 때까진 맥주 안 마신다는 것 말곤 특별한 얘기 없었어."

당장 얼마 전 베르트와 얼굴을 마주했던 시진조차도 별다른 점을 못 느꼈다. 입덧으로 고생 중이라는 점만 빼면 베르트는 변함없이 유쾌했고 시끌벅적한 사람이었다.

"애인과 합친 건 아닐까?"

로드가 단산수를 내밀며 물었다. 베르트의 애인은 시민 의무교육에서 만난 그늘 사람이었는데 피차 진지한 관계는 아니었다. 아기가 태어나면 그와 상관없이 베르트가 혼자 키울 계획이었다.

마지막으로 보았을 때도 베르트는 아기 침대를 집 안 어디쯤 놓으면 좋을지 고민하고 있었다. 예정일까지 한참 남았지만 아기의 탄생을 고대하는 듯했다. 시진에게는 대부가 되어 달라는 농담도 했다.

그랬던 베르트가 아무 말 없이 사라졌다. 같은 층 이웃들도 아는 게 없다고 했다.

생각에 잠긴 시진에게 로드가 말했다.

"모르지 뭐. 너한테도 말 못 할 다른 사정이 있었는지도."

"무슨 사정?"

"아무튼 아기를 혼자 키워야 할 처지였잖아. 나름대로 뭔가 더 나은 상황이나 환경을 찾아갔을지도 모른다는 거야."

베르트는 곳곳에 친구가 있었으니 로드의 말이 맞을지도 몰랐다. 하지만 무슨 사고라도 생긴 것은 아닌지 걱정이 됐다. 늘 보던 사람이 어느 날 갑자기 사라져 생사도 알 수 없게 되는 일은 유진 하나로 충분했다.

"정 궁금하면 그놈한테 물어보지그래? 보안국 놈이니 정보가 아예 없진 않겠지."

"누구?"

"내 입에 그놈 이름 담을 생각은 없으니까 재주껏 알아들어."

시진은 그게 누구인지 뻔히 알면서 물었다. 로드를 발끈하게 만든 그놈은 샐이었다. 며칠 전까지만 해도 평범한 조사원인 줄로만 알았던, 그늘의 지리에 정통한 보안국 조사부장이자 공중 시민. 로드는 샐을 무척 싫어했다. 그늘 시민 앞에서는 중립적인 것처럼 행동하지만, 그런 모습이 오히려 의심스럽고 믿음이 안 간다는 것이다. 차라리 융통성 없는 본사 직원의 속내가 더 알기 쉽다면서.

사실 보안국에는 이미 다녀왔다. 하지만 벌써 보안국에 다녀왔다고 말하면 로드의 표정이 구겨질 것을 알기에 시진은 그만 화제를 돌렸다.

"물건은 잘 처리했어?"

엊그제 가져온 흑각 이야기였다.

"네가 걱정할 일은 아니야."

"그런데 로드. 정말로 이 일, 접을 생각은 아닌 거지? 그럼 로드만 믿고 있는 각인들은 어떡하라고."

로드의 야생 흑각 중개는 7년 전 유진이 사라진 뒤 그가 자발적으로 시작한 일이었다. 30년 전, 공중에서 재배된 흑각이 본격적으로 유통되면서 지상에는 야생 흑각 암거래가 자연스럽게 생겨났다. 그러나 암거래상들은 재배 흑각보다 겨우 몇 페이 낮은 정도의 가격을 부르며 알음알음 담합했고 결국 자기들끼리 배를 불리기에 바빴다.

7년 전 그날, 유진에게 주려고 사막에서 따온 흑각은 목적을 잃었다. 그때 로드가 찾아와 말했다. 나에게 그걸 팔면, 최소한의 값으로 필요한 각인에게 돌아갈 수 있도록 해보겠다고. 그게 시작이었다. 로드는 자신의 힘으로 다른 각인에게 도움이 되고 싶다고 했다. 자신의 삶을 비관하던 유진이 행방불명된 것에 모종의 책임을 느끼는 듯했다. 그렇게 뜻이 맞는 지상 사람들이 하나둘 늘었다. 이곳에 모인 야생 흑각은 다른 곳으로 옮겨져 로드의 소개장을 가진 각인에게만 합리적인 가격에 판매되고 있다. 그곳이 어디인지는 시진도 모른다. 면역인인 시진에게 발설하지 않는 것이 로드의 원칙이었다.

그런데 어째서 손을 떼라느니, 언제까지 버틸 수 있을지 확신이 없다느니 같은 말을 하는 것인지. 시진은 흰머리가 부쩍 많아진 로드가 습관처럼 내뱉는 말처럼 나이 탓이라고밖엔 생각할 수 없었다.

로드는 별다른 대꾸 없이 막 들어온 다른 손님들에게 맥주를 따라주러 가버렸다. 시진도 그만 일어섰다. 그리고 펍의 문턱을 넘을 때, 문득 오늘 머리가 한 번도 아프지 않았다는 사실을 깨달았다. 며칠간 꽤나 성가시게 하던 두통이 어느덧 말끔히 사라져 있었다.

오랜만에 하늘이 구름 한 점 없이 맑은 밤이었다.

아무리 깊은 밤이라도 해도 모래 먼지가 자욱한 날과 그렇지 않은 날의 하늘은 확연하게 달랐다. 그늘 시민은 밤하늘의 빛깔을 훨씬 더 예민하게 구분한다. 이런 날에는 바위 사이의 흑각도 더 잘 보였다.

라뎀의 지상 남쪽, 제1 국경 철조망 안쪽에서 시진과 제레미는 100미터 떨어진 단속 초소의 자정 교대 시간을 기다리고 있었다. 국경 안쪽이지만 사막과 이어진 지형이라 드문드문 바위가 분포해 있는데 그 뒤가 철조망을 넘기 전에 잠시 몸을 숨기기에 딱 알맞았다. 피차 알은체하는 일이 없을 뿐 두 사람처럼 그 순간만을 기다리는 흑각 도둑이 주변에 많았다.

로드는 당분간 아무것도 가져오지 말라고 했지만 시진은 일주일도 안 돼 좀이 쑤시기 시작했다. 잠깐 잠잠해졌던 두통이 다시 시작된 바람에 이달 뱅커 페이의 절반을 진통제를 사는 데 다 써버렸다. 만약 로드가 정말로 받아주지 않는다면, 제레미가 아는 다른 암거래상에게라도 넘길 작정이었다.

로드의 계획과 무관하게 시진이 이 일을 완전히 그만두기란 애초에 불가능했다. 라뎀의 그늘에서 살아가는 한, 이건 생존의 일부였다. 벗어나려고 해봐야 그럴 수 없다는 결론에 오히려 비참해질 뿐이었다.

오늘은 단속원들이 늦장을 부리는지 자정이 지나도록 그림자 두 개가 어둑어둑한 초소에 가만히 머물러 있었다. 그 탓에 시진과 제레미의 잡담도 길어졌다.

"차라리 화를 내는 게 낫다고 본다, 나는."

아무런 소식도 없는 베르트를 걱정하는 시진에게 제레미가 말했다. 시진은 초소에서 눈을 떼지 않은 채 물었다.

"무슨 말이야?"

"그러니까 걱정할 게 아니라, 화를 낼 일이라는 거지. 그동안 알고 지낸 세월이 얼만데 말 한마디 없이 휑 사라지는 게 말이 되느냔 말이야. 의리 없이."

"안 좋은 일에 휘말렸으면?"

"글쎄다. 그 집에 누군가 벌써 재배치됐다면 행정국에는 진작 신고가 들어간 걸로 봐야 할 거 같은데. 그런 경우 보통 자진 신고 아니야? 그건 계획을 하고서 떠났다는 거지."

"그런가?"

"낙관적으로 생각해."

시진은 작게 한숨을 뱉었다. 평소 제레미의 낙관은 시진과 방향이 많이 달랐다. 시진의 낙관은 보통 자신의 처지를 향했다. 예를 들면, 이 삶이 엄청나게 좋다고는 말하지 못하지만 그래도 최악은 아니라는 그런 낙관. 반면 제레미의 낙관은 주로 바깥을 향했다. 저 사람의 인생이 그래도 나보다는 나을 거라는, 그러니까 일일이 남을 걱정할 필요가 없으며, 내 삶도 언젠가 지금보단 나아질 거라는 식의 낙관.

이번 경우는 제레미의 그 낙관이 맞기를 바랐다. 작별 인사도 없이 떠난 건 섭섭했지만 잘 지내고 있다면 그 섭섭함이 그리 오래가지는 않을 터였다. 이미 7년째 없는 유진을 향한 복잡한 마음도 다른 게 아니었다.

"그냥 누군가가 어느 날 갑자기 말도 없이 훅 사라지는 게 싫어."

"그래, 두말하면 입 아프지."

제레미도 바로 수긍하며 덧붙였다.

"참고로 나는 절대 안 그럴 테니까 걱정 붙들어 매."

"웃기네. 하루라도 빨리 공중 시민권 따고 싶어서 안달인 주제에."

"하지만 말은 똑바로 하고 갈 거라고. 나 몇 월 며칠에 간다! 하고. 송별회도 해야지. 아, 그래도 달마다 최소 두 번은 지상에 내려올 거야."

"왜?"

"너랑 푸드 뱅크 가야지."

시진은 웃음을 터뜨렸다. 오늘도 제1국경 바깥의 흑각을
노려야 하는 신세라면, 제레미의 지난 이민국 면접 결과도 뻔
한 것이었다. 공중도시는 분기마다 필요한 숫자만큼 지상에
서 보충 인원을 선발했다. 그 소수 인원은 특별한 변수가 없
는 이상 1·2구역 사람들의 차지가 됐다. 그늘 출신에겐 기회
가 없는 거나 다름없다는 걸 알면서도 제레미는 자기 자신이
그 특별한 변수일지 모른다는 기대를 안고 매번 이민국 면접
을 보러 갔다.

라뎀에는 두 개의 국경이 존재한다. 라뎀의 지상과 암석사
막 사이에 놓인 제1국경 그리고 지상과 공중도시 사이의 제
2국경.

제2국경에 철조망 같은 건 없지만 리프트가 오가는 높낮
이 차이 그 자체가 국경이었다. 그래서 지상에서 공중으로 생
활권을 옮기는 것도 '이민'이라고 불렸다. 본사는 공중도시가
처음 건설될 때부터 지상과 공중을 분리해 관리해왔다. 공중
도시의 초창기 구성원은 도시를 매입한 외부인과 투자자, 당
시 지상 1·2구역의 부유층 면역인이었고 지금은 그 후손들
이 살아간다.

현재 공중도시에는 라뎀의 모든 부와 고급 인력 그리고 식
량이 집중되어 있다. 본사를 비롯한 행정·금융·외교 등의 주

요 기관이 모두 그곳에 있으며, 라템의 지상을 먹여 살리는 다양한 농작물도 공중의 청정 토양에서 자라난다. 그만큼 보안이 중요한 곳이므로 공중도시, 즉 0구역은 특별히 보호 받아야 마땅하다는 것이 본사의 입장이었다.

제1국경을 합법적으로 통과하려면 보안국에서 발급한 통행증만 있으면 된다. 그러나 제2국경은 달랐다. 지상 시민이 공중에 단 몇 시간이라도 체류하려면 0구역 시민의 초청장이 필수였다. 그런 철옹성 같은 제2국경을 제레미는 훌쩍 뛰어넘고 싶은 것이다.

"제레미, 이제까지 그 면접에 합격한 사람 중에 제1국경을 제집처럼 넘나들던 녀석은 아마 없었을걸. 다들 모범 시민이었겠지."

"그럼 내가 공중의 제1호 불량 시민이 되어볼까. 일단 면접 때는 모범 시민인 척하고."

"이중적이야."

"뿔 자르고 면역인인 척하는 거에 비하면 귀여운 이중성이지. 어, 시작하나 본데."

제레미가 바위 너머로 머리를 살짝 내밀며 말했다. 초소에는 이제 한 사람의 그림자만이 움직이고 있었다. 교대 인원이 와서 잠시 어수선해진 듯했다. 저 그림자도 보이지 않게 되면 인수인계 중이라는 의미였다.

1분이 채 안 되는 그 짧은 시간에 철조망 개구멍을 통과해야 했다. 당장이라도 달려나갈 준비는 되어 있었다.

그런데 그대로 몇 분이 지나도록 그림자는 초소를 떠나지 않았다. 어째서인지 움직이지도 않고 우뚝 멈춰 선 자세였다. 제레미가 쌍안경을 꺼내며 불만을 토했다.

"저 녀석들 오늘 진짜 느려터졌네. 교대하는 거 맞아? 그냥 뚫고 들어가볼까?"

"지금?"

"봐봐, 지금 여기를 등진 방향으로 서 있는 것 같지? 반대편 창 쪽으로. 이 자세로 있은 지도 3분 이상은 됐어."

시진은 쌍안경을 건네받았다. 언뜻 등진 것처럼 보이긴 했지만 이 정도 거리와 어둠 속에서는 쌍안경의 힘을 빌려도 단속원의 방향을 정확히 판단하기란 어려웠다. 애초에 초소의 조도가 낮은 이유도 흑각 도둑들이 단속원의 움직임을 쉽게 읽지 못하게 하려는 것이었다. 제레미는 믿고 싶은 것과 믿을 수 있는 것을 좀 엄격히 구분할 필요가 있었다.

"잠시만 더 지켜보자."

"젠장, 얼마나 더."

"안 그래도 로드가 요즘 단속이 더 강화됐다고 했어. 여기도 뭔가 흐름이 달라진 거라면 지금 정확하게 파악돼야 다음에……"

시진이 말을 다 마치기도 전이었다. 한순간 번개라도 내리
꽂히는 것처럼 시야 앞이 새하얗게 타올랐다. 시진과 제레미
는 동시에 눈을 질끈 감으며 납작 엎드렸다. 초소의 감시 조
명등이 이쪽을 정면으로 겨누고 있었다.

"뭐야, 저 자식들!"

제레미가 이마를 흙바닥에 붙인 채로 욕을 뱉었다. 아무래
도 오늘 단속부는 국경 안쪽부터 차근차근 솎아내기로 작정
한 모양이었다. 실제로는 그리 길지 않겠지만 아득한 시간이
흐른 뒤에야 조명등이 오른쪽으로 이동하며 주변의 다른 바
위 주위를 훑기 시작했다. 어둠이 다시 등에 내려앉은 사이,
둘은 도시 방향으로 미친 듯이 포복했다.

"최악이네, 진짜!"

"걸리기 전까지는 아니야."

시진이 중얼거렸다. 아직 단정하기는 일렀다. 조명등이 다
시 돌아오기 직전 둘은 다른 바위 뒤에 몸을 숨겼고, 엎드린
채로 한참을 기다렸다. 얼마 후 빛이 느릿느릿 왼쪽으로 방향
을 옮겨갔다. 빛이 사라지자마자 둘은 곧장 일어서서 달리기
시작했다. 더는 그 주변에 바위가 보이지 않았고 유일하게 몸
을 숨길 수 있는 곳은 3구역 초입에 위치한 가건물이었다.

제레미가 빠르게 앞서 나갔으나 가건물을 10미터 앞에 두
고 제 발에 꼬여 넘어지고 말았다. 쿵 소리에 시진도 멈춰 섰

다. 조명등이 방향을 바꿔 다시 두 사람에게 돌아오고 있었다.

"제레미!"

어딘가 부러지기라도 한 건지 제레미는 바닥에 웅크려 꼼짝도 하지 못했다.

"일어나, 제레미!"

시진은 제레미를 붙잡아 일으키며 소리쳤다. 제레미는 비틀거리며 몸을 세웠다. 그러나 몇 걸음 가지 못하고 주저앉고 말았다.

지금이라도 시진 혼자 달려간다면 아슬아슬하게나마 가건물에 몸을 숨길 수 있겠지만, 제레미를 부축한 채로는 어림도 없었다. 그 순간에도 조명등은 점점 가까워지고 있었다.

"젠장, 공중 입성은 끝났네."

제레미가 탄식했다.

"끝났다고, 젠장!"

"아니야."

시진은 그렇게 대꾸하며 제레미를 그 자리에 두고 빛을 향해 달음질했다. 빛이 여기에 도달하기 전, 그 안으로 먼저 뛰어들기 위해서였다. 그 외에는 조명등을 멈춰 세울 방법이 떠오르지 않았다. 계산대로 단속 초소에서는 시진을 포착하자마자 조명등을 고정했고 요란한 경고 알람이 울렸다. 예기치 못한 돌발 상황에 제레미는 무척 당황한 표정이었지만 서둘러 가건물로 도망쳤다. 곧 단속원들이 양쪽에서 나타나 시진을 붙잡았다. 한 달 사이 두 번이나 보안국에 끌려가기는 태어나 처음이었다. 시진은 벌금 70페이를 선고받았다. 수중에 돈이 없다고 하자, 조사원은 다음 달 뱅커 페이에서 차감되는 방식이니 걱정할 것 없다고 했다. 오늘은 샐도 보이지 않았다.

동이 틀 무렵에야 시진은 공동주택 입구에 도착했다. 두통은 다시 시작됐고, 얼른 올라가 눕고 싶은 생각뿐인데 수동 발전기로 움직이는 느려터진 리프트를 기다리는 시간이 끝도 없었다. 이 시점에 낙관을 하나라도 끄집어내야 한다면 찬장에 아직 네 알 남아 있는 진통제였다.

한참 후에야 도착한 리프트의 문이 열렸다. 안에서 내린 사람은 아래층에 사는 데인이었다. 자신의 뿔처럼 거칠고 메마른 인상의 각인. 지난번 봤을 때와 별반 다르지 않은 모습이었다.

눈인사를 나눌 기력조차 없었던 시진은 어두워서 못 알아본 척 시선을 피하며 리프트에 올랐다. 그런데 데인이 바깥에서 문을 붙잡은 채로 시진에게 말했다.

"잠깐 내리지?"

시진이 고개를 들었다.

"내가 왜?"

"베르트라는 녀석의 행방을 궁금해할 것 같으니까."

순간 시진의 눈이 번쩍 뜨였다.

"당신이 어떻게 알아?"

시진은 어느새 리프트에서 내려와 데인 앞에 서 있었다. 철컹하고 문 닫히는 소리와 함께 리프트는 다시 고층을 향해 멀어졌다.

"그 녀석, 각인이었지?"

"그런데?"

"이게 그자의 뿔 색깔인가?"

데인은 코트 주머니에서 무언가를 꺼내 시진에게 내밀었다. 청록빛의 조약돌만 한 작은 뿔 조각으로 베르트의 뿔이 맞았다.

"표정을 보아하니 맞는군."

"베르트가 커팅을 했다는 거야?"

시진이 미심쩍게 물었다. 베르트는 그동안 자신이 각인이라는 사실을 비관하거나 수치스러워한 적이 없었다. 지금 눈앞의 이 각인처럼. 그리고 만일 이게 진짜 베르트의 뿔이라면 어째서 데인이 가지고 있는 것일까. 시진은 머리가 복잡해졌다.

"결과적으로는 그렇다고 해야겠지."

데인이 표정 없는 얼굴로 대답했다.

"결과적으로라니?"

"녀석은 코어에서 살해당한 뒤 뿔이 잘렸어."

"뭐?"

"더 알고 싶다면 따라오든지."

코어

데인은 코어 출신으로 그곳에서 일어나는 일에 관해 이것 저것 보고 듣는 것들이 있었다. 시진이 베르트를 만난 거냐고 묻자, 데인은 그건 아니지만 더 알고 싶다면 들은 걸 말해줄 수는 있다고 했다. 두 사람은 로드의 펍으로 갔다.

"그 녀석이 커팅하기를 원했다고 해."

"그러니까 베르트가 제 발로 코어에 들어갔다는 뜻이야?"

"뿔을 자르는 데 다른 방법이 있나?"

시진두 몰라서 물은 게 아니었다. 그저 베르트가 그랬디는 사실을 여전히 믿기 힘들 뿐이었다. 그러나 베르트는 최근 러프 샌딩을 중단했었고 덕분에 뿔 전체에 매끄럽고 영롱한 빛이 돌았다. 데인의 말이 사실이라면 현재 베르트의 뿔은 분명 커터가 탐낼 만한 물건이었다. 수많은 각인이 자신의 뿔 표면을 세게 사포질해 거칠게 만드는 러프 샌딩 작업을 한다. 서

너 주가 지나고 뿔이 서서히 광택을 띠기 시작하면 같은 과정을 반복한다. 뿔이 돋보이지 않도록 일부러 흠집을 내고 마모시키는 것이다.

뿔이 자라면서 느껴지는 통증에 비할 바는 아니지만 러프 샌딩에도 고통은 따른다. 그럼에도 지속하는 이유는 판매 가치가 높은 뿔을 노리는 커터의 사냥감이 되지 않기 위해서다. 라뎀에서 뿔 매매는 원칙적으로 불법이었으나 품질이 좋은 각인의 뿔은 수집가에게 높은 가격으로 팔려나가는 것이 현실이었다. 각인은 뿔을 가진 인종이라고 멸시받으면서도, 아름다운 뿔에는 높은 가치가 매겨진다.

일종의 이율배반이지만 각인과 라뎀의 관계는 지난 백 년 사이 복잡하게 꼬여왔다.

전 세계적인 토양 오염 이후 이제껏 인류에게서 볼 수 없었던 뿔을 가진 이들이 태어나기 시작했다. 이들의 머리에서 자란 뿔이 생존에 위협을 가하는 치명적 질병이 아닌 것으로 판명된 후에는 각인이라는 별칭으로 불리며 함께 살아가기 시작했다. 각인 사이에서는 각인 아이가, 면역인 사이에서는 면역인 아이가 태어났다. 아주 드물게 면역인 사이에서도 각인이 태어나는 경우가 있었다.

각인의 뿔은 하나의 개성 혹은 불편함 정도에 불과했다. 뿔이 자라거나 회복할 때 생기는 통증은 흑각으로 다스릴 수 있었다. 토양 오염의 시대에도 자연이 흑각이라는 자비를 잃지 않은 덕분이었다. 한 세기 전, 라뎀 본사의 주도로 청정 농작물을 생산할 공중도시라는 새로운 행정구역이 만들어지기 이전까지는 그랬다.

본사는 처음 공중도시 운영 계획을 발표했을 때만 해도 기본 소득 지급은 물론, 기존의 모든 시민을 위한 터전이 될 거라 약속했다. 시민 대다수는 환영했다. 그간 개별 상인이 다른 도시와의 교환에 기댈 수밖에 없던 농작물을 이제 이곳의 기술로 생산할 수 있고, 일자리까지 동시에 얻으리라는 기대감 때문이었다. 그 둘을 위해서라면 도시 절반을 덮는 천장이 드리우는 것쯤은 감수한다는 조건이었다. 그러나 완공된 공중도시는 자본가와 면역인을 위한 성역이 되었을 뿐이다. 제2국경이라는 이름으로 분리되었으며 보안을 핑계로 각인은 이민 대상에서 제외되었다. 시간이 흐를수록 그늘의 범죄율은 점점 증가했는데 80퍼센트가 각인의 소행이라는 게 그 이유였다.

만일 각인이 공중도시 시민권을 얻고자 한다면, 유능한 키터를 찾아가 뿔을 커팅하고 면역인으로 위장해야 한다. 그리고 신분 기록을 정정하기 위해 행정국에 뇌물도 써야 했다. 비용을 더 쓰면 이름도 바꿀 수 있었다. 1·2구역에서는 그런 방법으로 공중에 편입하려는 시도가 흔했다.

암암리에 뿔을 잘라주는 커터는 모두 코어에 있다. 상급 구역 사람들은 코어의 구조를 잘 아는 브로커와 접촉해 믿을 만하고 안전한 커터를 알선받는다. 기본적으로는 모두 불법이었지만 커터의 부류도 다양했기에 저마다 빠져나갈 구멍은 있었다.

지나가는 각인을 때려눕혀 뿔만 잘라 달아나는 범죄자형 커터부터 자신의 작업실에서 상급 구역 시민만 상대하는 고급 커터까지. 그들에 비하면 사막에서 흑각을 채취해 파는 불법 행위는 귀여운 축에 속했다.

"그 녀석은 자기 뿔을 팔려고 했대. 페이가 필요하다면서."

맥주를 반쯤 비운 데인이 이야기를 이어갔다.

"그런데 내게 이 이야기를 해준 커터는 불쑥 찾아온 그 녀석을 거절할 수밖에 없었다고 하더군. 오랜만에 보는 희귀한 뿔 색에 호기심이 당겼지만, 줄라이는 그 시간에 중요한 선약이 있었거든."

줄라이라는 커터는 데인이 아는 한 코어에서 가장 실력이 뛰어난 커터라고 했다. 무작정 코어에 들어간 베르트가 행인에게 물어 처음 찾아간 곳이 줄라이의 작업실이었던 것은 순전히 운이었다. 문제는 운이 거기까지였다는 것이다. 줄라이는 베르트에게 정중하게 내일 다시 찾아와달라고 했다. 다른 커터를 소개해줄까도 싶었지만 베르트의 뿔을 직접 작업하고 싶었다고 했다. 그러나 알겠다며 돌아가는 길에 베르트는 다른 커터에게 습격을 당했다.

줄라이는 며칠 후 들른 거래처에서 최상급으로 진열된 베르트의 뿔을 발견했고 뒤늦게 그 소식을 들었다. 베르트를 살해한 커터는 그의 집에서 나기 시작한 불쾌한 냄새를 수상하게 여긴 이웃의 신고로 보안국으로 연행됐다. 발견된 피해자는 베르트 외에도 다섯 명이 더 있는 것으로 밝혀졌다. 시신은 모두 보안국으로 인도되었고 현재 비공개로 수사가 진행되고 있다고 했다. 베르트의 거주지가 공실이 된 것은 행정국에 사망 신고 처리가 되었기 때문이다.

"말도 안 돼."

시진이 중얼거렸다. 술은 한 모금도 마시지 않았는데 심장이 두근대고 손이 떨렸다.

"줄라이가 그 뿔을 매입해왔어. 그는 수집가이기도 하거든. 단면을 다듬는 작업을 하고 남은 조각이 있기에 가져온 거고."

"헛소리야."

시진이 반박했다.

"비슷한 색깔의 뿔이야 얼마든지 있어. 설사 이게 베르트의 뿔이 맞다 쳐도, 누군지도 모르는 코어 출신의 말을 곧이곧대로 믿을 필요는 없지. 게다가 나는 지금 보안국에서 막 나온 길이라고. 그런 사건이 있었다는 얘기는 어디서도 못 들었어."

　비공개 수사라는 말은 기억했다. 무엇 때문에 그리도 바쁜
지 코빼기조차 안 내미는 샐도 마음에 걸리기는 했다. 그래도
아직은 제레미가 떠들던 그 낙관에 기대고 싶었다.

　"좋을 대로 생각해."

　아무럼 상관없다는 듯 데인은 남은 맥주를 단숨에 비우고
자리에서 일어났다.

　"여기 있을 줄 알았어!"

　그때 펍의 문이 열리며 제레미가 나타났다. 다리를 약간 절
룩거리고 있었지만 어제보다는 훨씬 상태가 좋아 보였다. 제
레미는 테이블을 떠나는 데인과 그 뿔을 보고선 흠칫 놀랐다.

　"와, 누구야?"

　데인이 떠난 자리에 제레미가 앉으며 물었다.

　"아래층."

　"왜? 인상 되게 안 좋아 보이는 게 로드 급인데. 너 뭐 잘못
했냐?"

　"그런 거 아냐. 다리는 어때?"

　시진은 아직 확인도 안 된 베르트의 이야기를 제레미에게
꺼내고 싶지 않았다.

　"삐끗했지 뭐, 한심하다 진짜. 고작 1~2주 잘 쉬면 괜찮아
진다는 소리나 듣자고 의료원 엑스레이 찍고 6개월씩이나 할

부를 갚아야 한다니!"

제레미는 혼자 발끈하다가 순간 숙연해졌다.

"미안."

자기를 보호하느라 시진이 보안국에 대신 끌려갔다는 사실을 떠올린 모양이었다.

"상관없어, 나는. 그깟 벌점."

"벌금도 있을 거 아냐."

"그건 확실히 유감이지."

"그래서 말인데, 우리 이제 다른 일을 해보는 건 어때?"

제레미의 두 눈에 다시 생기가 샘솟았다. 어제의 일도, 지금 자기가 다리를 다쳤다는 사실도 깡그리 잊은 얼굴이었다.

"또 무슨 꿍꿍인데?"

제레미는 카운터 쪽 로드의 눈치를 잠시 보다가 목소리를 낮춰 말했다.

"아까 의료원에서 만난 녀석이 제안한 건데, 믿을 만한 일손이 필요하다더라고."

"일손?"

"사막 일에 비하면 간단한 심부름이야. 물건을 받아서 전달하기만 하면 돼. 한 번에 50페이."

제레미는 그렇게 표현했지만 그늘에서 간단한 일이란 없었다. 시진은 무엇도 섣부르게 기대하지 않았다. 간단함이라는 편의는 보통 어떤 대가를 담보로 하는 법이었다.

"어떤 물건인데?"

"그걸 알려고 하지 않아야 한다는 게 첫번째 조건이야. 다만 애로 사항이 하나 있다면 물건을 받는 곳이 코어라는 건데…… 야간에."

그렇다면 뿔 밀수 관련 일이 뻔했다. 뿔을 가진 커터와 라뎀 바깥 구매자의 연결고리를 희미하게 하는 일. 어떻게 확보된 것인지도 모르는 뿔을 옮기는 일. 어쩌면 누군가의 목숨을 앗은 결과물일지도 모를.

"미쳤어?"

시진은 순간 데인이 말한 베르트의 일이 생각나 울컥했다. 당장 제레미에게 전부 말하려다가 겨우 마음을 진정시켰다. 제레미는 시진의 그런 속내도 모르고 이야기를 계속했다.

"물론 코어가 험한 동네이긴 하지만, 그 녀석 말로는 그렇게 걱정할 것도 없다는 거야. 우리는 면역인이니까 코어에서도 비교적 안전하다나. 각인은 오히려 심부름 도중 공격당할 수도 있고 믿을 만하지도 않아서 면역인한테만 이 일을 맡긴다더라고."

"그런 말이 아니라."

기가 차서 더는 말이 안 나왔다.

"게다가 너는 길눈도 밝으니까 금방 적응할 거야."

"됐어. 이 얘긴 그만하자."

시진은 결국 먼저 자리를 떴다.

집에 도착하자마자 진통제를 한 알 삼키고 침대 위에 뻗었나. 그새 내성이라도 생겼는지, 아니면 두통이 더 심해졌는지 별다른 약효가 안 느껴졌다.

선잠이 들었다 깨다 하다 보니 어느덧 자정 무렵이었다. 모두 악몽이었고 아침에 데인에게 들은 베르트 이야기로 짜깁기 된 내용이었다. 그 끔찍한 꿈으로 돌아가고 싶지 않았다.

더 잘 수 없을 것 같아 시진은 약을 한 알 더 삼킨 후 전등을 챙겨 들고 밖으로 나갔다.

보통 밤에는 그늘을 벗어나 사막으로 향했지만 오늘은 그 반대였다. 그늘의 안쪽으로. 가장 안쪽의 중심부로 걸음을 옮겼다. 코어의 방향으로.

줄라이를 찾으러 갈 작정이었다.

뿔의 주그만 주각이 아니라 전체의 모양과 길이를 보기 전에는, 그 뿔의 주인이 베르트인지 아닌지 단정할 수 없었다. 밤의 그늘은 낮의 어슴푸레함과는 견줄 수도 없이 새카맸다. 늦은 시각이라 창밖으로 희미하게 새어 나오는 불빛조차 거의 없었다. 코어가 어디쯤인지는 방향만 대략 알고 있었다. 엄마가 살아 있을 때도, 유진과 함께 지냈을 때도, 셸을 포함한 모두에게 가지 말라는 충고만 끊임없이 들어왔던 곳. 존재한다는 것만 알 뿐 실체는 분명하지 않았던 미지의 영역.

그곳에 제 발로 걸어 들어가고 있다니 스스로도 믿기 어려웠다. 전혀 두렵지 않다면 거짓말이었다. 눈에 익은 풍경이 점차 사라져갈수록 걸음이 서서히 느려졌다. 한 번도 가보지 않은 길은 어쩔 수 없이 한 발 한 발을 의심하는 수밖에 없다. 다른 기척이 느껴질 때마다 멈춰 서거나 뒤돌아보기도 여러 번이었다. 그래도 계속 나아갈 수 있게 등을 밀어준 원동력은, 우리는 면역인이니까 코어에서도 비교적 안전하다는 제레미의 말이었다. 면역인인 시진에겐 빼앗길 뿐이 없다. 그뿐만이 아니다. 수중에 값나갈 만한 것이라곤 단 하나도 없었다. 심지어 흑각 한 줄기, 5페이짜리 한 장도 없는 빈털터리. 털어봐야 시간 낭비에 불과한 밑바닥. 그렇게 생각하자 오히려 걸음에 속도가 붙었다.

어차피 이곳에서 시진이 예측할 수 있는 것은 없었고, 이제는 코어가 집보다 더 가까운 거리에 있었다.

코어 출신인 척 태연하게 움직이자고 마음먹었다. 야생 흑각 채취를 나갈 때 단속원들이 자신을 각인으로 오해하도록 일부러 모자를 쓰던 것과 다르지 않다고 생각하면서.

길에는 행인이 아주 드물었다. 공동주택을 나온 후에 겨우 다섯 사람을 보았다. 뿔은 못 봤지만 모자를 쓰지 않은 사람도 있었는데 서로를 지나치는 순간 마주친 눈동자에는 노골적인 의심과 경계가 녹아 있었다. 그들 눈에도 시진이 그렇게 비쳤을지 모른다.

마지막 행인을 지나친 후 한참을 더 걸었을 때 코어에 도착했다. 전용 입구가 있는 것도 표지판이 붙어 있는 것도 아니었지만 분명히 알 수 있었다. 한 줄기 빛조차 샐 틈 없이 안쪽에서 판자 등으로 단단히 봉한 창문들. 말로만 듣던 코어의 생활 방식이었다. 문 너머의 존재는 그 무엇도 신뢰하지 않는 곳. 내부의 빛을 노출하는 일조차도 시선을 사로잡아 예상 못할 위험을 끌어당길 수 있어서다. 한낮에도 캄캄한 구역에 더 짙은 암흑을 더하는 풍경이었다.

그때 어디선가 타는 냄새가 희미하게 흘러왔다. 그 방향으로 더 나아가 손전등을 비추자, 구부정한 자세의 인영과 붉게 타오르는 작은 점이 시야에 들어왔다. 한 영감이 연초를 피우고 있었다. 굵은 실로 짠 모자를 쓰고 있었는데 각인인지 아닌지는 모를 일이었다. 그건 시진에게 중요하지 않았다. 가까이 다가서자 영감은 연초를 입에 문 채 고개를 빤히 들었다. 낯선 누군가가 불쑥 접근하는 일이 그에게는 새삼스럽지 않은 듯했다.

"줄라이를 찾고 있어. 그…… 커터 말이야."

데인의 말이 사실이라면 베르트도 이런 식으로 줄라이에

게 닿았을 것이다.

"그 녀석이 관심 가질 만한 물건이 있다고."

그 말에 영감의 눈동자가 시진을 아주 빠르게 훑었다. 그러나 이렇다 할 감흥은 느끼지 못했는지 그 정도 허풍은 다 꿰뚫어 본다는 눈빛만 돌아왔다. 영감은 연초를 쥔 손으로 시진의 머리를 가리키며 자세를 낮추라는 손짓을 했다. 단속원 같은 행동이라 불쾌했지만 일단 바라는 대로 움직였다. 허리를 살짝 낮추자 영감은 두툼한 손으로 시진의 이마와 정수리를 빠르게 더듬어 확인했다. 각인이냐 면역인이냐에 따라 대답이 달라지기라도 하는 걸까.

"아직이야."

비로소 입을 연 영감이 녹슨 목소리로 중얼거렸다. 도대체 무슨 말인지 알 수 없었다.

"나는 지금 줄라이에게 확인해야 할 게 있다고."

재촉하는 시진에게 영감은 그만 사라지라고 손짓했다. 시진은 충고를 무시하고 영감을 그대로 지나쳐 더 안쪽으로 향했다. 살짝 비틀어진 영감의 표정은 이내 어둠 속에 녹아 처음부터 존재하지 않았던 것처럼 사라졌다.

시진은 줄라이의 위치를 물어볼 만한 다른 이가 나타나기를 기다리며 계속 전진했다. 영감을 한번 상대해보니 더 못할 것도 없을 것 같았다. 코어도 결국 사람 사는 곳이었다. 그런데 몇 분 더 나아가는 동안 제 움직임 외에는 아무런 기척도 느껴지지 않았다. 그럭저럭 잘 버텨주었던 전등도 얼마 안 가 비상등처럼 깜빡이다가 빛을 완전히 잃었다.

그제야 시진은 연약하기만 했던 그 빛이 얼마나 큰 위안이 었는지 새삼 깨달았다. 자그맣고 익숙한 집 안에서는 아무리 캄캄해도 손으로 벽이나 물체를 더듬어 움직일 수 있지만 여기는 낯선 곳이었다. 사방이 모두 같은 농도의 어둠이었다. 이래서는 줄라이의 위치는 고사하고 집으로 돌아갈 방향조차 가늠하기 어려웠다.

멈춰 선 자리에서 심호흡을 한 번 했다. 그 숨소리가 자신을 잡아먹기라도 할 것처럼 귓구멍을 커다랗게 통과했다. 마음을 추스르려 했는데 역효과였다. 이 숨소리가 어딘가에서 기회를 노리고 있을 사냥꾼을 부르는 미끼가 될 것 같았다.

시진은 건물 외벽을 손으로 짚어나가며 다시 천천히 움직였다. 어느 문틈에서라도 희미하게 새는 빛을 발견해보려 했지만 소용없었다. 모든 창문이 제 안의 빛을 들키지 않으려 완전히 숨죽인 채였다.

시진은 결국 앞만 보고 빠르게 걷는 걸 택했다. 코어는 공중도시와 같은 원형인 4구역의 중심부다. 현재 위치가 어디쯤이든 방향을 틀지 않고 계속 전진하기만 한다면 언젠가 벗어날 수 있을 거라는 사실 하나에 의지하기로 했다.

세상에 혼자뿐인 듯한 캄캄한 길을 걸어나갔다. 이 정도면 코어의 가장자리에 근접하지 않았을까 싶을 만큼 오래 걸었을 때 손끝에 벽이 만져졌다. 막다른 곳이었다.

"이런."

벌써 몇 시간째 걷고 있었고 시진은 다소 지친 상태였다. 여기서 한번 경로를 바꾸면 원래의 방향을 다시 찾을 수 있을지 자신이 없었다. 이정표 삼을 수 있는 것이 아무것도 없다. 여긴 사막과 다르다. 약간의 체념과 함께 천천히 뒤로 돌아섰다.

그때였다. 순간 몸이 멋대로 휘청거리며 방향을 잃었고 어느 쪽인지 모를 차가운 벽에 등이 부딪혔다. 곧 단단한 두 팔이 시진의 목을 짓눌렀다. 아까 그 영감의 말을 들었어야 했다는 후회가 밀려들었으나 이미 늦은 시점이었다.

두 손으로 놈의 팔을 떼어내려 애쓰며 몸부림쳤다. 소리 없이 달려든 이놈이 노리는 게 뭐든 시진에게서 가져갈 만한 것은 아무것도 없었다.

"없어…… 나는…… 아무것도…… 멍청아."

목소리를 쥐어짜냈다. 코앞에 있는 놈의 이목구비조차 제대로 안 보일 만큼 어두웠지만 이쯤 녀석의 눈이 있겠다 싶은 곳을 노려보면서. 그러나 그 말이 오히려 놈을 자극한 듯했다. 이내 두통과 비교도 할 수 없는 강한 통증이 머리를 강타했다.

시진은 그대로 고꾸라졌다. 이제는 방향이고 뭐고 여기서 살아 나가야 한다는 생각뿐이었는데 몸이 움직이질 않았다. 이렇게 때려눕히고도 놈은 성에 안 차는지 몇 번 더 주먹을 휘두른 다음 아무것도 없는 시진의 옷을 꼼꼼히 뒤지기 시작했다.

세상이 뱅글뱅글 돌았다. 모든 게 빌어먹을 어둠 때문이었다. 이런 와중에도 머리 위에 있는 저 공중도시라면 이런 엿 같은 일 따위 없겠지 하는 생각도 들었다. 최소한 달빛의 간섭이라도 받을 테니까.

그때 달빛과는 비교도 안 될 빛줄기가 쏟아졌다. 담뱃불이나 문틈 따위가 아니었다. 근처에서 이쪽을 정확하게 겨냥한 눈부신 빛이었다.

갑자기 끼어든 방해물에 놈은 재빠르게 몸을 일으켜 달아났다. 아주 순식간이어서 놈의 온전한 생김새는 보지 못했지만 뿔이 없었다는 것 그리고 오른쪽 눈가에서 귓불까지 이어진 기다란 흉터만은 선명했다. 소리만으로도 놈의 도망치는 속도는 굉장했다. 곧 백색의 빛과 함께 다른 누군가의 발소리가 가까워졌다.

검은 제복과 신발. 야간 순찰 중인 그늘 조사원이었다. 그는 놈을 뒤쫓을 생각까지는 없는 듯 그는 시진을 내려다보며 명령했다.

"괜찮나? 신분을 밝히도록."

그런데 익히 아는 음색이었다.

"뭐야, 쫄보?"

순찰용 손전등을 든 조사원은 다름 아닌 샐이었다.

"너 이 시간에 여기서 뭐 하고 있는 거야?"

질책과 의심이 섞인 목소리로 묻는 샐에게 시진은 대답 대신 그의 팔을 붙잡고 비틀비틀 일어났다.

"길을 잘못 들었을 뿐이야. 그나저나 저 자식 안 쫓아가?"

"이런 일로 다 잡아들였다가는 코어에 남아날 인간 하나도 없어."

"이런 일? 날 죽일 것처럼 때렸는데?"

"안 죽었잖아. 애초에 발도 들이지 말라고 누누이 경고했고."

"시끄러워."

"뭔가 빼앗긴 게 있나? 물건이나 페이."

마치 조사하는 투로 샐이 물었다. 도망친 그 녀석보다 더 수상한 취급을 받는 기분이었다.

"없어. 혹시라도 이상한 일로 엮어서 벌금이라도 때릴 작정이라면 관두는 게 좋아."

"내가 지금 그 정도로 한가하지 않아."

그래도 샐은 출구까지 데려다주겠다며 앞장섰다. 순찰용 손전등을 끄자 다시 어둠이 밀려왔다.

"뭐야, 샐. 전등 없이 갈 수 있어?"

"코어에서 불은 반드시 필요한 순간에만 켜는 거다. 조사원이라고 표적이 안 될 줄 아나?"

머리 위에 해라도 떠 있는 것처럼 샐은 전진하는 데도 방향을 바꾸는 일에도 망설임이 없었다. 코어의 길도 완벽하게 꿰뚫는 듯했다.

그의 뒤를 따르며 시진은 자연스럽게 10년 전을 떠올렸다. 그늘 불량배들에게 푸드 뱅크에서 사 온 물건을 빼앗기던 차였는데, 순찰 중이던 샐이 그 녀석들을 쫓아내고 집까지 바래다준 게 첫 만남이었다.

시진뿐만 아니라 비슷한 처지에 놓인 그늘의 다른 아이들도 샐의 도움을 받았다. 불량배들이 누군가를 괴롭히는 일에 쉽게 지치지 않듯, 샐 역시 몇 번이고 그 일을 반복했다. 그때마다 시진은 지금처럼 그의 등을 보면서 걸었다. 언젠가 그 기부는 휘파람을 흉내 내고 싶다고 생각하면서. 본사를 위해 일하는 오만하기 짝이 없는 다른 어른들과 샐은 확실히 달랐다. 그렇지만 유진은 그를 따르지 않았다. 본사에서 그늘의 민심을 최소한의 수고로 달래기 위해 샐 같은 사람을 의도적으로 배치했을 거라고 했다. 샐이 진짜 누구의 편인 건지, 그의 진심은 아무도 모르는 거라고.

사실 시진은 샐에 대해서 아는 게 거의 없었다. 그는 자신의 이야기는 통 하지 않았는데, 정확한 직급은 물론, 가족이나 사생활, 공중도시에서의 생활에 대해서도 말하는 법이 없었다. 샐은 늘 누군가의 사정이나 이야기에 먼저 귀를 기울였다. 처음엔 그저 잘 들어주는 사람이라고 생각했지만, 그건 경청이라는 외피를 두른 능동적 침묵이었다는 것을 시진도 시간이 지날수록 조금씩 알 수 있었다. 그저 이유를 모를 뿐이었다.

"왜 직급을 말 안 했어?"

"승진한 건 최근이야. 하는 일도 거기서 거기고."

샐은 피로한 목소리로 대꾸했다.

"직책을 알면 사람들이 당신한테 이거 해달라 저거 해달라 성가시게 할까 봐 그런 건 아니고?"

"그래봐야 지상 파견직이다."

"아니라곤 안 하네."

"넌 여기 왜 들어온 건지나 말해."

"왜, 도와주기라도 하게?"

"도움은 이미 준 것 같은데."

틀린 말은 아니었다. 시진은 얼얼한 뺨을 문지르며 사실을 털어놓았다.

"줄라이라는 커터를 찾으려고 했어."

"줄라이?"

샐은 그런 이름은 처음 듣는다는 듯한 투였다.

"베르트가 사라졌어. 열흘쯤 됐는데 어떤 녀석이 베르트가 살해당했다고 헛소리를 지껄이잖아. 그 커터한테 베르트의 뿔이 있다면서. 그런데 코어 출신의 말을 어떻게 다 믿……"

"헛소리가 아니라 사실이다."

시진의 말을 자르며 샐이 끼어들었다. 이제껏 대화해오던 것처럼 담담하게, 걷는 속도에도 아무런 변화 없이. 그게 뭐든 감정이라고 할 만한 것이 실려 있지 않아서, 시진은 오히려 그 말의 의미를 스스로 곱씹어야 했다. 헛소리가 아니라 사실이다. 베르트가 살해당했다는 말은 헛소리가 아니다. 시진은 가던 길을 멈추고는 우뚝 섰다.

"멈추지 마. 아직 코어를 벗어나지 않았으니까."

앞서가던 샐이 돌아보며 재촉했지만 시진은 꼼짝할 수 없었다

"베르트가…… 정말 죽었다고?"

시진이 따라오지 않자 결국 샐도 멈춰 서야 했다.

"지난주 각인 살해 사건. 피해자는 여섯 명으로 밝혀졌고 그중에 그 애도 있었어."

시진이 로드의 펍에 야생 흑각을 넘기고 나오던 길, 그대로

붙잡혀 갔던 그날이었다. 살인자와 한방을 쓸 자신이 있으면 계속 머물라고 했던 샐의 농담이 기억났다. 그때까지는 샐도 그 사건의 피해자 중 베르트가 있었다는 것을 모르고 있었다.

"범인은 전형적인 각인 혐오자였고."

"왜 이제야 말하는 거야?"

시진이 소리를 높였다. 속에서 무언가가 올라오는 것만 같았다.

"소리 낮춰, 시진."

"왜 말 안 했느냐고! 베르트는 다른 가족도 없고, 내 친구인 것도 알면서!"

"범인 조사하고 사건 마무리하느라 꼬박 일주일을 매달려 있었어. 피해자가 무려 여섯이었다고, 여섯. 오늘 오후에야 그 시신들을 국경 밖에 묻었어. 이제 겨우 귀가하려는데 빌어먹을 타이밍이 맞은 덕분에 네 목숨도 구한 거라고. 알아들어?"

샐이 훈계하듯 말했다.

"오늘 오전 정식 발표니까 너도 곧 알게 됐을 거야."

그런 변명이라면 듣고 싶지 않았다.

"그래! 각인 하나쯤 없어지는 거, 보안국 조사원한테는 어제오늘 일도 아닐 테니 일일이 신경 쓸 필요도 없겠지!"

"뭐?"

"어쩌면 유진에 대한 것도 다 알고 있는데 그저 입 다물고

72

있는 거 아냐?"

시진이 몰아붙이자 샐은 손전등을 켜 가까운 벽면에 쏘았다. 반사광으로 서로의 표정이 있는 그대로 잘 보였다.

"어떨 것 같은지 네가 한번 말해봐."

샐은 단호하면서도 진지했다. 시진은 그 얼굴을 뚫어져라 바라보다가 결국 시선을 떨어뜨렸다. 샐에게 화를 쏟아놓는다고 달라질 것은 아무것도 없었다.

"꺼. 위험하다며."

시진은 샐을 지나쳐 앞장서 걸었다. 어둠이 다시 엄습했다. 샐은 뒤따라오며 말했다.

"그 살인자 놈은 합당한 처벌을 받을 거다."

시진은 오른쪽 뺨을 타고 흐르는 눈물 한 방울을 얼른 닦아냈다.

"죽은 친구의 묘지에 가고 싶으면 말해. 통행증을 써줄 테니까."

"필요 없어. 내가 신청할 거야."

"넌 친족도 아닌데 무슨 수로?"

샐의 말이 맞았지만 지금은 아무런 대꾸도 하고 싶지 않았다.

"다시는 코어에 들어가지 마. 아까 같은 놈들이 노리는 게 꼭 뿔이나 물건이라는 법은 없으니까. 명심해. 여기는 코어야."

뿔과 흑각

"너는 나를 이해하는 게 아니야. 연민하는 거지."

7년 전, 잠잠한 날보다 서로 목소리를 높이는 날이 더 많았을 때 유진은 입버릇처럼 말하곤 했다.

그 말을 시진은 이해할 수 없었다. 시진은 유진의 뿔이 자리 잡으면서 따르는 고통과 러프 샌딩의 번거로움 그리고 흑각의 필요성을 가장 가까이서 보며 자랐다.

시진이 일곱 살, 유진이 열두 살 되던 해, 남매는 유일한 보호자였던 엄마를 잃었다. 면역인이었던 엄마는 부유한 1구역의 집 가정부로 일했는데 귀가 도중 강도를 만났다. 강도는 빼앗긴 페이를 포기하지 않으려 붙잡고 늘어지는 엄마를 밀쳤고, 머리를 심하게 부딪힌 엄마는 즉사했다. 그렇게 세상에 둘만 남게 된 후, 각인이라는 이유로 당하는 크고 작은 고통과 멸시를 유진과 함께 겪어왔다.

뱅커 페이로 흑각을 제값 주고 사는 일은 불가능했다. 유진은 야생 흑각을 얻기 위해 제1국경을 넘기 시작했으나 무사히 돌아오는 날은 손에 꼽았다. 각오만큼 몸이 따라주지 않아서였다. 늘 단속원에게 붙잡혀 흑각을 빼앗겼고 조롱당하기 일쑤였다.

미성년이라 벌금은 물지 않았지만 벌점은 꾸준히 쌓였다. 남매가 살던 집은 그늘 입구에서 10분 거리였는데 결국 훨씬 더 안쪽으로 이동 조치되었다. 그곳이 지금 시진이 살고 있는 공동주택이었다.

지금이야 적응해서 살고 있지만 당시 어린 남매에게는 큰 형벌이나 마찬가지였다. 20분이나 멀어진 집까지 가는 길은 이전과 비교할 수 없이 캄캄했고 두려웠다. 바깥에 나가면 불량배들이 시비를 걸고 수상한 걸음이 주변을 어슬렁댔다. 유진은 매끄러운 상아색 뿔을 잘리거나 언제라도 엄마처럼 죽을 수 있다는 공포에 시달렸다.

이윽고 유진은 모든 의욕을 잃고 집 안에만 틀어박혔다. 찬장에 먹을 게 단 하나도 없어 푸드 뱅크에 가야 할 정도가 아니면 외출을 삼갔다. 각통角痛이 극심해지면 머리를 끌어안은 채로 끙끙 앓았다. 유진의 뿔이 완전히 자라려면 아직 몇 년은 더 있어야 했다. 흑각 없이 그 세월을 보내기란 무모한 짓이었다.

그나마 다행인 점은 그 무렵 시진의 키가 자란 만큼, 제 안에 두려움보다 모험심의 부피가 더 커졌다는 것이었다. 시진은 직접 제1국경을 넘기로 했다. 유진의 고통을 덜어주고 싶은 마음에서였다. 겨우 열 살이었고, 다행히 흑각을 훔치는 데는 유진보다 재능이 있었다.

그런데 너는 나를 이해하지 못한다는 말이나 듣고 있자니 어처구니가 없었다. 내가 무엇을 위해 사막으로 나가는데 그런 말을 할 수 있느냐고 반박하면, 누가 대신 나가달라고 했냐면서 유진이 더 화를 냈다.

말싸움으로는 시진이 유진을 이길 재간이 없었다. 밖에서는 각인이 차별받는다고 하지만 적어도 이 코딱지만 한 집 안에서는 면역인인 자신이 훨씬 약자였다. 유진이 희박한 확률로 각인으로 태어난 것이 시진의 잘못은 아니었다. 하지만 스물세번째 생일을 맞은 시진은 거울 앞에서 처음으로 누나의 말이 맞을지도 모른다고 생각했다. 너는 나를 이해하는 게 아니야.

여전히 끝나지 않는 두통 때문이었다. 시진은 정수리와 뒤통수 중간께 뭉툭하게 솟아오른 피부 속 무언가를 다시 더듬었다. 그 부위가 두통이 시작되는 지점이라도 되는 것처럼 유난히 쓰라린 동시에 욱신거렸다.

처음엔 혹이 생긴 줄 알았다. 며칠 전 코어에서 긴 흉터의 그놈에게 신나게 얻어터진 전력이 있으니까. 그전에는 암석 사막에서 미끄러진 적도 있었다.

최근 머리가 맑다고 의식했던 유일한 순간은, 베르트의 소식을 묻기 위해 로드의 펍에 들렀다가 나오던 그날이었다. 그리고 그 전날 밤, 베르트에게 주려다 못 준 흑각을 쓰레기 처리하듯 입안에 털어 넣었다는 사실을 기억해냈다.

그 순간 지긋지긋한 두통과는 다른 아찔함이 시진의 머리를 관통했다.

"설마."

그럴 리 없다. 지난 23년간 줄곧 면역인이었다.

만약이라는 가능성을 떠올리는 것만으로도 당황스러움과 동시에 강한 거부감이 밀려왔다. 이해할 수 없었다. 아니, 이해하고 싶지 않았다. 이해라는 단어는 이 모든 상황에 어울리지 않았다. 그런 건 처음부터 존재하지도 않았다.

시진은 몸의 각도를 최대한 이리저리 틀며 그 부위를 눈으로 확인하고자 애썼지만 아무리 해도 보이는 것은 멍이 들어 누렇게 뜬 볼과 딱지가 앉은 입술뿐이었다. 거울로 살필 수 있는 위치가 아니었다. 다른 사람의 눈이 필요했다.

가장 먼저 제레미가 떠올랐으나 자신의 상태를 그 녀석이 정확히 판단해주리라고 기대하긴 어려웠다. 제레미는 '괜찮아, 그냥 두통일 거야. 곧 낫겠지' 정도로 시진을 일단 안심시키려 할 가능성이 컸다. 온 가족이 면역인인 제레미는 뿔에 대해 아는 게 피상적인 것들뿐이었다.

시진은 로드의 펍으로 향했다. 저녁 시간이라 바쁘겠지만 잠시 봐달라고 하는 것 정도는 크게 방해가 되진 않을 것 같았다. 이것이 뿔일 경우와 그렇지 않을 경우로 나누어 로드가 할 법한 말들을 상상하면서 3구역에 도착했다. 그런데 펍의 문은 굳게 닫혀 있었다. 매주 수요일, 로드가 쉰다는 사실을 뒤늦게 깨달았다. 두통과 불안이 머릿속의 중요한 정보들까지 뒤죽박죽으로 만든 게 분명했다.

시진은 그늘로 발걸음을 돌리면서 아주 잠깐 샐을 떠올렸다. 여기서 멀지 않은 2구역에 있을 그를. 그러나 그 생각은 아주 빠르게 접었다. 이게 만일 이제 막 솟아나기 시작한 뿔이라면, 그걸 보안국 소속 조사원에게 가장 먼저 보고하는 것은 세상에서 가장 어리석은 짓이었다. 그들에게 그늘의 각인이자 뱅커는 잠재적 범죄자나 마찬가지였다.

이럴 때 베르트가 옆에 있었다면 좋았을 텐데.

결국 시진의 발이 멈춘 곳은 아래층 이웃의 문 앞이었다. 문을 두드리자 붉은 머리카락의 각인이 그리 늦지 않게 나왔다. 변함없이 싸늘한 얼굴이었지만 오늘은 시진의 등장이 예상 밖이라는 반응을 보였다. 시진은 잠시 머뭇거렸다.

지금 자신에게 일어나고 있는 일을 낯선 이웃에게 솔직히 드러내도 되는 걸까? 아니면 무작정 코어에 갔을 때처럼 어리석은 짓을 하는 걸까? 판단이 잘 서지 않았다.

"베르트 일. 당신 말이 맞았어."

"유감이군."

데인이 무심하게 대꾸했다.

시진은 잠시 뜸을 들이다가 다시 입을 열었다.

"그런데 당신은…… 언제부터 뿔이 자라기 시작했어?"

단도직입적인 질문에 데인이 표정이 빠르게 구겨졌다.

"베르트는 태어날 때부터 뿔이 있었고, 유진은 여섯 살 때부터 아주 천천히 자랐거든. 로드는 아마 세 살이었나. 당신은 언제부터야?"

"면역인 주제에 그딴 질문은 대체 왜 하는 거지?"

무례한 질문을 되받아치는 데인을 응시하며 시진이 대답했다.

"내가 면역인이 아닐지도 모른다는 생각이 들어서."

집 안이 어둡기는 아래층도 마찬가지였다. 낮은 조도의 전등 하나만이 잡동사니로 어지러운 탁자 위를 밝히고 있었다. 이제 데인의 공간이 된 이곳은 그 전과는 다른 분위기였다. 어렴풋이 보이는 물건들의 윤곽에도 풍기는 냄새에도 이제 그 어디에도 베르트는 없었다.

시진은 데인이 가리킨 의자에 앉았다. 곧 실내가 한층 환해졌다. 어느새 현관문 안쪽에 매달린 전등이 빛을 더하고 있었다. 데인은 침대 옆 협탁에 놓인 전등의 불을 밝혔다.

쭈뼛쭈뼛 사방을 살피자 작은 집 곳곳에 각종 전등이 제법 많았다. 이런 공동주택에서는 퍽 사치스러운 풍경이 아닐 수 없었다. 이어서 탁자에 널려 있는 잡동사니의 정체를 알게 됐다. 톱과 칼, 끌, 줄 같은 공구였다. 공구인 동시에 무기도 될 수 있는.

등줄기가 서늘해졌다. 아까 데인이 안으로 잠시 들어오라고 했을 때, 시진은 그를 생각보다 경계심이 부족한 인간이라고 생각했는데 당장 정정해야 했다. 경계심이 부족한 건 자신이었다.

"네 녀석에게 쓸 일은 없으니 신경 꺼."

데인이 가까이 오며 말했다. 손에는 손전등을 쥐고 있었다.

"당신 설마…… 커터야?"

태연하려 했지만 목소리 끝이 떨렸다. 커터는 코어에서만 활동한다는 오래된 믿음도 이미 흔들리고 있었다. 지난번 데인은 자기가 코어 출신이라고 했으나 어떤 일을 해왔는지는 밝히지 않았다. 눈에 보이는 형편이 썩 나쁘지 않은 것으로 보아 일반 뱅커는 절대 아니었다.

"좋을 대로 생각해."

애매한 대답을 던져놓고서 데인은 시진의 머리를 살피기 시작했다. 한 손에는 손전등을 들고, 다른 손으로는 불룩 솟은 부분과 그 주변을 천천히 촉진했다. 거칠고 냉랭한 인상과 달리 손끝의 움직임은 부드러웠다. 이런 일을 자주 해본 사람 같았다.

"……코어 어디쯤에 살았어?"

시진이 슬그머니 물었다.

"거의 중앙이지. 151번가 공동주택. 네가 알 것 같진 않지만."

사실이었다. 며칠 전에 다녀왔는데도 지표를 삼을 만한 것은 아무것도 없었다.

"전체 퇴거 명령이었다. 사는 데 지장은 없었지만 시설 노후 문제라면서, 본사가 주민 전체를 그늘 내 공실로 무작위 이동시킨 거야."

그렇게 데인은 이 집에 오게 된 것이었다.

"내 뿔은 열일곱 살에 자라기 시작했어."

이어서 무례했던 질문에 대한 답이 들려왔다.

"별안간이었지. 아무리 늦어도 보통은 열 살 이전에 시작되니까. 게다가 더 어처구니가 없었던 건, 내 부모는 모두 면역인이었다는 거야. 최악의 운만 따른 셈이랄까."

시진은 자기도 모르게 고개를 들었다. 그들 남매와 같았다.

"아까 말한 유진은 누구지?"

시진의 머리를 살짝 눌러 낮추며 데인이 물었다.

"누나."

"여섯 살부터 자라기 시작했다고?"

"그래."

"넌 뱅커고?"

그건 이 상황에 불필요한 질문이었다. 시진은 익숙한 멸시를 떠올리며 대꾸 없이 눈을 치떴다. 정체불명의 코어 출신 각인에게까지 조롱당하고 싶지는 않았다.

"공중의 흑각 안전 유통 사업 이후 세대의 뱅커라면…… 너도 유진이라는 녀석도 쉬운 인생은 아니었겠군."

그런데 이내 들려온 음성은 지금껏 들어본 적 없던 공감의 말이었다. 심지어 유진에게조차 들어보지 못했던. 괜히 멋쩍어진 시진은 눈을 낮추고 마음에도 없는 소리를 했다.

"당연하지. 흑각 구하러 다니는 것도 진절머리가 날 대로 났고. 차라리 혼자 사니까 속이 다 시원해."

그 말을 시작으로 시진은 처음으로 암석사막에 나갔던 날부터 유진과 마지막으로 다투던 날까지의 고충을 구구절절 털어놓았다.

"매번 위험을 감수하고 국경을 넘나드는데 고맙다고는 못할망정, 누가 나가달라고 부탁했느냐고? 그게 열 살 때부터 사막에 나간 사람한테 할 소리야?"

마지막으로 크게 한판 싸운 날이 시진의 열다섯번째 생일이었다. 그날 시진은 유진을 위해 더는 사막에 나가지 않겠노라고 선언했다.

그 후로 며칠은 고요했다. 적어도 서로 잡아먹을 듯이 으르렁거리진 않았는데, 시진을 보기 싫다며 유진이 집을 비웠기 때문이었다. 흑각 한 조각도 없으면서 유진은 무슨 배짱인지 러프 샌딩을 하고 나가서는 바깥을 헤매다 밤늦게 돌아오곤 했다. 어떤 날은 밤새 고통스럽게 앓았고 어떤 날은 그럭저럭 괜찮아 보였다.

어디서 흑각을 얻을 만한 데라도 있는 걸까, 위험한 놈들과 엮인 건 아닐까 내심 걱정은 됐지만 간섭하지 않았다. 유진도 자신도 그늘에서 나름대로의 생존법을 찾아야만 했다.

그런데 계절이 바뀌기 전 유진이 홀연히 자취를 감췄다. 행방이 묘연한 채로 그렇게 7년이나 흘렀다.

"그래서, 지금 내 상태에 대한 당신 결론은 뭐야?"

지나치게 떠들었다는 생각에 시진은 요점으로 돌아오기로 했다.

"어떤 대답을 듣고 싶어?"

"말 돌리지 말고…… 으악!"

데인이 엄지로 정수리를 세게 누르자 강력한 통증이 머리 전체로 퍼져나갔다.

"뭐 하는 거야!"

데인은 협탁 서랍에서 무언가를 꺼내와 시진에게 건넸다.

"이게 내 대답이다."

얇은 종이에 싸인 흑각 두 조각이었다.

"지금까지는 각통을 간헐적으로 느꼈겠지만 주기가 점점 짧아질 거야. 뿔이 피부층을 뚫고 나오기 시작하면 더 만만치 않을 거고."

"……뭐?"

"그나마 너는 외각인 게 다행이라고 해야 할까. 보시다시피 나는 양각이라, 흑각 없이는 몇 시간도 견디기 힘들었지."

시진은 데인이 하는 말이 하나도 귀에 들어오지 않았다. 그보다는 코어에서 만난 영감이 남긴 "아직이다"라는 말만 머릿속에서 맴돌았다. 그건 앞으로 겪어야 할 고통에 대해 아무것도 모르고 있다는 의미였을까.

"싫어."

이해할 수 없었고 이해하고 싶지도 않았다. 두통은 말 그대로 두통이어야 했다.

데인이 말했다.

"자기가 원해서 각인으로 태어난 인간은 없다."

실내에는 이곳에 처음 들어왔을 때처럼 어둠이 내려앉아

있었다.

  그날 시진은 뜬눈으로 밤을 샜다. 주기가 짧아질 거라던 데인의 말이 신호탄이라도 된 것처럼 밤새 강한 통증에 시달렸다.

  마지막으로 남은 진통제를 먹었지만 효과는 없었다. 시진은 고집스럽게 버티다가 결국 동이 틀 즈음 데인이 준 흑각을 하나 씹어 삼켰다. 역시 불쾌한 맛이었다. 그렇게 30분쯤 지났을까 거짓말처럼 통증이 누그러지기 시작했다.

  사실 정체도 모르는 사람이 주는 흑각을 받는 것은 안전하지 않았다. 푸드 뱅크에서 구매한 건지 사막에서 채취한 것인지도 알 수 없고 신선도도 분명하지 않기 때문이다. 만일 유통 후 3개월이 지난 흑각이라면 식중독으로 죽을 위험도 있었다.

  다만 개인의 호의로 흑각을 건네는 행위 역시 여러 위험부담을 감수해야 한다는 것을 시진도 알기에 잠자고 가져왔다. 그런데 하나를 먹고 난 다음에는 우습게도 이걸 안 받아왔다면 대체 어떻게 버텼을까 싶었다.

  흑각 한 조각은 이틀가량 통증을 경감시켜주었다. 약효가 다하자 다시 거센 통증이 밀려왔고 시진은 앞으로 살아가기 위해서는 흑각이 필요하다는 현실을 그만 받아들이기로 했다.

다시 이틀이 흘렀고, 데인이 말한 만만치 않은 각통도 본격적으로 시작됐다. 시진은 머리를 끌어안은 채 종일 침대에 처박혀 있어야 했다. 야생 흑각을 채취하러 국경을 넘기는커녕, 3구역의 푸드 뱅크까지 갈 상태조차 못 됐다. 누군가 신선한 흑각을 거저 내밀지 않는 이상, 고통을 그대로 견디는 것 외에 다른 방법은 없었다.

시진은 명료하지 않은 이성으로나마 이 상황을 타개할 가장 현실적인 대안을 찾기로 했다. 계획은 이렇게 정리됐다. 흑각을 딱 한 조각만 빌린다. 그걸 먹고 나면 상태가 나아질 테니, 오늘 밤 당장 제1국경을 넘어 야생 흑각을 채취해 온다. 이번에는 팔 것이 아니라 스스로 먹을 것으로. 그중 일부는 데인에게 되갚기로 한다.

모든 기운을 쥐어짜 아래층으로 향했다. 현관을 몇 번 두드렸지만 데인은 부재중인지 응답이 없었다. 일단 문 앞에 기대앉았다.

데인은 지금 어디로 갔을까. 코어? 아니면 처음 마주쳤던 2구역? 그러고 보니 그 둘은 정반대 방향이었다. 데인의 외모에서 풍기는 분위기는 코어 쪽에 가까운데, 그날 2구역에 왜 들렀던 것인지 문득 궁금해졌다.

몇 시간이 지나도록 집주인은 돌아오지 않았다. 이제 시진이 알고 싶은 것은 단 한 가지, 데인의 귀가 여부였다. 돌아온

다 해도 두번째 호의가 존재할지 아닐지는 다른 문제였지만, 커다란 나뭇가지처럼 뻗어나간 한 쌍의 뿔을 대면하기 전까지는 더 깊이 생각하지 않기로 했다. 생각할 기력도 없었다.

"좀 비켜주지?"

시간이 얼마나 흘렀을까. 까무룩 잠든 틈에 차가운 목소리가 들려왔다. 요구대로 시진은 당장 일어나려 했으나 몸이 말을 듣지 않아서 이게 다 꿈인가 싶었다.

하지만 꿈이어서는 안 됐다. 힘껏 눈꺼풀을 열었다. 이내 어둠에 적응한 눈이 거칠고 커다란 나뭇가지 같은 뿔을 찾아냈다. 학수고대하던 그 한 쌍의 뿔을.

꿈이 아님을 확신한 시진은 비로소 문틀을 짚고 일어날 수 있었다.

"……거래하고 싶어, 데인."

시진의 제안에 데인은 어딘지 한심하다는 표정을 짓더니 이렇게 말했다.

"부탁이라는 말이 더 적절하겠지."

아직 아무 말도 꺼내지 않은 시진에게 데인은 먼저 흑각을 내밀었다. 이번에는 다섯 조각이었다. 시진은 당장 한 조각을 삼키고 통증이 잦아들기를 기다렸다가 나머지 네 조각은 데인에게 물리며 말했다.

"나는 그저 한 조각만 빌리려는 것뿐이야. 내일 당장 갚을 거니까 이렇게까지는 필요 없어."

"그래?"

데인은 탁자 위를 정리하면서 대꾸했다. 그럴 수 있을 거라 생각하지 않는 모양이었다. 시진은 구체적인 계획을 밝혔다.

"오늘 밤에 당장 사막으로 나갈 거야. 지난번 빌린 두 조각 포함해서 이자까지, 온전한 한 줄기로 갚을게."

최근 단속 강화 이후 잠깐 휴지기를 가졌을 뿐, 10년 넘게 해온 일에 대한 자신감이었다. 판매 목적이 아니니 더 많이 채취하기 위해 제레미와 같이 나갈 필요도 없었다.

"실현 가능한 계획인지 모르겠군."

데인은 못 미덥다는 반응이었다.

"그럼 더 나은 방법이라도 있어? 푸드 뱅크 앞에서 행인이라도 털어야 한다는 거야?"

"글쎄, 바깥에서 네 녀석이 무슨 짓을 하든지 내 알 바 아니지. 지금은 그냥 고맙다는 한마디면 되지 않을까 싶은데."

"부탁이 아니라 거래라고 했잖아."

"마음대로 해. 굳이 시간을 낭비하겠다면야."

"뭐가 시간 낭비라는 거야? 제1 국경이랑 사막은 내 손바닥 안이야. 흑각 몇 개 꺾어오는 건 30분도 안 걸려."

"너, 마지막으로 사막에 나간 게 언제지?"

시진은 그 말에 곧장 대답하지 못했다. 정확히 며칠 전이라고 말할 수 없을 만큼의 애매한 공백이 있었다.

데인은 탁자 건너편에 마주 앉아 입을 열었다.

"나흘 전부터 제1 국경 감시가 강화됐어. 지금 초소 바깥에도 단속원 외에 국경 감시원을 추가해 24시간 내내 감시하고 있는데 그걸 알고도 하겠다는 건 아니겠지."

그건 좀 난감한 소식이었지만 그렇다고 방법이 없는 것은 아니었다.

"그럼 중앙 초소에서 가장 먼 국경 동쪽 끝을 공략하면 돼. 그쪽은 지형이 나쁘고 흑각도 적어서 웬만하면 안 가지만 대신 감시는 느슨한 편이니까."

"추가 배치된 감시원들은 제1 국경을 따라 50미터 간격으로 24시간 교대야. 공중 놈들 대체 무슨 꿍꿍이인지 모르겠는데, 덕분에 아무도 야생 흑각을 따지 못한 지 나흘째고 암거래도 멈춰서 그쪽 흑각 물가도 엉망이 된 상태라고."

시장이 마비될 만큼 아무도 흑각을 못 건드리고 있다니. 시진은 구겨진 종이 위에 놓인 남은 흑각 네 조각을 멍하니 바라보았다. 유일한 계획이 무용할 수도 있다는 계산은 없었다.

"사막이 네 손바닥 안이라고?"

비아냥대는 것 같아 시진은 데인을 쏘아보았다. 그러나 데인은 개의치 않고 덧붙였다.

"질문이다. 방향을 읽고 기억하는 데 재능이 있다는 건가?"

데인은 눈빛은 진지했다. 말투가 무례할 뿐 상대를 무시하려는 의도는 아닌 듯했다. 대답을 해야 한다면 그렇다고 할 수 있었다. 행동은 빠른 편이라 해도 길눈이 어둡고 방향치인 제레미가 시진과 함께 움직이기 시작한 이유는 다른 게 아니었다. 각자의 강점이 달랐다고 할 수 있다.

"그럭저럭. 왜?"

"두세 달 정도 일을 거들어줄 사람이 필요한데, 생각이 있다면 거래라고 여겨도 좋아."

누구 밑에서 일하는 건 상상이 안 됐지만 일단 들어나 보기로 했다.

"간단히 말하면 코어에서 재료를 받아 나에게 가져다주고, 내가 완성한 물건을 1구역이나 2구역으로 배달하는 거야."

얼마 전 제레미가 말했던 일과 비슷한 느낌이었다.

"당신 밀수꾼이야?"

"아니."

커터냐고 물었을 때는 마음대로 생각하라고 했던 데인이 이 질문에는 간단히 부정했다. 데인이 이런 일로 기싸움할 인물이 아니란 것쯤은 이제 시진도 알 수 있었다. 그래도 코어의 일이라니, 선뜻 끄덕이기 어려웠다. 지난번에는 겁 없이 코어에 갔다가 죽다 살아돌아왔다.

"내키지 않으면 말고."

"상급 구역이라면 몰라도 코어라니 너무 위험하잖아."

"그럼 다른 사람을 찾아보지."

"아니……"

분명 내키진 않았지만 어떤 일인지 조금 더 듣고 싶었다. 적어도 제레미의 제안보다는 훨씬 더 현실적일 것 같았다.

"그 재료라는 게 정확히 뭔데?"

데인은 두툼하면서도 부드러운 헝겊으로 만들어진 자루를 탁자 위에 놓았다. 무게가 제법 나가보였다. 거기에 손을 넣어 데인이 꺼낸 것은 잘린 커다란 뿔 한 점이었다.

회색빛의 휘어진 원뿔형으로 데인의 뿔보다도 훨씬 길고 굵었다. 길이는 어림잡아도 두 뼘 이상, 잘린 단면의 지름만 해도 반 뼘은 될 것 같았다. 보는 것만으로도 그 무게가 느껴질 만큼 속도 꽉 차 있었다. 뿔 속의 뼈였다. 뿔은 표면 전체가 거칠게 러프 샌딩되어 있었다.

시진은 난생처음 본 잘린 뿔이 마치 무기 같다는 생각이 들었다. 엄청난 압도감에 시진의 굽었던 등은 어느새 살짝 젖혀져 있었다. 재료가 무엇이냐는 대답으로 이보다 더 구체적일 순 없었다.

"각인의…… 뿔이겠지?"

어리석은 질문이라고 생각하면서도 물었다.

"그래."

"밀수꾼은 아니라고 했잖아."

"밀수꾼만 각인의 뿔을 상대하는 건 아니지."

그렇다면 당신 진짜로 커터였냐는 질문은 소리 내 묻지 못했다. 커터는 각톱과 칼을 제 손처럼 다룬다고 들었다. 단단하기 그지없는 뿔도 쉽게 잘라내는데 그보다 연약한 것들이야 말할 것도 없었다.

시진이 할 말을 잃은 사이 데인이 제안했다.

"처음은 내가 가이드 자격으로 동행하지. 코어가 복잡한 것 같아도 요령이 생기고 익숙해지면 그냥 길일뿐이다."

샐이 했던 것과는 정반대의 이야기였다. 이건 데인 방식의 낙관인가. 그렇다 해도 시진이 지난주에 긴 흉터에게 기습을 당한 게 없었던 일이 되는 건 아니었다.

"하지만 역시 코어는……"

"사막은 어땠지?"

역시 아니란 생각에 고개를 저으려 할 때 데인이 물었다.

"뭐?"

"암석사막, 처음 나갈 때 기분이 어땠는지 묻는 거야."

당연히 가슴이 터져나가도록 무서웠다. 열 살짜리 아이에게 내가 알지 못하는 것과 두려움은 같은 의미이기도 했다. 어쩌면 오늘이 인생의 마지막 날이 될지도 모른다고 생각했다. 그래서 떠나기 전 유진에게 쪽지를 쓰기도 했다. 내가 돌아오지 못하더라도 너무 슬퍼하지 말라고.

코어는 솔직히 그에 비할 바는 아니었다. 심지어 긴 흉터에게 얻어터지던 순간조차도 그만큼 무섭지 않았다.

"끔찍했시. 사막에서의 첫날. 공포 그 자체였어."

하지만 자기가 그렇게 빠르게 달릴 수 있는지 처음 알게 된 날이기도 했다. 두렵던 감정은 곧 내가 해냈다는 흥분으로 변했다.

"물론 다음 날 또 나갔지만."

그리고 암석사막을 감히 자신의 두번째 집이라고도 부를 수 있게 되었다.

시진은 결국 데인의 제안을 수락했다. 내일 오후부터 첫번째 업무를 수행하게 된 것이다.

메메

숨을 들이쉴 때마다 악취가 밀려들어 속이 뒤틀렸다. 그런데 그게 시원하게 토해버리고 싶을 만큼의 울렁거림은 또 아니어서 애매하게 불쾌한 상태가 지속되고 있었다.

문제는 이 악취로부터 시진이 도망칠 방법이 없다는 것이었다. 바로 자신의 목덜미에서 나는 워닝 냄새였기 때문이다.

"차차 익숙해질 거다."

데인이 말했다. 아무런 냄새도 맡지 못한 사람의 목소리였다.

"글쎄, 백 년이 지나도 못 참을 것 같은데."

시진은 올라오는 헛구역질을 참아내며 대꾸했다. 머리의 각통을 잠재워뒀더니 새로운 방해물이 등장했다.

"이쪽이야."

앞에 나타난 세 갈래 길 중 데인은 가장 왼쪽으로 꺾어 들어갔다. 시진은 워닝의 냄새를 무시해보려고 노력하면서 어슴푸레한 주위의 풍경과 현재 시각을 확인했다.

코어에 들어온 지 21분이 지난 시점이었다. 아주 미약한 빛만 내도록 램프 기능을 개조한 손전등과 구식 손목시계는 데인이 빌려주었다. 이전에 시진이 가지고 나왔던 고물 전등이 내는 빛은 지나치게 선명했다고 해도 좋을 만큼, 이 손전등은 그야말로 희미한 빛을 냈다. 코어에서 움직일 때는 이 정도가 적정 광량이고, 더 좋은 건 빛 없이도 목적지에 도달할 수 있게끔 길을 빨리 익히는 거라고 데인은 말했다.

그날처럼 늦은 밤은 아니어서인지 길에는 사람이 제법 있었다. 얼굴이나 표정까지 읽히지 않는 인영에 가까운 행인들은 빛에 의지하지 않고 걸었다. 간혹 손전등을 들고 있어도 아주 미세한 빛을 내는 정도였다. 그리고 몇몇은 두 사람과 비슷한 독특한 냄새를 풍겼다. 워닝의 악취였다.

데인의 말에 따르면 코어에서 워닝은 무언의 경고이자 약속이었다. 본인은 코어의 삶에 깊이 관여된 인간인 동시에 어느 영향력 있는 커터의 보증 아래 있으며, 그런 본인을 해할 시에는 그에 상응하는 보복을 각오하는 편이 좋다는 의미였다. 따라서 이 냄새를 풍기는 상대는 섣불리 건드릴 수 없었다. 마치 형체 없는 갑옷을 두른 것처럼.

실제로 코어에 들어온 후 두 사람을 성가시게 하는 움직임은 전혀 없었다. 오히려 가까이 왔다가도 일부러 거리를 유지하려는 행인들만 있을 뿐이었다. 자신을 만만히 여기는 인간을 자석처럼 끌어당기는 처지로 오랫동안 살아온 시진에게는 낯선 경험이었다.

"코어에서 커터는 대체 어떤 존재인 거야?"

"장사꾼이자 의사, 아니면 협상가이자 예술가라고나 할까."

"그야말로 사기꾼이라는 소리 같은데."

데인은 작은 소리로 웃었고 시진은 문득 궁금해졌다.

"그런데 뒤를 봐주는 커터 없이도 워닝은 누구나 할 수 있는 거 아냐?"

워닝은 10년 넘게 묵어 독성마저 사라진 흑각의 농축액과 각인의 뿔 속뼈를 녹여 섞은 액체인 워닝 드롭을 바르는 행위다.

"워닝 드롭은 만들기도 구하기도 쉽지 않아. 냄새를 적당히 흉내 낸 거짓 워닝을 하는 놈들이 아예 없지는 않지만, 그래도 내가 만일 한 건 노리는 입장이라면 일부러 그런 대상을 겨냥해서 굳이 내 운을 시험할 필요는 없겠지."

듣고 보니 그럴듯했으나 동시에 다른 의문이 생겼다.

"그런데 그 한 건 노리는 강도나 살인범이 결국 커터 아냐?"

"라뎀의 개들과 똑같은 믿음을 가지고 있군."

"뭐?"

"반세기쯤 되었을 거다. 각톱을 처음 쥐어본 견습 커터 하나가 이웃을 참혹하게 살해한 사건이 있었지. 사람들은 당연히 커터들을 경계하기 시작했고 라뎀 본사는 그걸 이용했어. 그렇지 않아도 공중의 말은 귓등으로도 안 듣고, 지상의 원로인 커터들이 눈엣가시였는데 마침 좋은 기회였던 거지. 그 후로 범죄가 발생하면 보안국은 대부분 커터의 소행이라고 발표했고 커팅 자체를 음지화해 모두 코어로 몰아넣었어. 그게 지금 네가 범죄자와 커터를 같다고 말하게 된 이유고."

데인은 시진을 흘긋 보며 일침을 가했다.

"50년 전에 무슨 일이 있었는지 내가 알 게 뭐야. 그럼 '진짜 커터'가 하는 일이 정확히 뭔데."

"일정한 대가를 받고 뿔을 자르고 싶은 각인의 뿔을 안전하게 잘라주거나 뿔로 인한 병증을 치료해주는 것. 그뿐이야."

답은 싱거울 정도로 간단했다.

"라뎀 시민의 절반은 각인이니 지상을 분열시키려는 의도로는 탁일했는지도 모르지. 각인과 면역인이 서로를 끊임없이 의심하고 경계하도록. 본사의 조율이라는 통제 아래에서."

본사의 조율이라는 말에 시진은 자연스럽게 샐을 떠올렸다. 그 누구의 편도 아닌 것 같지만 도통 무슨 생각을 하는지도 모르겠는 라뎀의 개. 하지만 지금 중요한 건 그가 아니었다.

"그래서 당신이 '그' 커터라는 거야? 단어가 오염되기 전의 장사꾼이자 의사, 협상가이자 예술가 말이야."

"그런 커터를 우리가 지금 만나러 가는 거다."

"나는 당신에 대해 물은 건데."

짧은 침묵 끝에 데인이 말했다.

"이제는 일개 세공사일 뿐이니 아니라고 해두지."

"이제는? 그럼 과거에는 그랬다는 의미야?"

"도착했군."

데인이 걸음을 멈췄다. 시진의 호기심은 아직 멈추지 않았지만 다시 주변 풍경과 시간을 확인해야 했다. 코어 입구에서 47분이 지난 지점이었다.

도착한 곳은 폭이 좁은 공동주택 건물이었다. 공중의 대지를 향해 한없이 위로 뻗어나간 모양은 시진이 사는 곳과 그리 다르지 않았다.

밖과 다름없이 캄캄한 안으로 들어가 비상계단을 올라갔다. 건물은 겉보기와 다르게 내부가 긴 구조였다. 언제 끝날까 싶은 동굴 같은 복도를 걷다가 데인은 끝에서 두번째 집 문 앞에 멈춰 섰고 일정한 리듬으로 다섯 번을 노크했다.

그런데 무응답이었다.

데인은 손목을 들어 시간을 다시 확인했다. 오후 4시 31분. 약속 시간이 막 1분 지난 참이었다.

"설마 1분 지났다고 문전박대하는 거야?"

시진의 볼멘소리에 데인은 문에 귀를 바짝 붙이며 입에 검지를 갖다 댔다. 안쪽에는 기척이 있는 것 같기도 없는 것 같기도 했다.

데인은 자세를 낮춰 손전등으로 바닥을 비췄다. 검붉은 얼룩 몇 개가 눈에 들어왔다. 데인은 당장 허리의 툴벨트에서 단도를 꺼내 열쇠 구멍에 밀어 넣었다. 문을 따는 데 채 1분도 걸리지 않았다.

"메메!"

문을 열어젖히며 데인이 안쪽을 향해 외쳤다. 따라 들어간 시진은 두 걸음만에 우뚝 멈춰 섰다.

눈이 부셨다. 이제까지 거쳐온 장소와 달리 마치 한낮의 태양 아래 있는 것처럼 실내는 빛으로 가득했다.

덕분에 모든 것이 빠른 속도로 눈에 들어왔다. 이곳은 시진이나 데인의 집과 비교할 수 없을 만큼 안락하면서도 사치스러운 공간이었고 각기 다른 방으로 통하는 문도 네 개나 있었다. 코어가 아닌 1구역의 저택 어딘가로 착각할 수 있을 정도였다.

"메메!"

"디?"

칼칼한 목소리가 왼쪽 끝에 위치한 문 너머에서 들려왔다. 현관부터 그곳까지 핏방울이 점선처럼 떨어져 있었다. 데인은 곧장 그 문을 열었다.

그 안은 마치 수술방 같았는데 가운을 입고 피로 물든 장갑을 낀 꼬장꼬장한 인상의 노파와 침상에 누운 각인이 있었다. 피냄새와 섞인 소독약의 고약한 냄새가 진동해 시진은 걸음을 또 한 번 멈춰야 했다.

"뭐 하다 이제야 나타나는 거야. 얼른 돕지 않고 뭐 해?"

노파의 지시에 데인은 빠르게 움직이기 시작했다. 침상의 각인은 열둘 아니면 열세 살 정도 되어 보이는 남자애로, 머리에 있었을 한 쌍의 뿔이 아무렇게나 잘린 채였고 얼굴은 온통 피투성이였다. 멋모르는 시진이 보기에도 위험한 상황처럼 보였다.

"당신이 잘못되기라도 한 줄 알았다고요."

데인이 침상 옆에 서며 말했다.

"얼씨구. 그랬다가 이런 뒤치다꺼리는 누가 하라고. 그리고 아직은 내 집에서 잘못될 만큼 늙은 것도 아니야."

노파가 코웃음을 치며 중얼거렸다. 그러곤 문 앞에 서 있는 시진에게 명령했다.

"거기, 손 하나라도 있는 녀석이면 멍청하게 서 있지 말고 이리 와서 전등이나 들어. 내 소중한 스탠드를 아까 이 녀석이 마취 직전에 몸부림치다가 부숴먹었어."

시진은 잠시 머뭇거리다가 바닥에 쓰러져 있는 스탠드 끝에서 조명을 분리했다.

"여기 비춰."

노파가 소년의 머리를 가리켰고 시진은 가까이 다가갔다. 소년의 뿔은 데인의 것과 비슷한 질감이었는데 한쪽은 잘못 힘주어 꺾인 듯 5센티쯤 남은 뿌리가 날카로운 단면을 드러내고 있었고, 한쪽은 두피 근처에서 지나치게 바짝 잘려 피부까지 절개되어 있었다.

데인이 말한 '진짜 커터'의 솜씨가 아니었다. 누군가 뿔을 훔치려고 습격한 흔적이었다.

"3구역 프럼 씨네 아들 같은데요."

데인이 물었다.

"이 나이 애들한테 하지 말란 소리는 다 튕겨나가는 법이지. 호기심에 혼자 들어온 모양인데, 22번가에 쓰러져 있는 걸 아무가 발견해서 데리고 왔어. 그쪽 작업실보단 여기가 더 가까웠으니까. 마침 다른 손님이 없었으니 망정이지."

노파는 상처가 심한 쪽의 봉합을, 데인은 부러진 단면의 처치를 맡았다. 두 사람 모두 이런 일이 낯설지 않은 듯 능숙한 손놀림이었으나 시진은 계속 보고 있기가 힘들어 결국 고개를 돌려야 했다.

수술이 모두 끝난 후 노파는 짧은 편지를 써 데인에게 전달을 부탁했다. 소년의 보호자에게 아이의 상태를 알리면서 안심해도 된다고 내일 데리러 오라는 내용이었다.

가운과 모자를 벗은 노파는 데인보다 나이가 두 배는 많아 보이는 각인이었다. 백발 사이로 뻗어 올라온 노파의 뿔은 뒤를 향해 완만하게 굽은 한 쌍으로 빛깔이 선명한 산호색이었다. 끝은 아마도 뾰족했을 테지만 확실하지는 않았는데, 중간이 뚝 잘려 있었기 때문이다.

애매한 지점이었다. 각인인 것을 감추려면 두피 가까이 잘라야 효과가 있고, 반대로 자랑하려면 온전한 형태 그대로 놔두거나 러프 샌딩 정도만 해야 의미가 있었다. 어정쩡하게 잘린 한 뼘이 안 되는 뭉툭한 뿔은 이도 저도 아니었다.

노파는 다른 방에서 묵직한 자루 두 개를 꺼내와 데인에게 건넸다.

"그래서 이 스탠드 녀석이 네 배달부야?"

"당분간 물건과 주소는 이 친구 통해서 전달 부탁할게요."

노파는 못 미덥다는 눈으로 시진을 머리부터 발끝까지 찬찬히 훑었다. 평소라면 나를 또 우습게 보는구나 하고 불쾌했겠지만 시진은 잠시 다른 생각에 빠져 있었다.

현재 이 사람에게 자신이 어떤 모습일지. 일반적인 면역인처럼 보일지, 아니면 노련한 커터의 눈으로 다른 정체성을 발견하기라도 했을지. 그러나 노파에게 시진은 조금도 중요한 인물이 아닌 듯했다.

"세공 따위 그만 집어치우고 여기로 와. 수집가들 비위 맞춰줄 어중이떠중이는 너 말고도 많아. 아까운 실력 썩히지 말고."

"그 어중이떠중이로 살고 싶은 거예요."

"또 한심한 소리."

데인은 더는 대꾸하지 않았다.

다시 워닝을 한 뒤 각각의 자루를 어깨에 메고 건물을 빠져나온 다음에야 시진은 비로소 노파의 정체를 물었다.

"메메가 저 커터의 이름이야?"

"메메, 줄라이. 그것 말고도 이름은 수십 가지지."

"그럼……."

여기가 베르트가 왔던 곳이라는 뜻이었다.

순간 메메가 그날 바로 베르트의 뿔을 잘라주었다면 그가 살아 있었을까, 하는 생각이 스쳤다.

"메메의 우선순위는 뿔 매입이 아니라 각인을 치료하는 거야. 그날도 그렇게 했을 뿐이다."

시진의 생각을 읽은 듯 데인이 말했다. 시진도 방금 전의 상황을 보았기에 덧붙일 말은 없었다.

사건의 근원은 코어의 어둠과 그곳을 이용해 누군가를 해치는 자들이다. 메메가 아니다. 원망의 방향은 다른 곳이어야 한다는 것을 머리로는 알았다. 하지만 바뀌지 못할 그 근원보다 눈앞의 대상을 탓하기가 더 쉬운 법이었다.

돌아가는 길도 왔던 것과 같은 경로였고 처음 올 때보다 워닝 드롭의 냄새가 덜 역겹게 느껴졌다. 그런데 코어의 가장자리에 다다를 무렵 등 뒤에 발소리가 하나 따라붙었다. 두 사람을 지나치려면 이미 그럴 시간은 충분했는데, 발소리는 일정한 거리를 유지하면서 아주 조금씩 거리를 좁혀올 뿐이었다.

분명 워닝을 인지했을 텐데 이건 뭐지 싶을 때 데인이 휙 돌아섰다. 순식간에 한 손으로 발소리의 주인공을 벽으로 몰아붙인 다음, 다른 손에 든 단도로 그의 목을 겨누었다. 오차 없이 날렵한 움직임에 놀란 시진은 자기도 모르게 뒷걸음질 쳐 있었다.

"워워! 진정해, 추락천사. 나야, 나라고."

건장한 남자가 양손을 들며 말했다.

"아누?"

"이거 무서워서 원. 워닝 냄새는 분명히 당신인데 두 사람이길래 뭔가 했지. 요즘 세공에만 집중한다더니 조수도 들였나 보네."

데인은 남자를 놓아주며 단도를 거두고 가볍게 머리를 숙였다. 시진은 아까 메메를 통해 들은 그 이름을 기억해냈다.

아누는 뒤로 굽은 두툼한 원뿔형의 양각을 가진 사십대 각인이었다. 워닝도 심지어 러프 샌딩도 하지 않았는데, 이렇게 있어도 코어에서 살아남는 데 지장이 없는 베테랑인 듯했다.

"그 꼬마는 좀 어때? 물론 코라가 잘 수습했겠지만."

코라는 메메의 또 다른 이름 같았다.

"누구 짓인지 알아?"

데인이 물었고 아누는 어깨를 으쓱했다.

"내가 발견했을 땐 이미 습격당한 지 몇 시간은 지났을 때였어. 강도가 한둘도 아니고, 그건 보안국에서 찾아야지."

"그쪽에서 순순히 찾아줄 것 같지 않은데."

가만히 듣고 있던 시진이 끼어들었다. 긴 흉터에게 얻어터진 그날 샐도 그랬다. 피해자가 죽지 않는 한, 보안국은 움직이는 시늉만 할 뿐이었다. 그늘의 각인은 라뎀에서 중요한 존재도 아닌 데다 이런 일은 하루에 수십 건도 더 일어날 테니.

"조수가 똑똑하군. 여기서 얼마나 버틸지는 모르겠다만."

아누는 기특한 학생을 칭찬하듯 말하곤 코어의 어둠 속으로 사라졌다.

"뭐야 저 인간은."

"4인의 커터 중 하나다. 존경심을 보여."

코어에는 신임받는 네 명의 커터가 있는데 메메가 그중 하나, 아누도 그 일원이라고 했다.

"꽤 젊은데?"

"얼마 전 그의 스승에게 작업실을 이어받았지."

그 스승이 아누에게 4인의 커터라는 명예와 함께 물려준 것이었다. 메메도 그처럼 데인이 자신의 뒤를 이어주길 기대하는 듯했다.

"그런데 왜 당신을 '추락천사'라고 하는 거야?"

다시 걸음을 옮기며 시진이 물었다.

"질문이 많군."

"갈 길은 멀고 아무리 봐도 당신은 천사처럼 안 생겼고."

"중요한 단어는 천사가 아니라 추락이다."

"왜? 어디에서 떨어졌길래?"

"공중."

시진의 걸음이 다시 멈췄다. 라뎀에서 공중이 의미하는 것은 단 하나였다.

"저거 말이야?"

시진은 검지로 머리 위를 가리켰다.

"그래."

"그럼, 공중에 가봤다는 거야?"

데인은 멈추지 않고 계속 나아가는 중이었다. 기다려주지 않는 등을 따라잡으며 시진은 질문을 퍼부었다.

"무슨 소리야? 당신 코어 출신이라며? 애초에 그런 뿔을 가지고 공중에 간다는 게 말이 안 되잖아."

각인은 공중도시에 발을 들일 수 없다. 죄인이 천국에 갈
수 없듯이.

"조례는 그렇지."

데인이 대꾸했다.

물론 자신의 몸을 조례에 끼워 맞춰 뿔을 잘라내고, 면역인
이라는 새로운 신분을 얻어 공중으로 편입하는 상급 구역 각
인에 대해 시진도 알고는 있었다. 다만 그런 사람을 실제로
만난 적이 없었을 뿐이다.

"그럼 당신이 그 조례에 맞췄던 적이…… 있었다고?"

"맞아. 비난이라도 하고 싶다면 네 자유야."

데인의 목소리는 건조했다.

공중도시

"공중도시도 보름 정도는 천국과 흡사하지."

썩 내키는 얼굴은 아니었지만 데인은 짧은 한숨을 뱉은 후 과거 이야기를 시작했다.

"전에도 말했지만 뒤늦게 뿌리 자라고 고통만큼 혼란도 컸다. 준비랄 게 전혀 안 된 채로 어느 날 갑자기 받아들여야 하는 변화였으니까. 게다가 공중 재배 흑각은 그때도 감당할 수 있는 가격이 아니었고."

합법적으로 고통을 피하기란 당시의 데인에게도 불가능한 일이었다. 그러나 시진과 유진처럼 사막에 나가는 편법을 생각하진 않았다.

"절망했고 화가 치밀었지만, 법을 거슬러서 또 다른 화를 불러올 배짱은 없었다고 해두지. 그때의 내가 조금이라도 더 할 만하게 느껴지는 건 반항보다 순응이었으니까."

당시 데인은 2구역 시민으로 뿔이 자란다는 것을 알기 전까지는 일반적인 중산층이었다. 교육원의 전 과정을 마쳤고 성인이 되고는 라뎀 본사에서 제공하는 시민 의무교육에 빠짐없이 참여해 지상 근로 자격도 얻었다. 상급 구역에 거주하며 범죄 전력 없는 면역인이라면 근로 자격을 얻는 건 어렵지 않았다.

그렇게 2구역의 한 상점에서 일하게 되었고, 얼마 후 뿔이 자라고 있다는 사실을 알게 되었다. 일을 계속하려면 각통을 잠재워야 했기에 다른 상점에서 흑각을 사 먹기 시작했다. 그는 자신의 수입 대부분을 흑각을 사는 데 썼다고 했다.

하지만 흑각을 먹는다고 해서 뿔까지 감출 수 있는 건 아니었다. 각인이라는 게 밝혀지자 결국 데인은 해고되고 말았다. 각인 직원은 면역인 손님들이 꺼린다는 이유였다. 사장은 좀 더 자유로운 3구역에서 일을 찾는 게 데인에게 더 잘 맞을 거라고 했다.

허울 좋은 말일 뿐이었다. 2구역의 급여로도 빠듯한 삶이었는데 3구역의 급여로는 어림도 없었다. 흑각이 필요 없는 면역인이라면 그럭저럭 살았겠지만 각인에게는 아니었다.

야생 흑각 채취는 당시의 데인에게 전혀 고려 사항이 아니었으므로 결국 그가 생각해낸 방법은 커팅이었다. 뿔을 잘라 각인인 것을 숨기고 어떻게든 2구역에서의 삶을 지속해나가는 것. 뿔이 다시 자라면서 고통이 따르고, 그것을 지우기 위해 모든 소득을 흑각에 바치는 쳇바퀴에 들어가는 꼴이겠지만 어쩔 수 없었다. 뿔을 가진 채로는 상급 구역에서 일할 수 없었다.

만일 3구역에서 일자리를 찾는다 해도 커팅이든 러프 샌딩을 해야 그나마 안심할 수 있을 테니 흑각은 결론적으로 반드시 필요했다.

"그런데 이런 생각이 떠올랐어. 이왕 뿔을 자를 거라면 2구역이 아니라 공중으로 가는 게 어떨까 하고."

그리고 난생처음 코어에 들어간 데인의 뿔을 잘라준 커터가 메메였다.

데인은 갑작스럽게 각인 판정을 받은 것을 제외하면 모범시민이었다. 결국 세번째 면접에서 시민권을 얻었고 제2국경을 넘어 공중이라는 천국의 천사가 될 수 있었다. 그런데 어째서 지금은 자신과 나란히 코어를 거닐고 있는 것일까. 시진은 고개를 갸웃했다.

"말했잖아. 보름짜리 천국이었다고."

데인이 배치된 곳은 흑각 재배소였다. 그 소식을 처음 들었을 때는 진심으로 기뻤다. 재배소 직원은 판매가의 절반 이하로 흑각을 구매할 수 있었기 때문이다. 인생 전체를 옭아맬 것만 같던 흑각에 대한 부담이 사라지다니 기적 같은 일이었다. 재배소의 급여는 2구역의 상점에서 받던 것보다도 세 배나 높았다. 그러나 머지않아 데인은 재배소 직원 대부분이 자기처럼 뿔을 자르고 지상에서 올라온 이민자라는 사실을 알게 되었다. 입국 기록상 면역인이지만 실제로는 면역인이 아닌 사람들. 그들은 속칭 '투명 각인'이라고 불렸고 공중도시 전체 인구의 5퍼센트를 차지했다. 더불어 흑각 재배소 업무는 그 5퍼센트에게 주어진 유일무이한 일자리였다.

30년 전, 본사의 주도로 흑각 안전 유통 사업이 강행됐지만 이전부터 공중에서 살던 면역인들은 정작 그 일에 참여할 생각이 없었다. 식량이 될 다른 농작물과 달리 흑각은 태생적으로 오염을 먹고 자라는 변종 식물이라는 게 그 이유였다. 어떤 직무에 있든 공중도시의 면역인은 라뎀의 최상급 계층이다. 수출용이든 내수용이든 지상의 하층민을 위한 근본 없는 식물을 키우자고 손에 흙을 묻혀야 하다니, 그들에겐 자존심이 허락하지 않는 일이었다.

본사 측은 흑각 재배 사업이 가져올 수출 이익을 포기할 수 없었다. 암석사막 지형이 없는 다른 도시 국가의 흑각 수요는 해마다 급증했다. 자리만 잡힌다면 라뎀의 전체 무역흑자의 절반까지도 기대할 수 있었다.

본사는 흑각 재배소에서 군말 없이 일할 인력이 필요했고, 기록을 고친 각인의 이민을 암묵적으로 받아들이기 시작했다. 결국 저 위에도 다른 쪽을 떠받치기 위한 그늘이 드리워진 셈이었다. 그 빛깔이 이곳 같은 검은색이 아닐 뿐. 그 사실을 알게 된 데인은 씁쓸했다. 그러나 흑각 걱정을 안 해도 되는 것으로 삶의 큰 위기를 넘긴 것이나 다름없었기에 묵묵히 일했다. 합법적인 데다 넉넉하기도 한 흑각에 감사하면서.

시진은 어느새 데인의 이야기에 몰입해 있었다. 공중도시의 실제 삶을 이토록 상세하게 듣기는 처음이었다. 명백한 공중 시민인 샐에겐 정작 제대로 들은 게 없었고, 지상을 떠나본 적 없는 사람들이 떠드는 말들은 소문이나 추측에 불과했다.

"그렇지만 나중에 다시 자라는 뿔은 어떡하고?"

잘라낸 뿔은 상처를 회복하며 다시 자란다. 각통은 그곳의 흑각으로 해결한다고 해도 뿔이 드러나면 면역인이라고 우길 수는 없을 터였다.

"설마 커터라도 있으려나?"

"공중은 커터가 있을 필요가 없는데?"

"그럼 대체 어쩌라고."

"투명 각인은 서너 달에 한 번 통행증을 신청해 지상에 들러야 해. 커터를 다시 만나기 위해서. 때마다 코어까지 안내할 브로커를 고용하기 위해 큰 비용을 치르면서."

데인은 아주 고전적인 해결 방법을 말했다.

"여간 성가신 일이 아니네."

만일 제레미가 이 사실을 다 알게 된다면 과연 뭐라고 할지 시진은 궁금했다. 녀석은 면역인이니 어쩌면 대수롭지 않게 여길지도 몰랐다.

"그래서 스스로 뿔을 자르거나 다듬을 수는 없는지 메메에게 물었지."

"그럼 예전에 커터였다는 건……"

"자기 스스로 뿔을 자르는 건 쉽지 않지만, 훈련하면 아예 불가능한 건 아니라기에 가르쳐달라고 했어. 수업료야 얼마든지 낼 테니."

"그게 더 힘들 것 같은데."

데인은 고개를 가로저었다.

"흑각 재배소 구역은 암석사막 지형을 모방해서 제1 국경 주변과 비슷한 풍경이지만 공중의 일부일 뿐이야. 거길 벗어나면 다른 구역은 초록빛 농장과 깨끗한 도시가 조화롭게 어우러져 있지. 그런데 리프트를 타고 지상으로 내려오면, 좋은 꿈을 꾸고 있는데 마치 누군가 억지로 흔들어 깨우는 기분이었어. 그만큼 싫었지. 더럽고 질서 없고 지긋지긋한 지상이."

모처럼 특권을 쟁취해 떠난 지상인데도 완벽하게 벗어날 방법이란 처음부터 없던 것이나 다름없었다. 지상은 뿔이 고개를 내밀 때마다 주기적으로 들여다보아야 하는 태생적 거울이었다.

데인의 수업 요구에 메메는 제자를 받지 않는다는 이유로 거절했다. 너는 그늘 사람이 아니기 때문에 워닝을 허락할 이유가 없고, 매달 수업을 받으러 여기까지 오는 일 자체가 위험할 거라 했다. 데인이 그래도 상관없다고 하자 메메는 비싼 수업료를 부르며 해볼 테면 해보라고 했다.

데인은 메메가 구축해놓은 방대한 자료를 토대로 모든 종류의 뿔과 그 속성을 연구하기 시작했다. 외각, 양각, 원뿔형, 가지형, 수직형, 곡선형, 단각, 장각 등 각기 다른 뿔을 차례로 다뤘다. 커팅을 위한 국소마취, 파손된 뿔의 응급처치, 상처 부위 봉합까지 모두 메메의 고객들을 통해 배우게 되었다.

1구역의 리프트로 지상에 내려와 코어까지 들어오는 동안 어둠 속에서 달라붙는 성가신 파리들을 떼어내는 것도 수업을 위해 거쳐야 할 난관이었다. 매번 브로커의 도움을 받았다가는 빈털터리가 되는 건 시간문제였다. 결국 데인은 스스로를 지킬 방법을 찾기로 했고, 그 기술을 가르쳐준 교사는 아까 그 아누라는 커터였다.

데인이 제 손에 쥔 각톱으로 자신의 뿔을 자를 수 있기까지는 약 3년이 걸렸다. 이미 절단된 짧은 뿔의 상단만 다시 잘라내는 작업은 온전한 뿔을 자르는 것보다 훨씬 섬세한 기술이 필요했다. 두 번의 시도만에 데인은 메메의 도움 없이 원하는 길이만큼 자신의 뿔을 잘라내는 데 성공했다. 결과적으로 탁월한 선생과 제자의 만남이었던 셈이다.

데인이 그토록 열정적으로 뿔을 연구한 이유는 다름 아닌 각인의 정체성을 더욱 깨끗이 부정하기 위해서였다는 사실이 모순적이긴 했다. 두 번 다시 지상에 발 들이지 않고, 이 뿔을 그 어떤 타인에게도 드러내지 않으며, 그야말로 투명하게 천국의 천사로 지내려는 계획을 위해서였으니까.

그 후로 5년간 데인은 자신이 바라던 대로 지냈다. 지상에 내려가지 않고서도 자라는 뿔을 스스로 다듬고 심지어 그 조각으로 작은 장식품을 만들 여유도 생겼다. 공중도시가 존재하지 않던 시대부터, 각인은 자신의 뿔이나 그 조각을 기념하고자 간직하곤 했다. 비록 아름다운 색깔이나 질감을 가진 뿔은 아니었어도 고유의 결을 살려 펜던트나 장식물을 깎아 완성할 때마다 기분이 썩 나쁘지 않았다.

흑각 재배소의 일상은 고됐으나 단조로웠다. 공중 생활 8년 차에 들어선 데인은 성실한 직원이었고 관리자에게 인정받아 승진 대상자로도 올랐다.

"그런데 어쩌다."

"공중에 있어서는 안 될 존재였던 거지."

어느 날 한 관리자가 데인을 찾아왔다. 직속상관은 아니었고 옆 농장의 관리자였는데 가끔 눈인사를 주고받던 터라 낯이 익었다.

그가 점심시간에 데인을 불러내 잠시 망설이더니 너는 각
인이지 않느냐고 물었다. 물론 재배소 내에서는 서로 알 수밖
에 없지만 입 밖으로 말하지 않는 것이 암묵적인 규칙이었다.
일종의 테스트인가 의심하면서 데인은 정석대로 대답했다.
무슨 말씀이세요. 각인은 공중 시민권을 얻을 수 없는데요.

"그 관리자는 면역인이었어. 그의 남편도. 공중에서 태어났
고 기록을 고친 적 없는 진짜 면역인 말이야. 그래서 태어난
아이들도 당연히 그런 줄 알았지. 첫째는 그랬어. 그런데 둘
째 아이가 세 살이 지나자 뿔이 자라기 시작했지."

그래서 부부는 그 뒤로 2년간 누구도 아이를 볼 수 없도록
절대 외출시키지 않았다. 한계는 금방 닥쳤다. 아이의 뿔은
머리카락으로 가려지지 않을 만큼 길고 뾰족해졌고 교육원
에도 보내야 했다.

결국 관리자 부부는 국경 통행증을 받아 지상으로 내려가
커터를 만나기로 했다. 그러나 아이는 모자를 쓰려고 하지
않았고 쓰는 족족 벗어 던지며 울음을 터뜨렸다. 그렇게는
제2국경이자 리프트 탑승장에 상주하는 국경 감시원의 시선
을 피할 수 없었다. 그러던 어느 날, 재배소 관리자 전체 회의
에서 이 관리자는 동료에게 데인이라는 이민자의 이름을 듣
게 되었다. 최근 5년간 휴가 한번 내지 않고 성실하게 일하는

사람이라는 내용이 전부였는데 이 관리자는 회의가 끝난 후 데인의 근태를 따로 살펴보았다.

이민 후 3년은 정기 휴가를 꼬박꼬박 챙겼으며 국경 통행증 발급 신청도 잦았으나 그 후로 5년간 어떤 기록도 없었다. 투명 각인임이 분명한데 자라던 뿔이 5년 전부터 갑자기 멈췄을 리는 없을 테고, 무슨 방법이 있을 거라는 추측으로 데인을 찾아온 것이었다.

데인은 말을 아꼈다. 대신 이렇게 물었다. 아이는 과연 뿔을 자르고 싶어 할까요? 그러자 관리자는 뿔을 자르고 싶지 않은 각인이 어디 있겠느냐고 반문했다.

데인은 답할 수 없었다. 공중에서 살아야 하는 각인이 할 수 있는 대답이란 한 가지로 수렴함을 이 관리자도, 데인도 알고 있기 때문이었다. 결국 아이의 뿔을 커팅했다. 타인의 뿔을 자르는 건 오랜만이었지만 아직 무른 아이의 뿔은 다루기 그리 어렵지 않았다.

처음 아이는 불안에 떨며 울었으나 몇 차례 만나자 안심하고 자신의 뿔을 맡겼다. 당신은 누구냐는 아이의 질문에 데인은 그냥 평범한 공중 시민이라고 답했다. 커터라는 단어를 소리 내 말할 수는 없었다. 여기는 공중이었고 코어의 메메라면 그 이름을 갖기에 너는 아직 한참 멀었다고 혀를 찼을 테니까. 그래도 데인은 명백히 커터였다. 고객이 아이 하나뿐이라

해도.

아이는 뿔이 사라지면서 알게 된 새로운 자유에 금방 적응했다. 그런 한편, 잘라낸 뿔 조각으로 데인이 조각해 준 펜던트를 가지고 놀기도 좋아했다. 미처 다 자란 적조차 없던 아이의 뿔은 선명한 보랏빛이었고 무척 예뻤다. 그걸 좋아해주니 데인도 기분이 좋았다. 그리고 2년 뒤, 아이는 교육원에서 나의 소중한 친구를 발표하는 시간에 자신의 커터를 소개해버리고 말았다.

공중의 보안국 조사원들이 데인의 집을 수색했고 뿔 조각과 뿔을 자르거나 다듬기 위한 각종 도구를 발견했다. 당시 재배소에서 일하고 있던 데인은 영문을 모르는 채로 보안국의 호출을 받았다. 그들은 데인에게 커터냐고 물었다.

이미 다 지난 일인 걸 알면서도 답답해진 마음에 시진이 불쑥 끼어들었다.

"그냥 잡아떼면 간단하지 않아? 그게 공중이 항상 하는 일이잖아. 자, 이제부터 야생 흑각은 불법인 거야. 자, 각인이지만 각인이 아닌 거야. 안 그래? 당신은 뿔도 잘라서 없던 상태고, 뿔 조각들은 수집가라 모은 거라고 하고."

그러나 데인은 그렇게 하지 않았다. 한마디 변명도 없이 그렇다고 인정했다. 승진을 앞둔 천사가 추락하게 된 이유가 밝혀졌다. 지금으로부터 6년 전 일이었다.

"기껏 고생스럽게 올라갔는데 왜? 다시는 안 내려오고 싶어서 커팅까지 배웠으면서."

잠시 침묵하던 데인은 느지막이 입을 열었다.

"공중에서 각인의 뿔에 대해 나만큼 제대로 알고 다룰 수 있는 인간은 맹세코 아무도 없었다. 자만이 아니라 사실이야. 다섯 살짜리 아이조차 그걸 알고 있었고. 내가 나를 부정하는 건 몇 번이든 상관없어. 하지만 그게 타인의 진실마저 부정하게 된다면…… 다른 차원의 문제더군."

이해할 듯 이해할 수 없는 말이었다.

"메메는 어쨌든 일손이 생겼다며 추락을 환영했지만."

"쳇, 그럼 누울 자리 보고 뻗은 발이었잖아."

반쯤은 농담이었는데 데인은 시진의 말을 반박하지 않았다.

어느덧 주위 건물의 창문이 밝아졌다. 막혀 있지 않아 안쪽에서 새어 나오는 은근한 빛이 느껴지는 그늘의 평범한 거리였다.

"그런데 데인, 이건 그냥 개인적으로 궁금한 건데."

데인이 공중에 있었다는 말을 들은 순간부터 마음 한구석에 피어난 의문이었다. 시진은 손전등을 끄며 물었다.

"혹시 공중의 흑각 재배소 직원 중에 유진이라는 이름은 없었어?"

유진은 7년 전 사라졌고, 데인은 6년 전 코어로 내려왔다.

만일 제레미의 주장대로 유진이 공중도시로 간 거라면 서로 마주쳤을 수도 있었다. 공중에서 투명 각인이 갈 수 있는 곳이 흑각 재배소뿐이라면 더더욱.

"공중의 흑각 재배소는 52개의 농장으로 이루어져 있어. 내가 근무한 농장에 그런 이름은 없었다. 다른 농장에 있다고 해도 교류할 계기가 없다면 그저 미지의 타인일 뿐이고. 이름을 바꿨는지도 모를 일이지."

어차피 큰 기대는 하지 않았다. 그때 데인이 말을 이었다.

"아무튼 앞으로 3개월간 잘 부탁한다."

"근데 왜 3개월이야? 제대로 못하면 잘리는 거야?"

"3개월 뒤에는 네가 이 일을 하고 싶지 않을 수도 있어."

"왜?"

"어릴 때 자라기 시작한 뿔은 10여 년에 걸쳐 서서히 완성되지만, 성인이 된 후에 생긴 뿔은 달라. 고통은 훨씬 심하고 자라는 속도도 빠르지. 3개월 후면 아마 머리카락으로 덮이지 않을 만큼 솟아오를 거야."

데인은 시진의 정수리를 향해 흘긋 눈짓했다.

"누가 봐도 각인으로 의심받을 외양이겠지. 그때가 되면 코어와 상급 구역을 드나드는 일을 네가 원하지 않을 수도 있으니까."

라뎀의 묘지

제1 국경은 데인이 말한 그대로였다.

검은 제복을 입은 국경 감시원들이 2인 1조로 일정한 간격을 유지하며 철조망을 따라 끝없이 늘어서 있었다. 이렇게 많은 제복을 보기는 시진도 처음이었다.

시진은 베르트의 묘에 가기 위해 출입국 사무소에서 통행 허가를 기다리는 중이었다. 라뎀에서 생을 마친 사람은 출신이 공중도시든 코어든 모두 사막에 묻히고, 방문객은 반드시 통행증을 발급받아야 했다.

샐이 써준 통행증을 창구에 내밀었을 때 국경 감시원은 시진을 한번 쓱 살피더니 보안국 재확인이 필요하다며 대기하라고 했다. 반면 거의 동시에 통행증을 내민 그럴듯한 옷차림의 시민에게는 라뎀, 하고 인사하며 즉시 출입구를 열어주었다. 출신과 무관하게 모두 같은 곳에 묻힌다는 점에서 죽음은 공평한 듯했지만 꼭 그렇지만도 않았다.

30분이 지나도록 감시원은 스퀘어를 들여다보고만 있을 뿐 시진을 부르지 않았다. 대기실에는 시진과 같은 처지의 몇 사람이 더 있었다. 보안국에서 회신이 없는 건지 아니면 뱅커라고 일부러 이러는 건지 알 방법이 없었다. 마음 같아서는 흑각을 훔치러 갈 때처럼 어딘가 있을 개구멍을 찾아 달려가고 싶었다.

"오늘은 너무 오래 걸리는군. 참……"

시진의 오른쪽에 앉은 노인이 혼잣말을 했다. 이 남자 면역인은 시진이 오기 전부터 거기에 앉아 있었다.

"그러게. 왜 이렇게 느려터진 거야. 대규모 충원까지 했으면 더 빨리빨리 움직여야지."

시진은 일부러 목소리를 키워 노인의 말을 거들었다. 노인은 깜짝 놀랐고 창구 너머 감시원은 고개를 들어 시진에게 경고했다.

"도시 안전을 위한 보호 조치에 협조하도록!"

그는 뭔가 중대한 상황이라는 인상을 주고 싶었던 것 같지만, 무작정 통행 허가만 기다리는 사람에겐 뜬구름 잡는 소리일뿐이었다. 시진은 입을 비죽이며 중얼거렸다.

"뭘 어떻게 보호하시겠다고."

무슨 상황이 됐든 적어도 보호받는 대상에 자신이 포함되어 있지 않다는 것 정도는 알았다. 사막에 널린 야생 흑각만도 못한 인생이었다.

"요즘 왜 이렇게까지 하는지 모르겠군."

노인이 하소연했다.

"그늘 사람들이 사막에서 훔치는 흑각이라고 해봐야, 공중에서 재배하는 흑각에 비하면 그야말로 한 줌일 텐데. 그 정도로는 흑각 물가에 영향을 줄 것 같지도 않고."

시진도 같은 의견이었다. 고작 그 손해를 막자고 저렇게까지 인력을 배치하다니 아무리 생각해도 수지가 안 맞는 일이었다.

"그래서 그 소문이 진짜인가 싶기도 해."

그때 왼쪽에 앉아 있던 사람이 끼어들었다. 시진보다 몇 살 더 많아 보이는 여자로 겉보기에는 노인처럼 면역인이었다.

"우리 공동주택에 도는 얘긴데, 본사가 외부에서 테러 위협을 받았다고."

"뭐?"

뜬금없는 단어에 노인이 놀라 물었다.

"어느 도시인지 최근 라뎀이 재배 흑각 무역을 중단했는데, 그 보복이라나. 다른 도시는 대체로 흑각 부족에 시달린다고 하니 말은 되잖아? 공중 본사가 아무리 할 일이 없다고 해도 겨우 그늘 시민 기강 잡자고 이렇게까지 하겠느냐고. 지상 사람까지 차출하면서."

"지상 사람?"

이번에는 시진이 물었다.

"공중 놈들로 머릿수가 부족했나 지상에서도 일부 선발했
다던데? 국경 감시용으로."

"설마."

노인이 미간을 좁혔다.

"진짜라니까요. 그래봐야 상급 구역 녀석들이겠지만."

시진은 달리 덧붙일 말이 없었다. 공중에 대한 의혹과 소문
은 대체로 과장되거나 부풀려지기 마련이었고, 요 며칠 제1국
경의 상황은 시진의 관심 밖이기도 했다.

지난 사흘간 시진은 주로 코어에서 혼자 시간을 보냈다. 아
직 데인이 요청한 적은 없었지만 이동 경로에 적응하기 위해
워닝의 힘을 빌려 코어를 돌아다녔다. 그동안 제레미와 로드
를 포함해 누구와도 만나지 않았다.

오늘 코어 대신 여기로 온 것은 어제 집을 비운 사이 샐이
자기 멋대로 국경 통행증을 문틈에 밀어 넣고 갔기 때문이다.
통행증 날짜는 오늘로 기록되어 있었다. 친족도 아닌데 어떻
게 할 거냐는 샐의 말에 알아서 하겠노라고 큰 소리치기는 했
지만, 사실 그랬다가는 베르트에게 인사하는 날이 기약 없이
미뤄질 뿐이었다.

보안국은 묘지 방문을 원하는 친족에게조차 국경 통행증을 까다롭게 발급하거나 여러 이유를 붙여 퇴짜를 놓는다. 친족이 그늘 시민에 각인, 게다가 뱅커라면 더 말할 것도 없었다. 묘지 방문을 핑계로 야생 흑각을 훔칠 수 있다는 이유에서였다.

그래서 유진과 나란히 엄마의 묘를 찾은 것도 겨우 한 번이었다. 그것도 유진이 몇 번이나 거절당한 끝에야 겨우 받아 온 통행증이었다.

처음이자 마지막이었던 그날을 돌이키면 시진에게 가장 먼저 떠오르는 것은, 고압적인 감시원들이나 생경한 묘지의 풍경, 엄마를 기억하는 동안 느낀 감정 같은 것이 아니라 앞장서 걸어가는 유진의 늘어진 어깨와 땀에 젖은 등이었다.

"G4948021."

감시원의 목소리가 기억에 잠긴 시진을 현실로 불러냈다. 제 등록 번호였다. 세 명 중에 마지막으로 불릴 줄 알았는데 의외였다.

"소지품 검사 준비하고 통과 대기해."

어쩌면 스퀘어 너머에 있을 샐의 입김일지도 몰랐다.

제1 국경 출입국 사무소는 모두 세 군데로 오늘 시진이 방문한 곳은 가장 서쪽인 1번이었다. 평소 흑각을 채취하던 국경 남쪽으로부터 북서쪽으로 10킬로미터 넘게 떨어진 곳이었다.

한 제복에게 몸수색을 당하고 출입구를 통과하자 바깥에는 묘까지 동행할 다른 제복이 대기하고 있었다. 시진 또래의 여자 감시원이었다. 며칠 코어에 익숙해진 탓인지 낮의 사막이 유난히 뜨겁고 눈부셨다. 시진은 손으로 차양을 만들어 제복의 지시에 따라 움직였다.

출입국 사무소에서 이어진 바깥은 일정한 영역까지 잘 닦인 땅이 널찍하게 펼쳐져 있었다. 공동묘지는 그곳을 기준으로 오른 방향이었다. 왼쪽은 외부 도시 국가와 통하는 방향으로 통관을 기다리는 차량과 소형 항공기가 줄지어 있는 모습이 보였다. 1·2·3구역에서 판매하는 각종 공산품이나 로드의 펍에서 판매하는 맥주도 이렇게 들어오는 거라고 들었는데 직접 보는 건 처음이었다.

그 차들이 새끼손톱보다 더 작게 보일 만큼 오른쪽으로 한참 걸었을 때, 비로소 공동묘지의 입구가 나타났다. 끝없이 펼쳐진 자갈밭 위로 누군가의 이름이 적힌 길쭉한 푯말이 빼곡히 박혀 있는 풍경을 맞닥뜨리자, 그날 유진의 등이 또 다시 떠올랐다. 시진의 이마와 등줄기에도 땀이 쉴 새 없이 흐르고 있었다.

감시원은 스퀘어를 한 번 확인하고서, 저쪽으로 가라며 왼쪽을 휙 가리키더니 10분을 주겠다고 했다. 그가 가리킨 곳에 꽂힌 푯말만 얼핏 100개는 되어 보였다. 게다가 꽤 경사진 오르막이었다.

"가는 데만 2년은 걸리겠는데."

"정확히 10분이다."

제복에게 농담은 안 통했다. 시진은 오르막길을 빠른 걸음으로 올랐다. 달릴 수도 있었지만 수없이 많은 낯선 글자 사이에서 이름을 모르고 지나치지 않으려면 그 정도 속도가 적당했다. 그리고 곧 베르트의 이름을 찾아냈다.

그 앞에서 자세를 한번 가다듬은 시진은 유일한 소지품인 물병을 열었다. 손바닥에 물을 약간 따라 푯말 위 친구의 이름에 덧칠하듯 문지르자, 베르트라는 글자가 조금 더 또렷하게 보였다. 물기가 서서히 증발하는 동안 시진은 물끄러미 서 있었다. 주어진 시간은 겨우 10분. 가슴은 답답하고 조바심이 나는데 무슨 말부터 꺼내야 좋을지 도무지 알 수 없었다. 미안하다고 해야 할지, 그저 그립다고 해야 할지, 페이가 필요했다면 어째서 내게 도움을 청하지 않았느냐고 물어야 할지 알 수 없었다. 어떤 말을 한들 베르트가 돌아오지 않는다는 건 마찬가지였고 모든 말이 무용한 변명처럼 느껴졌다.

코가 시큰해오고 시진은 자기도 모르게 눈을 감았다. 빛이 사라지자 어쩐지 숨통이 조금 트였다. 그렇게 어둠 속 베르트를 떠올렸다. 아래층에서 노크하면 문을 열어주던 익숙한 친구의 모습을. 그저 떠오르는 대로 말하기로 했다. 항상 그랬던 것처럼. 평범하게. 그늘의 어둠 속에서.

"나야, 오랜만이지."

베르트는 아마 얼른 들어오라며 자리를 내어주었을 것이다.

"그동안 많은 일이 있었거든. 정말 많은 일이."

뭔데, 말해봐. 요즘 통 외출을 못 했더니 궁금하네, 라고 재촉하는 베르트를 생각했다.

가장 큰일은 바로 너, 네가 떠나버렸다는 사실이지만 그건 제외하기로 했다.

"기분 나빠하지 말고 들어. 아래층에 다른 사람이 이사 왔어."

데인 이야기부터 시작이었다.

"어떤 사람인지 너도 알고 싶을 것 같아서. 코어에서 온 각인인데 처음엔 정말 별로였거든. 일단 인상이 험악한데 뿔도 딱 그래. 너한테만 하는 말이지만 번개 맞은 나뭇가지 같아. 거기에 러프 샌딩은 어찌나 거칠게 해놨는지, 그렇게까지 하면 통증이 장난 아닐 것 같은데 말이야. 아, 이름은 데인이야. 데인은 워닝이 없어도 코어에서 아무도 안 건드릴걸. 맞아. 로드랑 좀 비슷한 느낌. 심지어 커터이기도 해. 그런데 어쩌다 보니 당분간 같이 일하게 되는 바람에 요즘 나는 코어에서……"

술술 떠들던 시진은 순간 말을 멈췄다. 베르트가 코어 이야기는 듣고 싶지 않을지도 모른다는 생각이 들었다. 생각해보니 베르트의 비보를 가장 먼저 알려준 이도 데인이었다.

"더 황당한 일도 있어."

그러고는 다시 눈꺼풀을 열어 뒤를 한 번 돌아보았다. 감시원은 시간을 재고 있었다. 어림잡아 100미터는 떨어져 있었는데도 시진은 목소리를 낮춰 말했다.

"나…… 뿔이 자라고 있어."

그 말과 동시에 머리로 가져갈 뻔한 손을 얼른 내려 어색하게 허리를 짚었다.

"그래, 그 뿔 말이야. 웃기지."

그렇게 중얼거리고는 침묵을 지켰다. 스물세 살이나 됐는데 이제야 뿔이 자라기 시작했다는 말을 들으면 베르트도 놀라 할 말을 잃었을 것이다.

"열받아."

다시 터져 나온 말은 불만이었다. 이어서 어디에도 털어놓지 않았던 본심이 새어 나왔다.

"맞아, 싫어. 왠지 네가 화낼 것 같긴 한데 어쩔 수 없어. 그게 솔직한 내 생각이니까. 너도 각인의 삶이 항상 좋았던 건 아닐 거잖아. 나는 면역인이야. 이건 싫다고. 이제 와서 뿔이라니."

"시간 됐어! 그만 내려와."

점점 커지려던 목소리가 감시원의 외침에 묻혔다. 덕분에
시진은 잠시 숨을 골랐다.

"아는 사람은 아직 데인뿐이고, 행정국에 발각되지 않는
한 나는 면역인이야. 공중에 갈 생각 따위 없지만, 각인으로
살 생각도 없어. 뿔은 자랄 때마다 커팅할 거야."

감시원이 이쪽으로 올라오기 시작했다. 이제 정말 돌아서
야 할 때였다.

대화를 시작할 때처럼 마무리도 어떻게 해야 할지 역시 미
궁이었다. 10분은 너무 짧았다. 시진은 마지막으로 베르트의
이름을 손으로 쓸어내렸다. 까끌까끌한 풋말은 마치 예전에
베르트가 만져봐도 된다고 했던 러프 샌딩한 뿔의 표면 같
았다.

"내려오라고, 시민!"

시진은 감시원의 심기를 지나치게 거스르지 않기로 했다.
출입국 사무소를 다시 통과하기 전 이 녀석에게 한 가지 묻고
싶은 것이 있었기 때문이다.

등 뒤에 선 감시원이 지시하는 방향을 따라 시진은 다시
고분고분 걸었다. 그리고 공동묘지를 벗어나기 직전 슬그머
니 운을 뗐다.

"저, 제복."

만약에라도 라뎀의 개라는 단어가 튀어나오지 않도록 시진은 주의를 기울였다.

"그 스퀘어 말이야, 라뎀 사람에 대한 정보가 전부 들어 있는 거지?"

특별한 혐의 없이 본사 직원과 이렇게 함께 있을 수 있는 기회를 놓칠 수 없었다. 감시원은 대답하지 않았다.

"거기서 이름 하나만 찾아볼 수 없을까? 부탁할게."

"조용히 걸어, 시민."

"10초면 돼. 현재 라뎀 시민인지 아닌지, 살아 있다면 어느 구역 소속인지만 확인하면 된다고."

그날 코어에서 샐의 눈빛에 거짓은 없어 보였다. 그러나 이왕이면 제 눈으로 상황을 직접 확인하고 싶었다.

"너한테는 어려운 일도 아니잖아. 개인적으로 보답은 할 테니까. 응? 제복."

그 말에 감시원은 걸음을 멈추고 시진을 응시했다.

"내가 가진 유일한 결정권은 시민의 불법 행위에 대한 벌점 부과뿐이야. 그리고 지금이 그 권리를 사용할 적절한 때인 것 같군."

"뭐?"

농담이 지나치다는 대꾸조차 못 할 만큼 감시원의 태도는 싸늘했다.

"명백한 직무 방해와 감시원 매수 행위. 등록 번호 말해. 시
민."

"뭐라고?"

어처구니가 없었다. 감시원은 드디어 꺼내 든 스퀘어로 무
언가 조회하기 시작했다.

"스스로 등록 번호를 밝히지 않으면, 감시원 임의로 통행증
정보를 사용할 수 있고 업무방해죄로 추가 벌점을 부과할 수
있어."

온몸의 땀이 순식간에 차갑게 식는 기분이었다.

"말도 안 되는 소리 하지 마, 이 라뎀의 개가!"

"아, 모욕까지. 이의신청은 보안국에 직접 출석해서 해야
할 거야. 물론 조사부터 받은 뒤에."

그 순간 감시원의 스퀘어 조작을 막으려고 뻗어나간 시진
의 팔을 누군가 붙잡아 저지했다. 시진과 감시원 사이로 낯선
그림자가 끼어들었다.

"이거 무서운 게 없는 녀석이네. 감히 본사 직원에게."

제복에 어울리지 않게 건들건들한 말투의 다른 감시원이
었다. 시진이 고개를 들자 그는 시진만 알아볼 수 있게끔 슬
쩍 입꼬리를 올렸다. 그 익숙한 얼굴을 보자마자 시진은 완전
히 할 말을 잃고 말았다. 최근 연달아 닥쳐온 일의 여파를 다

소화하기도 전에 찾아온 새로운 충격이었다.

"벌써 교대인가."

여자 감시원이 시간을 확인했다.

"기다려도 안 내려와서 이 몸이 올라오셨잖아."

"미안하게 됐군. 이게 다 이 녀석 때문이야."

감시원은 입력하다 만 스퀘어 화면을 동료에게 공유했다.

"알 만하네. 내가 인계할 테니 넌 그만 퇴근해."

"부탁하지."

그림자 하나가 멀어지면서 검은 점이 되어 출입구로 사라진 뒤에야 시진은 겨우 눌러 참았던 울분을 터뜨렸다. 라뎀의 검은 제복을 입은 제레미에게.

"젠장, 이게 다 뭐야?"

"부탁이니까 조용히 좀 해."

제레미가 속닥이며 사정했다. 그러면서 엄한 감시원처럼 보이게끔 시진의 뒤에서 거칠게 등을 툭툭 밀며 앞으로 가라고 했다. 삐끗했다던 다리는 이제 멀쩡해 보였다.

마지막으로 로드의 펍에서 만났을 때 제레미는 분명히 코어의 심부름 일을 이야기했다. 라뎀의 질서에서 가장 먼 곳의 이야기를. 그랬던 제레미가 지금 라뎀의 제복을 입고 있다. 제레미를 못 본 기간은 고작 2주 정도였다. 그사이에 도대체 무슨 일이 일어난 건지 알 수 없어 시진은 혼란스러웠다. 지난 이민국 면접에서는 분명히 탈락했다고 들었다. 게다가 다음 분기 면접까지는 아직 한참 남았다. 제레미가 갑자기 라뎀의 제복을 걸치고 있을 이유는 아무 데도 없었다.

그때 아까 대기실에서 들은 말이 떠올랐다. 지상 시민 차출. 그렇다면 그게 완전 헛소문은 아니었던 모양이다. 하지만 제레미는 상급 구역 출신이 아닌데. 시진은 대체 뭐가 뭔지 알 수 없었다.

"제대로 설명해, 전부 다."

"지금은 말고 나중에. 너희 집에 들를 테니까."

제레미는 일부러 또 한 번 시진의 등을 세게 밀었다. 아직은 먼 출입구에 다른 감시원 두 사람이 자그맣게 보였다.

"유진은 스퀘어상 공식적인 사망 기록 없는 실종 상태가 맞아. 넌 그게 궁금한 거잖아."

제레미는 자신이 유진을 구하기라도 한 것처럼 자랑스럽게 말했다. 그리고 자기의 스퀘어를 내려다보며 덧붙였다.

"그래서 지금 유진이 공중에 있는 거냐고 묻는다면…… 그건 나도 몰라. 아직은."

"아직은?"

"예비 감시원한테 공중 정보는 접근 권한이 없더라고. 아까 개도 마찬가지야. 하지만 '예비'를 벗어나면 언젠가는 확인할 수 있게 되지 않을까?"

목소리는 낮췄지만 제레미는 한껏 들떠 있었다. 지금 제레미에게 중요한 것은 그 권한을 가진 자신의 미래였다.

"그래."

시진의 무기력한 대꾸에 제레미는 슬쩍 앞으로 나오더니 옆에서 보폭을 맞췄다. 그러고는 시진의 얼굴을 한번 살피며 말했다.

"베르트 일은 유감이야. 걔가 그런 사건에 말려들 줄은 몰랐으니까. 대체 무슨 배짱으로 코어를……"

제레미는 할 말이 남은 듯했으나 곧 입을 다물었다. 어느덧 출입구가 잘 보이는 거리에 다다랐다. 저쪽도 교대가 있었는지 아까와는 다른 감시원들이었다. 제레미는 목소리를 가다듬고서 시진을 향해 윽박질렀다.

"알아들었으면 닥치고 꺼져!"

출입구 감시원들은 적당히 하라며 낄낄거렸다. 시진은 애써 표정 관리를 하며 출입구로 향했다. 그때 감시원 하나가 시진을 막아섰다.

"어딜 가. 소지품 검사해야지."

"들어올 때 했는데."

"뱅커는 나갈 때도 의무야."

그건 사실이 아니었다. 시진이 의아해하며 돌아보자 제레미도 같은 표정으로 서 있었다.

"그래. 야생 흑각을 훔쳤을지도 모르니까."

낄낄거리던 다른 제복이 동료를 거들었다. 그러나 묘지를 오가는 동안 눈에 띄는 흑각은 없었고, 있었다 해도 동행한 감시원 때문에 노릴 여유조차 없었다.

시진은 무시하고 둘을 지나치려 했다.

"어이, 시민! 멈추라고 했잖아."

그때 네 개의 팔이 시진을 꼼짝 못 하게 붙들어 강제로 꿇어앉혔다. 저항하며 일어나려 하자 한 녀석이 등을 세게 밟아 눌렀다. 결국 흙바닥에 완전히 엎드린 채 거칠게 몸수색을 당했다. 제레미도 분명 그곳에 있었음에도 아무 말도 하지 않았다. 시진은 일부러 그쪽을 보지 않았다. 제레미가 지금 어떤 표정을 하고 있든지, 녀석의 사정이야 어쨌든 그 눈을 보는 순간 참지 못하고 폭발해버릴 게 분명했다. 한 가지 다행이라고 한다면, 이 감시원들이 머리카락까지 헤집는 성의는 안 보였다는 것이었다.

소문과 의혹

　문밖에는 제복을 입고 손전등을 환하게 켠 제레미가 서 있었다. 묘지에서 맞닥뜨린 지 꼭 일주일 만이었다.

　다시 만날 때 반드시 한 대 치겠다고 결심했는데, 막상 눈앞에 나타나자 그럴 수 없었다. 제레미의 얼굴은 이미 곳곳이 상처투성이였다.

　"얼굴은 왜 그래?"

　"매일 훈련이 있어. 그래도 오늘은 영광의 상처라고."

　"그런 것도 해야 해?"

　"라뎀의 개는 여러 가지를 하지."

　안으로 들어온 제레미는 제 손전등을 탁자에 자랑스럽게 올려놓았다.

　"어때? 엄청 환하지?"

　순찰용 손전등의 날카로운 빛은 제1 국경에나 어울렸다.

집 안의 어둠을 달래는 용도가 아니란 건 그늘 토박이인 제레미도 알 텐데 그저 으스대려는 것이다.

"눈부셔."

"알았어."

시진은 대신 데인에게 받은 조도 낮은 손전등을 켰다. 적당히 그림자가 드리운 얼굴이 역시 훨씬 편했다.

"흑각 도둑께서 출세하셨네."

"오, 뭐야 저건? 너도 새 옷이 생긴 거냐?"

시진의 빈정거림은 귀에 전혀 안 들어오는지, 제레미는 벽에 걸린 낯선 감청색 재킷에 시선을 고정했다. 그 재킷 역시 데인에게 받은 것으로, 상급 구역 배달을 갈 때 입어야 하는 일종의 유니폼이었다. 닷새 전, 1구역으로 첫 배달을 앞둔 날이었다. 다녀올 테니 물건을 달라고 나타난 시진을 보고 데인은 잠시 침묵을 지키더니 네 옷장을 좀 보자며 이곳으로 왔다. 시진의 옷장에서 입을 만한 옷을 찾지 못한 데인은 다시 아래층으로 내려가 재킷 하나를 가져왔다. 이걸 입고 가라면서. 코어에 갈 땐 상관없지만 상급 구역 고객에게는 기본적인 예의를 갖춰야 한다고 했다.

그날 배달해야 할 물건은 뿔을 납작하게 깎아 만든 빗이었다. 상급 구역의 부유한 각인은 세공사에게 큰 비용을 지불하고 잘라낸 자기 뿔로 장식품을 만들어 간직하곤 했다.

데인은 고객이 배달부를 마주하는 순간부터 평가가 시작되는 거라며, 헝클어진 머리도 빗고 신발도 광이 나도록 닦게 시켰다. 마지막으로 재킷을 걸치자 데인은 이제 그나마 봐줄 만하다는 표정을 지었다.

"빌린 거야. 아래층에서."

"왜?"

시진은 데인이 장식품 세공사이고 당분간 그의 조수로 일하게 되었다고만 했다. 자신의 뿔은 물론 코어, 커터, 추락천사 같은 이야기는 전부 생략했다. 제레미도 더 묻지 않았지만 조심할 필요는 있었다. 사연이야 어쨌든 제레미는 라뎀 본사를 위해 일하는 사람이 되었으니까.

"그런데 딱 봐도 사이즈가 안 맞는 것 같은데. 내가 고쳐줄까?"

제레미의 참견에 시진은 거절하지 않고 실과 바늘을 가져왔다. 이 재킷은 이제껏 시진이 몸에 걸쳐본 것 중 가장 좋은 옷임엔 분명했는데 그게 유일한 문제였기 때문이다. 약간 큰 품과 소매.

마주 앉은 탁자에서 소매를 고치며 제레미는 제1 국경 예비 감시원으로 선발된 과정을 털어놓았다.

"그러니까, 시작은 테러 예고 때문이었어."

출입국 사무소 대기실에서 들었던 그 단어였다. 더불어 지난 일주일 사이 이 공동주택에도 번지고 있는 소문이었다. 그러나 보안국이나 행정국으로부터 공식적인 발표가 전혀 없어 실체는 오리무중이었다. 제레미의 표정도 심각해 보이지 않았다.

"두 달 전에 라뎀 본사를 상대로 테러 예고가 있었대. 구체적으로 어떤 내용이 어떤 방식으로 전달됐는지는 알려주지 않았어. 흑각에 관련된 사안이라고만 할 뿐이었지. 그게 실제로 존재하는지 아닌지는 우리도 몰라. 중요한 건, 감시원 인력을 늘린 이유가 바로 그거라는 사실이지."

예비 감시원으로 선발된 사람들에게는 한 가지 공통점이 있었다. 모두 공중 시민권을 따기 위해 이민국 면접에 끊임없이 지원해온 지상 면역인들이라는 것이었다. 공중의 삶을 갈망하는, 언제라도 라뎀 본사에 충성할 준비가 된 예비 공중 시민들의 집합인 셈이다.

공중의 영예라고 할 수 있는 제복과 2구역 급여에 준하는 페이 계약서를 내밀며 본사에서 제시한 근무 조건은 다음과 같았다. 예비 감시원에게는 지상으로 파견 나온 공중 시민과 동등한 대우를 보장하고, 2년 뒤 우수한 평가를 받은 직원 일부에게 공중 시민권을 준다는 약속이었다. 지상에서 공중 사람 대접받으며 하급 구역의 부러움도 사고 시민권까지 기대할 수 있다니. 제레미에겐 거절할 이유가 없는 제안이었다.

"그런데 그런 조건을 갑자기 먼저 내미는 게 이상하지 않아? 이제까지 까다롭게 굴던 거랑 너무 다르잖아."

이 흐름에서 느껴지는 시진의 솔직한 의견은 그랬다.

"야, 3년 이상 한 번도 안 빠지고 이민국 면접 봐온 집요한 인간들만 뽑힌 거야. 쉽게 말하지 말라고."

매듭진 실을 이로 끊어 오른쪽 소매 작업을 끝내면서 제레미가 반박했다. 그러나 전후가 개운하지 않은 일에 대한 우려는 당연했다.

"나는 왠지 위험한 일에 쓸 일용직을 모은 거란 생각밖에 안 드는데. 시작부터 테러 예고였다며."

"처음엔 우리도 그런 생각을 안 하지는 않았지. 하지만……"

제레미는 이제 왼쪽 소매를 손보기 시작했다.

"그 테러 예고라는 거, 사실 구실 같거든."

"무슨 구실?"

"우리는 이렇게 시민을 보호할 준비가 되어 있다고, 제1국경에 인력을 전시할 그럴듯한 구실."

시진은 그 말이 곧장 이해가 되지 않았다. 테러 예고가 있어서 국경 보안을 강화하겠다고 하면, 소속이 지상이든 공중이든 받아들이지 않을 시민이 있을까. 거기에 무슨 구실이 필요하다는 걸까.

"아니, 일단은 보호처럼 보이는 게 목적이라는 거야."

제레미가 고개를 흔들며 자세를 한 번 고쳐 앉았다.

"너한테만 하는 얘기니까 잘 들어. 우리 예비 감시원끼리는 그 테러 예고가 사실 내부에서 온 게 아닐까 생각해. 외부가 아니라."

"내부? 어디?"

"당연히 그늘이지. 그중에서도 각인들. 흑각 안전 유통 사업 이후로 공중에 가장 큰 반감을 가진 구역이잖아."

"그럼 내부 감시를 위해서라고?"

"하지만 그 이유로 인력을 늘린다고는 못 하는 거지. 안 그래도 베르트 사건 이후로 각인들 민심이 흉흉한데 분노만 더 조장할 수 있고, 내용을 공개하면 오히려 동조하는 반란 세력이 늘 수도 있으니까. 그래서 외부의 위협으로부터 당신들을 보호하기 위해서라는 그럴듯한 구실로 말을 바꿨다는 거야."

"근거 있는 얘기야?"

"커터들이 코어에 집결한다는 소문이 돌고는 있어."

이번에는 시진이 고개를 흔들었다. 시진이 아는 커터는 겨우 두 명이지만, 그들이 어떤 중대한 집결에 동참하고 있는 것으로는 안 보였다.

다만 제레미가 말하는 커터와 시진이 아는 커터의 정의는 이제 아예 달랐다. 전자는 그늘의 온갖 범죄자를 뜻한다. 만일 그들이 뭉쳐 정말로 뭔가를 모의한다면, 외부의 위협과 종

142

류가 다를 뿐 결과적으로 라뎀 본사에 위험 신호가 맞기는 했다. 그런데 그런 일이 가능하기는 한 걸까. 정말로 그런 일이 벌어진다면 라뎀은 어떻게 되는 걸까.

"그럼 넌 어떻게 할 거야?"

제레미에게 물었다.

"뭐? 그늘에서 반란이 일어나면?"

"응."

"걱정 마. 내가 예비 감시원 찬스로 너는 구해줄 테니까."

요점에서 벗어난 대답이 돌아왔다.

"아니, 그런 상황에도 본사를 위해 일할 거냐는 거지."

"아마도?"

"진심이야?"

"시씨. 생각해봐. 커터들이 뭔가를 꾸밀 수는 있겠지. 하지만 코어는 기본적으로 서로를 믿지 않는 인간들이 모인 곳이라고. 그런 자들이 한뜻으로 뭔가를 실행하는 게 그렇게 간단한까? 즉 내 말은, 실제로 그 일은 일어날 확률 자체가 거의 없다는 뜻이야. 애초에 그 싹부터 자르자고 본사도 지금 우리를 앞세워 이용하는 걸 테고."

제레미는 자신만만했다.

"만에 하나 반란이 일어난다 해도 하룻밤의 꿈에 불과할 걸. 왜냐면 수많은 뱅커에게 매달 120페이를 책임지는 건 커터들이 아니라 공중 본사거든. 그늘을 먹이고 재워주는 건 결국 본사라고. 게다가 라넴의 절반은 면역인이고, 면역인에겐 위험을 감수하면서까지 반란을 지지해야 할 이유가 없어. 안 그래? 나라도 안 해."

시진은 제레미에게 커터의 진짜 의미 정도는 설명해주는 게 어떨까 생각했다. 그때 제레미가 어느덧 마무리한 왼쪽 소매를 들어 보였다.

"됐다. 입어봐."

양쪽 모두 시진의 팔 길이에 알맞게 잘 고쳐져 있었다.

제레미는 떠나기 전 멋쩍어하며 묘지에서의 일을 대신 사과했고 시진은 받아들였다. 화가 완전히 풀린 건 아니었지만 그렇다고 제레미를 다시는 안 볼 것도 아니었으니까.

자신의 뿔 이야기는 솔직하게 털어놓을지 말지 마지막까지 고민했다. 결국 하지 않기로 한 건 역시 제레미가 놓인 상황 때문이었다. 자칫 시험에 들 단서를 줄 필요는 없었다. 서로를 위해서도 그게 나았다.

그리고 뿔은 눈에 띄기 전에 잘라버릴 예정이니, 어쩌면 영원히 말하지 않아도 될 일이었다.

로드의 펍에서는 입구부터 왁자지껄한 소리가 흘러나오고 있었다.

가장 큰 테이블에 로드를 비롯한 각인 일고여덟 명이 둘러앉아 요란하게 잔을 부딪히고 있었다. 누군가의 생일인 모양이었다. 로드는 시진을 보자마자 잠시 카운터로 빠져나와 뭐가 필요하냐고 물었다.

"로드의 시간."

그 말에 로드의 표정이 굳어졌다. 설마 지금 같은 때 흑각을 가져오기라도 했느냐는 의심이 녹아 있었다. 안쪽 주방으로 자리를 옮겨 시진은 로드에게 제 정수리를 보였다.

"이런, 젠장."

머리 위에서 로드의 탄식이 들려왔다.

"너 몇 살이었지?"

고개를 들자 로드가 충격과 감탄이 뒤섞인 얼굴로 물었다.

"내 말이."

정말로 궁금해서 물은 건 아니었을 터라, 시진은 그렇게만 대꾸했다.

"믿을 수가 없군. 세상에. 내 육십 평생 이렇게 늦은 시작은 처음 본다."

"칭찬으로 생각할게."

"마침 우리 모임 중인데, 노친네들뿐이지만 겸사겸사 형제가 된 기념으로 축하 파티라도 해줄까?"

시진은 사양했다. 지금은 자신의 처지를 공공연히 떠들 생각이 추호도 없을뿐더러, 앞으로도 그럴 것이었다. 로드가 끼워 넣은 형제라는 단어가 시진을 더 신중하게 만들었다.

"그보다 물어볼 게 있어."

오늘 시진이 로드에게 뿔을 보여준 목적은 분명했다.

"그동안 우리가 가져왔던 흑각은 어디로 가는 거야?"

이전의 로드라면 네가 상관할 일이 아니라고 했겠지만, 이제는 시진도 알 권리가 있었다.

"지금은 이웃한테 빌린 흑각으로 버티고 있는데 이제 한 조각 남았어. 설마 푸드 뱅크에서 제값 주고 사란 말은 안 하겠지?"

로드는 주문서를 뜯어 주소 하나를 휘갈겼다. 엘시노어라는 이름의 서점이었다.

그곳은 행정구역상 펍과 같은 3구역이어도 거리는 상당히 먼 곳이었다. 아치형 띠 형태인 3구역에서 로드의 펍은 가장 서쪽이고, 엘시노어 서점은 가장 동쪽이었다. 하지만 코어를 가로지른다면 얘기가 달랐다. 새로운 경로를 하나 더 찾아내 익혀야만 했다.

"단속 강화 이제 한 달이니까, 재고는 있겠지?"

"그래. 심지어 이런 와중에도 아직 물건을 가져오는 녀석도 있고."

흑각의 유통 기한은 3개월이다. 사실 재고 상황이 어떻든 시진은 그곳을 알게 된 것만으로도 한시름을 놓았다.

"그런 열성을 봐서라도 중개를 접는다는 말은 넣어두라고, 로드."

"넌 앞으로 어쩔 셈이야?"

로드는 화제를 바꿨다. 뿔 이야기였다. 시진은 어깨를 으쓱이며 대답했다.

"글쎄, 별로 달라질 건 없지 않겠어?"

"곧 눈에 띄게 될 텐데?"

"그렇게 되기 전에 자를 거야."

"뭐라고?"

"그러니까 제레미를 포함해서 다른 사람들에게도 말하지 말아줘."

로드는 복잡한 눈빛을 하고 있었다. 커팅이 생각만큼 그렇게 간단하지 않다는 뜻인지, 아니면 행정국의 눈을 피하는 데는 한계가 있다는 건지, 그것도 아니면 각인의 정체성을 인정하지 않겠다는 형제가 못마땅한 건지 구분하기 어려웠다. 어쩌면 셋 다일 수도 있었다.

"유진이라면 뭐라고 했으려나."

다른 말 없이 로드는 그렇게 중얼거렸다.

"뭐라고 하긴, 쌤통이라고 했겠지."

시진은 머리카락을 정리하며 대답했다.

"자기가 겪는 고통을 죽었다 깨어나도 이해 못 할 거라고 했는데, 그러고 보니 나도 이제 할 말이 생긴 셈이네. 정작 말할 사람이 없는 게 모순이지만."

"음."

로드는 팔짱을 낀 채로 잠시 생각에 잠겨 있다가 입을 열었다.

"커팅은 심사숙고해봐."

"이미 한 거야."

"각인으로도 충분히 자부심을 지니고 살 수 있어."

"라뎀의 모두가 로드처럼은 못 지내."

"하지만 그렇게 하나둘 자기를 숨기는 일이 결국, 다른 각인들의 삶을 지우는 출발점이 되기도 해."

시진은 대꾸 없이 먼저 주방을 나갔다. 로드의 친구들이 앉은 테이블에는 아까보다 뜨거운 열기가 고여 있었다. 그러나 뭔가 유쾌한 종류는 아닌 듯했다. 웃음이 아닌 논쟁이 들렸다. 따라 나온 로드가 설명했다.

"그 사건 때문이야. 각인 피해자 여섯 중 하나."

베르트 이야기였다.

"곧 재판이거든. 결과를 두고 의견이 분분하지."

그의 친구들은 재판 결과가 라뎀 최고 형벌인 사형과 국제 사막연합 강제 노역형 가운데 어느 쪽으로 기울지를 놓고 갑론을박 중이었다.

"수사 결과 범인은 커터가 아닌 전과가 없는 2구역 면역인이었으니, 고작 몇 년 노역형이나 때리고 말겠지. 만일 진짜로 커터였거나 똑같은 그늘의 각인이었다면 다른 얘기가 됐겠지만. 목숨값이 다른 거지."

"아직 모르잖아. 샐은 합당한 처벌을 받을 거라고 했어."

"그 말을 믿을 멍청이가 있긴 할지 모르겠군."

로드는 혀를 차며 분노를 드러냈다.

다시 테이블에 합류하는 로드를 보는 순간 시진은 멈칫했다. 제레미가 언급한 커터의 집결이란 말이 문득 떠올랐기 때문이다.

로드는 범죄자도, 커터도 아니었지만 이런 일에 책임을 느끼고 움직이고자 하는 사람이었다. 그래서 야생 흑각 중개도 시작한 것이다. 그런데 최근 중개를 그만할 생각이라던 말은, 어쩌면 하지 않겠다는 게 아니라 할 수 없게 된다는 뜻이 아닐까 하는 의문이 들었다. 예를 들면, 그보다 더 중요한 무언가를 준비하고 있어서라거나.

오늘 배달해야 할 물건은 마치 사람이 두 팔을 내민 것 같은 받침 위에 놓여 있었다.

완만한 곡선으로 휜 두 뼘이 넘는 길이의 커다란 회색빛

뿔의 존재감은 시진도 눈에 익었다. 데인이 처음 거래를 제안
했을 때 보여준 바로 그 뿔이었다.

언뜻 보기에는 그때 그 뿔의 원형과 큰 차이가 느껴지지
않았는데, 데인이 조명을 가까이 가져와 비추자 다른 점이 분
명히 눈에 들어왔다.

뿔은 뿔 나팔이 되어 있었다.

뿔 속은 깨끗이 비워졌고 막혀 있던 뾰족한 꼭짓점에는 구
멍이 나 있었다. 불규칙했던 절단면의 곡선도 잘 다듬어져
나팔이라는 이름에 손색없게 아름다운 균형을 갖췄다. 비워
진 뿔의 안쪽은 매끈하게 손질해 광택을 냈고, 우둘투둘 거
친 겉면은 반대로 러프 샌딩을 추가해 마치 한 방향으로 날
렵하게 뻗어나간 선으로 이루어진 패턴처럼 마무리했다. 나
팔의 겉과 속을 상반되게 연출하는 것이 주문자의 요구였다
고 했다. 그렇게 완성된 뿔은 관상용으로도 이미 멋진 작품
이었다.

데인이 수령증을 내밀었다. 주문자의 정보와 정산해야 할
잔금이 적힌 종이로, 거기서 시진의 몫은 잔금의 30퍼센트
였다. 이름은 하시엔, 주소는 1구역의 9번가. 받아올 잔금은
1,200페이였다. 시진은 눈으로 숫자를 보고 있으면서도 믿을
수 없었다. 그렇다면 그중 자신의 몫은 360페이. 물론 코어의
메메에게서 주 2회 재료를 가져오는 수당이 합산된 거지만

무려 뱅커 페이의 3개월 치였다.

시진은 다시 거울 앞에 서서 매무새를 가다듬고 재킷에 붙은 먼지를 떨어냈다.

"그만 출발하지."

데인이 재촉했다. 물건은 벌써 커다란 상자에 담겨 탁자 위에서 시진을 기다리고 있었다.

"머리 한 번만 더 빗고."

"그 우스꽝스러운 모자를 덮어쓰지 않는 한 네 머리는 대충 봐줄 만해."

모자 이야기에 시진은 거울을 등지며 데인을 돌아보았다.

아직 서로가 누구인지 몰랐을 때, 데인을 처음 본 장소는 이 공동주택이 아니라 2구역 보안국 앞이었다. 커다란 뿔을 드러내놓고도 상급 구역을 당당히 활보하던 각인과 트래퍼 햇을 쓴 흑각 도둑으로서.

데인도 그날을 기억하고 있었다.

"뭐야, 알고 있었어?"

"2구역에서 그런 바보 같은 모자에 시선이 안 갈 수가 있나."

각통이 생긴 후로 트래퍼햇은 쓰지 않았다. 이제는 각인인 척해야 하는 삶과는 작별이었으니까. 그래도 한때 애착했던 물건인데 그런 평가는 사절이었다.

"바보 같다니! 스타일이라고."

"각인으로 위장하려면 최소한 뿔을 감출 공간이 있는 모자로 골랐어야 했다는 뜻이다."

데인은 시진이 모자를 썼던 의도마저 꿰뚫고 있었다. 반박할 말을 잃은 시진은 그만 배달을 떠나기로 했다.

"아, 이건 그냥 궁금해서 묻는 건데. 만약 내가 고객한테 받은 잔금을 전부 갖고 도망치면 어떻게 되는 거야? 전직 도둑으로서 말이야."

현관문을 열고 나가며 시진은 괜히 짓궂게 물었다. 데인은 일말의 표정 변화도 없이 대답했다.

"마음대로 해. 대신 하나만 기억해."

"뭘."

"나는 전직 커터라는 거."

데인의 어깨 너머로 탁자 위 줄지어 놓인 날붙이들이 여느 때처럼 빛나고 있었다. 그랬다. 그것도 그냥 커터가 아니라 공중을 버리고 제 발로 코어에 들어간 커터였다. 역시 바보 같은 질문이었다고 생각하며 시진은 공동주택을 벗어났다.

오늘의 목적지는 1구역 중앙 북쪽이었다. 상급 구역 전체에서도 부촌에 속하는 이곳에 배달을 온 건 처음이었다.

좋은 옷을 입고 겉모습을 잘 단장한 면역인으로 보이는 시진을 멈춰 세우는 것은 아무도 없었다. 시비를 걸거나 몸을 수색하거나 왜 여기에 있는지 근거를 대라고 추궁하는 사람도 없었다.

행인은 모두 면역인으로 보였다. 스쳐 지나가는 타인을 향한 관심이나 의심이 특별히 없는 듯했다. 단속과 순찰 없이도 안정된 구역이라는 건지 2구역까지만 해도 심심치 않게 보이던 제복들도 보이지 않았다.

편안한 한편 기이했다. 동시에 지상의 면역인은 그늘의 반란을 지지할 이유가 없다는 제레미의 주장에도 수긍해버렸다. 같은 지상이지만 공중이라고 해도 이상하지 않을 것 같아서였다.

환경이 안락한 만큼 공중에서 파견 나온 본사 직원 일부는 이곳을 제2 거주지로 삼기도 한다고 들었다. 그래도 대체로는 리프트 출퇴근이었다.

라뎀에는 공중 대지의 가장자리를 따라 지상과 연결되는 고속 리프트가 모두 서른 대 있는데, 그중 열일곱 대가 이 구역에 집중되어 있었다. 지상 모든 구역을 통틀어 거리와 문화 면에서 공중도시와 가장 근접한 곳이었다.

고객의 집은 3층짜리 개인 주택이었다. 머리 위에 떠받칠 땅이 없으므로 상급 구역에는 초고층 공동주택 같은 건 없었다.

여기까지 오고 나서야 이번 주문자는 각인이 아니라 그저 수집가일 수도 있겠다는 생각이 들었다. 문을 연 사람은 역시 면역인으로 보였다. 그가 하시엔이라는 주문자로 삼십대 중반의 남자였다.

안내받은 응접실에서 시진은 물건을 전달했다. 하시엔은 상자를 열어 그 안에 담긴 뿔 나팔을 가만히 내려다보았다. 만족한 건지 아닌지 알 수 없는 표정이었다. 만일 물건이 마음에 들지 않는다면 다시 세공할 것을 요구하거나 가격 흥정을 해올 수도 있었다.

"어떠세요?"

시진은 데인이 강조한 응대 원칙 두 가지를 염두에 두며 물었다. 고객에게 존중어를 사용할 것, 그 어떤 사적인 질문도 하지 않을 것.

하시엔은 대답 없이 뿔 나팔을 꺼내 들어 취구에 입술을 가져갔다. 부드러운 저음이 응접실을 채웠다가 서서히 사라졌다. 꽤 근사한 소리였다.

"좋습니다."

하시엔은 무표정하게 말한 뒤 미리 준비해둔 받침에 뿔 나팔을 진열했다. 시진은 주변을 조심스럽게 둘러보았다. 집 안에는 좋은 물건이 가득했는데, 수집가라고 하기에는 오늘의 물건 외 다른 뿔 세공품은 보이지 않았다.

하시엔은 수령증에 서명한 뒤 잔금 봉투를 건넸다. 한 치의 오차 없이 1,200페이였다. 하지만 시진은 그의 어두운 표정이 계속 마음에 걸렸다.

"부족한 부분이 있다면 다시 작업해드릴 수 있으니까, 찬찬히 살펴보시고 말씀해주세요."

"아닙니다. 그럴 일은 없을 겁니다."

왠지 앞으로 나시는 주문하시 않을 서라는 말로 들렸나. 멈칫한 시진에게 하시엔은 그게 아니라는 듯이 덧붙였다.

"물건은 역시 듣던 대로 훌륭합니다. 다만 저는 곧 공중으로 가니까요."

시진의 눈이 커다래졌다.

"그럼 이건 당신의 뿔……"

결국 사적인 질문은 하지 말라는 원칙을 어기고 말았다. 하시엔은 그제야 작게 웃었다.

"아닙니다. 뿔의 주인은 앨런이었어요. 지난달 세상을 떠났는데, 제가 간직하고 싶어서 세공을 부탁한 겁니다."

하시엔은 이미 공중 시민권자였다. 공중에서 태어나 자랐고 심지어 저 위에 과일 농장까지 소유한 면역인이었다. 그런데 몇 년 전 무역 업무를 위해 지상에 내려왔을 때 앨런이라는 그늘 출신 각인을 알게 됐고 사랑에 빠졌다. 앨런은 평생 커팅하지 않았으며 자신의 뿔을 아꼈다고 했다. 그런 앨런을 보기 위해서는 하시엔이 지상으로 내려오는 수밖에 없었다. 이곳에 두번째 집을 마련한 이유였다. 그러나 지난달 앨런이 사망했다. 하시엔에게는 이제 지상에 머물 이유가 없었다.

"보름 전에야 암시장에 내걸린 앨런의 뿔을 발견했어요. 수십 군데를 수소문해 샅샅이 뒤졌지요. 찾았을 때는 당연히 한눈에 알아봤는데, 그러면서도 이게 그 사람의 뿔이 아니길 바랐습니다."

"그게 무슨……"

"앨런은 살해당했어요. 암시장에서 뿔을 찾아낸 지 며칠 후에 결국 시신이 발견됐습니다. 피해자는 앨런뿐이 아니었어요. 범인은 각인 혐오자였다고 하더군요."

시진의 입술이 벌어졌다. 앨런도 여섯 명의 피해자 중 한 명이었던 것이다.

"사람들이 우리를 한심한 시선으로 보던 건 하루이틀 일이 아니어서 익숙합니다. 하지만 앨런이 이렇게 됐는데, 커팅도 안 하고 겁 없이 돌아다닌 당연한 대가라는 말들은 감당하기가 어려워요. 그래서 도망치는 겁니다. 각인을 사랑한다는 이유로 가족들로부터 의절당했지만…… 공중에선 지상의 일에 전혀 무관심하기 때문에 차라리 그게 나을 것 같아서요."

잠시 고민 끝에 시진은 하시엔에게 베르트의 이야기를 꺼냈다. 특유의 신중한 표정을 지켜오던 하시엔은 그제야 얼굴에 솔직한 슬픔을 드러냈고 결국 울음을 터뜨렸다. 어쩌면 그동안 한 번도 마음 놓고 울지 못한 게 아닐까 생각될 만큼 오랫동안 눈물을 멈추지 못했다.

돌아갈 때의 걸음은 올 때보다 무거웠다. 주머니는 오랜만에 넉넉해졌으나 마음의 무게도 그에 비례했기 때문이다. 앨런은 러프 샌딩을 했음에도 공격의 대상이 됐다. 하시엔은 그의 뿔을 존중했던 것을 지금은 무척 후회한다고 했다. 커팅을 강하게 권했어야 했다며. 각인이 각인으로 산다는 것은 역시 삶의 많은 부분을 운에 내맡기는 것이나 마찬가지였다. 로드는 시진에게 커팅을 재고해보라고 했으나 역시 그쪽으로 마음이 기울 일은 없을 것 같았다.

시진은 그만 걸음을 재촉하기로 했다. 하시엔의 집에 생각보다 오래 머문 바람에 데인에게 보고가 늦어지게 됐다.

1구역과 2구역 경계에 걸친 리프트 터미널을 지날 때가 마침 해 질 녘이었다. 지상에서 퇴근해 공중으로 올라가는 제복들로 붐비는 시간이었다. 시진은 그 인파 속에서 익숙한 옆모습을 발견했다. 수많은 제복 가운데 사복이라 오히려 더 눈에 띄었다. 큰 키에 올리브색 피코트. 샐이었다.

샐의 곁에는 한 여자가 있었다. 각인 같지는 않았고 나이는 로드 정도로 많아 보였다. 좋은 옷을 입었으며 컬을 잘 살린 세련된 머리 스타일이었다. 결코 그가 상대하는 범죄자들과는 거리가 멀었다.

연령대로 미루어보아 어쩌면 샐의 어머니일지도 모르겠다는 생각이 들었다. 두 사람은 나란히 걸어 터미널을 빠져나갔다. 두 사람 중 하나가 다른 하나를 마중 나온 것 같았다. 아주 친밀한 느낌은 아니었지만 터미널에서 상대를 기다릴 정도라면 나쁜 사이는 아닌 듯했다.

생경한 일이었다. 시진에게 샐은 항상 그늘 거리에서나 치이던 사람인데 1구역 리프트 터미널에서 상류층 누군가와 사적인 시간을 보내는 모습을 보다니.

하지만 샐은 공중도시에 적을 둔 면역인이자 지상 보안국의 중역이고, 그늘 바깥의 그에게는 이런 게 지극히 일상인지도 몰랐다.

2부

트랩

베르트와 각인 다섯 명을 살해한 범인이 오늘 새벽 구치소에서 사망했다.

보안국과 의료원의 공식 발표 후 푸드 뱅크는 온통 그 이야기로 시끌벅적했다. 시진은 계산을 끝마치고도 푸드 뱅크를 떠나지 않고 주위 손님들의 말소리에 귀를 기울였다.

각인 살해범은 다른 두 명과 함께 수감되어 있었는데 사흘 전부터 세 사람이 차례로 발열 증상을 보였다. 그중 살해범이 극심한 호흡 곤란과 함께 상태가 급격히 악화되었고 이른 새벽 사망한 것이었다.

사인은 정체불명의 바이러스 감염으로 인한 급성 폐렴이었다. 나머지 두 사람 역시 발열 증세를 보였지만 생명에는 지장이 없다고 했다.

아직 재판 결과가 나오기 전이었으나, 로드의 무리가 언급했던 국제사막연합 강제 노역형이라는 예상은 빗나간 셈이었다. 그늘 사람들은 이 사건을 두고 집행자 없는 사형이라고 떠들어댔다. 같은 병을 앓은 수감자 중 그자만 죽었다니, 보이지 않는 손이 각인들의 억울함을 풀어준 거라고 했다.

그런 말을 들어도 시진의 어수선한 마음은 나아지지 않았다. 베르트나 앨런이 영영 돌아오지 못한다는 사실 앞에 무력한 것은 이전과 똑같았기 때문이다.

"물건 다 샀으면 빨리 나가. 여기 줄 안 보여?"

순찰 조사원 서넛이 들어와 소리치자 사람들은 제각기 흩어졌다. 국경도 국경이지만 최근 하급 구역을 돌아다니는 제복도 이전보다 부쩍 많아졌다. 개운치 않은 기분으로 시진은 푸드 뱅크를 나섰다.

오늘은 바쁜 하루가 될 예정이었다. 로드가 알려준 3구역의 엘시노어 서점에서 흑각을 사고, 돌아오는 길에는 메메의 작업실에 들러 물건을 받아와야 했다. 체면을 차릴 일이 없으니 오늘은 편한 복장으로 입고 돌아올 때 쓸 워닝 드롭 병만 데인에게 따로 받았다.

"그리고 이거."

워닝 드롭에 이어 데인은 무언가를 하나 더 내밀었다. 물방울 모양으로 다듬어진 청록색의 손톱만 한 펜던트가 가느다란 끈에 매달려 있었다. 베르트의 뿔 조각으로 만든 목걸이었다.

"네가 가지고 있어야 할 것 같아서."

시진은 펜던트를 잠시 손에 꼭 쥐어본 다음 바로 목에 걸었다. 그리고 데인에게 말했다.

"고마워."

"네가 그 단어를 알고 있는 줄은 미처 몰랐군."

"진심이라고."

말하는 사람도 멋쩍었으나 데인도 감사 인사를 받는 데는 익숙하지 않은 모양이었다.

그 내용물이 글자든 그림이든 시진은 책과 인연이 조금도 없었다. 그늘 사람 대부분이 마찬가지였다. 같은 언어라 해도 빛이 부족한 곳에서는 글보다 목소리가 더 익숙하고 편한 법이었다. 책은 적어도 3구역 이상의 거주자나 눈길을 줄 만한 물건이었다. 아마 시진이 서점에 간다고 하면 아무도 믿어주지 않을 터였다.

엘시노어 서점은 전면에 출입구가 하나 나 있는 작은 상점이었다. 입구 옆으로 돌출형 간판이 매달려 있었는데 엘시노어라는 상호명을 이루는 글자와 바탕 모두 자갈만 한 타일로 채워진 모자이크 형태였다. 모자이크 재료는 조각조각 부서뜨린 뿔이었다.

글자는 흙색, 바탕은 청색이었다. 어느 조각 하나 위화감 없이 같은 면적과 두께로 세심하게 다듬어져 있었다. 테인의 작품 몇 점을 봐서인지 작업 과정과 노고가 대강 머리에 그려졌다. 이런 건 세공품 가운데서도 손이 상당히 많이 가는 물건이었다.

간판은 꽤 오래전부터 사용한 듯했지만 낡았다는 인상은 느껴지지 않았다. 매일 잘 관리하고 있다는 뜻이었다.

시진은 태어나 처음으로 서점 문을 밀고 들어갔다. 안쪽으로 복도가 길쭉하게 뻗어 있었다. 내부는 모두 책으로 빽빽하게 채워진 서가였고 깊은 동굴처럼 고요했다. 사람의 기척을 찾아 시진은 안쪽으로 걸음을 옮겼다. 복도 끝에 이르자 정방형의 널찍한 홀이 나타났다. 사면이 서가였고 계산대도 보였다. 서점 주인이 있다면 자리를 지키고 있을 장소였으나 부재중이었다. 시진은 그 주변을 천천히 걸으며 둘러보았다. 가벼운 발소리라도 나면 누군가 나타날까 싶어서였다.

홀에는 좌우로 다른 공간과 이어지는 문이 하나씩 있었다. 왼쪽은 닫혀 있었고 오른쪽은 반 정도 열려 있었다. 서점의 내부는 바깥에서 봤던 것보다 훨씬 넓었다. 양쪽 공간까지 염두에 두고 평면도를 떠올려본다면 전체적으로는 십자 모양이었다. 비밀스러워야 하는 공간에 잘 어울리는 구조였다.

시진은 열려 있는 오른쪽 문으로 다가갔다. 손님을 위한 응접실일까. 문을 살짝 잡아당겼지만 발을 안으로 딛지는 못한 채 멈춰 서야 했다. 방 안에는 사람이 있었다.

내부가 어두워 정확한 생김새는 보이지 않았으나 여자 같았다. 나이가 아주 많거나 아주 적지 않다는 것 정도만 짐작할 수 있었다. 여자도 시진을 향해 서 있었다. 이곳의 주인은 아니었다. 그랬다면 시진에게 말을 걸었을 테니까.

여자는 뒤로 살짝 기울여 쓰는 검정 브르통을 쓰고 있었다. 뿔을 적당히 가릴 수 있는 크기였는데 반드시 각인이라는 법은 없었다.

또 다른 손님일까. 저쪽이 사러 온 게 책인지 흑각인지는 몰라도 피차 얼굴을 흔쾌히 드러낼 입장은 아닌 것 같았다. 시진은 그대로 발길을 돌려 계산대가 있는 중앙 홀로 돌아왔다.

"이런, 오래 기다리셨나요?"

곧 닫혀 있던 왼쪽 문이 열리며 안경 쓴 중년 여성이 나타났다. 겉모습만 봐도 더는 설명이 필요 없는 엘시노어 서점의 주인이었다.

"저, 『트랩*Trap*』이라는 시집을 찾고 있어요."

로드의 친필 서명을 주인에게 건네자 안경 너머 두 눈의 시선이 메모로 갔다가 시진에게 돌아왔다. 그는 머리에 아무것도 쓰지 않았고 뿔도 보이지 않았다.

"추천받았군요. 훌륭한 시집이죠. 재고가 있으니 잠시만 기다려주세요."

서점 주인은 다시 왼쪽 방으로 사라졌다가 책처럼 납작한 형태로 종이 포장이 된 물건을 가지고 나왔다.

"책은 스무 페이지, 가격은 30페이예요. 아, 포장은 반드시 집에 도착해서 풀어보세요."

현장에서 포장을 풀지 않으면 흑각의 상태를 바로 확인할 수 없었지만 이곳의 규칙인 듯해 시진은 아무 말도 하지 않았다. 사실 흑각 스무 조각에 30페이는 거저나 다름없는 가격이었고 절을 해도 모자랄 판이었다. 시진은 페이를 지불하고 흑각을 크로스백에 챙겨 넣으며 말했다.

"간판이 멋져요. 우아한 뿔이었을 것 같아요."

서점 주인이 미소를 띠었다.

"고마워요. 저희 조부모님의 뿔이랍니다. 137년 전 이곳에 서점을 처음 여셨죠. 건조한 바람과 세월로 다 떨어진 부분은 제 어머니의 뿔로 보수했고요."

"어쩐지, 걸작이더라고요."

"그렇죠? 저는 비각인인 탓에 이 걸작에 동참할 수 없다는 게 가끔 아쉽답니다."

서점 주인은 면역인으로 원래 그늘 출신이었다. 시진처럼 어릴 때 부모님을 잃었는데 당시 여기에 아이들을 위한 글자 교실을 열었던 엘시노어 2대 주인이 이 사람을 입양했다고 했다.

"하지만 무엇보다 이게 걸작 아니겠어요?"

시진이 가방을 툭툭 치며 말하자 서점 주인이 호응하며 웃었다.

그때 등 뒤에서 느껴지는 은근한 기척에 시진은 고개를 돌렸다. 아까 돌아 나온 오른쪽 문이었다. 그러나 여전히 반쯤 열려 있을 뿐, 모습을 드러낸 이는 아무도 없었다.

엘시노어 서점을 나와 가장 가까운 그늘 입구를 통과해 코어로 향했다. 메메의 작업실은 시진의 공동주택과 엘시노어 서점을 직선거리로 연결했을 때 그 중간쯤이었다.

코어 가까이 왔을 때 시진은 워닝 드롭을 꺼내기 위해 크로스백을 열었다. 출발할 때 바른 워닝 드롭의 냄새가 어느덧 희미해져 다시 덧입혀야 했다. 그런데 가방에 들어 있는 병을 밖으로 꺼내는 과정에서 병이 부피가 큰 『트랩』에 걸려 툭 떨어지고 말았다. 문제는 떨어진 곳이 가방 속이 아니라 바깥이라는 것이었다.

"젠장."

손전등을 꺼내 바닥 주변을 한참 살폈지만 결국 아무것도 발견하지 못했다. 애초에 이렇게 캄캄한 곳에 부주의하게 손가락 한 마디만 한 물건을 떨어뜨린 게 잘못이었다.

결국 그대로 코어에 들어갔다. 다행히 메메의 작업실에 도착할 때까지 시진 근처에 얼씬한 사람은 아무도 없었다.

일정한 리듬의 노크 다섯 번.

메메가 문을 열자 밝은 집 안에서 소독약 냄새가 풍겨왔다. 메메는 그 냄새가 더 짙게 밴 물건을 시진에게 내밀었다. 오늘 잘라낸 뿔과 봉투였다. 무척 중요한 주문인지 뿔은 손바닥만 한 크기의 상자에 담겨 있었고, 봉투는 왁스 인장으로 봉인되어 있었다.

정신없이 크로스백에 물건을 챙겨 넣는 시진에게, 메메는 돌아가자마자 곧장 데인에게 전달해야 한다고 강조했다. 벌써 몇 번째 심부름인데도 메메는 시진이 영 미덥지 않다는 표정이었다.

"워닝이 좀 약한 것 같은데? 스탠드야."

메메가 쿵쿵거렸다. 여전히 시진은 스탠드로 불렸다.

"알아, 때마다 농도를 다르게 조절해보는 거야."

시진의 능청에 메메는 '네깟 애송이 녀석이?'라는 눈이 되었다.

"요즘은 손전등 없이 다녀도 문제없었거든. 그나저나 코어에서는 그런 애매한 뿔이 더 위험한 거 아냐? 감추는 것도 아니고 위세를 부리는 것도 아니고."

시진은 애매한 위치에서 뚝 부러진 듯한 메메의 산호색 뿔을 가리켰다. 메메의 눈가에 잔뜩 힘이 들어갔다. 쾌씸하다는 얼굴이었다. 어디서 칼이라도 날아올 것 같아 시진은 얼른 덧붙였다.

"아니, 명색이 커터인데 보기 좋게 다듬어줄 수 있잖아."

메메는 정말로 근처 서랍을 열어 접이형 날붙이를 하나 꺼냈다. 작은 크기였지만 펼친 면이 톱날이었다. 시진은 자기도 모르게 한 걸음 뒤로 물러나고 말았다.

그런데 메메는 톱을 제 머리 위로 가져가 거울도 없이 산호색 뿔 한쪽 끝을 마치 과일 껍질 벗기듯이 툭 베어냈다. 순식간이었다. 성가신 굳은살의 표면을 떼어내는 것처럼 고통이 없어 보였고, 한두 번 해본 솜씨도 아니었다.

눈이 휘둥그레진 시진에게 메메는 손톱만 한 뿔 조각을 내밀었다.

"네 녀석이 주제를 몰라도 너무 몰라서 주는 거니까 영광인 줄 알아. 그것도 쓰기 나름이지만."

ㄱ 수수께끼 같은 말의 해답은 공동주택으로 돌아가는 길에 비로소 알게 되었다. 원해서가 아니라 어쩔 수 없이 깨닫게 된 사건이었다.

코어를 벗어나려면 아직 30분 남짓 더 남아 있을 때였다. 멀리서 조금씩 누군가가 따라붙는 발소리가 귀에 감겨왔다. 소리가 점점 가까워질수록 시진은 걸음을 재촉했지만 발소리는 멀어지지 않았다.

역시 아까는 운에 불과했던 걸까. 메메에게 능청을 부리는 게 아니라 워닝 드롭을 잃어버렸다고 솔직하게 고백했어야 하나. 후회가 밀려왔지만 이미 때는 늦었다.

상대는 기척만으로도 코어의 지리에 해박하다는 게 느껴졌고 움직임에도 군더더기가 없었다. 시진은 잠시 멈춰 발자국 소리를 죽이고 놈이 다른 방향으로 가길 기다리기로 했다. 하지만 상대는 전혀 말려들지 않았다. 커팅한 지 얼마 되지 않은 신선한 뿔에서 나는 소독약 냄새 때문이었다. 같은 냄새라도 적을 쫓는 것이 있고 적을 불러들이는 것이 있다. 이런 식으로 워닝의 위력을 깨닫고 싶은 건 아니었는데. 그렇게 평정을 잃은 찰나, 시진은 골목의 순서를 잘못 헤아렸고 서둘러 발걸음을 돌린 모퉁이의 끝은 처음 와본 막다른 길이었다. 암석사막에서 단련된 빠른 발을 믿어보려 했지만 그마저 무용지물이었다.

뒤따라오던 발소리는 이제 제 앞에 우뚝 서 있었다. 등줄기가 서늘해졌다.

"그만 뿔을 넘겨."

목소리에는 그 어떤 감정도 느껴지지 않았다.

"워닝을 무시하겠다는 건가?"

시진이 받아쳤다. 남은 거라곤 이제 뻔뻔함뿐이었다.

"신중하게 판단하는 게 좋아. 암시장도 결국 나를 보호하는 커터의 영역이야. 네 녀석이 이걸 갖다 파는 순간 운명이 어떻게 바뀔지 궁금한 게 아니라면."

메메는 시진이 여기서 쥐도 새도 모르게 죽는다 해도 뿔을 잃은 고객을 더 염려할 것 같았지만 일단 배짱을 부려보았다.

"조용히 비켜. 그럼 지금 일은 없던 걸로 해주지."

"너를 보호하는 커터가 누구지?"

"메메."

한 박자 늦게 이름을 말하자 놈이 웃음을 터뜨렸다. 비웃음이었다.

"차마 못 들어줄 허풍이네."

인내심은 거기까지였는지 놈은 망설임 없이 거리를 좁혀오기 시작했다. 여기서 진실을 더 호소해봐야 메메의 이름에 먹칠을 하는 꼴이었다.

시진은 가방끈을 두 손으로 꽉 붙들었다. 이제 남은 선택지는 도망칠 방향을 고르는 것뿐이었다. 골목은 좁았고 로드만큼은 아니어도 놈은 시진보다 몸집이 컸다.

"으."

저쪽의 주의를 잠깐이라도 무너뜨리려면 아무리 생각해도 그냥 돌진하는 방법뿐이었다. 이럴 때 머리에 크고 뾰족한 뿔이 돋아나 있다면 어땠을까 생각하는 스스로를 냉소하면서 시진은 그의 상체를 힘껏 들이받았다. 갑작스러운 공격에 상대는 잠시 무너졌다. 그러나 시진을 순순히 보내줄 만큼은 아니었다. 곧 멱살을 빼앗김과 동시에 발바닥이 지면에서 떨어졌고 주먹이 날아와 오른뺨을 강타했다.

각통에 버금가는 통증이 머리 전체로 뻗어나갔지만 시진은 중심을 잃지 않고 무릎을 쳐들어 놈의 복부를 올려 찼다. 숨을 삼키는 소리와 함께 상대의 손이 느슨해졌다.

한 번 더 똑같이 걷어차면 놈의 균형을 흩뜨릴 수 있을 것 같았는데 그럴 새가 없었다. 주먹이 양쪽에서 세 차례 날아왔고, 시진은 막다른 벽으로 밀려나야 했다. 얼굴과 복부로 다시 주먹이 쏟아졌다. 어쩐지 코어에 처음 왔던 그날로 되돌아간 듯한 착각이 들었다. 놈은 배를 끌어안고 쓰러진 시진의 몸을 휙 젖혀 크로스백을 빼내려고 했다. 시진은 놈이 낚아챈 가방끈을 팔꿈치에 걸어 당기며 버텼다.

"이건 어차피 내가 가져가! 네놈이 선택할 수 있는 건 그전에 이 팔이 부러지느냐 아니면 손가락이 부러지느냐 정도겠지."

"나중에 메메한테도…… 그렇게 얘기해봐."

팔에 힘이 점점 빠져갔다.

"하."

다시 웃음소리가 들렸다. 서로가 코앞에 있는데도 표정을 읽을 수 없을 만큼 사방이 캄캄했다.

"물건값 내는 셈 치고 조언 하나 하겠는데 기왕 이용할 거라면 메메의 이름은 빼. 안타깝게도 메메의 심부름꾼은 너 같은 녀석하곤 비교도 못할 코어의 유명 인사야. 거대한 노루 같은 뿔을 가진 각인이지. 그런데도 자만하지 않고 워닝을 잊지 않는 철두철미한 위인이라고."

시진도 잘 아는 사람의 이야기였다. 그 심부름꾼의 대리인이 바로 나라고 증명할 방법이 없을 뿐이었다.

"메메의 사람 흉내를 내고 싶다면 그 정도 성의는 보여."

뭐라고 대꾸할 틈도 없이 다시 주먹의 세례를 받았다. 등이 바닥에 완전히 붙어버렸다. 의식을 잃지는 않았지만 몸이 말을 안 들었다. 그사이 가방은 놈의 손으로 넘어갔다. 놈은 떠나지 않고 반격하지 못하는 시진의 옷을 차례차례 뒤지기 시작했다. 그렇게 주머니에서 나온 10페이 두 장도 놈의 몫이 됐다. 개조한 손전등은 마음에 안 드는지 그냥 내던졌다.

이제 끝이었다. 물건을 지키기 위해 나름대로 최선을 다했지만 여기까지였다. 오늘부로 데인은 시진을 해고할지도 모른다. 놈이 시진의 주머니에서 찾아낸 마지막 물건이 아니었다면.

"……뭐야."

놈이 혼잣말을 중얼거렸다. 표정을 확인하지 않아도 알 수 있을 만큼 당황한 듯한 목소리였다.

시진은 그 방향으로 힘겹게 얼굴을 돌렸다. 놈의 손에는 빛을 내는 작은 무언가가 들려 있었다. 제 주머니에서 나온 것 같기는 한데 정작 주머니의 주인은 그게 뭔지 알 수 없었다. 그저 빛의 색깔이 어디서 많이 본 것 같다는 생각만 들었다.

"……진짜 메메 쪽 사람이야?"

놈의 질문이 아니었다면 시진은 그 빛의 출처를 떠올리는 데 더 많은 시간이 필요했을 것이다.

산호색 빛이었다. 놈은 메메가 잘라준 뿔 조각을 들고 있었다. 조각은 마치 밤하늘의 별처럼 어둠 속에서 스스로 빛을 내고 있었다.

시진은 너무 놀란 나머지 숨이 멎는 것 같았다. 메메를 만날 때는 언제나 밝은 곳에 있었기 때문에 조금도 눈치를 채지 못했다. 뿔 색깔이 드물게 밝고 선명하다고만 여겼을 뿐이었다. 네가 네 주제를 몰라서 주는 거라던 메메의 말은 일종의 예언인 셈이었다.

"흐……"

이왕 주는 거 용도가 뭔지도 친절히 알려줬다면 이렇게까지 안 당했어도 됐잖아,라는 말이 목구멍까지 올라왔다. 그러나 입에서 흘러나오는 건 신음뿐이었다.

메메의 뿔 조각과 크로스백이 툭 소리를 내며 차례로 눈앞에 떨어졌다. 상대도 이제 시진이 메메의 사람이라는 것을 인정한 모양이었다.

그 순간 시진은 재빨리 손전등을 주워 들었다. 미약한 빛을 불러내자 낭패를 본 녀석의 얼굴이 어렴풋이 드러났다. 몸집만 컸지 고작해야 열일고여덟이나 되었을까 싶은 인상이었다. 그리고 오른쪽 눈가에서 귓불까지 이어진 기다란 흉터.

코어에서의 첫날 맞닥뜨린 그놈이었다.

"너……"

시진이 미처 입을 떼기도 전에 놈은 어둠 속으로 쏜살같이 사라졌다.

"부디 이럴 만한 가치가 있는 물건이길 바라."

현관문이 열리자마자 시진은 데인에게 가방부터 내밀며 말했다.

"꼴이 왜 그래? 워닝은?"

워닝보다 더 고약한 냄새라도 맡은 얼굴로 데인이 물었다. 시진은 고꾸라지듯 의자에 걸터앉았다. 그러고는 자존심 세우지 않고 솔직하게 털어놓았다. 워닝 드롭을 잃어버렸고 메메에게 뿔 조각을 받았으며 그걸로 구사일생했다고.

뿔의 빛은 이제 희미해져 있었다. 잘라낸 후 얼마간만 효력이 있는 모양이었다. 그 강력한 빛이 신분을 보증해준 셈이었다.

"네 잘못이야."

데인은 상처 부위에 꼼꼼하게 약을 발라주면서도 시진을 꾸짖는 걸 잊지 않았다.

"커팅 후 즉시 옮기는 뿔은 그만큼 중요하거나 고가의 물건이다. 소독약 냄새를 달고 있으면서 워닝을 안 한다는 건 스스로 사냥감이 되겠다는 선언이나 다름없어."

"그것까진…… 몰랐으니까."

"착각하지 마. 운은 결코 네 편이 아니고, 너는 메메도 아누도 아니야."

"매정하네."

"그놈 인상착의는?"

"각인은 아닌 것 같았어. 나보다는 크고 당신보다는 작은 남자애. 얼굴 오른쪽에 긴 흉터가 있었고."

데인은 짐작 가는 인물이 전혀 없다는 표정이었다. 그만한 존재감조차 없는 날강도에게 당하다니, 수치심은 온전히 시진의 몫이었다.

치료를 마무리한 데인은 그제야 물건을 확인했다. 상자에는 상아색 뿔 조각이 담겨 있었다. 그러니까 뿔 전체가 아니라 가장 긴 단면이 3센티 남짓인 조각이었다.

"뭐야……"

시진은 허탈감에 탄식을 터뜨렸다.

뿔 전체든 조각이든 그것을 감정하는 눈은 없지만, 언뜻 봐도 값비싼 물건처럼은 안 보였다. 심지어 가장 흔한 색깔의 뿔이었다. 솔직히 엘시노어에서 사온 『트랩』의 가격만큼도 안 나갈 것 같았다. 데인도 의외라는 듯 뿔 조각을 들여다보고 있었다.

"이게 주문서 같은데."

시진은 데인에게 봉투를 건넸다. 데인은 조명을 좀더 밝힌 다음 인장을 뜯었다. 편지 한 장이 들어 있었고 내용이 많은 것 같지는 않았다.

"뭔데 그래?"

데인의 표정이 자못 심각해 보여 물었다. 시진도 고개를 내밀어 내용을 확인했다. 타이핑한 편지의 본문은 아주 단출했다.

존경하는 커터께,

6인께 빅 테이블을 제안합니다. 기꺼이 응해주시기를 기원하며.

대표 필.

뿔 조각과 관련된 이야기는 없었다. 하지만 씌어진 단어들이 어쩐지 제레미가 했던 말을 떠오르게 했다.

"메메가 여기에 나를 대신 보낼 작정이군."

데인이 중얼거렸다. 뭔가 대단히 마음에 들지 않는 듯한 목소리였다. 시진이 슬그머니 끼어들었다.

"그럼 코어에서 커터들이 뭔가 꾸미고 있다는 게 그냥 소문이 아니었던 거야?"

"네가 들은 게 뭔지 몰라도 틀렸어."

"뭔지도 모르는데 틀렸는지 아닌지 어떻게 알아?"

"빅 테이블은 아주 오랫동안 존재하지 않았으니까. 아마도 거의 백 년? 그런 게 있었다는 걸 알 인간은 라뎀 전체에 다섯 명도 안 될걸."

당연히 거기에 제레미가 포함될 리는 없었다. 시진도 마찬가지였다. 빅 테이블은 처음 듣는 단어였다.

"······그런데 이거 초대장치고는 불친절한데? 대표라는 사람의 서명도 없고 말이야. 심지어 날짜도 장소도 모이는 이유도 없잖아."

"서명은 이거야."

데인은 상아색 뿔 조각을 들어 작업용 확대경으로 뿔의 표면을 찬찬히 살피기 시작했다. 시진은 제 몸으로 뿔 조각에 그림자를 드리우지 않도록 주의하며 데인 가까이에 앉았다.

"커터는 엄숙한 맹세와 선언에 자신의 뿔 조각을 걸지."

데인의 말에 시진은 두 가지를 추측할 수 있었다.

"그럼…… 모든 커터는 각인이라는 거야?"

"당연하지."

"이 초대장을 보낸 필이라는 녀석도 커터인 거고?"

"가짜 서명이 아니라면. 하지만 처음 듣는 이름이다. 4인 중 하나는 아냐."

그러나 초대장에 씌어진 인원수는 4인이 아니라 6인이다.

"당신도 모르는 커터 두 명이 또 있나 본데."

"그런 것 같군."

이윽고 데인은 뿔 조각의 단면에 깨알같이 새겨진 글자들을 발견했다. 확대경에 바짝 눈을 들이댄 데인이 그 내용을 소리 내 읽었다.

"이번 주 토요일 밤 9시."

날짜와 시간에 이어 장소도 적혀 있었다.

그곳은 시진도 이미 알고 있는 곳으로, 오늘 다녀온 엘시노어 서점이었다.

빅 테이블

모처럼 휴일이라고 점심 무렵 찾아온 제레미와 시진은 로드의 펍으로 향했다.

로드는 주방에 있는지 카운터에는 다른 종업원이 혼자 바쁘게 주문을 받아내고 있었다. 꽤 오래 순서를 기다렸다가 시진은 탄산수를, 제레미는 맥주와 튀김을 주문했다. 라뎀에서는 사치품에 해당하는 생선 요리였는데 그걸 주문해보기는 시진이 이 펍에 드나든 이래 처음이었다.

제복이 아닌 평상복 차림의 제레미는 무척 오랜만이었다. 그러나 먹고 마시는 동안 제레미의 모든 화제는 예비 감시원 생활의 고충과 자랑이었다. 취기가 오를수록 표정은 점점 밝아졌다. 그러더니 재밌는 비밀이라도 말해줄 것처럼 물었다.

"내가 어제 누굴 만났는지 맞혀봐."

시진이 어깨를 으쓱했다.

"샐! 우리 근무지에 감찰 나왔는데 나를 알아보더라? 쫄보 친구 아니냐면서. 내 얼굴까지는 기억 못 할 줄 알았는데."

들뜬 목소리였다.

"설마, 그 사람은 그늘에 날아다니는 파리 얼굴도 다 구분할걸."

시진이 시큰둥하게 대꾸했다. 잠시 킬킬거린 후 제레미가 말했다.

"그래도 샐 부장이 유독 너한테 각별했단 말이지."

틀린 말은 아니었지만 이유라면 뻔했다. 시진은 부모님을 일찍 잃었고, 그 와중에 유진마저 행방불명됐다. 샐의 호의는 메메가 던져준 뿔 조각과 크게 다르지 않은 것이었다. 신경이 쓰여서 손이 한 번 더 가는 것뿐이다. 시진이 샐을 얼마나 잘 따랐느냐와는 별개의 문제였다.

"근데 내 친구라고 불이익당하는 거 아냐?"

시진이 물었다.

"그 반대야. 나 3구역으로 근무지가 바뀔 거 같거든."

"3구역? 여기?"

"응. 국경 감시원 중 일부를 이동시킨대. 이쪽 인원이 부족하다더라고."

시진은 고개를 갸웃했다. 최근 하급 구역을 돌아다니는 제복은 늘면 늘었지 줄지는 않았다. 오늘도 펍까지 오는 동안 길에서 몸수색당하는 각인을 몇 명이나 봤다.

"내 짐작대로지? 진짜 중요한 건 제1 국경이 아니라 이 안이었다니까. 샐 말로는 나를 포함한 우수 예비 감시원 스무 명이 보안국으로 이동할 거래."

"샐이랑 제법 친해졌나 보네."

"그런 것까진 아니고."

제레미는 부정하면서도 샐의 본명이 샐리베라고 알려주었다. 그가 직접 가르쳐주었다면서.

그때 탁자 위에 커다란 그림자가 드리웠다. 로드였다. 양손으로 허리를 짚은 채 둘을 내려다보는 그의 시선은 싸늘했다. 제레미가 먼저 밝게 인사했다.

"오랜만이야, 로드."

"여기가 어디라고 라뎀의 개가 드나드는 거지?"

어색해진 분위기에 제레미는 천천히 웃음을 거뒀다. 주변 손님들도 이쪽을 바라보거나 곁눈질을 하기 시작했다.

"왜 이래, 로드. 제복을 입고 온 것도 아닌데. 나도 엄연한 지상 시민이라고."

제레미가 자기를 변호했다.

"오, 그래? 그럼 공중 시민권이 지금 네 녀석 코앞에 있다해도 지상에 뼈를 묻겠다고 맹세해보지그래. 뿔도 없는 녀석이 뭘 걸고 맹세할지는 모르겠다만."

"도대체 무슨 억지를 부리는 거야?"

"영혼을 공중에 쏘아 올린 껍데기 같은 놈은 내 가게에 발 들일 자격 없다는 뜻이다."

"로드. 오늘은 그냥 넘어가면 안 될까?"

"오늘은? 오늘은이라고?"

시진의 중재에 제레미가 발끈했다.

"이따위 펍 안 오고 말지. 지긋지긋한 노친네."

"차라리 단속을 나온다면 환영해주지. 아, 네 녀석 상관도 같이 데려와. 네 과거에 대해 나도 할 말이야 지긋지긋하게 많으니."

그 말에 제레미는 자리를 박차고 나갔고 시진은 중간에서 난처해졌다.

"로드, 이건 좀……"

"여긴 내 가게야."

로드는 단호했다. 각인 혐오 살인 사건과 살해범의 사망 이후, 지상에서 각인과 면역인 사이의 긴장감은 하루가 다르게 팽팽해져가는 중이었다. 지상 제복의 인력 충원은 상황을 더 부추길 뿐이었다. 그런 와중에 제레미가 라뎀의 개 노릇을 하고 있으니 로드에게는 무엇 하나 곱게 보이지 않는 것이었다.

시진은 제레미를 찾으러 나갔으나 어디로 사라졌는지 벌써 안 보였다. 기분이 단단히 상한 모양이었다.

펍에서 10분 정도 떨어진 푸드 뱅크까지 왔다. 진열대나 계산대 줄 어딘가 있을까 싶어 한 바퀴 둘러보던 중 문득 떠오른 생각에 시진은 그 자리에 멈춰 섰다. 제레미가 여기에 있을 리 없었다. 이제 녀석은 뱅커가 아니니까.

그만 걸음을 돌리려 할 때였다. 계산대 줄 맨 앞에 서 있는 사람이 시진의 눈에 들어왔다. 오른쪽 눈가에서 귓불까지 이어진 기다란 흉터. 그런 흉터를 가진 사람이 이 세상에 단 한 명인 건 아니겠지만, 라뎀 하급 구역으로 범위를 좁힌다면 코어의 그 녀석이 아닐 확률은 희박했다.

낯설지 않은 옆모습을 시진은 멀찍이서 가만히 지켜보았다. 녀석은 계산대 옆 의약품 선반에 있는 흑각을 빤히 바라보고 있었다. 본인 순서인데도 아무 말도 없이 그렇게 서 있기만 하는 녀석에게 점원은 "찾으시는 것 있으세요?"라고 먼저 물었고, 녀석은 그냥 휙 돌아서 나가버렸다.

녀석이 계산대를 떠난 후 시진은 선반 앞에 붙은 흑각 가격표를 확인하고 깜짝 놀랐다. 두세 번 먹을 수 있는 줄기 절반에 55페이. 마지막으로 보았을 때보다 양은 줄었고 가격은 뛰었다. 본사가 또 재배 흑각의 가격을 올렸다.

그래도 지난 이틀 사이 누군가를 터는 데 성공해 수중에 페이가 있었다면 감당하지 못할 정도의 비용은 아니었다. 녀석은 코어에서 행인을 습격하는 과격한 방법을 택한 것에 비해 실속은 전혀 못 챙기는 모양이었다.

푸드 뱅크 밖으로 나오자 그리 멀지 않은 곳에 녀석의 뒷모습이 보였다. 잠시 망설이던 시진은 결국 그의 등을 톡톡 두드렸다. 무심결에 돌아본 녀석은 처음엔 의아하다는 얼굴이었다가 이내 눈을 깜빡이는 것조차 잊은 채 그 자리에 얼어붙었다. 녀석도 시진을 알아본 것이다.

곧장 방향을 바꿔 도망치려는 녀석에게 시진이 입을 열었다. 몸을 던져 붙잡거나 막지 않아도 붙잡아둘 방법은 많았다.

"뿔은 어림도 없지만 흑각이라면 좀 줄 수 있지."

녀석이 멈칫했다.

"많이는 아니고, 나도 먹고살아야 하니까."

"얼마?"

녀석이 경계하며 물었다.

"판매용 아니야."

시진은 비상용으로 가지고 다니던 종이에 싼 흑각 두 조각을 내밀었다

"품질은 알아서 판단하고."

"공짜로는 안 받아."

"판매용이 아니랬지, 공짜라는 뜻은 아니야."

"그럼?"

녀석은 이제야 몸을 바로 돌려세웠다. 환한 하늘 아래에서

정식으로 대면한 녀석은 역시 아직 애티가 남아 있는 소년이
었다.

"네가 나보다 길눈도 밝고 주먹도 잘 쓴다는 건 알겠는데,
앞으로 몸이 얼마나 근질거리든 나는 못 본 척해달라는 뇌물
이야. 그러니까 코어에서. 두 번이면 충분하잖아?"

"너 메메 사람이잖아."

"그날처럼 워닝을 깜빡할 수도 있으니까."

이런 핑계라도 대지 않으면 녀석이 흑각을 받지 않을 것
같았다.

"협상하자는 거야?"

"내 이름은 시진. 넌?"

"라티오."

흑각이 라티오에게 건너갔다. 라티오가 시진에게 물었다.

"너 각인이야?"

"사적인 질문은 금지야. 물론 나도 묻지 않을 거고."

밝은 곳에서 봐도 역시 녀석에게 뿔은 없었다. 그러나 시진
이 그렇듯 겉만 보고 다 알 순 없는 법이었다.

라티오는 종이를 펼쳐 내용물을 확인했다. 그제야 갈색 눈
동자에 안도의 빛이 번졌다. 코어에서 무섭게 공격해오던 놈
과 동일 인물이라는 것을 믿을 수 없을 정도로 무방비한 얼굴
이었다.

"협상 내용을 추가하지."

그러더니 금세 표정을 고치며 입을 열었다.

"매주 이 시간, 여기로 흑각 두 조각을 가져와. 너 혼자. 그럼 그 제안을 받아들이겠어."

"매주?"

그 뻔뻔함에 아주 잠깐 말문이 막혔으나 시진은 곧 고개를 끄덕였다.

매주 흑각 두 조각. 그 정도는 어렵지 않았다. 그리고 어쩐지 이 녀석은 현재 철저하게 혼자인 것 같다는 직감이 들어서였다. 근처에 로드, 제레미, 셸, 데인, 메메 같은 존재가 없는. 이도 저도 아닌 하잘것없는 시진에게 도박하듯 으름장 놓기 말고 다른 대안이 없는.

제아무리 뛰어나다 해도 코어를 포함한 하급 구역에서는 누군가와의 연결 없이 살아남기 어렵다. 하다못해 훔친 물건을 팔려고 해도 다시 도둑맞지 않으려면 믿을 만한 매입처가 필요한 법이었다.

정체가 분명하지 않은 라티오에게 엘시노어를 소개할 수는 없었다. 그건 로드의 허락도 필요한 일이었다.

"……진짜야?"

라티오가 오히려 의아해했다. 소리 내 묻지는 않았지만 왜냐는 눈빛이었다.

이유라고 한다면 자신을 공격하기는 했어도 라티오가 그저 몰염치한 강도 같지는 않아서였다. 어둠 속에서 맞닥뜨린 녀석은 마치 잃을 것 없는 인간처럼 무자비했지만, 코어의 원칙에는 두말하지 않고 깨끗하게 승복했다.

다른 이유는 로드, 제레미, 셸, 데인 그리고 메메가 떠올랐기 때문이다. 그들은 시진이 곤란에 빠졌을 때면 각자의 방식으로 도움을 줬다. 반드시 그래야 할 의무나 책임이 없었는데도. 그 기억들이 그늘에서의 하루하루를 버티게 했다. 다만 그 모든 것을 조리 있게 설명할 말을 찾지 못해 시진은 어깨를 한 번 으쓱이고만 끝냈다. 그리고 이곳에서 다음 주 목요일을 기약한 뒤 먼저 자리를 떠났다.

"내 대리인으로 출석만 하라는 거야. 자정 안에는 끝날 거라고."

차를 홀짝이면서 메메가 말했다.

"나랑은 관계없어요."

데인은 군더더기 없이 거절했다. 이제껏 메메의 지시라면 곧장 따르는 모습만 보던 시진에게는 생소한 광경이었다.

시진은 거실 벽에 걸린 시계를 슬쩍 보았다. 저녁 7시 반이막 지나고 있었다. 예고대로 빅 테이블은 엘시노어 서점에서 오늘 밤 9시에 열린다. 지금 바로 떠난다 해도 도착까지는 아

슬아슬했다. 그런데 이 작업실에서 빅 테이블에 참석할 커터
는 누구일지 아직도 결정되지 않았다.

얼마 남지 않은 시간이 초조한 사람은 제삼자인 시진뿐이
었다. 메메는 소파에 눌러앉아 차의 미지근한 온기를 천천히
음미하고 있었고, 데인은 지난주 배달한 물건의 수령증을 보
관함에 날짜별로 정리하고 있었다.

"혼자서 가라는 것도 아니야. 증인으로 이 스탠드 녀석도
데려가라고, 디."

두 사람 사이에서 눈치만 살피던 시진에게로 화살이 향
했다.

"나? 나는 왜?"

"그럼 당신이 데리고 가면 되겠네요."

데인은 시진의 반응에 아랑곳하지 않고 대꾸했다.

"저, 내 의사는 아무래도 상관없는 거야?"

"디, 고집 좀 그만 부려. 이 작업실을 물려받겠단 도장을 찍
으란 것도 아니잖아."

메메 역시 시진에게 관심이 없기는 마찬가지였다.

"빅 테이블이라고요, 메메."

데인은 커다란 한숨을 뱉고는 비로소 메메를 응시했다.

"작업실 물려받는 것과 비교도 안 될 골치 아픈 이야기가
오갈 거라고요."

"그건 가봐야 알지."

"그러니까 당신이 직접 가야 한다는 거예요."

"늙은이를 이 밤중에 거기까지 꼭 보내야겠어?"

"이럴 때만 나이 핑계 대지 말아요."

"저기."

시진이 다시 끼어들었다.

"그 빅 테이블이라는 거 무슨 모임인지도 모르겠지만 어차피 백 년 동안 안 했다며. 그냥 둘 다 안 가면 안 돼? 다른 사람들이 알아서 하겠지."

메메가 혀를 쯧, 하고 찼다. 멋모르는 한심한 애송이를 보는 눈이었다.

"정확하게는 89년이다. 백 년이 아니라."

그러고는 설명을 이어나갔다.

"우리 도시의 중요 사안을 논의하고 목소리를 내야 할 때 시민을 대표해 커터들이 모여 회담을 개최하고 발의하곤 했어. 그게 빅 테이블이지."

"지상에서? 그러니까 여기 사람들이?"

시진이 연이어 물었다. 처음 듣는 이야기였다.

"그래, 내가 아직 세상에 있기도 전에 우리 어머니가 소집했던 마지막 빅 테이블이 89년 전이었어."

이제껏 라뎀에 필요한 의사 결정과 통보, 운영은 오직 공중 본사의 독점권인 줄로만 알았다. 본사가 라뎀을 인수했으니, 지상은 당연히 따라야 한다고 생각했다.

메메는 고개를 흔들며 찻잔을 내려놓았다.

"본사가 이 땅을 사들여서 머리 위를 천장으로 막아놓기 전에도, 라뎀에는 엄연히 사람이 살고 있었지. 스탠드야. 무려 지상 사람이 생각도 하고 말도 하고 다투거나 사랑하기도 했어. 너는 네가 인류의 시조 같겠지만."

메메의 비꼼에 시진은 입을 삐죽였다. 데인은 웃음을 삼키다가 메메와 눈이 마주치자 얼른 표정을 숨겼다.

"내 말은 그러니까…… 왜 안 하던 걸 갑자기 백 년, 아니 89년 만에 하느냐는 거야. 새삼스럽게."

질문을 구체적으로 바꿨다. 메메는 사뭇 진지해진 얼굴로 입을 열었다.

"89년 전 빅 테이블의 요구는 각인에게도 공중도시의 시민권을 허가하라는 8차 발의였어. 하지만 오히려 제2국경의 출입 규정이 강화되었고 커터와 그늘은 감시 대상이 되었지."

"뭐? 그건 좀 아니잖아."

시진이 발끈했고 데인은 처음 듣는다는 표정으로 메메의 이야기에 귀를 기울이고 있었다.

"어머니는 9차 발의를 준비하기 위한 빅 테이블을 소집했지만 아무도 오지 않았어. 그 후로는 어느 커터도 먼저 회담을 제안하지 않았지. 오늘 이전까지는."

"움직일수록 역효과가 나니까."

데인이 말했다.

"하지만 포기했다는 거네."

시진이 이어 말했다.

"그런 거지."

메메는 인정했다.

"당신을 포함해서."

"맞아."

메메는 자신에게 날아든 화살을 피하지 않고 받아들였다. 데인이 목소리를 가다듬으며 물었다.

"필이라는 커터는 누구죠? 이 회의를 소집했다는데 이름을 들어본 적이 없어요."

"그럴 거야. 외부인이니까."

"외부인? 그럼 라뎀 바깥 사람이라는 거야?"

시진의 질문에 메메가 고개를 끄덕였다.

"각인이 있는 곳에는 커터도 있다. 라뎀 안이든 바깥이든."

"어느 도시에서 왔죠?"

데인이 물었다. 이 회담에 일말의 관심도 주지 않으려던 이전과는 다른 모습이었다.

"포르틴이라던가. 국제 중립 기구의 정식 승인을 얻은 도시는 아니야. 라뎀에 비하면 작은 곳이란 의미지. 우리 넷을 제외한 둘은 포르틴의 커터야."

"다른 도시의 커터도 빅 테이블 개최 권한이 있어?"

"엄밀히 말하면 안 된다는 규정이 있는 건 아니니까, 오늘 참석하는 4인의 결정에 달린 거라고 봐야겠지. 이걸 정식 빅 테이블로 인정할지 아닐지는."

메메는 그렇게 말하면서 어째서인지 데인을 쳐다보지 않았다. 대신 그날 이곳에 직접 찾아왔던 필에 대해 말했다.

"초대장을 건네면서 내게 직접 자기 뿔 조각을 잘라내라고 맡겼어. 뿔은 이미 꽤 짧았어. 벌써 다른 커터들에게도 다녀왔다는 거지."

제 목숨을 간단히 앗을 수도 있는 낯선 이들에게 뿔을 맡기는 행위는 그 자체로 각오이자 결의라 할 수 있었다.

"외부인이 왜 이렇게까지 하는 거죠?"

데인이 물었다. 시진도 그 이유가 궁금했다.

"그걸 알고 싶은 사람이 가야겠지."

다시 짓궂은 투로 메메가 말했다.

"네 말이 맞아, 디. 그 녀석들은 골치 아픈 이야기를 할 거야. 빅 테이블은 그러라고 만든 자리니까. 그런데도 너를 대리인으로 추천하는 건, 네가 추락천사라서야."

데인이 고개를 들었다.

"스탠드의 말도 일리가 있어. 우리 넷은 이제껏 면역인들이 제3 국경이라고 조롱하는 코어 안에만 웅크려 있었으니까. 불필요한 위험을 감수하고 싶지 않았을 뿐이지만, 비겁하다고 해도 할 말은 없다."

메메가 다시 찻잔을 들었다.

"2구역 출신인 너는 한때 공중 시민이었고, 코어의 정중앙으로 떨어졌다가 이제는 그늘 뱅커촌에 정착했어. 각인의 삶과 면역인의 삶을 동시에 알고, 심지어 커터의 삶도 배웠고. 그야말로 여기저기 흘러 다녔지. 물처럼."

"자랑거리 같지는 않은데요."

"하지만 말했듯이 소집자는 외부인이야, 디. 아직 그게 뭔지 몰라도 할 말이 있다는 이유만으로 국경을 넘어서 여기까지 찾아와 뿔을 기꺼이 내놓은 자들이다. 그런 커터와 마주하려면 새로운 눈이 필요해."

엘시노어 서점은 초행이라면서도 데인은 손전등 하나에 의지해 앞장서서 빠르게 걸었다. 시진도 부지런히 속도를 맞췄다. 메메의 작업실에서 꽤 오래 지체했기 때문에 약속 시간을 지키려면 조금 서두를 필요가 있었다.

대화할 여유도 없이 그렇게 한참 걷기만 하던 중, 데인은 어느 건물 앞에서 잠시 멈춰 고개를 높이 들었다. 지상에서 공중의 대지까지 뻗어 올라간 코어의 흔한 공동주택 건물 가운데 하나였다.

다만 주변의 악취는 훨씬 고약했고 코어의 다른 건물들 같지 않게 뜯겨 나간 창문도 몇 개 보였으며 건물 입구는 어수선하게 흩어진 폐자재와 쓰레기 따위로 막혀 있었다.

"이 정도라면 여긴 아무도 안 사는 거겠지?"

시진이 코를 막으며 물었다. 워닝 드롭의 냄새는 여기에 비할 바가 아니었다.

"맞아."

여전히 건물을 응시한 채, 데인은 의심이 조금도 섞이지 않은 목소리로 말했다. 이유는 곧 알 수 있었다.

"내가 살던 곳이야."

시진의 아랫집으로 옮겨 오기 전, 퇴거 명령을 받은 그 공동주택이었다. 여기에 살던 시민들은 모두 그늘의 어딘가로 뿔뿔이 흩어졌다.

데인은 다시 걸음을 재촉했다. 시간도 부족했지만, 악취 때문에라도 더는 머물기가 힘들었다. 아무리 코어라 해도 이 정도로 심각한 곳은 시진도 처음이었다. 지상의 생활 환경에 무관심한 본사가 퇴거 명령을 내릴 정도니 그야말로 말을 다한 셈이었다. 현재의 공동주택은 이곳과 비교하자면 거의 궁전이나 다름없었다.

악취에서 어느 정도 벗어난 후에야 시진은 비로소 코에서 손을 뗐다. 나중에 돌아갈 때는 다른 길을 찾는 게 좋겠다고 생각하며 입을 열었다.

"어마어마한 곳에서 지냈네."

"아니라고는 못 하겠지만, 좀 믿기 힘들군."

"뭐가."

"떠날 때만 해도 이 정도는 아니었으니까."

"원래 한번 비어버린 자리는, 지키는 사람이 없으면 금방 허물어지고 마는 거야."

시진은 이제 곁에 없는 몇몇을 떠올리며 말했다. 그렇지만 마음속 빈자리만은 결코 허물어지게 두고 싶지 않았다.

포르틴의 필

두번째 만남에서야 서점 주인의 이름이 '폴린'이라는 걸 알게 되었다. 폴린은 『트랩』을 찾는 고객이 아닌 다른 이유로 나타난 시진을 보고 상당히 놀란 듯하면서도 환영했다.

빅 테이블의 장소로 안내받은 곳은 십자 모양의 내부 중 상단 오른쪽 방이었다. 시진이 이곳에 처음 왔을 때 응접실로 착각했던 곳이자, 브르통을 쓴 다른 고객이 있었던 바로 그 방이었다.

오늘은 내부를 제대로 둘러볼 수 있었다. 커다란 창은 바깥에서 안을 볼 수 없도록 덧문으로 덮여 있었고 그 위로 커튼이 한 겹 드리워져 있었다. 조명은 상대방을 다른 사람으로 착각하지 않을 만큼의 적당한 밝기였다.

중앙에는 커다란 탁자가 있었는데 가까이서 보니 모양이 제각각인 작은 탁자 몇 개를 한데 모은 것이었다. 뿔 조각으로 만든 이곳의 모자이크 간판과 닮았다는 느낌이 들었다. 모여 있는 탁자들을 둘러싼 의자는 모두 열세 개였다. 데인은 먼저 도착해 있던 네 사람에게 짧은 눈인사를 건네며 자리에 앉았다.

그들은 커터 둘과 각각 대동한 증인이었고, 그중 한 사람은 시진도 아는 얼굴이었다. 데인과 함께 코어에 갔던 날 마주쳤던 커터 아누였다. 뒤를 향해 굽은 두툼한 원뿔형의 양각으로 바로 알아보았다. 여섯 사람 중 시진과 다른 한 명을 제외하면 모두 뿔을 드러낸 채였다. 이 가운데 조각으로 보았던 상아색 뿔이 안 보이는 걸 보면 필이라는 커터는 없는 듯했다.

"라뎀에서 한 팀이 더 도착하면 회담을 시작하겠습니다."

참석자들을 향해 폴린이 말했다.

"폴린도 테이블의 일원인가요?"

시진이 물었다. 폴린이 미소를 지었다.

"아니에요, 저는 문지기일 뿐이랍니다."

"의자가 넉넉해서 함께해도 괜찮을 것 같은데요."

"친절한 말씀이지만 자리에는 모두 각자의 주인이 있으니까요. 포르틴 두 팀과 중재자도 곧 착석할 겁니다."

"중재자요?"

그때 마침 라뎀의 네번째 팀이 도착했고 폴린은 그들을 회장으로 안내했다. 이어서 도착한 중재자를 보자마자 시진은 할 말을 잃고 말았다.

다름 아닌 로드였다.

당신이 왜 여기에 있느냐는 표정으로 눈을 끔벅이는 시진을, 로드 역시 같은 얼굴로 보고 있었다. 그러나 시진을 향한 로드의 눈에는 놀라움만큼이나 반가움도 깃들어 있었다. 로드는 입구에서 가장 가까운 자리에 앉더니 자신을 소개했다.

"오늘 빅 테이블의 중재자 로드입니다. 저를 아는 분도 모르는 분도 계시겠지요. 그리고 중재자가 왜 필요한지 궁금한 분도 아마 계실 겁니다."

로드는 시진이 펍 카운터에서 늘 보던 사람 같지 않게 진중했다. 다소 혼란에 빠진 시진과 달리 다른 참석자들은 모두 로드의 말을 경청했다.

"일단 중재자가 빅 테이블의 일원인 건 오랜 전통이라고 할 수 있습니다. 오래전부터 커터는 누구 하나 빠짐없이 고집불통이었어요. 언제나 의견이 부딪쳤고 회담은 영원히 끝날 기미를 보이지 않았습니다. 한 사람 정도는 알람 시계 역할을 맡아야 했다는 뜻이죠."

라뎀의 참석자들이 낮게 웃었다.

"다만 오늘은 조금 다릅니다. 우리가 오랫동안 미뤄왔던 이 빅 테이블의 대표를 포르틴에서 먼저 자처했죠. 이제부터 우리는 라뎀 국경에서 2,300킬로미터 떨어진 곳에서 온 커터들과 대화해야 합니다. 이런 비유는 달갑지 않겠지만, 저를 지상과 공중을 연결하는 이민국이라고 생각하세요. 아니면 고속 리프트라든지요."

실체 불분명하던 조각난 소문들이 로드의 연설 속에서 어떤 형태를 갖춰가고 있었다. 시진은 꺼림칙해졌다. 이건 테러나 반란을 모의하는 자리라는 건가? 아직 나오지 않은 단어는 그것들뿐이었다.

"그럼 당신은 이제껏 포르틴과 지속적으로 소통을 해왔다는 겁니까?"

아누가 물었다.

"저는 상인입니다. 포르틴뿐 아니라 많은 도시와 교역하고 있고, 앞으로도 할 준비가 되어 있지요."

"그래서 그들은 우리와 뭘 논의하고 싶다는 거죠?"

라뎀의 위원 중 가장 연장자로 보이는 각인이 물었다. 데인의 우측에 앉은 그는 로드보다 훨씬 나이가 많았다. 몸집은 시진만큼 왜소했으나, 두툼한 손바닥을 펼친 듯 널찍한 한 쌍의 뿔은 위엄이 넘쳤으며 이중 가장 매서운 눈빛을 소유하고 있었다.

"그건 포르틴의 대표인 필이 이야기할 겁니다, 투안."

투안이 그의 이름이었다.

그때 문밖에서 몇 사람의 발소리가 회장으로 가까워졌고

폴린이 문을 열었다.

"이제 시작할 준비가 된 것 같군요. 고마워요, 폴린."

포르틴의 위원 네 명이 입장했다. 먼저 각각 커터와 증인
으로 보이는 남자 둘에 이어서 여자 둘이 들어왔다. 남자들은
아누와, 여자들은 시진의 또래 같았다. 그런데 그들에게는 뿔
이 없었다. 면역인이 아닌 이상 커팅한 후였을 것이다.

그런데 시진은 마지막에 입장한 모자를 쓴 여자와 눈이 마
주친 순간 숨이 턱 하고 막혔다.

여자가 쓴 모자는 엘시노어의 첫 방문 때 시진이 보았던
바로 그 검정 브르통이었다. 그리고 그 모자 아래의 검은 눈
동자는 시진이 아주 오래전부터 아는 사람의 것이었다.

"……유진?"

시진은 아까 로드의 눈빛에 녹아 있던 놀라움 섞인 반가움
의 의미를 이제야 비로소 이해했다. 그때 로드의 머릿속에는
이미 이 장면이 있었던 거다.

"우선 착석할까요?"

로드가 앉기를 권했다. 유진도 그 자리에 얼어붙어 꼼짝도
하지 않았기 때문이다.

유진은 로드와 시진을 한 번씩 번갈아 본 후 표정을 가다
듬으며 자리에 앉았다. 열세 개의 의자가 모두 채워지자 폴린
은 밖으로 나갔다.

시진은 로드를 노려보았다. 지금까지 전혀 엉뚱한 사람을 오해한 셈이었다. 샐이 무언가 숨기고 있다는 의심을 계속 놓지 못했는데, 정작 비밀이 있는 사람이 로드였다니 어이가 없었다. 게다가 이런 식의 재회는 누구도 의도하지 않았던 일이다. 시진은 애초에 초대받은 위원이 아니었다. 오늘 이 자리에 동행하지 않았다면 이 만남은 존재하지도 않았다. 여전히 아무것도 모르는 채로 지냈을 것이다.

시진은 자리에서 벌떡 일어났다. 도무지 태연히 섞여 있을 수가 없었다.

"앉아."

데인은 상황 파악을 끝낸 것 같았다.

"너는 지금 내 증인이야."

시진은 결국 다시 의자에 몸을 붙였다. 일단 눈을 감고 마음의 동요를 잠재우려 했다.

"포르틴의 커터 대표이자 이번 빅 테이블을 소집한 필입니다. 한 사람도 빠짐없이 참석해주신 라뎀 여러분께 감사를 표합니다."

유진은 제 이름을 필이라고 소개했다. 인사와 함께 브르통을 벗자 질서 없이 잘려 나간 상아색 외뿔이 보였다.

각인에게는 가장 흔하고 평범한 뿔이었다. 메메를 통해 받아 옮긴 그 뿔 조각의 주인이 유진일 거라고는 차마 상상도 하지 못했다.

"모양이 엉망이 됐지만, 서명을 위해 필요한 일이었으니 여러분의 너그러운 자비를 부탁드려도 되겠지요."

유진, 아니 필은 숙련된 연설가처럼 말했다. 목소리 자체는 전과 다르지 않았는데 이제는 나를 이해 못 할 거라며 화를 내는 일 따위는 없을 것 같은 침착함이 느껴졌다. 필에게 지난 7년은 대체 뭐였을까. 언제 어떻게 왜 라뎀을 벗어나 포르틴이라는 곳에 정착한 걸까. 여기에 로드가 관여했다면, 대체 언제까지 비밀에 부칠 작정이었을까. 그리고 커터라고? 포르틴의 커터?

"지금 각자 마음속에 질문이 수백 개씩은 있을 겁니다. 하지만 그걸 거칠게나마 한마디로 정리하자면 대강 이러한 모양이 되겠지요. 우리는 왜 지금 여기에 있는가."

시진을 포함한 열두 명의 시선이 일제히 필을 향했다. 필은 한 사람 한 사람과 차례로 눈을 맞추며 입을 열었다.

"우리 포르틴은 약 40일 전, 라뎀의 공중 본사로 성명서를 보냈습니다."

"이런, 그럼 테러 소문이 사실인가요?"

로드의 우측에 앉은 라뎀의 다른 위원이 끼어들었다. 필과 비슷한 상아색 외각을 가진 홀리라는 이름의 중년 여성으로, 연륜이 제법 느껴졌다.

"결론부터 말씀드리자면 그렇지 않습니다. 공중 본사가 포르틴의 요청대로 라뎀의 모든 시민과 해당 성명서를 공유했다면 없었을 소문입니다. 실제 내용은 이 사본으로 확인해주십시오."

필의 증인이 성명서의 사본을 시계 방향으로 돌렸다.

"더불어 참석 위원 중 커터는 언제든지 자유롭게 발언을 할 수 있으며, 동석한 증인은 커터의 동의를 얻어야만 발언할 수 있습니다."

성명서 사본은 곧 데인과 시진의 손에도 들어왔다. 모두 세 페이지로 요점이 분명해 보였다.

현재 라뎀에 거주하는 각인은 각종 차별과 위험에 노출되어 있으며 상황은 점점 악화되어가고 있음. 이는 지난 한 세기, 라뎀의 공중 본사가 각인의 의견과 요구를 묵살하고 동등한 시민으로서의 권리를 보장하지 않은 결과임. 각인의 존엄을 위한 책임을 다하지 않은 라뎀 본사를 규탄하며 두 가지를 요구함.

첫째, 89년 전 빅 테이블에서 발의된 모든 안건을 전면 재검토하고 도시 운영에 반영할 것.

둘째, 첫번째 요구가 받아들여지지 않을 시 현재 라뎀의 도시 운영 방식으로 고통을 겪는 시민 중 탈脫라뎀을 희망하는 자가 있다면 포르틴에서 기꺼이 환영할 의사가 있음. 이는 각인과 비각인을 구분하지 않으며 라뎀 본사는 그들의 의사를 존중할 것.

"결국 지상에 속한 각인의 독립권 요구로군."

"말하자면 엑소더스네요."

투안과 아누가 말했다.

"공중에서 이걸 테러 예고로 받아들인 것도 납득이 가는군요."

데인이 말했다. 모든 시선이 이쪽으로 쏠렸다.

"책임론과 별개로 지상은 공중의 근간이에요. 저관세 무역권을 위해 국제 중립 기구의 도시 국가 승인은 필수고, 도시 국가 자격을 유지하려면 최소한의 인구수를 유지해야 하는데, 그걸 내놓으라는 요구니까요."

데인이 설명을 덧붙이자 필은 고개를 끄덕였다.

"맞습니다. 그래서 요구에 응할 이유가 없다는 내용의 완곡하지만 강경한 회신을 보내왔더군요. 라뎀 시민의 주권은 라뎀에 속한 것이라는 조언과 함께요."

"최근 지상에 본사 인력을 추가 배치한 것도 이제야 그 속이 빤히 보이네요. 이탈을 막으려는 선제적 감시겠죠. 89년 전과 똑같아요. 그런데 이런 반응은 솔직히 예상 범위 내에 있는 거 아닙니까?"

아누의 물음에 필이 대답했다.

"네. 뱅커 페이는 본사가 국가로 존속하기 위해 지불하는 최소한의 세금과 다르지 않으니까요. 한 세기에 걸쳐 다져놓은 손쉬운 통제 시스템인데 어디에 있는지도 모를 도시에 양보할 이유는 없을 겁니다. 더불어 지상은 공중이 재배하기 시작한 흑각의 내수 판매처이기까지 하죠. 물론 그 흑각을 구매할 수 있는 고객 대부분은 상급 구역에 집중되어 있을 테니, 우리의 제안에 관심을 가질 확률은 적겠지만요."

"라뎀에 대해 꽤 잘 아는 모양이군요."

데인이 물었다. 시진은 필이 어떻게 대답할지 궁금했다.

"한때 저 역시 라뎀 사람이었으니까요. 라뎀의 그늘에서 살아가는 고통에 대해서는 잘 알고 있습니다."

위원회가 술렁거렸다.

"소집자는 아직 꽤 젊은데, 어느 커터의 제자지요?"

홀리가 물었다.

"라뎀에서 저를 아는 커터는 없습니다."

필이 대답했다.

"아무리 뿔의 맹세를 했다고 해도, 이 테이블은 89년 만의 소집이에요. 본사는 그 어느 때보다 지상을 바짝 통제하고 싶어 하고요. 이런 상황에서 우리가 어떻게 당신이 본사에서 코어를 떠보기 위해 보낸 사람이 아닐 거라고 확신하죠? 본사가 적당한 눈속임으로 그늘을 주무르는 게 하루이틀이 아닐 텐데요."

이어지는 홀리의 질문에도 필은 변함없이 침착했다.

"그래서 라뎀의 존경받는 시민이자, 7년 전 제 이주를 도운 로드 씨를 중재자로 이 자리에 모신 겁니다. 그의 명망은 그늘 시민에게라면 두말할 필요가 없겠지요."

로드가 위원들을 향해 고개를 끄덕였다.

시진은 잠시 먼 데를 바라보았다. 역시 로드는 계속 알고 있었던 것이다.

"커터께서 당시 탈라뎀을 결정한 구체적인 계기를 물어도 될까요?"

시진의 속내를 읽기라도 한 듯 데인이 물었다.

"그럼요."

필은 자리에서 일어나 셔츠의 밑단을 들어 올렸다. 드러난 허리의 왼쪽에는 손바닥만 한 흉터가 얼룩처럼 자리 잡고 있었다. 술렁임은 이내 침묵으로 변했다.

"최근 지상에서 있었던 카인 혐오 살인사건에 대해 들었습니다. 존재해서는 안 될 비극이었지요. 7년 전의 저는 운이 좋았을 뿐입니다. 물론 거의 죽을 뻔했으니 그걸 운이 좋았다고 표현하는 것이 적절한지 모르겠습니다만…… 라뎀을 빠져나간 뒤로 적어도 같은 공포를 마주할 일은 없었습니다."

시진은 눈을 깜빡이는 것조차 잊은 채 그 검붉은 흉터를 응시했다. 필의 시선이 잠시 시진에게 머물렀다가 다시 데인에게 옮겨졌다.

"현재 포르틴은 정식으로 등록되지 않은 도시인데, 어느 기업의 재정으로 운영되고 있소?"

투안이 화제를 바꿨고 이번에는 포르틴의 다른 커터 에르한이 나섰다.

"우리 포르틴은 시민 자치도시입니다. 아시다시피 세계 지도 등록은 기업이 인수해 운영하는 도시로만 제한하니 포르틴과는 무관합니다."

"자치도시라면 소규모겠군요."

홀리였다.

"인구 30만의 라뎀과 비교하면 그렇겠지만, 자치도시로서는 인구 12만이 적다고 할 수 없습니다. 게다가 포르틴은 10년 전만 해도 인구가 7만 정도였는데, 우리의 자치권을 신뢰해 여러 도시에서 이주해 오는 인구가 점점 증가하고 있습니다. 저와 필 역시 그 일원으로 자랑스럽게 생각하는 바입니다."

"포르틴의 각인 인구 비율이 궁금하군요."

이번에는 로드가 물었다. 이야기의 진전을 도우려는 것 같았다.

"현재 각인과 비각인은 약 6 대 4의 비율이고, 거주 구역, 직무, 세금에 관한 권리와 의무 모두 동일합니다."

라뎀 위원들의 귀를 솔깃하게 만드는 말이었다. 그 정보만으로도 각인 3, 면역인 7의 비율에 공중도시라는 특수 구역까지 분리된 라뎀과 많은 차이가 있다는 것은 시진도 짐작할 수 있었다.

"흑각 수급은 어떻습니까? 각인의 비율이 높은 만큼 흑각 수요 역시 그럴 텐데요."

아누가 물었다.

"마침 적절한 질문이군요. 이번 빅 테이블에서 라뎀 위원들께 1차로 구하고자 하는 연대가 그와 관련한 것입니다."

이번에는 필이 답했다.

"포르틴은 남서쪽으로 바다를 낀 도시이고 주요 수입원은 수산물과 일부 농작물입니다. 면적은 라뎀의 지상과 비슷합니다. 포르틴 동쪽으로는 작은 암석사막이 있고 거기서 흑각이 자라고 있지요. 그렇지만 야생 흑각만으로 늘어난 인구의 수요를 감당하는 데는 한계가 있을 것입니다."

"재배는 고려하지 않나요? 재배가 필요한 도시는 여기보다 그쪽 같은데요."

홀리가 질문했다.

"맞습니다. 다만 흑각 재배를 위한 기반 시설을 마련하고 그것을 유지하는 데 생각보다 많은 자본과 인력을 필요로 한다는 게 핵심이지요. 추켜세울 뜻은 전혀 없지만 그건 30년 전부터 라뎀의 본사가 해내고 있는 일이기도 합니다."

"그런데 본사 놈들은 야생 흑각이 부족해서가 아니라 우리를 통제해 이익을 만들어내려는 것뿐이잖아요."

새로운 목소리의 주인공은 아누의 증인으로 시진 또래의 청년이었다. 라뎀의 위원 중 시진처럼 뿔이 없는 유일한 사람이었다. 커팅한 것인지 면역인인지는 구분할 수 없었다.

그는 불만을 불쑥 내뱉고는 동의를 받지 않았다는 사실에 스스로 놀라 손으로 입을 가렸다. 로드가 눈짓으로 가벼운 주의를 주었다.

필이 이어 말했다.

"포르틴은 그러한 전철을 밟지 않을 겁니다. 그 어떤 기업과 손을 잡는다 해도요."

"기업과 손을 잡는다니 무슨 의미지요?"

포르틴은 자치도시라고 했다. 라뎀의 커터들이 동시에 떠올린 의문을 투안이 대표로 물었다.

"들으신 그대로입니다. 포르틴은 안정적인 흑각 수급을 위해 협력할 기업을 찾고 있어요."

그 말에 아누가 웃었다.

"협력이라니. 인수당할 뿐이지. 이미 라뎀 본사를 겪고도 기업의 협력을 기대하는 겁니까?"

"준비가 된 기업을 신중하게 찾아낼 겁니다. 한 세기 전 라뎀의 몇몇 원로들이 사익에 눈이 멀어 기꺼이 생략해버린 일이지요. 물론 완벽한 협상이 존재할 거라는 믿음은 아닙니다. 그저 도시를 성급하게 통째로 내어준 라뎀의 역사를 되풀이하지 않겠다는 각오로 받아들여주십시오."

필이 강한 어조로 말했다.

"문제는 그런 협상이 이루어지기 전, 국제 중립 기구가 도시 국가 승인 기준으로 정한 최소한의 인구 17만 5천을 충족해야 합니다. 애초에 기업은 저관세 무역권이 없는 도시를 운영할 이유가 없으니까요. 따라서 포르틴은 라뎀의 시민을 적극적으로 받아들여 해당 인구를 달성하고자 하는 것입니다. 라뎀의 지상, 특히 그늘에는 분명 탈라뎀을 희망하는 수요가 있을 거예요."

"라뎀 시민의 권리보다는 포르틴의 생존을 위한 제안 같군요."

데인이 말했다.

"포르틴과 라뎀의 그늘, 양쪽이 바라는 것을 함께 얻을 기회라고 해도 되지 않겠습니까?"

에르한이 다시 나섰다.

"물론 기업이 관여하는 한, 라뎀의 체제와 근본적으로 다를 바 없다고 반박할 수도 있겠습니다. 하지만 이것만은 확신합니다. 우리 포르틴은 각인이 살아가기에 라뎀보다 나은 도시로 성장할 거라고 말입니다. 단지 그 미래를 함께할 사람들이 조금 더 필요할 뿐이지요."

잠시 후 아누가 입을 열었다.

"그렇다면 포르틴은 우리가 그들을 설득하길 바라는 겁니까? 커터의 명예야 이제는 땅에 떨어졌지만 그래도 누구보다 각인을 많이 접촉하는 사람이니까?"

처음 논의로 돌아왔다. 우리는 무엇을 위해 지금 여기에 있는가.

"결론부터 말씀드리자면 우리는 여러분께서 포르틴으로 이주해주시기를 희망합니다. 그들 시민에게 커터 4인의 탈라뎀보다 더 강력한 설득은 없을 테니까요."

필의 선언에 회장이 다시 웅성거렸다. 갑작스럽거니와 터무니없는 소리라는 토로였다. 데인은 혼자 골똘히 생각에 잠겨 있었다.

위원들이 잠잠해진 것은 이제껏 조용했던 시진이 손을 들었을 때였다. 로드가 발언을 허락했다.

"처음부터 궁금했던 건데, 필은 서명을 위해서였다고 하지만, 다른 포르틴의 위원들은 왜 모두 뿔이 없죠?"

다소 도전적인 질문이었다. 각인에게 어째서 뿔을 잘랐느냐고 묻는 행위는, 적어도 라뎀에서는 너는 왜 면역인 노릇을 하고 있느냐는 의미와 일맥상통했다.

"포르틴은 각인의 뿔을 있는 그대로 존중하는 도시 아니었던가요?"

이 질문을 기다려온 사람처럼 필은 지체 없이 대답했다.

"우리 일행의 커팅은 라뎀 본사의 요청 때문입니다."

"본사라고요?"

홀리가 물었다.

"말씀드린 것처럼 라뎀 본사는 성명서의 요구사항을 거절했지만, 추가 회신을 통해 별도의 만남을 정중히 제안했습니다. 공중에서 회담을 갖자고요."

그 날짜는 나흘 뒤였다.

"공중에…… 간다고?"

시진은 자기도 모르게 혼잣말로 중얼거렸다.

"우리가 라뎀에 입국한 건 공식적으로 공중 회담을 위해서입니다. 그래서 7년 전 맥주 트럭에 몰래 숨어 떠났던 것과 달리, 이번에는 본사의 초청장을 가지고 제1 국경 출입국 사무소를 통과했지요."

"어쨌거나 그쪽을 '정중히' 구슬려서 포르틴을 헐값에 인수해보겠다는 속셈 같은데요."

아누가 빈정거렸다.

"그럴 거라 예상합니다. 물론 우리는 거절할 거고요. 그런데도 제안에 응한 것은 포르틴이 향후 여러 기업을 물색하기에 앞서, 최악의 상대와 예행연습을 가질 기회라고 판단했기 때문입니다. 그리고 무엇보다 중요한 이유는 당연히 빅 테이블을 소집해 여러분을 뵙기 위해서였지요. 사실 이 자리만으로도 목표는 이미 달성한 것입니다."

잠시 침묵이 흘렀다.

"다만 공중 회담에도 얼굴은 내밀어야 하니까요. 그런데 뿔이 있는 채로는 제2국경 통과가 불가하더군요. 라넴 본사를 방문하는 모든 도시 국가 사절에게 요구하는 공통 절차인 것은 틀림없기에 그 정도는 받아들이기로 했습니다. 따라서 저 또한 며칠 내 남아 있는 부분을 마저 자를 예정입니다. 뿔이야 곧 다시 자라니까요."

필이 시진을 향해 말했다. 그리고 덧붙였다.

"더불어 오늘의 최종 논의사항도 함께 말씀드리겠습니다. 그 회담에 라넴의 커터 두 분께 동행을 요청하고자 합니다."

"우리도?"

아누가 얼굴을 찡그리며 물었다.

"모르겠군. 우리가 어째서 명예롭지 못한 커팅을 감수하며 거기에 동행해야 하죠? 나는 그놈들의 비위를 맞추기 위해 뿔에 손을 댈 생각은 손톱만큼도 없소. 이건 탈라넴 제안과 별개로, 포르틴과 공중 사이의 협상이잖소."

투안이 반박했다.

"어쩌면 여러분 가운데 누군가는 언젠가 포르틴의 일원이 되실 수도 있으니까요."

필이 말했다.

"포르틴의 청사진에 현재 커터들께서 흔쾌히 동의하지 않으신다는 점은 잘 알겠습니다. 포르틴의 미래가 라뎀과 다르지 않을 거라고 우려하는 마음도 충분히 이해합니다. 그래도 그 마음 어디쯤에는, 포르틴에 한번 기대를 걸어보고자 하는 희망도 존재할지 모르지요. 소집자의 정체도 분명하지 않은 89년 만의 빅 테이블에도 전원이 응하셨듯이 말입니다."

일동은 고요히 서로를 바라보았다.

"그저 그런 뜻으로 비워둔 자리이니 부담은 갖지 않으셔도 됩니다. 커터 넷은 공중에서 일방적으로 제안한 조건이고 채우지 않는다고 해도 문제가 되지 않습니다. 증인 없이 커터만 두 분으로요. 결정은 라뎀의 여러분께 맡기겠습니다."

잃을 것, 잃지 않을 것

다가오는 수요일, 공중 회담의 라뎀 측 참석자는 제비뽑기로 결정됐다. 데인과 아누 두 사람이었다.

아누는 내키지 않아 하면서도 수긍했으나, 가위표 쪽지를 든 데인의 얼굴에는 곤혹스러움이 사라지지 않았다. 시진은 이유를 대강 알 것 같았다.

"괜찮으십니까, 메메의 대리인?"

에르한이 조심스럽게 물었다.

"물론 이렇게 커다란 뿔을 선뜻 커팅하기란 쉬운 일이 아니지만……"

"아뇨, 그런 게 아닙니다."

데인이 입을 열었다.

"제가 제2 국경을 통과할 수 있을지 확신하기 어려워서입니다. 만일 통과하지 못할 경우 그 일이 포르틴에 어떤 영향을 미칠지 알 수 없으니까요.”

그때 투안이 끼어들었다.

“아아, 이제야 알겠군. 그대가 율리카가 인정한 유일한 제자이자 일명 추락천사, 맞지 않소?”

율리카는 메메의 또 다른 이름이었다. 데인의 말을 아직 이해하지 못한 필에게 투안이 말했다.

“모두에게는 각자의 역사가 있는 법이지요. 누군가가 한때 그늘 사람이었듯, 누군가 한때는 공중 사람이었던 것 역시.”

“공중에서 꽤 오래 지냈지만 추방 기록이 남아 있을 겁니다. 현재 저는 공식적으로 공중에 출입할 수 없는 신분이에요.”

뜻밖의 소식에 놀란 필과 에르한에게 데인이 설명했다.

“제2국경을 통과하지 못한다 해도 사실 저는 잃을 것이 없습니다. 하지만 그로 인해 포르틴의 입장이 불리해지지 않을까 우려하지 않을 수 없군요.”

필과 에르한은 잠시만 시간을 달라며 로드와 셋이서 논의를 시작했다. 이야기가 제법 길어질 것 같아 시진은 회장 바깥에서 기다리기로 했다.

십자 공간의 교차점인 중앙 홀에는 선선한 공기가 흘렀다. 창문이 다 닫혀 있었기에 시진은 이상하다 생각하며 그곳을 잠시 어슬렁거리다가 카운터 뒤에 나 있는 쪽문을 발견했다.

문밖으로 나서자 작은 뒷마당으로 이어졌고 필의 증인이 벤치에 앉아 쉬고 있었다.

"긴 회의였어. 그렇지?"

필의 증인이 먼저 말을 걸어왔다. 피곤함이 묻어나는 목소리였다. 그러고는 벤치의 빈자리를 권했다.

시진은 사양 않고 앉아 하늘을 올려다보았다. 그동안 암석사막에 나가지 않은 탓에 밤하늘을 보는 건 무척 오랜만이었다.

"나는 한나."

"시진."

짧은 통명성과 악수가 이어졌다. 한나도 하늘을 향해 고개를 들더니 말을 이어나갔다.

"라뎀의 위원 중에서 우리의 입장에 조금이나마 우호적인 사람은 너랑 함께 온 커터 하나뿐인 것 같아."

"데인?"

시진은 고개를 갸웃했다. 데인이 다른 세 커터보다 덜 빈정거리기는 했지만, 그게 포르틴을 향한 특별한 호의라고 생각하지는 않았다.

"너는 어때? 우리와 함께 라뎀을 떠날 생각 없어?"

한나가 불쑥 물었다. 제레미는 지상을 떠나자고 하더니, 이쪽은 한술 더 떠 라뎀을 떠나자고 한다. 물론 대답은 같았다.

"유감스럽게도 나는 이곳을 유진만큼 싫어하지는 않아서."

그 대답에 한나는 아무 반응이 없었다. 포르틴 시민의 긍지에 흠이라도 낸 걸까 싶어 고개를 돌리자 한나는 미간을 좁히고서 시진을 빤히 바라보고 있었다. 그러더니 잠시 후 이렇게 중얼거렸다.

"너였구나. 라뎀에 있다던 우리 대표의 혈육이."

시진은 그제야 깨달았다. 방금 전 대표의 이름을 필이 아니라 유진이라고 말해버렸다는 것을. 서로 같은 인종에 머리카락, 눈동자, 피부색도 모두 같으니 알아차리기 어렵지는 않았을 것이다.

"아무래도 그런 것 같네."

시진은 부정하지 않았다. 한나는 호기심 어린 눈빛으로 대화를 이어갔다.

"그런데 라뎀을 그만큼 싫어하지 않는 건 네가 비각인이어서가 아닐까?"

한나의 추리 실력은 나쁘지 않았지만 모든 것을 다 꿰뚫어 보지는 못 했다. 시진은 한나가 오해하도록 그냥 내버려두었다. 현재 자신을 가장 곤란하게 만든 사생활을 낯선 이에게 낱낱이 말할 의무는 없었다.

"좋아하는 친구들과 그에 대한 기억이 많아서야."

"하지만 데인과 너는 머지않아 헤어지게 될 것 같은데?"

한나의 예언에 시진은 고개를 살짝 기울였다.

"글쎄. 나는 데인이 그늘을 그리 쉽게 떠날 거라고는 생각 안 해."

"내기할래?"

한나는 자신만만했다.

"갑자기?"

"너희 중에서 언제든 어디로든 떠날 수 있는 사람은 데인 하나뿐이야. 그의 증인이면서 넌 그게 안 보인단 말이야?"

구태여 덧붙인 말이 자존심을 긁었으나 시진은 반박하지 못했다. 데인이 언제 어디로든 떠날 수 있는 사람이라는 예측은 일리가 있었기 때문이다. 데인은 이미 몇 번이나 자신의 자리를 떠났고 망설임 없이 다음으로 흘러갔다. 처음에는 2구역을, 그다음에는 0구역인 공중을, 그다음에는 코어를. 다음이 현재의 공동주택이 되지 않으리란 법은 없었다. 자신이 원했든 아니든 데인은 어디서든 뿌리를 내리고 살아가는 사람이었다. 그의 단단하고 장엄한 뿔처럼.

시진은 동시에 생각했다. 그늘을 함께 견뎌오던 이들은 결국 어디론가 모두 떠난다고. 가까운 곳으로든 먼 곳으로든, 아니면 다시 볼 수 없는 곳으로든. 그래서 마침내 모두 기억이라는 형태로만 남고 만다고. 그런 그늘은 결국 나에게 무엇일까.

"너 괜찮아?"

아무런 대답이 없는 시진에게 한나가 물었다.

"그냥 좀 잠깐 생각하고 있었어."

"무슨 생각?"

시진은 적당한 이야깃거리를 떠올렸다.

"빅 테이블에 증인은 왜 있어야 하는지. 커터랑 중재자만 으로 충분하지 않아?"

말을 꺼내놓고 보니 증인은 반드시 각인일 필요도 없는 듯 했다. 한나는 시진을 면역인으로 알고 있고, 홀리의 증인 역 시 뿔이 없었다. 별도로 확인하는 절차도 없었다. 아무리 생 각해도 반드시 각인이어야 하는 커터만큼 중요하지 않았다.

"이것도 중재자 같은 전통인데 빅 테이블에서 커터가 어떤 의견을 말했고, 안건에 동의했는지 안 했는지를 증언하는 역 할이래."

라뎀의 전통을 외부인인 한나가 더 잘 알고 있었다.

"증언?"

"빅 테이블은 중요한 모임이고 참석하는 커터도 도시의 중 심인물이잖아. 너희 본사가 존재하기도 전에, 그러니까 진짜 오래전이겠지만, 표결이 접전일 때는 결과를 바꾸기 위해 다 른 커터를 암살하는 일도 있었대. 서기를 매수해서 기록도 조 작하고. 그때부터 증인이 생긴 거라나."

"그렇게 부담스러운 역할이라고는 아무도 말 안 해줬는데."

한나가 웃었다.

"그래도 나는 증인이 되고 싶어서 몇 달이나 필을 졸졸 따라다녔어. 필은 내가 포르틴에서 가장 존경하는 사람이거든."

한나의 그 마음은 말과 표정에 모두 고스란히 녹아 있었다. 유진이 훌쩍 떠난 자리를 기약도 없이 지켜온 시진이 동의하기에는 어려운 감정이었다. 이렇게나마 재회한 것도 엄밀하게는 유진이 아니라 필이라는 낯선 사람이었다.

그때 서점 안쪽에서 웅성거리는 소리가 들려왔다.

한나와 중앙 홀로 돌아가자 회장에서 나온 커터들이 모여 있었다. 드디어 대화의 막을 내린 모양이었다.

"예정대로 함께 갑니다."

에르한이 모두에게 결정 사항을 전했다.

"이 회담은 공중에서 먼저 제안했고, 우리가 발을 뺄 이유는 없습니다. 만일 그 이유로 빅 테이블 전체의 입국을 거부한다면 그 또한 기꺼이 받아들이겠습니다."

이어서 필이 말했다.

"데인은 잃을 게 없다고 했지만, 공중 회담이 무산된다 해도 포르틴 역시 잃을 것이 없음은 마찬가지입니다. 애초에 우리의 초점은 공중이 아니라 지상과 그늘이니까요. 오히려 이 공중 회담을 두고 무엇을 잃을지 또는 잃지 않을지 계산해야 하는 쪽은 라뎀 본사겠지요."

다음 빅 테이블은 네 명의 커터가 공중 회담에서 복귀하는 날 저녁으로 정해졌고 자정이 지나서야 모임은 비로소 마무리됐다.

"필이랑 따로 이야기 안 나눌 거야? 오랜만에 만났을 텐데."

시진과 데인이 함께 서점 입구를 나설 때 한나가 따라 나오며 물었다. 애초에 기대를 안 하기도 했지만 어딨는지 안 보이는 걸 보면 필도 굳이 바라지 않는 것 같았다.

"다음에."

솔직히 지금은 마주한다 해도 무슨 말부터 꺼내야 할지 까마득했다.

"공중 회담 전까지 여기에 머물 거야. 그사이 필과 이야기하고 싶으면 언제든지 와."

한나는 그렇게 속삭이고는 서점의 어둠 속으로 다시 사라졌다.

일요일과 월요일, 이틀간 데인은 무척 바빴다. 수요일에서 금요일까지 공중 회담으로 자리를 비우게 된 탓에, 세공 작업 일정을 앞당겨야 했기 때문이다. 덩달아 시진의 일감도 늘었다. 일요일은 오후에만 두 번, 월요일은 오전에 한 번, 오후에 세 번 상급 구역에 배달을 다녀왔다. 몸은 조금 피곤했어도 바쁜 것은 마음에 들었다. 분주하게 그늘과 상급 구역을 오가고, 목적지에서 고객의 기분을 맞추는 데 집중하다 보니 다른 생각에 사로잡혀 있을 겨를이 없었다. 만일 집에 가만히 있었다면 온종일 유진을 비롯해 떠나간 존재들을 곱씹으며 하루하루를 소진했을 게 불 보듯 뻔했다.

월요일 저녁 마지막 배달을 마친 후, 시진은 푸드 뱅크에 들러 조금 사치를 부렸다. 그러나 들뜬 마음도 잠시였다. 계산을 기다리는 사이 의약품 선반이 눈에 들어왔고, 55페이였던 재배 흑각 가격은 65페이가 되어 있었다. 며칠 사이 가격이 또 오른 것이다. 어처구니가 없었다.

이것도 포르틴의 성명서가 야기한 결과일까? 공중은 대체 무슨 꿍꿍이인 거지? 지상 사람들이 라뎀을 벗어나지 않게 막고 싶다면 이럴 때 오히려 회유책을 써야 하지 않나? 동시에 떠오른 몇 가지 의문과 함께 푸드 뱅크를 나섰다.

아까는 없던 제복 네 사람이 출입구에 서 있었다. 그들은 드나드는 시민을 차례로 멈춰 세운 뒤 몸과 소지품을 수색했다. 각인 두 사람이 두 팔을 올린 채였다. 얼굴에는 불만이 가득했어도 거부할 권리는 없었다.

곧 시진의 차례였다. 최근 사막에 나가지는 않았지만 뿔이 문제였다. 이제는 정수리에 솟아오르기 시작한 뿔 끝의 이질적인 촉감이 분명하게 만져졌다. 게다가 데인에게 전달할 잔금을 가지고 있는 것도 꺼림칙했다.

"라뎀. 본사의 권한으로 잠시 수색합니다."

시진은 천천히 두 팔을 올렸다. 조사원은 시진의 어깨와 등을 간단히 확인했다. 앞에서 끌려간 각인을 상대할 때와는 다른 형식적인 몸짓이었다. 재킷 안주머니에 있는 두툼한 봉투로는 손이 미치지도 않았다. 제복은 오히려 빵과 치즈가 든 봉투에 더 관심을 보였다.

"일부러 여기까지 나왔나 보군요. 시민."

"아아…… 네."

시진은 적당히 장단을 맞췄다.

"하긴, 이 시간에 상급 구역 상점은 닫은 곳이 태반이죠. 물건도 너무 일찍 빠지고. 뱅커나 각인은 상종도 안 하고 싶지만, 나도 가끔은 어쩔 수 없이 여기로 온다니까요."

상급 구역 배달 때 걸치는 데인의 고급 재킷이 조사원의 경계를 느슨하게 만든 것 같았다. 그 앞에서 자신이 그 뱅커이자 가인이라고 구태어 고백할 필요는 없었다.

"이봐! 내기는 내가 이겼어. 내일 맥주는 자네가 사라고!"

그때 반대편의 다른 조사원이 스퀘어를 흔들며 이쪽으로 소리쳤다.

"이런. 그럼 각인 놈이 아직 멀쩡하다는 거야?"

"공문에서는 그렇다고 하네."

무슨 내용인지 몰라도 이쪽 조사원이 뭔가 낭패를 본 듯했다.

"그늘에 무슨 일이라도 있나요?"

시진이 넌지시 물었다. 다른 때라면 적당히 빠져나가기에 급급했을 텐데 각인이라는 말이 괜히 마음에 걸린 탓이었다.

"얼마 전에 각인 연쇄 살해범이 재판 전에 구치소에서 죽었거든요."

베르트를 죽인 놈의 이야기였다. 이름을 알 수 없는 바이러스 감염으로 인한 급성 폐렴 때문이라고 들었다.

"같은 방 수감자 둘도 전염돼서 의료원으로 보내졌는데 한 녀석은 면역인, 다른 한 녀석은 각인이에요."

조사원은 마치 자기 동료와 대화하듯 허물이 없었다.

"그런데 이게 어떤 바이러스인지는 여전히 오리무중이고 맞는 치료제도 없다는 겁니다. 그래도 생명에 지장은 없었는데, 상태가 점점 안 좋아졌다는 거예요."

"두 수감자 모두요?"

시진이 물었다.

"아뇨. 면역인이요. 결국 오늘 사망했다고 하는군요."

이들은 다음 사망자가 누구일지 내기를 했다고 했다.

"각인 녀석은 이제 회복세에 들어간 모양이야. 내일만은 그놈을 위해 건배하자고!"

저쪽 조사원이 잔을 드는 시늉을 하며 껄껄 웃었다.

"역시 독해요, 독해."

시진 앞의 조사원은 머리를 흔들며 중얼거렸다.

"그 살해범 녀석 부검 결과를 보니 폐랑 혈관 주변이 새카
맣게 다 경화됐다고 했거든요. 증상 보인 지 겨우 하루 만에
요. 그 정도로 무서운 바이러스인데 이 각인 놈은 운이 더럽
게 좋은 건지 그걸 비껴가네요. 참 독해요, 각인 놈들은. 꾸역
꾸역 살아남는 걸 보면. 안 그래요?"

그렇게 말하는 조사원에게 시진은 어색하게 웃어 보였다.
그가 그 웃음을 동의의 뜻으로 받아들이도록 내버려두고서
야 시진은 비로소 그곳을 벗어날 수 있었다.

데인에게 잔금을 전달하고 위층으로 올라오자 제레미가
복도 벽에 기댄 채 손전등을 껌뻑거리고 있었다. 얼마나 그러
고 있었던 건지 밝아지는 순간 언뜻 드러난 표정이 무척이나
지루해 보였다.

"뭐야, 갑자기."

시진을 본 제레미의 얼굴이 밝아졌다. 지난주 펍에서 로드
와 언쟁하고 멋대로 떠나버린 뒤로 처음 보는 것이었는데 그
일은 벌써 전부 잊은 표정이었다.

제레미는 그날처럼 제복이 아닌 사복 차림이었다. 상의는

짙은 회색에 목이 늘어난 낡은 티셔츠로 시진과 흑각을 채취하러 암석사막에 나갈 때 즐겨 입던 옷이었다. 익숙하기 그지없는 옷인데도 괜히 어색한 느낌이 들었다.

마지막으로 함께 사막에 갔던 게 고작 한 달 전이었다. 그때만 해도 시진은 자신이 각인이라는 상상을, 제레미는 라뎀의 제복을 입을 거라는 기대를 조금도 하지 않았다.

"굉장한 소식이 있어서 너한테 제일 먼저 왔어. 아직 집에도 말 안 했다고."

탁자 앞에 앉자마자 제레미가 흥분을 누르지 못하고는 운을 뗐다.

소식이라면 시진에게도 없지는 않았다. 유진이 돌아왔다. 제2국경이 아닌 제1국경 너머의 새로운 도시에서. 그것도 라뎀 사람들을 자기의 도시로 이주시키고 싶다는 의지를 가지고서.

이 이야기를 들으면 제레미는 과연 어떻게 반응할까. 국경의 종류는 달라도 결과적으로 자기 말이 맞지 않았느냐고 으쓱거릴까, 아니면 시진에게 성명서의 전말을 캐물어서 당장자기 상관에게 달려가 낱낱이 보고라도 할까. 어느 쪽이든 달갑지 않았다.

"뭔데 그래?"

먼저 꺼낼 수 있는 이야기가 없는 사람은 빵과 치즈를 내어놓으며 그렇게 물을 수밖에 없었다.

"잘 들어, 시씨. 나, 이 제레미가 다음 달에 공중으로 간다."

제레미는 그 어느 때보다 또박또박 자신의 새로운 변화를 통보해왔다. 음식은 거들떠보지도 않을 만큼 들떠 있었다.

시진은 순간 놀랐지만 당장 다음 달이라는 말에 의아했다. 이 재킷을 고쳐주던 날 제레미가 했던 말과는 달랐다.

"잠시만, 우수 직원 평가인지 뭔지는 2년 후라고 하지 않았어?"

"맞아, 그건 아직 멀었지만."

"그럼?"

"우수 직원 후보에 들어서 곧 소집되는 사전 답사에 참여하게 됐다는 거지!"

시진은 제레미의 말을 종합해보았다. 후보, 사전 답사. 모두 공식적인 결정이나 실행과는 다소 거리가 있는 단어였다.

"아직 시민권이 나온 건 아니라는 거잖아."

"그렇지만 시민권에 아주 가까이 왔다는 뜻이야. 거의 다라도 해도 좋을 만큼."

제레미는 아주 확고했다. 시진이 보기에는 불완전한 구석이 다분했으나 반박하진 않았다. 최근에는 예상치 못한 일들이 계속해서 일어났다. 언제든 무슨 일이든 충분히 벌어질 수 있었다.

"그래, 축하한다."

"고마워, 너한테 제일 먼저 알리려고 온 거야."

제레미는 그제야 빵 조각을 입안에 집어넣고 만족스러운 얼굴로 우물거렸다. 남은 치즈도 순식간에 먹어치웠다.

"그 사전 답사라는 건 얼마나 가는 건데?"

시진이 물었다.

이번 수요일에는 빅 테이블의 네 사람이 회담을 위해 공중으로 간다. 비록 금요일에 돌아오는 일정이고 제레미의 사전 답사는 다음 달이라고 하지만, 시기가 아주 멀지 않다는 점이 신경 쓰였다.

제레미나 예비 감시원들이 포르틴의 공중 회담에 대해서도 알고 있을까 궁금했으나 그럴 확률은 없을 것 같았다. 그랬다면 입이 근질근질해진 제레미가 벌써 이야기했을 것이다.

"샐 부장 말로는 사나흘? 별로 길지는 않았어."

최근 떠올릴 겨를조차 없었던 이름이 제레미의 목소리로 들려왔다. 그러고 보니 샐을 언제 마지막으로 보았는지 기억조차 가물가물했다. 코어에 처음 갔던 날 도움을 받았던 일은 확실한데 그 후가 모호했다. 베르트의 묘에 갈 수 있도록 통행증을 써주긴 했지만 직접 대면한 건 아니었다.

"그런데 아직 스퀘어 공문은 뜨기 전이야. 사실 오늘 근무 끝나고 샐 부장이랑 맥주 한잔하면서 나도 후보에 있다고 겸사겸사 먼저 듣게 된 거라고나 할까."

"제법 총애를 받는 모양이네."

제레미도 그늘 출신이니 샐이 일부러 챙기는 걸지도 몰랐다.

"말 나온 김에 조만간 셋이서 한잔하자. 부장도 네 안부 물었거든. 어때? 그 망할 각인 자식 가게 아니어도 펍은 많아."

시진은 할 말을 잃었다. 제레미가 로드를 그런 식으로 말한 건 처음이었다.

로드는 시진에게 은인이면서 친구였다. 제레미에게도 마찬가지였다. 살면서 오늘까지 뱃속에 집어넣어온 빵 조각의 절반은 로드가 책임져왔다고 해도 과언이 아니었다. 그런 식으로 한번 부딪혔다고 해서 하루아침에 망할 각인 자식이 될 수는 없었다.

유진의 일도 그렇고, 시진 역시 지금 로드를 향한 마음이 썩 너그럽지는 않았다. 그래도 해야 할 말과 아닌 말 정도는 구분했다.

"그 말은 취소해, 제레미."

시진이 말했다.

"뭘."

"그날 펍에 너를 데려간 건 내 실수야. 그러니까 로드를 모욕하지는 마."

제레미의 얼굴이 굳어졌다.

"그게 왜 네 실수야? 날 먼저 모욕한 건 그 망할 노친네야. 네가 증인이잖아? 온갖 사람 앞에서 망신당한 건 나라고! 그래봐야 각인 주제에."

속속들이 알만큼 가까운 곳에 있던 사람들이 전혀 낯선 사람이 되어 다시 나타난다. 시진이 알던 유진이 더는 그 유진이 아니듯, 지금 제레미도 그 제레미가 아니었다. 시진은 푸드 뱅크 앞에 있던 조사원들을 다시 만난 것 같은 기분에 사로잡혔다. 숨을 한 번 골랐다.

"그 말도 같이 취소해."

"또 뭘?"

제레미가 새된 소리로 물었다. 그러고는 이어 말했다.

"각인 주제에? 없는 말을 지어낸 것도 아니고 뭐가 문제야?"

"유진도, 베르트도 각인이야."

"각인이었지. 과거형이라고. 너한테는 유감이지만 이제 더는 없다는 뜻이라고. 로드만 아니면 이제 내 인생과 각인은 아무런 관계도 없어. 사막에 나갈 일도 없고, 공중 시민권도 코앞이니까."

시진은 자리에서 일어나 일장 연설을 늘어놓는 제레미 옆에 주저앉았다. 그다음 제레미의 손을 낚아채 자기 정수리로 가져갔다.

겉보기에는 풍성한 머리카락뿐이었다. 그러나 그 안에는 새끼손톱만 한 높이로 제레미의 정수리에는 없는 것이 숨겨져 있었다. 이제까지 모르던 이물감이 손끝에 닿자 제레미는 빼앗긴 물건을 되찾으려는 사람처럼 손을 거뒀다.

"……뭐야, 이게?"

당황스러움까지는 미처 거두지 못한 목소리로 제레미가 물었다.

"네 인생과 아무 상관이 있는지 없는지, 한 번 정도는 다시 생각해보라는 뜻이야."

"장난치지 마."

제레미가 어설프게 웃었다. 시진의 변화를 곧이곧대로 받아들일 생각은 없는 모양이었다. 그것까지 시진이 어찌할 수는 없었다.

그만 일어나 탁자나 정리하기로 했다. 제레미가 따라 일어나며 물었다.

"자를 거지?"

최대한 평정을 유지하려고 애쓰는 목소리였다.

"눈에 띄기 전에 자르면 아무도 모를 거야. 고작 이런 걸로 신분 정정을 할 필요는 없다고."

상황 자체는 인정하기로 했는지 제레미는 시진이 생각해오던 해결책을 똑같이 말했다. 시진도 그 마음을 부정하지는 않았다.

"아마도."

"아마도가 아니라 반드시야! 정신 차려, 시씨."

"진정해 제레미. 나도 계획은 있으니까."

시진은 지금 인생 그 어느 때보다 긴장의 끈을 바짝 조이고 있었다. 그러고 싶지 않아도 그래야만 하는 요즘이었다.

"제대로 된 커터부터 물색해야겠네. 아, 흑각은? 너 흑각은 어떻게 하고 있어? 설마 최근 사막에 나갔던 건 아니지? 어제만 해도 스무 명이나 붙잡혔다고!"

"안 나가. 부업도 있고, 로드 덕분에 당장 흑각도 문제 없......"

"로드 얘기 좀 그만할 수 없어?"

제레미가 말을 잘랐다.

"거긴 어차피 암시장이잖아."

"믿을 만한 데야."

"지금은 그럴지 몰라도 곧 아니게 될 거라고. 최근 흑각 가격 오른 건 알지? 푸드 뱅크나 상급 식품점만이 아니야. 암시장 가격도 곧 그렇게 될 거라고. 아니면 물건 자체가 마르거나. 그건 로드가 아니라 로드 할머니의 할머니가 온대도 마찬가지야."

"무슨 말이야?"

"으, 이건 진짜 말하면 안 되는데!"

제레미는 제 머리카락을 잡아 뜯으며 잠시 얼버무리다가 결국 이야기를 토해냈다.

"공중에 무슨 병충해가 돌았는지 올해 재배 흑각 수확량이 역대 최저래. 그나마 건진 분량도 진통 효과가 떨어져서 수출도 반토막에. 그래서…… 위에서 부족한 물량을 야생 흑각으로 대체하고 있어."

시진은 귀를 의심했다. 30년 전, 재배 흑각의 가치를 높이기 위해 오염된 땅에서 자란 흑각은 채취도 식용도 금지해야 한다는 법을 만든 게 공중이다. 그런데 지금, 다름 아닌 공중이 그 야생 흑각을 훔치고 있다는 것이다.

"저번에도 말했지만 나 내일부터 3구역 근무지로 이동해. 네가 먹을 흑각 정도는 내가 압수품으로 어떻게든 해볼 테니까……"

"그럴 필요 없어."

이번에는 시진이 제레미의 말을 잘랐다.

"체면치례할 일이 아니라니까!"

제레미는 이렇게까지 상황을 말해주는데도 고집이나 부리는 시진을 답답하다는 듯이 볼 뿐이었다. 그렇지만 시진은 푸드 뱅크의 미친 흑각 가격을 치를망정 타인이 빼앗긴 흑각을 가로채고 싶지는 않았다.

공중이라는 뿔

화요일 오후, 마지막 배달을 마친 후 시진은 엘시노어 서점으로 향했다.

배달지였던 2구역에서 멀지 않기도 했고 『트랩』을 한 권 더 구매할 생각이었다. 제레미의 말이 사실이라면 엘시노어의 흑각도 언제 동날지 모를 일이고, 그러면 라티오와의 약속을 지킬 수 없을 것 같았다.

오늘은 간판이 걸린 정문이 아닌 후문으로 향했다. 노크를 하자 한나가 문을 열어주었다.

"정말로 왔네? 어서 와. 오늘은 차림이 뭔가 근사한데?"

"폴린은?"

시진이 멈칫하며 물었다. 필을 만나러 온 거라 오해한 듯했다.

"몸이 하나뿐인 폴린은 다른 손님을 맞는 중이지."

한나는 그래서 안 들어올 거냐는 표정이었다. 시진은 한 박자 늦게 인사를 건네며 안으로 들어갔다. 배달도 마쳤고 괜히 눈에만 띄는 옷은 얼른 벗어 가방에 접어 넣어버렸다.

폴린은 계산대에서 손님 둘의 책을 계산하는 중이었다. 『트랩』이 아니라 진짜 책이었다. 그것을 포장하면서 폴린은 마주한 손님과 함께 그 책을 쓴 작가와 소설의 주제에 대해 열정적으로 토론하고 있었다.

"저분 단골이라 시간이 좀 걸릴 것 같은데, 응접실에서 기다릴래?"

한나가 물었다.

"아니, 괜찮아."

응접실에는 필이 있을 것 같았다. 거기에 있을 사람은 유진이 아닌 필이고, 필에게 자신은 동생 시진이 아니라 데인의 증인일 뿐이다. 생사를 파악한 것으로 됐다.

"오래 기다리셨죠?"

손님들이 돌아간 뒤에야 시진의 차례가 왔다. 『트랩』을 한 권 더 사고 싶다고 하자 폴린은 난감한 얼굴이 되었다.

"제가 그때 설명을 제대로 못 드렸군요. 『트랩』은 한 사람당 4주에 한 번만 구매할 수 있어요. 손님께서는 아직 4주가 안 됐을 텐데요. 그렇죠?"

"그렇……죠."

"가격 안정과 형평성을 위해서예요. 요즘 같은 시기는 특히요."

이해했다. 모든 각인이 시진과 같은 생각이었다면 엘시노어에 있는 흑각은 이미 전부 동났어야 했다.

"알겠습니다."

그때 등 뒤에서 노크 소리가 들렸다. 돌아보자 오른쪽 문앞에 필이 서 있었다.

필은 오늘 브르통을 쓰지 않았는데, 뿌리만 남아 있던 뿔은 흔적도 없이 깔끔하게 제거되어 있었다. 내일 공중 회담으로 떠날 준비는 다 마친 모양이었다.

"잠깐 이야기 좀 할래?"

시진은 그곳으로 걸음을 옮겼다. 며칠 전 빅 테이블의 회장이었던 그 방은 빛이 잘 드는 평범한 응접실로 변해 있었다. 창문은 커튼도 덧문도 모두 걷혀 있었고, 잔뜩 모여 있던 탁자들은 오간 데 없이 작은 티테이블 하나만 놓여 있었다.

응접실에는 사람도 둘, 의자도 둘이었지만 아무도 자리에 앉지 않았다. 필이 먼저 입을 열었다.

"로드에게 대강 들었어. 네 상태."

시진도 진작 그랬으리라고는 생각했다. 제레미를 포함해 아무에게도 말하지 말라고 당부했지만, 로드에게 필은 그 '아무에게도'에 해당하지 않았을 것이다.

"괜찮아?"

"괜찮았다면 『트랩』 같은 건 필요 없었겠지."

마치 의무적으로 증상을 묻는 의사 같아서 시진도 같은 온도로 되받았다.

"일주일 사이에 스무 조각을 전부 쓸 만큼 안 좋다는 거야?"

"그래! 스무 조각이 뭐야. 2백, 아니 2천 조각도 쓸 수 있어!"

염려가 아닌 취조처럼 느껴져 시진은 아무렇게나 대꾸했다. 그리고 따졌다.

"나야말로 물어야겠는데. 지금 내가 이야기하고 있는 인간은 유진이야, 필이야?"

"뭐?"

"내 생각에 라뎀에 온 인간은 유진이 아니라 필이거든. 그러니까 입장을 분명하게 해줘. 이제 없는 사람한테는 화를 낼 이유가 없으니까. 대화는 물론이고."

필은 잠시 침묵을 지켰다. 시진과 달리 동요는 없었디.

"네가 각인이라는 걸 알고, 포르틴으로 데려가야겠다고 생각했어. 그 생각에는 유진의 의지도 들어 있겠지."

"왜 이제서야? 공중으로 간 것도 아니었으면서."

"설명했잖아. 그럴 만한 상황이 아니었다고."

필이 왼쪽 허리를 가리켰다.

"어떤 고통인지 이해도 못 하면서 거들먹거리기나 하는 면역인 동생과 사는 것도, 그 면역인 동생이 불법으로 가져오는 흑각에 의지해 사는 신세도 다 지긋지긋해서가 아니고?"

쏘아붙이는 시진을 필은 긍정도 부정도 하지 않고 바라만 보았다. 말문이 막혔거나 할 말이 없어서가 아니라, 그저 시진의 화가 가라앉기를 기다리는 듯했다. 그러고는 느지막이 말했다.

"그랬을지도 모르지. 하지만 그때의 나는 라뎀을 벗어나면서 당장 다음 주, 아니…… 내일 목숨이 붙어 있을지 어떨지도 확신 못 했어. 자의로든 타의로든. 거기에 널 끌어들일 수는 없잖아."

필의 얼굴에 7년 전 유진의 모습이 언뜻 지나갔다. 두려움과 슬픔과 분노가 소용돌이치는 눈빛이.

막상 유진이 모습을 드러내자 시진은 그 눈으로부터 시선을 피해 고개를 떨궜다.

"하지만 포르틴의 커터이자 빅 테이블의 대표 필로서는 지금 마땅히 해야 할 일을 하고 있다고 생각해."

"본사에 대항해서 그늘 사람들을 탈출시키는 일 말이지."

아직 바닥에 시선을 둔 채로 시진은 퉁명스럽게 중얼거렸다.

"망명이라고 해주지 않을래? 아니면 일종의 커팅이거나."

"커팅?"

시진이 고개를 들었다.

"공중도시라는 뿔을 제거하는 커팅. 제1 국경 바깥에서 멀리 보는 공중도시는 꼭 대지에 솟은 거대한 뿔 같거든."

필의 시선은 이제 창문을 향해 있었다. 창밖에는 3구역 상점가의 모습 너머 그늘의 어두운 그림자가 한 풍경으로 어우러져 있었다.

"우리의 뿔이야 각톱으로 잘라낼 수 있지만, 저 거대한 뿔은 그런 도구로는 어림도 없지. 그렇다면 자르는 게 아니라 무너뜨리는 방법을 택해야 하고."

필의 두 눈이 시진에게로 돌아왔다.

"자르지 않고 무너뜨리려면 지지대를 치우는 수밖에."

코어를 포함한 그늘이 바로 그 지지대였다. 지난 빅 테이블에서 데인이 언급했던 '근간을 빼앗는 것'과 같은 뜻이었다. 이론적으로는 그럴 수 있었다. 그늘 사람의 다수가 라뎀을 빠져나간다면 본사는 도시 국가 승인 자격 미달로 존속 여부가 불투명해지니까.

하지만 라뎀 본사는 흑각 사업에 기대할 수익이 조금이라도 남아 있는 한, 그늘이라는 자원을 쉽게 포기하지 않을 것이었다. 그늘 또한 다르지 않다. 한 세기에 걸쳐 익숙해진 생활 방식을 뒤로하고 낯선 곳에서 모험을 감수할 인구가 얼마나 될지는 모를 일이다.

"너는 떠나고 싶은 마음이 없다고?"

생각에 잠긴 시진에게 필이 물었다.

"모두가 누나처럼 훌쩍 떠날 수 있진 않아."

"모두를 바란다고 하지 않았어. 이곳을 벗어나고자 하는 사람들을 존중하고 받아들이겠다는 거지."

"그렇다면 남아 있을 사람의 입장도 좀 생각해."

"무슨 말이야?"

"들어오면서 봤을 거잖아. 여기 상황. 그리고 요즘 거리에는 흑각 단속원보다 보안국 조사원이 더 많이 돌아다니고 있어. 지상은 이미 압박당하고 있다고."

흑각 대란도 그렇지만 포르틴의 성명서도 책임이 없다고 할 수 없었다.

"일부가 빠져나가면 남은 지상 사람들이, 특히 그늘의 각인들이 그 대가를 고스란히 치를 거야. 그럼 누가 우리를 보호할 건데?"

"보호? 그런 건 처음부터 없었어. 뱅커 페이로 입을 다물게 했을 뿐이지. 보호라고 착각하기 좋은 연극."

"그 연극마저 안 하게 될 거라는 뜻이야."

"그렇다면 라뎀에 남아 있어야 할 이유가 더더욱 없다는 말로 들리는데?"

끝나지 않을 논쟁이었다. 시진은 그만 떠나기로 했다. 이게 빅 테이블도 아닌데다『트랩』도 구할 수 없다면 더는 여기에 머물 이유가 없었다.

"잠시만."

필이 작은 봉투를 내밀었다. 흑각 몇 조각이 들어 있는 것 같았지만 시진은 받지 않고 필을 쳐다만 보았다.

"만일 다른 누군가한테 필요한 거라면, 이걸 써."

7년 전 그 '다른 누군가'였던 유진이 말했다. 시진은 봉투를 가로채듯 받아 응접실을 나섰다.

"못다 한 인사는 좀 나누셨나요?"

뒷문으로 시진을 배웅하며 폴린이 물었다.

"네, 필요 이상으로요."

폴린이 작게 웃었다. 어쩐지 문밖에서 이것저것 다 들었을 것 같은 느낌이었다.

"포르틴 분들두 생각이 많을 거예요. 라뎀 분위기가 어수선해진 데에 대한 부담도 느끼는 것 같고요."

그 정도 염치는 있다고 하니 다행이었다.

"참, 이건 미리 말씀드리는 건데, 다음번에는『트랩』의 가격이 다소 오를 거예요. 단속 강화로 입고 물량이 많이 줄기도 했지만, 그래도 지나치게 차이가 나지 않도록 모두가 최선을 다할 테니 너무 걱정하지는 말아요."

폴린이 진지하게, 그러면서도 다독이듯이 말했다.

그 순간 시진은 어째서 이 면역인은 각인들을 위해 자기 삶의 일부를 내어주고 있는지 궁금해졌다. 조부모가 각인이 었다는 이유만으로 그럴 수 있는 걸까? 그 질문에 대한 폴린 의 대답은 이랬다.

"그런 이유도 있겠지만, 입장을 바꿔서 제 어머니나 조부 모님이라도 똑같이 했을 거라는 걸 저는 알아요. 심지어 그분 들이 각인이든 아니든지요."

"저, 이 서점 백 년이 넘었다고 했었죠?"

"네, 137주년이지요."

"그럼 공중도시가 건설되기 전에, 그러니까 라뎀 본사가 우리를 관리하기 전에…… 이 도시가 뭐라고 불렸는지 아시 나요?"

"오, 그럼요."

그야말로 무식하고도 뜬금없는 질문이 아닐지 걱정했으나 폴린은 아주 반가운 기색으로 답변을 내놓았다.

"라뎀이었어요. 그전에도요."

그리고 그것은 시진이 예상 못 한 답이기도 했다.

"공중 본사가 그 이름을 그대로 사용한 거예요. 당시에는 우리의 영토를 존중한다는 의미라고 했지만, 실제로는 땅과 함께 이름마저 빼앗은 셈이지요. 우리가 좋아하던 이름을 점차 낯설고 두려워하도록 만들었으니까요."

커터의 의미가 처음과 달라졌듯, 라뎀이라는 이름 역시 같은 길을 걸어온 것이었다.

폴린의 말을 곱씹으며 서점을 떠난 시진은 뒷문과 이어진 골목을 빠져나오다 뜻밖의 인물을 발견했다.

눈에 익은 올리브색 피코트가 엘시노어 정문 앞에 서 있었다. 이곳도 그의 순찰 영역인 하급 구역이긴 했으나 하필 지금 여기라니. 순간 시진은 긴장했다.

이제껏 샐이 책을 가지고 다니거나 읽는 모습은 한 번도 본 적이 없었다. 물론 이렇게 길에서 마주치는 일이 태반이었으니 그가 진짜 애서가인지 아닌지는 시진도 확인할 기회가 없었다.

하지만 그건 지금 중요한 문제가 아니었다. 저 안에는 암석사막에서 온 흑각이 다량 보관되어 있고, 본시의 심기를 들쑤셔놓은 포르틴의 필도 있다. 시기가 시기이니만큼 보안국의 조사원으로서 다른 목적이 있는 건 아닐지 염려가 됐다.

샐은 간판을 바라보았다. 어쩌면 들어가려는 게 아니라 독특한 간판에 시선을 빼앗겨 순찰 도중 잠깐 걸음을 멈춘 것일지도 몰랐다. 부디 그러기를 바라며 시진은 골목 끝에서 고개만 내민 채로 상황을 지켜보았다. 샐은 서점에 용건이 있는 것처럼 보이지는 않았다. 서점 앞을 떠나는 올리브색 피코트의 뒷모습을 확인한 다음에야 시진은 비로소 마음을 놓았다. 그렇게 골목을 벗어나 가까운 그늘의 입구를 향해 걸음을 옮길 때였다.

"쫄보?"

자신을 부르는 익숙한 목소리. 돌아보자 올리브색 피코트가 이쪽으로 뚜벅뚜벅 다가오고 있었다.

"역시 맞군. 오랜만이네."

"쫄보라고 그만 좀 부를 수 없어?"

시진은 긴장한 티를 감추려 최대한 태연하게 받아쳤다.

"그 소리를 듣기 싫어서 요즘 나를 피해 다니는 건가?"

샐이 웃었다.

"무슨 말이야. 바쁜 건 그쪽이면서."

"맞아. 지상이고 공중이고 보안국을 들들 볶지 못해 안달이야. 지침이 이랬다가 저랬다가, 밑에서 일하는 사람만 죽어나지. 네 그 수다스러운 친구 놈에게 조금은 들었는지도 모르겠지만."

샐에게 제레미는 그런 인상인 모양이었다. 시진에게도 크게 다르진 않았으나 아무리 떠들기 좋아하는 제레미라고 해도 자신의 뿔 이야기는 철저히 함구했을 거라 믿었다.

그때 시진의 뱃속에서 요란한 진동이 울렸다.

"이른 저녁이나 먹으러 가볼까."

샐은 시진을 지나쳐 앞장서 걷기 시작했다. 잠자코 따라오라는 뜻이었다.

도착한 곳은 골목 끝에 위치한 작은 식당이었다. 샐은 메뉴를 보지도 않고 스튜와 빵 2인분을 주문했다.

"자주 오는 데야?"

시진이 물었다.

"그렇게 됐지. 하급 구역 점포 중엔 라뎀의 개를 환영하는 데가 손에 꼽거든. 쫓겨나지만 않으면 다행이랄까."

로드를 두고 하는 말이었다.

"결국 가던 곳을 또 가게 돼. 아, 고맙소."

샐은 요리를 가져다준 종업원에게 인사했다.

"그건 제복들이 그만큼……"

"부지런히 일하고 있다는 뜻이겠지. 듬뿍 미움받을 만큼 말이야."

시진의 말을 자르며 샐은 반으로 가른 빵 한 덩이를 내밀었다. 시진은 빵을 스튜에 적셔 입에 넣었다. 방금까지의 긴장이 다 잊힐 정도로 훌륭한 맛이었다. 그 만족스러운 순간에 샐이 엉뚱한 질문을 던졌다.

"그래서 너는 예비 감시원에 지원할 생각 없어?"

"무슨, 유치장 출입만 몇 번인데."

게다가 각인은 처음부터 자격 미달이었다.

"몇 개는 당신도 알면서 눈감아줬던 거고. 사막 활동."

"유치장 기록도 그렇게 만져줄 수 있겠지."

"어차피 나는 그 멍청한 제복을 입고 싶다는 욕망도 없고, 공중 시민권에도 요만큼도 관심 없어. 밥이나 먹어."

"하하."

시진이 제복이나 공중에 대해 알레르기 반응을 보일 때면, 속도 좋다고 해야 할지 샐은 항상 웃었다. 말하자면 서로의 오래된 농담 같은 것이었다. 하지만 시진은 오늘 거기에 한마디를 더하고 싶었다.

"나는 그늘에 있고 싶어. 여기가 좋아."

"알아. 안다고."

샐이 고개를 끄덕이며 덧붙였다.

"너는 공중 따위엔 안 어울려. 절대 올라가지 마라. 쫄보."

빈축의 대상이 공중인지 시진인지 모호한 말이었으나 어느 쪽이든 기분이 나쁘지는 않았다. 그것도 재주였다. 이래서 공중 본사에서도 샐을 지상에 발령 낸 거라는 생각이 들었다.

"통행증은 고마웠어."

"뭘. 아, 살해범 소식은 들었겠지?"

"응. 갑작스러웠지만."

"우리도 놀랐어. 재판 전에 그런 일이 생길 거라곤 상상도 안 했으니까. 조사할 때만 해도 자긴 무죄라고 밤새 소리칠 만큼 건강했거든."

"음."

시진은 스튜를 먹다 말고 가만히 숟가락을 젓기만 했다.

"미안. 식사 시간에 할 얘기는 아니군."

샐이 사과했다.

"아냐, 그냥. 들은 말이 하나 생각나서."

"무슨?"

"어떤 면역인이 그랬는데 수감자 중 방에서 각인만 살아남은 이유는 각인이 독해서라나. 들으면서도 웃기는 말이라고 생각했어. 그렇잖아. 이 사건으로 죽은 각인이 이미 여섯인데."

말해놓고 보니 이 역시 식사 시간에 어울리는 이야기는 아니었다. 시진은 다시 스튜를 입에 욱여넣으며 물었다.

"아, 제레미가 공중도시 답사 후보라며?"

"그 녀석은 돌아다니는 스퀘어군. 어디까지 나불거리고 다니는 거야?"

"자랑하고 싶은 것뿐이야. 공중은 녀석의 오랜 꿈이었으니까. 만약 같이 가는 거면 잘 안내해줘. 난생처음 그 리프트도 타보겠네."

"흐음."

샐은 콧소리만 길게 흘릴 뿐이었다. 공중도시 이야기가 조금이라도 구체적으로 시작될 것 같으면 항상 이런 식이었다.

"아."

그때 가장 최근 샐을 봤던 기억이 떠올랐다. 1구역의 리프트 터미널이었다.

"저, 열흘 전쯤엔가 리프트 터미널에 가지 않았어?"

"내가?"

샐이 되물었다. 표정으로는 아니라는 대답이었다.

"당신하고 비슷한 사람을 본 것 같아서."

"글쎄. 증원 때문에 정신없어서 한동안 터미널 근처엔 얼씬도 못 했는데."

"그래?"

하지만 10년 가까이 눈에 담아온 이 옷을 착각하기란 무리였다. 시진이 함께 있던 여자의 모습을 설명해보려고 할 때 샐이 먼저 입을 열었다.

"너야말로 거기에는 무슨 일로?"

질문이 돌아왔다. 공중행 리프트를 탈 일도, 내려오길 기다릴 사람도 없는 네가 거기에 왜 갔느냐는 뜻이었다.

"그러고 보니 이 거리에서 마주치는 것도 처음이군. 고작해야 서점이랑 골동품 가게뿐인데."

"요즘 배달부로 일하고 있거든. 제레미가 그건 안 떠들었나 보네. 지상 여기저기 안 가리고 다 다녀."

시진은 태연히 대꾸했다. 불현듯이 등장한 서점이라는 단어에서 샐을 떨어뜨려놓기 위해서였다.

"지금 같은 시기에 나 같은 쫄보가 암석사막에 갈 수는 없잖아."

불만스럽게 중얼거리자 샐은 다시 콧소리를 흘리더니 이 주제에는 벌써 흥미가 식은 사람처럼 남은 스튜에 집중하기 시작했다.

시진은 자기만 들을 수 있을 만큼의 작은 한숨을 내뱉었다. 그러나 지금 샐을 서점이라는 단어에서 한 발짝 떨어뜨려놓은 만큼, 시진은 터미널의 여자라는 단어에서 멀어졌다는 사실을 곧 깨달았다.

한 조각

필과 포르틴의 동료 에르한 그리고 데인과 아누 네 명의
커터가 회담을 위해 공중도시로 입국하는 날이었다.

수요일 오전, 간단한 짐을 꾸려 나온 데인을 보자마자 시진
은 깜짝 놀랐다. 머리 위에 우거진 나무 같았던 두 뿔이 오간
데 없이 사라졌기 때문이다. 지난밤 데인은 자신의 뿔을 스스
로 잘랐다고 했다.

"이상해."

시진은 무심결에 중얼거렸고 데인은 낮은 소리로 웃으며
자신도 낯설다고 했다. 이만큼 커다랗게 자란 상태의 뿔을 잘
라낸 적은 처음이라면서.

"그 뿔은 어떻게 할 거야?"

시진은 궁금했다. 커터이자 세공사인 각인은 잘라 낸 뿔을
어떻게 처리할지.

"기물을 만들어볼까 해. 체스 기물."

데인의 계획은 양쪽 뿔을 합쳐 플레이어 한 명을 위한 기물 16개를 만드는 것이었다. 그의 뿔에 잘 어울리는 세공품이었다. 데인은 공중에 체류하는 동안에도 작업할 거라며 뿔 조각과 도구를 챙겨 넣었다고 했다.

"흑각은?"

시진이 물었다. 어쩌면 이 여행길에 무엇보다 중요한 준비물이었다. 아무리 대단한 커터들이라고 해도 뿔을 자른 후의 고통은 다른 각인과 다르지 않을 것이다.

"가장 먼저 넣었지. 머리가 지끈거리는 상태로 골치 아픈 대화를 사흘이나 할 수는 없을 테니."

데인은 의연해 보였다. 불편한 입국을 앞둔 사람의 진짜 속내는 몰라도 겉으로는 그랬다. 그래서 시진은 미리 생각해둔 말을 조금은 편히 꺼낼 수 있었다.

"저, 아마 회담만으로도 바쁠 테지만, 만약 위에서 당신한테 시간이 조금 생긴다면 말이야. 그러니까 어디까지나 만약에. 바쁘다면 어쩔 수 없고."

"서둘러 줘, 시간이 넉넉하지 않으니."

데인이 재촉했다. 다른 위원들과 만나기로 약속한 시각이 얼마 남지 않았다.

"샐이라는…… 아니, 샐리베라는 사람이 있어. 현재 공중 시민권자인데 거의 지상에서 지내. 2구역 보안국 소속이거든. 그늘 사람들을 자주 돕기도 하고."

"네 친구인가?"

시진은 대답을 망설였다. 바로 그 질문에 대한 답을 찾고 싶어서 하는 부탁이기 때문이었다.

"그걸…… 알고 싶어서 말인데. 혹시 공중도시에서 샐리베가 어떤 사람인지 좀 알아봐줄 수 있을까?"

"평판 같은 것들?"

"그것도 포함해서. 가족 관계 같은 거라든지. 아니, 사실 뭐든지 상관없어. 사소한 거라도. 보안국 조사부 부장이라는 것 말고는 솔직히 아는 게 없거든."

"가능할지 모르겠지만 일단은 알겠어."

데인이 끄덕였다. 커다랗던 뿔이 사라진 머리는 여전히 적응하기가 어려웠다.

"그나저나 당신, 국경은 무사히 통과할 수 있을까?"

"그러지 못하게 된다면 저녁에 널 호출할 거야. 작업한 기물에 사포질해줄 손이 필요하니까."

그렇게 예고했으나 정작 그날 저녁 아래층은 고요하기만 했다. 엘시노어 서점이나 로드를 통해 들려온 기별도 없었다. 시진이 알아야 할 일이 생겼다면 그들 중 누구라도 먼저 알렸을 터였다.

이튿날인 목요일은 푸드 뱅크 앞에서 라티오를 만나기로 한 날이었다. 시진은 필이 준 흑각 다섯 조각을 따로 챙겨 공동주택을 나섰다. 그때까지만 해도 시진은 하루가 그토록 길고 지난할 거라고는 상상하지 못했다.

그늘을 막 벗어나려는 순간, 조사원 한 명이 시진을 멈춰 세우더니 몸수색을 시작했다. 이때 시진의 주머니에서 흑각 다섯 조각이 발견되었다.

시진의 등록된 신분은 면역인이었다. 따라서 흑각을 휴대해야 할 이유가 없었고, 조사원은 소지한 흑각의 사용 목적과 출처를 밝히라고 추궁했다. 시진은 한 친구에게 받았으며 다른 각인 친구에게 전달해 줄 용도라고 대답했다. 구매를 증명할 영수증이나 기록이 존재하지 않기 때문에, 어디선가 샀다는 핑계는 처음부터 댈 수 없었다.

조사원에게는 불충분한 설명이었다. 조사원은 흑각을 압수했고 추가 조사가 필요하다며 시진을 연행했다.

한참 후 도착한 곳은 3구역 서쪽의 끝자락이었다. 흑각 단속이라 지난번처럼 2구역의 지상 보안국으로 가는 줄 알았는데, 목적지는 용도를 알 수 없는 2층짜리 건물이었다. 명패도 없었다.

시진은 조사원에게 떠밀려 안으로 들어갔다. 내부는 제복 입은 조사원 반, 끌려온 시민 반으로 우글우글했다. 그리고 일부러 모으기라도 한 것처럼 대부분이 각인이었다.

강당처럼 널찍한 1층은 철창을 가운데 두고 두 구역으로 분리되어 있었다. 한쪽에서는 일렬로 늘어선 열 개의 책상 앞, 열 명의 조사원이 각자 맞은편의 시민을 신문하는 중이었다. 그 뒤로는 순서를 기다리는 열 개의 기다란 줄이 있었다. 철창 너머 다른 편에서는 산처럼 쌓인 흑각 더미 앞에서 제복들의 분류 작업이 이루어지고 있었다.

"…… 여기는."

강압적인 분위기만 거두자면 마치 소란스러운 시장이나 경매장을 떠올리게 하는 풍경이었다. 흑각 집중 단속을 위해 임시로 마련한 장소 같았다.

"줄이나 서!"

시진을 인계받은 조사원이 소리치며 등을 밀었다. 멈춘 곳은 책상 앞 10열 중 여섯번째 줄 끝이었다. 눈대중만으로도 앞에 50명은 더 있었는데 다른 줄도 상황은 비슷했다. 밀려오는 당혹감을 잠재우고자 애쓰며 시진은 주위를 천천히 살폈다.

줄의 맨 앞에서 조사받는 사람 중 누군가는 종이 한 장을 받은 뒤 풀려났고, 누군가는 다른 조사원에게 다시 끌려가 어디론가 사라졌다. 대화 내용까지는 들리지 않아서 어떤 기준으로 이뤄지는 조치인지는 짐작하기 어려웠다.

시진에게 가장 큰 문제는 이 일이 10~20분 안에 끝나지 않을 거라는 사실이었다. 라티오와의 약속 시간은 이미 지났다.

예상 가능한 상황은 두 가지였다. 오지 않는 시진을 욕하면서 푸드 뱅크 앞에서 기다리고 있거나, 다음번에 코어에서 만나면 가만두지 않겠다고 다짐하며 돌아갔거나.

어수선한 틈을 타 몰래 도망갈 방법이 없을까 했지만 불가능해 보였다. 시장통 같은 분위기라 해도 감시 인력은 2구역의 보안국과 전혀 차이가 없었다. 출입구가 될 만한 모든 곳을 조사원과 감시원이 이중으로 지키고 있었다.

여기서 조금이라도 빨리 벗어나는 방법은 조사를 빨리 마치는 것뿐이었다. 시진은 옆줄이 먼저 줄어드는 것을 보고 얼른 그곳으로 옮겨 섰다. 아직 맨 뒤였기 때문에 새치기도 아니었고 조사원들도 이 정도는 내버려두는 듯했다. 그렇게 눈치를 살피며 다시 한번 오른쪽 줄로 이동했을 때였다.

"저……"

누군가 시진의 등을 톡톡 두드리며 조그만 소리로 말을 걸었다. 뒤를 돌아보자 원래 시진이 서 있던 줄이자 이제는 왼쪽 줄이 된 곳에 중년 부인이 서 있었다.

"혹시 각인인가요? 만약 혹각 조금이라도 가진 게 있다면 도와줄 수 있어요?"

부인이 다급한 목소리로 물었다. 부인의 어깨에는 얼굴이

창백한 노인이 몸을 기대고 있었다. 러프 샌딩한 뿔의 색깔이
서로 같은 것으로 보아 모녀인 듯했다.

"이웃에게 겨우 한 조각 구한 걸 조사원이 압수해 갔는데,
지금 어머니 통증이 너무 심해요."

노인은 고통스러워하며 신음을 삼키고 있었다.

"저도 전부 빼앗겨서……"

도와주고 싶어도 방법이 없었다. 라티오가 요구한 두 조각
보다 훨씬 넉넉한 양을 가지고 나왔는데도 전부 무용지물이
되어버렸다.

지금 오른쪽으로 2열 너머 철창을 지나 수북이 쌓여 있는
흑각 더미는 그저 풍경에 불과했다. 단 한 조각이면 되는데.
언제나 한 조각이 문제였다. 고통스러워하는 유진을 위해 더
도 말고 덜도 말고 딱 한 조각만 가져오자는 각오로 열 살 때
처음 암석사막으로 나갔다.

열 살의 시진에게 제1국경 너머의 사막은 제법 멀었지만,
지금 저 흑각 더미는 열 걸음이면 충분했다. 훔친 흑각을 가
지고 단속원을 피해 달려온 세월만 어느덧 10년이 넘었다. 한
번도 붙잡힌 적 없었다. 제레미를 위해 그 빛에 먼저 뛰어들
었던 때 말고는.

흑각 한 조각은 각인의 평생을 책임지지는 못해도 이틀은
구할 수 있다. 시진도 그렇게 데인에게 많은 이틀을 빚진 것

이나 다름없었다.

　오른쪽의 두 줄은 무척 길었다. 그래도 시진은 지금의 줄에서 조심스럽게 빠져나와 열번째 줄의 맨 뒤로 옮겨가 섰다. 눈이 동그래진 부인에게 시진은 입술 앞에 검지를 세워 모르는 척하라는 신호를 보냈다.

　우측 바로 2미터 옆이 조사 공간과 흑각 수집 공간을 분리한 철창이었다. 물론 그 철창을 넘어 들어갈 수는 없겠지만, 다른 방법이 남아 있었다. 수북하게 쌓인 더미에서 작은 조각 하나가 철창 밖으로 굴러떨어지길 기다리거나, 아니면 시진이 철창 안으로 잽싸게 손가락을 집어넣을 기회를 엿보거나.

　그러나 10분 남짓이 지나도록 시진은 선 자리에서 꼼짝도 하지 못했다. 줄이 전혀 줄지 않아 자연스럽게 움직일 기회가 없었고, 철창 틈 사이로 굴러 나와주는 고마운 조각 하나도 없었다.

　결국 작은 흐름을 만드는 모험을 하기로 했다.

　일부러 어색한 몸짓으로 제자리에서 잠시 어슬렁거리다가, 시진은 줄에서 가장 건장해 보이는 남자 앞으로 쑥 끼어들었다. 그 역시 오랜 기다림에 지쳐 있을 확률이 높았다. 새치기나 하는 놈에게 당장 꺼지라며 저쪽으로 확 밀쳐줄 만도 했다. 거기에 더해 그가 오른손잡이기만 하다면 시진의 등은 머지않아 철창과 완벽하게 밀착할 수 있었다.

"뭐야, 이건?"

그는 버럭 소리치며 기대 이상으로 팔을 힘차게 휘둘렀다. 그러나 방향이 나빴다. 시진은 철창이 아닌 줄 앞으로 넘어졌고, 서 있던 사람들은 날아오는 시진을 피하기 위해 좌우로 후다닥 비켜섰다. 등은 철창이 아닌 딱딱한 콘크리트 바닥에 밀착하고 말았다.

"아야……"

욱신거리는 허리를 문지르며 몸을 일으켰다. 책상 너머의 조사원이 자신을 노려보고 있었다. 그가 신호를 보내자 제복 둘이 양쪽에서 달려와 시진을 붙잡았다. 그러고는 가장 긴 줄의 맨 끝보다 더 먼 곳으로 끌고 가기 시작했다.

지하였다.

한참 계단을 따라 내려가 평평한 바닥에 이르자 제복 둘은 다시 위층으로 돌아갔다. 희미한 벽등만 밝혀진 그곳을 지키던 다른 제복이 심드렁한 목소리로 물었다.

"등록 번호."

"G4948021……"

시진의 답에 제복은 스퀘어를 두드리던 손가락을 멈추고 고개를 들었다. 당황한 표정의 제레미가 눈을 커다랗게 뜨고 있었다.

시진 역시 놀라기는 했으나 곧 냉정을 찾았다. 이제 제복을 입은 친구의 모습에는 그럭저럭 적응이 됐다. 그저 옮긴다던 3구역의 근무지가 여기였다는 사실에 쓸쓸해졌을 뿐이다.

시진은 다른 조사원들이 수시로 오가는 지하의 어느 방에서 제레미에게 조사를 받았다. 서로를 아는 내색은 조금도 없이, 조사에 필요한 질문과 답변만 건조하게 오갔다.

시진의 대답은 같았다. 친구에게 받았고 다른 친구에게 전달할 것이었다고. 제레미는 더 캐묻지 않았지만 시선을 완전히 피한 채, 불필요한 말은 단 한 마디도 섞지 않았다. 전혀 못 보던 모습이라서인지 위압적인 공간 때문인지 조금은 섬뜩하게 느껴졌다.

필요한 절차가 모두 끝나자 제레미는 다음 뱅커 페이에서 차감될 벌금 청구서가 발행될 거라며 시진에게 그만 꺼지라고 했다. 제레미는 이 상황을 빨리 치워버리고 싶은 듯했다.

시진은 자리에서 먼저 일어서려는 제레미 앞을 막아섰다. 그리고 서둘러 작은 소리로 말했다.

"위층 일곱번째 줄에 서 있는 라벤더색 머플러를 두른 부인에게 흑각 한 조각만 가져다줘."

압수품 중에서 시진의 몫을 챙길 수 있는 위치라면 그건 일도 아닐 것이었다. 그럴 수 있으면 여기로 끌려 내려온 의미가 아예 없지는 않았다.

"여기서 버틸 딱 한 조각이면 된다고."

음영이 드리운 제레미의 얼굴이 천천히 일그러졌다. 마치 대단한 모욕을 들은 것처럼. 제레미는 시진을 향해 이렇게 내뱉었다.

"시끄러워, 뱅커."

이만큼이나 낮은 온도의 목소리와 눈빛은 처음이었다.

"아직 멀었나?"

새로운 조사 대상을 데려온 다른 조사원이 방문을 열며 물었다.

"주제를 모르는 놈이야. 청구서 발행할 때까지 구금해둬."

"너……"

시진이 한마디 하려고 할 때였다. 제레미가 손가락으로 자기 정수리를 톡톡 두드렸다.

그것은 경고였다. 지금 너의 안위는 온전히 자기의 자비에 달려 있다는. 그러니까 허튼소리 하지 말고 시키는 대로나 하라는.

그 위협에 시진은 입이 떨어지지 않았다. 동시에 어쩌면 지금이 제레미를 마주하는 마지막이 될지도 모르겠다고 예감했다. 아니, 예감보다는 다짐에 가까웠다.

청구서는 4시간 후에 발행되었다. 그동안 시진은 지하의 컴컴하고 좁은 방에서 모르는 사람들과 또다시 차례를 기다려야 했다. 청구서를 들고 다시 위층으로 끌려 올라가 건물

밖으로 내동댕이쳐지기 전까지, 시진은 인파 속에서 라벤더 색 머플러를 찾아보려 했지만 보이지 않았다. 사람이 너무 많아 미처 발견하지 못했는지, 아니면 조사가 끝나 벌써 떠난 것인지는 알 수 없었다. 시진이 당장 할 수 있는 일이라고는 그 이유가 부디 후자이기를 바라는 것뿐이었다.

어느덧 해가 뉘엿뉘엿 넘어가는 시간이었다. 시진은 바로 귀가하려다가 푸드 뱅크 앞을 거치기로 생각을 바꿨다. 라티오가 아직 있을까 해서였다.

흑각은 빼앗겼어도 신뢰는 그나마 덜 빼앗기고 싶은 마음이었다. 라티오가 코어 어디에서 지내는지만 안다면 그곳으로 곧장 갔을 테지만 사적인 정보는 서로 교환하지 않았다.

푸드 뱅크 앞에는 모르는 얼굴들뿐이었고 여전히 조사원이 많았다. 그중 하나가 시진에게 다가와 수색을 요구했다. 이미 보안국에 다녀왔음을 밝히며 제레미가 발행한 청구서를 꺼내 보였다. 오늘 날짜와 시간, 벌금 액수와 신상이 적힌 청구서는 그곳으로 두 번 끌려가지 않도록 하는 역할 정도는 했다.

푸드 뱅크 주변을 크게 한 바퀴 돌아보았지만 라티오는 보이지 않았다. 만일 그가 시진을 기다렸다고 해도, 조사원들이 이렇게나 돌아다니면 자리를 길게 지킬 수 없을 게 분명했다.

시진은 일단 집으로 돌아가 흑각을 챙겨 다시 나왔다. 대신 이번 목적지는 그늘 바깥이 아니라 그 반대였다. 시진은 그늘의 안쪽, 더 깊숙한 곳으로 걸음을 옮겼다. 코어를 향하여.

라티오와의 공식적인 약속 장소는 푸드 뱅크 앞이었지만, 이전에 두 차례 녀석과 부딪힌 곳은 코어였다. 당시에는 어디가 어딘지 모르고 헤맸으나 지금은 안다. 두 번 모두 코어의 중심을 기준으로 서쪽, 70번가에서 90번가 사이였다. 그리고 둘 다 워닝을 하지 않은 상태였다. 오늘도 그렇게 하기로 했다.

이제는 그리 낯설지 않은 풍경을 희미한 손전등 빛으로 더듬으면서 시진은 서쪽 골목을 누볐다. 봉인된 창문들, 검게 진 얼룩이 먼지인지 그림자인지조차 구분하기 힘든 더러운 외벽, 서로를 경계하는 행인들을 지나쳐 발이 닿는 대로 걸었다. 워닝한 사람 둘도 지나갔다. 데인의 워닝 드롭과 비슷하면서도 미묘하게 다른 지독한 냄새가 코를 찔렀다.

그런데 그 냄새만큼 강렬하지는 않아도, 퀴퀴하고도 역겨운 다른 악취가 지나는 길마다 잔잔하게 남아 있었다. 그늘 사람으로서 그리고 코어 출입자로서 여러 종류의 악취에 익숙한데 이건 어딘지 생소한 냄새였다.

다음번에는 마스크가 필요하겠다고 생각한 순간, 골목 끝에서 누군가가 서서히 가까워져 오는 소리가 들렸다. 눈으로 확인할 수 있는 무언가는 아직 없었기에 시진은 멈춰 선 자리에서 걸음 소리가 들리는 방향으로 천천히 돌아섰다. 이윽고 목소리가 들릴 만큼 상대가 다가왔음을 알았을 때 소리 내 물었다.

"라티오?"

상대는 어디쯤엔가 멈춰 섰으나 대답하지 않았다.

"흑각을 가져왔어."

시진이 다시 입을 열었다.

"약속 장소는 여기가 아니었을 텐데. 시간은 말할 것도 없고."

비로소 라티오의 목소리가 들려왔다. 일고여덟 걸음 정도 앞이었다.

"가던 길에 보안국에 끌려갔었어. 갖고 있던 흑각은 전부 빼앗겼고. 벌금 선고받고 막 나온 길이야."

안 믿는다 해도 어쩔 수 없지만 라티오도 푸드 뱅크 앞에 갔었다면 심상치 않은 분위기를 분명 느꼈을 것이다.

"네 사정이 어쨌든 약속은 깨졌어. 여긴 푸드 뱅크 앞이 아니야. 그리고 여기서 나는, 물건을 가져갈 때 그늘 바깥에서처럼 정중한 방식으로는 행동하지 않고. 네가 더 잘 알겠지만."

라티오가 어둠 속에서 말했다. 인내심이 얼마 남지 않은 목소리였다.

"뭐…… 어떤 방식으로 가져가든 네 자유인데, 날 팬다고
해서 널 주려고 가져온 두 조각이 열 조각으로 불어나는 일은
없어. 네 주먹이나 아프겠지, 이득은 없다고."

시진은 대수롭지 않게 대꾸했다.

"말장난하지 마. 날 주려고 여기까지 가져와? 그저 심부름
중에 들킨 것뿐이면서."

"심부름? 나 워닝도 안 했는데."

"오늘은 메메의 심부름이 아닌 거겠지. 워닝 드롭조차 못
줄 커터의 심부름이면 내가 노려도 될 만한 물건일 테고."

라티오가 뚜벅뚜벅 걸어오며 말했다. 그러고는 시진을 벽
으로 밀어붙여 소지품을 뒤지기 시작했다. 그래봐야 결과는
변하지 않았다. 시진이 가진 것은 흑각과 돌아갈 때를 위한
여분의 워닝 드롭뿐이었다.

아무리 살펴도 더 나오는 게 없자 라티오는 당황하기 시작
했다. 급기야 시진에게 손전등을 빼앗아 그것들이 정말로 흑
각이 맞는지 집요하게 비춰 보았다. 시진은 라티오가 만족할
만큼 흑각을 살피도록 내버려두었다.

그런데 벽의 반사광에 어렴풋이 비친 라티오의 얼굴에 잔
뜩 맺힌 땀이 눈에 들어왔다. 멱살을 한번 잡았을 뿐, 힘을 썼
다고 할 만한 일은 없었는데 이제까지의 기세와는 어울리지

않게 얼굴에 피로감이 가득했다. 시진도 익히 아는 모습이었다. 필사적으로 각통을 견디고 있는 것이다.

"정말로 심부름이 아닌 거야?"

라티오는 뭔가 잘못되기라도 한 것처럼 중얼거렸다.

"아, 손전등은 안 돼. 나도 빌린 거니까."

시진의 말을 무시한 채, 라티오는 흑각 한 조각을 그 자리에서 삼켰다. 그리고 바닥에 주저앉아 전원이 나간 기계처럼 몇 분을 가만히 있었다.

시진도 그 옆에 나란히 앉아 기다렸다. 흑각을 먹어도 각통이 잦아드는 데는 다소 시간이 걸렸다.

"너, 워닝은 왜 안 한 거야? 갖고 있으면서."

한참 후 라티오가 물었다. 작지만 평정을 되찾은 목소리였다. 통증이 좀 나아진 모양이었다.

"그래야 네가 덤빌 거 아냐."

"뭐?"

녀석은 어울리지 않게 눈을 동그랗게 뜨더니 미친놈이라고 욕을 했다.

"돌아갈 땐 할 거니까 걱정 마."

10여 분이 더 지난 후에야 라티오는 한결 가벼워진 몸을 일으켰다. 시간과 장소는 달라졌지만, 결과적으로 약속은 지킨 셈이 되었다. 조금은 홀가분해진 마음으로 시진이 집을 향해 돌아설 때였다.

"너 말이야. 지금 시간 좀 있어?"

라티오가 시진을 불러세웠다.

이미 밤이 늦었고 시진은 솔직히 '있다'라고 답하고 싶은 상태가 아니었다. 그러나 성격 급한 라티오는 시진의 대답을 듣기도 전에 자기 용건부터 말했다.

"흑각 상태 좀 감별할 줄 알아?"

악취

어디까지나 임시로 머무는 데라며 라티오가 데려간 곳은 그야말로 심각한 악취가 진동하는 곳이었다. 시진은 건물 앞에 도착하자마자 어째서 라티오가 임시로 머무는 장소임을 강조했는지 바로 깨달았다.

151번가의 폐건물이었다. 지난 토요일, 데인과 엘시노어로 향하며 지나친 곳이자 데인이 지금의 집으로 이사 오기 전 살았던 그 공동주택이었다.

그날도 앞에서 코를 막은 기억이 있는데 이번에는 훨씬 더 심했다. 코어 서쪽을 맴돌던 퀴퀴한 냄새는 이쪽으로 걸어오는 동안 점점 강해졌다. 악취의 시작이 다름 아닌 이 거리였던 것이다.

"진짜로…… 여기서 지낸다고?"

사실이 아니길 바라면서 시진이 물었다.

"있다 보면 적응 돼. 귀찮게 하는 사람도 없고, 방도 많아서 매일 다른 데 머물러도 되고. 들어와."

라티오는 대수롭지 않게 건물 입구로 앞장서 들어갔다. 시진도 손전등을 켜고 걸음을 옮겼다.

건물 내부 역시 두말할 것 없는 폐가 그 자체였다. 라티오를 따라 리프트에 올랐다. 당장 땅에 추락해 처박혀도 이상하지 않을 만큼 위태로운 소리를 내는 수동 리프트는 42층에서 멈췄다. 문이 열림과 동시에 1층과는 비교도 할 수 없는 강력한 악취가 밀려들어왔다.

"윽."

시진은 소매로 코를 막았다. 라티오도 마찬가지였으나 먼저 리프트에서 내려 한발 앞서 걷기 시작했다. 시진이 뒤를 따랐다.

워닝의 악취도 고약함으로는 뒤지지 않지만 이건 아예 성질이 달랐다. 워닝 드롭은 상대에게 경고하기 위한 무기의 날카로움을 닮은 정련된 냄새라면, 이 악취는 무언가가 뒤틀리고 망가져 통제에서 벗어난 냄새라고 할 수 있었다.

"너, 여기 거주민이었어?"

시진이 물었다. 강제 퇴거 후 갈 곳이 없어서가 아닌 이상, 이런 곳에 있을 이유는 조금도 없었다.

"아니."

"그럼 왜……"

"여기야."

라티오가 어느 현관 앞에 멈춰 섰다. 복도 끝에서 세번째 집이었다.

"놈들이 여기만 자물쇠를 채우는 걸 잊었어. 나중에 발견하면 고치겠지만."

그 '놈들'이 누구냐고 묻기도 전에 라티오가 현관을 열었다. 순간 악취는 두 배가 되었다. 대체 이 집 안에 뭐가 있는 건지, 코가 마비될 것 같았다. 시진은 상의를 얼굴 쪽으로 끌어올려 코를 덮은 다음 손전등으로 안을 비췄다.

작은 집 안에는 커다란 자루 수십 개가 둔덕을 이루고 있었다. 거기가 냄새의 진원지였다. 라티오는 저벅저벅 걸어 들어가 자루 중 하나를 열었다. 그리고 시진에게 오라고 손짓했다. 시진은 떨어지지 않는 걸음을 간신히 옮겨 자루 앞에 쭈그려 앉았다. 입구에 빛을 비추자 안에는 흑각이 가득했다.

"뭐야……"

조각이 아닌 온전한 줄기들로 각인 몇 사람이 평생을 먹고도 남을 양이었다. 다만 냄새만으로도 이 흑각은 정상이 아니었다.

"이런 게 꼭대기 층부터 여기까지 집집이 있어. 그 층이 다 차면 한 층 아래, 또 그 층이 다 차면 한 층 아래. 그런 식으로 여기까지 내려온 거야."

"내려온다고?"

"아무튼 나는 흑각 품질에 대해서는 잘 모르니까, 여기서 쓸 만한 게 있는지 네가 좀 봐봐."

시진은 한 줄기를 꺼내 손으로 꺾어보았다. 흑각은 힘없이 툭 끊어졌다. 보통 흑각은 칼로 잘라야 될 만큼 단단하고 질기다. 3개월이 지나 독성을 띤다 해도 별반 다르지 않았다.

색깔도 이상했다. 잘린 단면에 빛을 비추자 희미한 초록빛이 감돌았다. 처음 보는 색이었다. 오래된 흑각에서는 연한 붉은빛이 돌아야 한다. 워닝 드롭을 만드는 흑각이 그렇다고 들었다. 그러니까 이건 상한 것과는 달랐다. 다른 줄기도 마찬가지였다. 몇 개 더 꺾어보았으나 단면이 전부 초록빛을 머금고 있었다.

제레미가 말한 공중 재배소의 병든 흑각이 틀림없었다. 그리고 공중은 그 흑각의 처리장으로 이곳을 사용 중인 듯했다. 한 집 한 집, 차례로 폐기물 창고가 된 것이다.

더 확인할 것도 없었다. 시진은 자루 입구를 봉한 다음 라티오를 끌고 그 집에서 나왔다. 최악의 냄새를 대면한 다음이어서인지 문을 닫자 악취가 그나마 덜하게 느껴졌다. 있다 보면 적응된다는 라티오의 말이 어느 정도는 이해가 됐다. 여기에 비하면 저층의 공기는 신선하기 그지없었다.

"역시 그런 건가. 잘 뒤져서 괜찮은 게 나오면 반은 내가 먹고 반은 돈벌이라도 할까 싶었는데."

라티오가 아쉬워하며 덧붙였다.

"하긴, 놈들도 괜히 버리는 건 아니겠지."

"한 층씩 아래로 내려온다고 했지?"

시진이 물었다.

이 건물은 91층이다. 리프트 내 층수 조절 장치의 최댓값이 91층이었다. 91층까지 주민들이 거주했고, 나머지는 공중 지대를 받쳐 지지하는 구조물의 높이다. 그늘의 고층 건물은 모두 이런 구조였다.

이곳은 42층. 그렇다면 현재 건물의 절반 정도가 병든 흑각으로 채워져 있다는 뜻이었다. 그러나 이상했다. 이만한 양의 흑각을 공중에서 리프트로 내려 터미널을 거친 다음 그늘을 가로질러 옮겼다면 눈에 띄지 않기란 도저히 무리였다. 매일 수십 대의 수레가 이 자루를 옮겨 나르는 모습이 보여야 하지 않았을까? 그런 풍경은 어렴풋하게라도 본 기억이 없었다. 그리고 무엇보다 냄새. 이 냄새가 거리를 지나갔다면 못 알아차릴 수 있었을까? 백번 양보해 그게 전부 가능했다고 해도, 왜 아래층부터가 아니라 위층부터 채웠을까.

"말해줄 테니, 일주일에 네 조각 줘."

방법을 알려주는 대가로 라티오가 새 조건을 내걸었다. 시진은 그를 빤히 노려보았다. 라티오는 결국 못 이기는 척 보여줄 테니 따라오라고 했다.

걸어왔던 복도와 내렸던 리프트를 지나쳐 조금 더 전진하자 반대편으로도 긴 복도가 이어졌다. 그곳도 악취의 농도는 비슷했다.

시진은 라티오를 따라 계속 걸었다. 내부 면적이 상당했다. 그만큼 많은 사람이 살았을 건물이었다.

"넌 각인?"

내내 말없이 걷던 중에 라티오가 물었다. 잡담이 필요할 만큼 목적지가 먼 모양이었다.

"응."

시진은 솔직하게 답했다. 지금은 굳이 아니라고 할 필요성을 느끼지 못했다.

"커팅했나 보네."

그 오해는 바로잡지 않았다. 어떻게 생각하든 상관없었다. 라티오가 계속 말했다.

"별로 궁금하지 않겠지만 나도 각인이야. 다만 뿔이 위가 아니라 아래로 자라고 있지."

"뭐?"

"아니, 바깥이 아니라 안으로 자란다고 해야 하나."

알 수 없는 말이었다. 시진은 라티오의 머리를 손전등으로 비춰 보았다. 정수리에는 그저 머리카락뿐이었다.

"무례하네."

라티오가 멈춰 서 손전등을 빼앗았다. 대체 누가 누구에게 무례를 논하나 싶었으나 반박은 생략했다.

"뿔의 위치도 거기가 아닐뿐더러."

라티오는 빼앗은 손전등으로 왼쪽 어깨를 위에서 수직으로 비췄다. 옷으로 덮인 평범한 어깨였다. 뜬금없는 위치였다.

"뿔은 꼭 머리에서만 자라지 않아. 보여줄 방법은 없지만."

시진의 머릿속을 다 들여다본 듯 말하며 라티오는 다시 걷기 시작했다.

"몸에서도…… 자란다고?"

"극소수이지만, 그래. 게다가 방향도 반대라 눈에 띄지도 않고, 이런 걸 엉망진창이라고 하는 거지."

반대 방향으로 자란다면 뿔이 피부 속으로 파고든다는 뜻일까? 뿔이 자라는 곳이 머리가 아니라는 말도 처음 듣는데, 모두 게 다 낯설게 느껴졌다.

"상상하는 게 대충 맞다고 해두지. 아무튼 그래서 나는 각인이고, 흑각이 필요하다는 뜻이야."

"하지만 안으로 자라면…… 자를 수가 없잖아. 그렇게 계속 둔다면……"

이어서 상상한 것을 시진은 말하고 싶지 않았다. 다 자란 뿔의 크기가 아주 짧다면 모르겠지만 만일 그렇지 않다면, 무척 길게 자라는 뿔이라면, 이 녀석은 어떻게 되는 걸까.

"이제야 말이 좀 통하네. 맞아, 언젠가는 이 뿔이 내 심장을 찌를 수도 있겠지."

라티오는 마치 그게 오늘이어도 이상할 게 없다는 투였다. 무모할 정도로 전투적인 태도는 어차피 더 잃을 게 없다는 체념 같은 것이었을까.

"뭔가…… 방법이 없어?"

다른 적절한 말을 찾지 못한 시진이 할 수 있는 유일한 질문이었다.

"아마도? 뼈에서 자라는 거라 제거해도 그때뿐이고, 시간이 지나면 다시 자라. 게다가 그런 대수술은 현실적으로 반복해서 할 수도 없어. 세 번이 한계라고, 의료원에서 더 손대고 싶어 하지 않았거든. 거기에 보호자들이 제일 먼저 포기하고 내뺐으니 말 다했지. 면역인인 줄 알았는데 각인인 것도 모자라서 뿔까지 이 모양이라니."

"너 몇 구역 출신이야?"

시진이 물었다.

"코어에 살고 그늘을 돌아다니고 있지만, 넌 여기 사람 아니야. 흑각에 대해서는 무지하고 인맥도 없고. 그렇다고 뱅커도 아냐. 그저 요령껏 빠르게 적응했을 뿐이지. 그건 머리가 좋다는 뜻일 테고."

"제법이네."

시진의 추측에 라티오가 후후 웃었다.

"여기 버려진 흑각들과 같은 곳. 우리는 동병상련이야."

녀석은 공중 출신이었다.

"내려온 지 몇 달 안 됐어. 문자 그대로 보호자들이 날 두
고 떠났거든. 페이만 좀 남겨두고. 나 같은 변종 뒤치다꺼리
에 지친 거지. 지금쯤 아마 다른 도시 어딘가에 정착해서 잘
살고 있을걸. 상관없어. 공중은 편하긴 하지만 나한테는 너무
좁았으니까."

라티오는 떠밀리듯 지상으로 내려왔다. 한동안 3구역의 숙
박업소를 전전하며 상점에서 흑각을 사 먹었고, 가지고 있던
페이는 두 달 전에 모두 바닥났다. 코어로 들어와 누군가를
털거나 훔치는 방법을 선택하게 된 이유였다.

"그런데 메메는 어떻게 알았어?"

"어떤 놈을 털었는데, 메메가 나를 가만히 두지 않을 거라
고 허풍을 떨더라고. 그땐 그게 허풍인지 몰랐지만. 그게 누
구냐고 물었더니 빛나는 산호색 뿔을 가진 1급 커터라고 했
어. 무슨 거대한 괴물을 설명하듯이 말이야. 메메의 심부름꾼
을 건드리면 무사하지 못할 거라면서."

그땐 코어를 잘 모르던 때라 일단 놓아주었다가, 나중에야

다른 좀도둑의 말을 엿듣다 알게 되었다. 메메의 심부름꾼은 반드시 워닝이라는 것을 하며 노루 같은 거대한 뿔을 소유한 각인이라는 것을. 그래서 산호색 뿔 조각을 보기 전까지는 시진의 말도 허풍이라고 여겼던 것이다.

"여기야."

어느덧 라티오가 걸음을 멈췄다. 눈앞에는 다른 집들과 다르지 않은 현관문이 있었다. 문을 열자 나타난 것은 텅 빈 공간이었다. 아까 흑각이 쌓여 있던 집처럼 거실이나 부엌이 딸린 평범한 내부 구조가 아니었다. 짧은 복도 아니면 비밀 통로 같았다.

라티오를 따라 좀더 안쪽으로 들어갔다. 아주 오랫동안 숨겨져 있던 공간처럼 먼지만이 자욱했다. 강제 퇴거 전, 이 건물에 주민들이 평범하게 살고 있을 때도 여기만은 이런 상태였을 것 같았다. 이내 시진의 눈앞에 나타난 것은 벽 한 면 크기의 편평한 철판이었다.

"소개하지. 공중의 비밀 리프트."

라티오가 철판을 향해 손을 뻗으며 말했다.

"……리프트?"

시진은 의심스러운 얼굴로 반문했다. 공중과 지상을 잇는 리프트는 공중 시민의 편의를 위한 시설이고, 1구역 터미널에나 존재하는 것이었다. 게다가 시진의 눈에는 이걸 리프트라고 부를 만한 주변 장치가 전혀 안 보였다.

"이게 문이야. 바깥에 아무것도 없는 이유는 모든 조작이 안쪽에서 원격으로 이루어져서고. 통신기기는 공중 시민한 테만 허락되는 건 알지? 이 건물은 분명히 공식적으로 비어 있는데 밤마다 한 번씩 어디선가 희미하게 덜거덕 소리가 들리잖아, 하루는 숨어 있다가 드디어 61층에서 문이 열린 걸 봐버렸지. 층마다 끝에 이런 공간이 있고."

각 층의 승강장이었다. 시진은 그 앞으로 천천히 다가갔다. 바닥에 바큇자국과 발자국이 있었다.

"이거 내부가 터미널 리프트처럼 엄청 커다란 건 아니지만 그렇게 작지도 않아. 자루가 내려오는 날에는 인부들이 이걸 로 연이어 열 번 정도 오갔어. 지금 같은 비상시 용도로 만들어둔 거겠지. 이걸 쓰려고 주민들을 내보냈을 테고."

시진은 머리가 아찔해졌다. 이게 병든 흑각을 그늘 시민들이 알아차리지 못하게 위층부터 채울 수 있었던 이유였다. 공중과 고이는 생각보다 무척 가까이 이어져 있었다. 그것도 아주 일방적인 방법으로.

거친 노크 소리에 시진은 늦잠에서 깼다. 밤새 폐건물 속 흑각 더미에 깔려 질식하는 악몽에 시달리던 중이었다. 어제 첩첩이 쌓인 피로로 조금 더 자고 싶었지만 그 꿈을 이어서

꾸고 싶을 정도는 아니어서 억지로 몸을 일으켰다. 노크에 응답하지는 않았다. 이렇게 멋대로 찾아올 사람은 제레미밖에 없었다.

"아침부터 어딜 간 거야."

그런데 문밖에서 들려오는 혼잣말은 로드의 음성이었다. 시진은 바로 침대에서 튀어나갔다. 그렇지 않아도 오늘 저녁 빅 테이블 모임이 열리기 전 펍에 먼저 들르던 참이었다. 어젯밤 폐건물에서 본 것들을 알려야 했다.

"로드?"

문을 열자 노골적으로 안도하는 로드의 얼굴이 보였다. 분위기가 어쩐지 심상치 않았다.

"옷 챙겨 입고 나와."

"……지금? 설마 커터들이 벌써 온 거야?"

"움직여. 빨리."

로드는 아무 설명도 없이 재촉만 할 뿐이었다.

앞장선 그를 따라 코어로 들어갔다. 얼마나 빠르게 걷는지 말 붙일 틈조차 없이 따라가기에만도 바빴다. 시진은 당연히 최단거리를 가로질러 엘시노어 서점으로 가는 줄 알았다. 그러나 도착한 곳은 뜻밖에도 메메의 작업실이었다. 문을 연 메메도 예기치 않은 방문자들을 보고 어리둥절한 얼굴이었다.

"정식으로 인사드리기는 처음입니다. 존경하는 커터. 저는 로드라고 합니다."

로드가 메메에게 머리를 숙였다.

"제 아버지의 뿔을 잘라주신 적이 있지요. 물론 수십 년 전입니다만. 당시 만들어주신 반지는 아버지가 돌아가셨을 때 함께 묻어드렸습니다. 생전에 무척이나 아끼셨거든요."

"자네의 흑요석 같은 뿔을 보니 나도 기억이 나는군."

"저는 이번 빅 테이블의 중재자로 입회했습니다. 커터께서는 대리인을 보내셨고요."

"코어 밖의 일이야 나보다 그 아이가 해박하니까."

짧은 인사 후 로드는 비로소 이곳에 찾아온 본론을 꺼냈다.

"무척 실례인 줄은 알지만 오늘 빅 테이블을 여기서 개최하고 싶습니다. 제 가게는 듣는 귀가 많은 데다 어쩌면 이미 감시받고 있을지도 몰라서, 아무래도 이곳이 가장 안전하다고 판단했습니다."

"대체 무슨 일인데? 엘시노어는?"

이제는 끼어들어두 될 것 같은 분위기에 시진이 물었다 메메의 눈빛도 같은 질문을 하고 있었다. 약간 초조해진 낯빛으로 로드가 말했다.

"서점은 오늘 새벽에 폐쇄됐습니다. 보안국에서 현장 조사 중이라 현재는 아무도 출입할 수 없고요."

"폐쇄라니?『트랩』때문에?"

시진은 이틀 전 서점 앞을 서성이던 샐을 떠올렸다. 설마 단속이었을까.

"그럼 폴린과 증인들은?"

시진의 연이은 질문에 로드는 메메를 보며 대답했다.

"일단 단속과는 무관합니다. 두 사람 모두 잘 들어주세요. 폴린이 사망했어요."

"······뭐?"

갑작스러운 소식에 시진과 메메는 동시에 굳었다.

"폴린이라면, 엘시노어의 현재 주인인가?"

메메가 침착하게 물었다.

"맞습니다."

로드가 마른세수를 했다. 비통해 보였다. 로드는 잠시 감정을 다스린 뒤 오늘 새벽에 벌어진 일을 설명하기 시작했다.

폴린의 사인은 급성 발열 및 호흡곤란이었다. 사망 추정 시각은 어젯밤으로 시신은 다음 날 발견됐다. 서점의 문이 열린 채 누군가 쓰러져 있는 것을 본 행인이 신고한 것이었다.

쓰러져 있던 사람은 의식이 희미한 한나였고, 안쪽 다락방에서 사망한 폴린이 발견됐다. 에르한의 증인 킵은 서가 아래 쓰러져 있었다.

한나는 현재 의식을 회복했으나 아직 고열에 시달리고 있으며, 킵도 마찬가지였다. 둘은 지금 의료원에 격리되어 있었다.

로드가 아는 것은 거기까지였다. 오전에 3구역 쓰레기를 수거하던 미화원에게 듣자마자 엘시노어로 달려가 진위를 확인하고 시진과 메메를 찾아온 것이었다.

"말도 안 돼. 그제만 해도 폴린은 건강했어. 한나도 물론이고."

믿을 수 없었다. 이틀 전 시진이 걱정한 것은 단속이었지 이런 일이 아니었다.

"공교롭군."

메메가 중얼거렸다.

"커터 생각도 그렇습니까?"

"누군들 아니겠어. 구치소 건과 꼭 닮아 있잖나."

각인 살해범의 사인이 폴린과 비슷했다. 고열과 호흡기 증상. 같은 공간에 있던 사람들도 비슷한 증상 호소.

"게다가 폴린 역시 면역인이지."

"맞습니다."

"그럼 폴린도 바이러스에 감염된 거라고?"

시진이 물었다.

"증인들의 상태는 폴린처럼 생사가 위태롭지는 않은 듯합니다. 다행인 한편 미심쩍은 부분이지요. 만일 같은 바이러스라면 이건 각인보다 면역인에게 더 치명적인 바이러스가 아닐까 하는 생각이 듭니다."

"그런 차이는 있을 수도 있지만, 그래도 이해가 안 돼. 그럼 로드나 나도 지금쯤 비슷하게 아파야 하지 않아?"

병원체의 잠복기라는 걸 생각하면 빅 테이블에 참여했던 모두가 같은 증상을 염려해야 했고, 그중 최초 감염자가 누구인지도 알 수 없었다. 그러나 로드의 생각은 다른 듯했다.

"감염 시점이 그 이후라면?"

"그럼 단 이틀 만에 증상이 이렇게 악화된 거라고? 말했잖아. 화요일만 해도 폴린과 한나 모두 멀쩡했어."

그렇게 의문을 제기한 다음 시진은 구치소 수감자들 역시 마찬가지였다는 사실을 기억해냈다. 각인 살해범의 사망도 갑자기 일어난 일이었다. 집행자 없는 사형이라고 사람들이 수군댔을 만큼.

"사흘 전 1구역 고객이자 거래처에게 들은 이야기가 있는데. 대대로 의료원에 물건을 대고 있는 장사꾼이지."

메메가 팔짱을 끼며 말했다.

"뭡니까?"

"각인 살해범 부검 결과 몸에서 흑각 성분이 나왔다더군. 물론 공식 발표에는 생략된 내용이야."

"면역인이라고 흑각을 먹지 않는다는 법은 없지요."

"물론 없는 악취미는 아니다만…… 그렇다면 위장에서도 나왔어야겠지. 혈액이 아니라."

"특이하군요."

"그리고 팔에서 자창이 발견됐다고 해."

"자창?"

시진이 물었다.

"바늘 따위에 찔린 자국."

"그건…… 인위적으로 병원체가 주입됐을 가능성을 말씀하시는 겁니까?"

로드가 신중한 얼굴로 확인했다.

"뭐, 그 이야기를 들을 당시엔 그저 면역인의 악취미라고 생각했는데, 자네와 스탠드의 의심을 섞으니 그럴 수도 있지 않을까 하는 생각이 드는군. 실제로 인류는 오래전 비인간 동물에게 그런 방식으로 실험도 하지 않았었나."

"그렇다면 병증이 아니라 사건이 되는 건데요."

무서운 가설이었다. 폴린의 부검 결과는 아직 나오지 않았다. 폴린의 시신에서도 자창이 발견됐는지 지금으로서는 알 방법이 없었다.

"그런데 그 자창이 감염경로인가 아닌가와 별개로…… 놈의 몸에서 발견된 흑각 성분이 사망에 영향을 미쳤다고 보기는 힘들지 않겠습니까?"

로드의 말에 시진도 동의했다. 면역인에게 흑각은 형편없는 맛을 가진 식물에 불과하다. 오래된 흑각을 먹는 경우 식중독을 일으키기도 하지만 이 사망자들의 증상과는 무관했다. 식중독이라면 구토와 마비 증상이 동반된다.

"증인들과 바로 대화를 나눌 수 있다면 좋을 텐데, 답답하군요. 라뎀 시민이 아니니 멋대로 처분은 못 하겠지만, 증상이 호전되어야 보내줄 수 있다고 하니까요. 폴린의 장례식도 마찬가지고요."

"제복들이 『트랩』이나 안 건드렸으면 좋겠는데."

메메가 걱정스럽게 말했다.

시진은 그제야 어제 본 것들을 로드와 메메에게 공유했다. 3구역 임시 단속부로 끌려갔던 일, 거기서 보았던 압수된 야생 흑각. 그리고 코어 중앙 폐건물에 버려진 흑각과 악취, 마지막으로 숨겨져 있던 리프트에 대해서도.

단 라티오에 대해서는 생략했다. 녀석도 다른 사람이 멋대로 자기에 대해 떠드는 걸 좋아하지 않을 것 같았다. 어제도 혼자만 거기에 두고 돌아가기가 꺼림칙해 같이 가겠느냐고 했더니, 누가 누굴 걱정하느냐며 네 인생이나 수습 잘하라고 했다.

가만히 듣던 메메는 이렇게 중얼거렸다.

"이거 어쩐지, 모두 별개의 일 같지 않은 느낌이군."

허상의 이름

메메의 응접실은 곧 빅 테이블을 위한 임시 회장으로 변했다.

시진은 로드와 함께 작업실에 있는 모든 탁자와 의자를 모아 열두 명을 위한 자리를 만들었다. 의료원에 격리된 증인들 대신, 오늘은 메메가 포르틴의 증인이 되겠다고 했다.

커터들이 돌아오기까지는 아직 시간이 있었고, 메메는 예약된 커팅 손님을 맞이하기 위해 자리를 비웠다. 그렇게 둘만 남자 로드가 슬며시 운을 뗐다.

"그만 용서해줘. 유진 말이야."

시진은 맞은편의 로드를 향해 비뚜름히 고개를 들었다.

"나도 진작 알려주고 싶었지만 확신이 없었어. 유진이 살아 있는지 아닌지. 확실하지도 않은데 괜한 희망을 줄 수는 없잖아."

시진은 용서할지 말지는 내가 정한다고 반박하려다 말고 물었다.

"로드도 몰랐다고?"

"매번 물어봤잖아. 너한테는 연락이 없었느냐고."

"누나를 라뎀에서 나갈 수 있게 도와준 게 로드라며?"

필은 분명히 로드가 포르틴으로의 이주를 도왔다고 빅 테이블에서 밝혔다.

"결과적으로 그렇게 된 셈이지만 찬성한 적은 없어."

"대체 무슨 일이 있었던 건데?"

시진은 이제야 비로소 7년 전 일을 물었다.

"가게 마감을 하고 있는데 만신창이가 된 유진이 펍에 나타났어. 뒷문에 쓰러져 있었는데 옷이 온통 피투성이였지. 뿔은 잘렸고 배에 깊은 상처가 있었어. 러프 샌딩도 안 하고 밤중에 그늘을 활보하다가 각인 혐오자의 심기를 거스른 거야."

시진은 숨죽여 들었다.

"나는 대체 왜 그런 멍청한 짓을 했느냐고 유진을 다그쳤어. 겁도 없느냐면서. 그런데 되레 유진이 나한테 화를 냈지. 왜 그렇게 하면 안 되느냐고. 어째서 하고 싶지 않은 러프 샌딩을 해야 하고, 흑각에 안달복달해야 하고, 왜 마음대로 길을 걸어 다니지도 못하는 거냐고."

복부의 상처는 날붙이에 의한 자상이 아니었다. 둥글고 넓

288

은 상흔으로, 혐오자는 유진의 자른 뿔을 고스란히 무기로 사용했다. 잔혹한 행위였다.

로드는 펍에서 가장 가까운 곳에 사는 커터를 찾아가 유진의 수술을 부탁했다. 유진은 단지 증인이 필요했을 뿐이라며 그냥 죽게 내버려두라고 고집을 부렸지만, 로드는 그 말을 듣지 않았다. 시진에게는 유진이 어느 정도 상태를 회복한 다음 상황을 알리려고 했다.

그러나 유진은 겨우 나흘 뒤, 고마웠다는 메모만 남겨둔 채 사라졌다. 그렇게 석 달 후 한 주류 무역업자가 그 애는 자기가 몰고 다니는 화물차에 숨어 라뎀을 빠져나갔다고 알려주었다. 오랫동안 펍에 맥주를 대던 사람이었는데, 그도 다른 도시에 도착해 물건을 내릴 때에서야 알아챘다고 했다.

"나도 그 뒤로 소식은 못 들었어. 한 달 전에 그 무역업자를 통해서 편지를 받기 전까지는. 그제야 유진이 정착한 데가 포르틴이라는 것도 알았지."

로드에게도 7년 만의 기별이었던 것이다.

반색하며 열어본 편지의 첫머리는 덕분에 잘 지내고 있다는 짧은 안부와 함께 89년 만의 빅 테이블 소집을 위한 협조 요청이 씌어져 있었다.

"조금도 섭섭하지 않았다면 거짓말이지만, 한편으로는 이보다 잘 살아남아 있다는 대답이 또 어디 있을까 싶었지. 마음 붙일 만한 곳에서 적당히 살아가도 그만일 텐데, 다시 오겠다는 선언 자체가 말이야."

시간을 확인하며 로드가 덧붙였다.

"여기서만 듣고 묻어둬. 어쩐지 필은 너한테 구구절절 말하지 않을 것 같아서 대신해주는 것뿐이니까."

늦은 저녁, 공중도시에서 돌아온 커터 넷과 코어에 남아 있던 라뎀의 커터 둘까지 여섯 커터가 메메의 작업실에 모였다. 라뎀 측의 증인들과 중재자 로드, 메메까지 함께였다.

로드의 심부름꾼이 엘시노어 근처에서 대기하고 있다가 바뀐 장소를 전달했다. 그것을 위해 로드는 십수 년 만에 메메의 도움을 받아 자신의 뿔 일부를 잘라야 했다. 검은 뿔 조각에는 줄라이에게로 오라는 메시지를 새겼다.

커터들은 일련의 사건과 현재까지의 추측을 듣고는 모두 충격에 빠졌다. 잠시 애도의 시간을 가진 뒤 투안이 입을 열었다.

"중재자는 혹시 이 사건에 공중 본사가 개입했을 가능성이 있다고 봅니까?"

"이 일을 사건으로 가정했을 때, 하필 이런 시기에 엘시노어가 공격당했다는 점에서 그것도 이상하지는 않지요. 하지만 사망자가 면역인뿐이라는 점에서는…… 솔직히 모르겠습니다."

로드의 말에 아누가 동의했다.

"그렇죠. 본사 입장에서 면역인은 전략적으로라도 감싸야 할 대상입니다. 지상의 각인과 면역인 간 격차를 유지하는 것만은 그들의 변함없는 기조예요. 가장 효과적인 분열책이니까요."

필은 생각에 잠겨 있었다.

"어쩌면…… 평소 면역인에게 앙심을 품은 각인의 소행일 가능성은요?"

시진이 손을 들고 물었다. 정치적 복잡성은 빼고 각인의 입장에서 단순히 생각했을 때 충분히 있을 만한 일이었다.

물론 폴린은 각인과 더불어 사는 사람이었지만 그래도 면역인이다. 오히려 각인과 허물없이 소통하는 점을 이용해 더 쉽게 접근했을지도 모른다.

"앙심을 품은 각인이라…… 그거 왠지 지금 우리한테 어울릴 법한 위험한 가설인데요."

에르한의 농담에 아무도 웃지 않았다.

"어쩌면 본사가 우리에게 무언가를 뒤집어씌우려는 수작 아닐까요? 외부인과 손잡은 커터들이 테러의 주체라고요."

홀리가 날선 목소리로 말했다.

"공중으로 떠나기 전 엘시노어에 머무는 동안, 포르틴의 커터들이 느끼기에 수상한 낌새를 풍기는 방문자는 없었나요? 아니면 폴린에게 들은 무언가라거나."

"수상한 낌새를 가진 방문자라 할 만한 것도 우리뿐이라고 해야겠죠."

로드의 질문에 에르한이 체념 조로 답했다.

"위에서는 어떤 이야기가 오갔소?"

투안이 물었다.

"예상과 크게 다르지 않았습니다."

필이 대답했다.

"공중 본사는 라넴의 규모를 확장할 계획이더군요. 라넴을 모방한 위성도시를 세우는 방식으로요. 장기적인 매출 안정을 위해 재배 흑각의 생산량을 늘린다는 게 그들의 목표였습니다."

"뭐? 여기로도 성에 안 차서?"

로드가 발끈했다.

"본사는 사업을 확장할 새로운 땅이 필요한데 공중은 이미 과잉이니까요."

이번에는 데인이 입을 열었다.

"더불어 제 증인이 코어의 폐건물에서 목격한 내용으로 반추하면, 본사는 이번에 입은 손실을 신속하게 복구할 기회로 포르틴을 이용할 계획이었겠죠."

필이 동의하며 이어 말했다.

"맞습니다. 그런 의도로 포르틴과의 합병을 제안하고 우리 위원들에겐 영구적인 라넴 공중 시민권을 보장하겠다고 약속했을 겁니다."

한 세기 전 라넴과 다르지 않은 상황이었다.

"본사는 사흘에 걸쳐 무척이나 끈질기게 제안했지만, 분명한 거절 의사를 밝힌 뒤 마지막 회담을 종료했습니다."

데인과 에르한, 아누가 각자 고개를 끄덕였다. 다른 두 커터도 이견은 없었다. 잠깐의 침묵 후 필이 다시 말했다.

"그리고 증인들이 회복하는 대로 이야기를 듣고 종합해 판단해야 하겠지만…… 이 사건이 정말로 어떤 목적에 의한 거라면, 포르틴 시민으로서는 일종의 선전포고로 받아들일 수밖에 없군요. 폴린의 죽음과 우리 증인들이 겪은 일들. 이 모든 게 그저 라넴에 있었기 때문에 일어난 비극이라는 점에서요."

필과 에르한은 두 증인의 격리 해제와 폴린의 장례식 후 마지막 빅 테이블을 갖자고 했다. 메메는 포르틴의 커터들에게 그동안 작업실 내 손님방에 머물러도 좋다고 했다.

공동주택으로 돌아가는 길, 시진과 데인은 둘 다 한참 말이 없었다. 필요한 이야기들은 이미 빅 테이블에서 오갔고 며칠 사이 일어난 일들로 픽 지쳐버린 상태이기도 했다.

아직 실감이 나지 않는 폴린의 죽음, 엘시노어라는 공간의 상실, 로드가 알려준 유진의 과거, 폐건물에 버려진 병든 흑각, 매일 죽음과 줄다리기하는 라티오, 라뎀의 개가 되어버린 제레미, 머리에서 하루가 다르게 자라고 있는 상아색의 뿔. 낙관을 찾을 데라고는 한 군데도 없었다.

"샐리베라는 사람 말이야."

공동주택에 거의 다 와서야 데인이 입을 열었다. 엘시노어의 일이 보안국 단속과 관계가 없다는 말을 들은 뒤로는 잊고 있던 이름이었다. 머릿속에 그 생각까지 미처 욱여넣을 자리가 없었다. 부탁했다는 사실조차 잊었을 만큼.

"알아볼 기회가 있었어?"

"이전에 말한 그 흑각 재배소 관리자가 이번 회담 자문위원으로 참여했더군."

시진도 기억했다. 그 집 아이의 뿔을 커팅한 일이 화근이 되어 데인은 공중 생활을 청산해야 했다.

"그 사람 말로는 샐리베에 대해 아는 사람은 공중에도 없을 거라고 했어. 그래서 내가 들은 건 아주 오래전 이야기야. 그마저도 샐보다 그의 보호자인 라에의 이야기지만."

라에는 샐의 아버지였다.

"라에는 공중도시 흑각 재배소 초창기부터 참여한 연구원이고, 흑각이 공중의 인공 토양에 적응하도록 하는 데 결정적인 공을 세운 인물이야. 라에가 오기 전까지는 토양 적응에 계속 실패했었다고 해. 참고로 원래부터 공중 시민권자는 아니었어. 어느 날 아이를 데리고 둘이서 이민을 온 거야."

그 아이가 샐이었다. 다른 보호자 없이 단둘이라고 했다.

"라에는 지나칠 정도로 겸손하고 소극적인 사람이었다더군. 그래서 재배소의 다른 시민들과 어울리지도 않았고 특별히 알려진 사생활이랄 것도 없었다고 해. 진짜 면역인인지 투명 각인인지도 모를 정도로."

그래도 투명 각인이라는 추측이 우세했는데 불규칙하게나마 지상에 한 번씩은 내려갔기 때문이라고 했다.

"업무 능력에서는 흠잡을 만한 데가 없어서 외골수적 성향은 다들 크게 신경 쓰지 않았나 봐. 본인도 그걸 편하게 여겼던 것 같고."

특별히 눈에 띄는 일 없이 맡은 일만 묵연하게 하는 사람이었다.

"다만 그런 성격이 아버지의 역할을 하는 데는 도움이 안 됐던 것 같아. 당시 샐리베는 공중 생활이나 교육원에 잘 적응하지 못했다고 해. 그래서 따돌림을 제법 당한 모양인데, 라에는 그런 일로 교육원의 호출을 받아도 모두 자기 잘못이라며 사과부터 하던 사람이라더군."

"정말?"

"추측건대 사이가 원만한 부자는 못 됐겠지."

샐에겐 자기 편이 없었다. 그렇다면 공중에 그다지 마음을 두지 않는 것도 이해가 됐다. 시진이 물었다.

"라에는 지금도 연구원이야?"

"아니, 30년 근속한 연구소는 작년에 은퇴했고 반기에 한 번 자문만 한다고 해. 애초에 출퇴근 외엔 두문불출하던 사람이라 근황 역시 특별한 건 없다더군."

재배소 관리자 역시 그 이름을 아주 오랜만에 떠올린 것이라고 했다.

"네 말대로 샐리베는 지상에서 대부분의 시간을 보내고, 본사에 보고할 사항이 있을 때만 얼굴을 내미는 것으로 보여. 공중에서는 그를 거의 지상 시민으로 여기는 것 같던데. 그 관리자도 샐리베에 관해서는 지상의 보안국 사람들에게 물어보는 게 낫지 않겠느냐고 했으니까."

그 의견에 시진은 회의적이었다. 보안국 사람들은 샐에 대해 공중 시민들보다 더 모를 거라는 데 뱅커 페이 전부를 걸 수도 있었다. 오늘 데인이 가져온 정보가 오히려 그동안 희미하던 것들을 훨씬 선명하게 해주었다.

시진에게 공중에 절대 올라가지 말라고 했던 것이나 공중 시민권에 심드렁하게 반응하는 모습을 은근히 마음에 들어 했던 이유를 이제야 알았다.

처음 짐작대로 샐은 역시 이민자였다. 라에가 다른 직원들보다는 분명 특별 대우를 받았겠지만, 그래도 이민자라는 사실은 변하지 않는다. 만일 그가 커팅한 각인이라면 샐 또한 그럴 것이다. 그날 뿔 조각으로 만든 엘시노어의 간판을 살피던 샐의 옆모습이 문득 떠올랐다.

"공중에 적응하기도 쉬운 일은 아닌 것 같네."

시진이 중얼거렸다.

"새로운 땅에 적응한다는 건, 흑각이든 사람이든 크게 다르지 않을지도."

데인이 나지막이 말했다. 어쩐지 샐을 이해하는 것 같기도 했다.

폴린의 장례식은 열흘 뒤 로드의 펍에서 치러졌다. 같은 날 의료원에서 격리 해제된 한나와 킵도 함께 참석했다.

고인의 시신이 없었기 때문에 사실 장례식보다는 추모식이라고 하는 편이 어울렸다. 시신은 본사 규정에 따라 소각되었으며, 곧 국경 바깥에 묘지가 마련될 거라는 통보가 전부였다. 부검 결과도 아직 공유되지 않았다.

한나와 킵의 건강 상태는 비교적 양호했다. 두 사람 모두 발열 증상이 사라졌으며 지금은 간헐적으로 가벼운 기침을 할 뿐이었다.

폴린에 대한 각자의 기억을 나누며 애도하는 동안 한나는 내내 눈물을 흘렸다. 한나가 폴린의 가장 마지막까지 함께했던 사람이었기 때문이다.

"폴린이 몸에 이상을 느낀 건 목요일 오후였어요. 아마 서너 시쯤이요."

겨우 눈물을 그친 한나가 말했다. 목요일이면 커터 네 사람이 공중으로 떠나고 하루가 지났을 때였다.

"상태가 얼마나 빠르게 악화됐는지…… 왠지 열이 있는 느낌이라고 말한 지 겨우 두세 시간 만에 몸을 제대로 가누지도 못하게 되었으니까요."

몸은 점점 뜨거워지고 호흡도 불안정해졌다. 그 전까지 폴린은 평소와 다르지 않았다.

"일단 의료원에 가자고 했어요. 그런데 힘없이 앓았다던 폴린이 순간 멈칫하더니…… 안 된다고 했어요. 마무리해야 할 중요한 일이 있다면서요."

폴린은 당장 두 증인에게 코와 입을 무언가로 막으라고 지시했다. 그리고 스스로를 2층 다락방에 격리하고 문을 잠갔다. 한나는 당황했다. 아무리 문을 두드려도 폴린은 열어주지 않았다.

"구치소 건은 폴린도 알고 있었으니, 상태가 호전되기는 이미 늦었다는 걸 직감했는지도 모르겠군요."

가라앉은 음성으로 로드가 말했다.

"……아마도요."

한나도 동의했다.

그러나 그날 한나는 그 중요한 일이라는 걸 빨리 해치우면 폴린을 다락방에서 나오게 할 수 있을 거라고 믿었다.

폴린의 요구 사항은 다음과 같았다.

첫째, 서점은 평소 영업시간까지 열어둘 것. 둘째, 지하 창고에 보관 중인 『트랩』 전부를 조금씩 나누어서 눈에 띄지 않게 다른 곳으로 옮길 것.

"이해할 수 없었어요. 그건 폴린을 치료한 다음에 해도 되지 않느냐고 말했지만, 자세한 건 나중에 설명할 테니 일단 그렇게 해달라고 했어요. 『트랩』을 지켜야 한다면서요."

폴린은 옮길 장소의 주소를 한나에게 말했고 열쇠는 뒷문에 깔린 러그 밑, 이가 빠진 벽돌 아래에 있었다. 엘시노어에서 동쪽으로 10분 떨어진 대여 창고로 비상시를 위해 확보해둔 공간이었다. 문제가 발생하기 전까지는 폴린만 알고 있던 곳이었다.

문제는 증인들이 지하 창고에서 확인한 『트랩』의 양이 생각보다 많다는 것이었다. 무게가 있어도 자루째 옮긴다면 두세 번의 이동으로 충분할 것 같았지만, 눈에 띄지 않게 나누어 옮기려면 최소한 몇 시간은 필요했다.

"그게 어려운 건 아니었어요. 폴린의 치료가 지체되는 게 불안했죠."

한나와 킵은 교대로『트랩』을 옮겼다. 한 사람은 폴린이 강조한 서점의 정상 운영을 위해 남아 있어야 했기 때문이다. 대여 창고로 물건을 모두 옮기자 어느덧 9시, 서점의 폐점 시간이었다.

서점을 닫은 이후에도 폴린은 다락방 문을 열지 않았다. 도와줘서 정말 고맙다며 한시름 놓았다고 문 너머에서 안도할 뿐이었다. 폴린의 한 마디 한 마디에는 이제 말소리보다 밭은 숨소리가 더 많았다.

"폴린에게 제발 문을 열라고 사정했지만…… 이제 괜찮다며 모두를 위해 이 문은 열면 안 될 것 같다고 했어요."

한나는 순간 울컥했으나 다시 입을 열었다.

"그렇게 문 앞에서 실랑이를 하는데…… 폴린이 어제저녁 어떤 일이 있었다면서 갑자기 화제를 바꿨어요. 서가 높은 곳에 꽂힌 책을 찾던 손님이 있었다면서요."

그는 폴린이 처음 보는 손님으로 지적인 인상의 남자였다. 서가를 천천히 둘러보던 그는 응대하러 나온 폴린과 가벼운 잡담을 나누기 시작했다. 처음부터 특정한 책을 찾은 것은 아니었다. 각인인지 아닌지는 알 수 없었으나 뿔은 없었고, 적어도『트랩』의 독자는 아니었다고 했다.『트랩』을 구매하러 온 사람은 열이면 열, 어딘지 조급한 모습으로 로드의 친필 소개장부터 내밀었기 때문이다.

그는 엘시노어의 역사를 궁금해했다. 폴린은 첫 손님들에게 늘 하듯 엘시노어의 간판 이야기를 자연스럽게 섞었다. 조부모님과 어머니의 뿔 조각으로 이루어진 물건이라는 폴린의 설명에 그는 호기심을 드러내며 그럼 당신도 각인이겠군요, 하고 물었다.

폴린은 웃으며 그렇지 않다고 대답했다. 그러자 남자는 언뜻 당황한 기색이었다. 순간 폴린은 뭐라고 꼭 집어 설명하기 어려운 생경함을 느꼈지만, 다시 미소 지으며 책 추천을 원하느냐고 물었다.

남자는 당신의 어머니가 좋아하던 소설이 무엇이었는지 궁금하다고 했다. 대답은 어렵지 않았다. 폴린은 『허상의 이름』이라고 말했고 남자는 그 책을 구매하겠다고 했다.

그 책은 복도 오른쪽 서가 가장 꼭대기에 꽂혀 있었다. 5단 계단 발판 끝에서도 발돋움해야 손이 닿는 높이였다. 『허상의 이름』은 찾는 사람이 많은 작품은 아니었다. 그렇게 계단 끝에 올라 팔을 높이 뻗어 책등을 뽑을 때였다.

폴린의 왼쪽 다리에 따끔한 감각이 지나갔다. 순간적으로 가시에 찔리거나 벌레에 쏘이는 듯한 느낌이었다.

폴린은 중심을 잃으며 자칫 발판에서 떨어질 뻔했다. 그러나 다행히 그 손님이 제때 붙잡아 큰 사고는 면했다. 폴린은 가슴을 쓸어내리며 감사를 전했다.

손님이 책값을 치르고 떠난 뒤 폴린은 의자에 앉아 다리를 이리저리 살펴보았지만 특별히 이상한 점은 찾지 못했다. 다리에는 벌레에 물렸거나 부주의하게 긁힌 자잘한 상처가 늘 있는 편이었다.

스스로를 격려하고 다락방 문에 기대앉은 폴린은 다리를 멍하니 바라보다 전날의 그 기억을 떠올렸다. 자신이 각인이 아니라고 했을 때 변했던 남자의 그 표정이 이상하게 마음에 걸린다면서.

"생김새를 좀더 자세히 말해달라고 했지만 폴린의 목소리가 더는 들리지 않았어요. 색색거리는 숨소리가 전부였어요."

한나는 도움을 청하기 위해 1층으로 내려갔다. 어느새 킵도 기운을 잃은 채 서가 아래 주저앉아 있었다. 그의 호흡은 괜찮아 보였으나 이마는 무척 뜨거웠다. 누군가의 도움을 받고자 한나는 서점 밖으로 향했다. 그러나 한나 역시 킵과 다르지 않은 상태였고, 문을 열자마자 그대로 쓰러져버렸다.

『트랩』에 관한 부분만 제외하고, 한나는 의료원에 방문한 조사원에게도 같은 내용을 진술했다. 숨이 끊어지기 전 폴린과 나눈 대화 그리고 면역인인 폴린과 각인인 증인 두 사람에게 찾아온 증상의 차이가 주된 내용이었다.

엘시노어가 의문의 죽음 혹은 질병이 발생한 현장이 되어 버린 까닭에 보안국 조사원들은 신고받은 시점부터 서점 안 팎을 샅샅이 조사했다. 주변 상점에는 사건 당일 엘시노어에서 이상하거나 의심스러운 점을 발견 못 했는지 물었고, 평소와 다를 바 없었다는 증언을 확보했다. 폴린은 자신의 부재가 불러올 수 있는 이런 상황이, 만약에라도 『트랩』의 단속으로 이어지지 않도록 엘시노어의 지하 창고를 모두 비우게 한 것이었다.

로드는 한나에게 건네받은 대여 창고 열쇠를 물끄러미 바라보다 입을 열었다.

"그놈에게서는 자창이 발견되었고……"

폴린은 가시에 찔리거나 벌레에 쏘이는 느낌이었다고 했다.

"같은 방법일 가능성도 있겠군요."

"대체 누가?"

"각인 살해범은 구치소에서 발병했어요. 그건 당연히 사법국이니 보안국, 의료국 같은 본사 관계자라는 뜻 아니겠어요?"

에르한의 한탄에 홀리가 의혹을 제기했다.

"거긴 청소부나 요리사, 수리공, 성직자 같은 시민도 드나들죠. 놈은 지상의 공분을 샀던 대상이에요. 속단은 이릅니다."

로드가 말했다.

"중재자, 생각을 해봐요. 청소부, 수리공이요? 그중 몇 명이나 폴린의 서점과 책에 관심이 있겠어요."

홀리는 이게 본사가 개입되어 있는 일이라고 믿고 싶은 것 같았다.

"엘시노어가 책만 파는 곳은 아니니까요."

"하지만 그 손님은 『트랩』을 찾은 게 아니었다잖아요."

"그런데…… 자창을 그때의 공식 발표에서 생략했다면, 이번에 폴린에게서 발견했다 해도 마찬가지겠지요?"

언쟁을 중재하려는 듯 에르한이 끼어들었다.

"그래도 같은 증상이라는 것만은 숨길 수 없지."

메메가 말했다.

"그럼 본사는 일단 단순 전염병으로 선을 긋겠다는 걸까요?"

데인이 물었다.

"아직도 정확한 사인을 공개하지 않은 이유가, 이 건을 지상 통제의 빌미로 이용하려는 의도가 아닌지 괜한 걱정도 되는군요."

아누의 말에 홀리가 고개를 끄덕였다.

"현재 라뎀의 지상 거주 면역인의 수는 얼마나 될까요?"

생각에 잠겨 있던 필이 질문했다.

"13만에서 14만쯤? 각인은 9만이 좀 못 되고. 나머지 면역인은 공중에 있지요."

갑자기 그건 왜 묻느냐는 표정으로 투안이 대답했다.

필이 말했다.

"만일 두 사건이 같은 병원체로 인한 거라면, 면역인에게만 치명적이라는 사실을 부정할 수 없습니다. 다만 두 사건은 각각 폐쇄된 공간에서 시차를 두고 발생한 일이에요. 그런데 또 같은 사건이 감염세가 쉽게 확산할 수 있는 환경에서 벌어진다면, 치료제도 없는 상황에서 본사가 과연 이걸 통제할 수 있을지 모르겠군요."

"지금 면역인 놈들 걱정을 하는 건가요? 배후가 본사일지도 모를 판에?"

기가 막힌다는 듯 홀리가 반문했다.

"어디까지나 가설이잖아요. 본사 배후는."

시진이 끼어들었다. 홀리가 이 이상 선을 넘는 말을 꺼내기 전에 공식적으로는 면역인인 자신이 그래야 할 것 같았다. 진짜 면역인으로 보이는 아누의 증인은 중간에서 눈치만 살피고 있었다.

이번에는 필을 향해 시진이 덧붙였다.

"필의 가설도 마찬가지예요. 만일 이게 면역인을 향한 누군가의 보복성 범죄라면 보안국은 온갖 수단을 동원해서 범인을 찾아낼 거예요. 피해자가 면역인이니까. 그럼 새로운 사건도 더는 일어나지 않겠죠."

필의 눈빛에 그건 순진한 낙관이라는 반론이 서렸다. 사실 시진에게는 필이 그늘 사람들을 데리고 떠날 이유를 만들려는 것으로만 보였으나 그 말은 차마 꺼내지 않았다.

"포르틴의 위원들께서는 라뎀에 언제까지 머물 계획이지요?"

아누가 조심스럽게 말을 이었다.

"라뎀의 현 상황과는 별개로, 성명서를 마무리하기 위한 최종 회담 일시를 결정해야 하지 않을까요?"

빅 테이블의 최종 회담은 나흘 뒤, 금요일로 정해졌다.

펍을 나서기 전 로드는 시진에게 내일부터 며칠 동안만 여기 일을 도와줄 수 있느냐고 물었다. 그는 보안국이 서점 조사를 종결하기 전까지, 대여 창고에서 『트랩』을 관리해야 할 의무가 있다고 했다.

"알았어."

어려운 부탁은 아니었다. 로드의 마음이 퍽 어수선해 보이기도 했고, 데인이 일을 서둘러 마쳐놓은 까닭에 이번 주에는 배달 심부름도 없었다.

"그런데, 로드. 지난번에 나한테 손 떼라고 하면서, 당신도 이제는 중개 일 그만할 거라고 했잖아."

그러나 로드는 여전히 야생 흑각 중개인으로서 자리를 지키고 있으며, 지금은 멈춰버린 판매처를 대신해『트랩』의 관리를 책임지고 있다. 말만 그렇게 했을 뿐, 흑각을 필요로 하는 지상의 누군가를 위해 변함없이 물밑에서 일하는 중이다. 시진은 당사자에게 그 의미를 분명하게 확인하고 싶어졌다.

"그때 그 말은…… 펍을 정리하고 당신도 라뎀을 떠날 작정이었던 거지? 예를 들면, 포르틴으로."

단도직입적인 질문에 로드는 대답이 없었다.

"그럴 줄 알았어."

시진은 실망을 감추지 않고 중얼거렸다. 로드가 드디어 입을 열었다.

"지금 당장은 아니야."

"그래? 그럼 언제? 최종 회담 다음 날?"

쏘아붙이는 시진에게 로드는 차분히 답했다.

"내 순서는, 탈라뎀을 바라는 그늘 사람이 모두 떠난 그다음이야. '여기서 좀 나가고 싶은데 망할 그 출구가 도대체 어디에 있다는 거야?' 하고 묻는 녀석이 단 한 명도 남아 있지 않을 때 말이야."

로드 자신이 그 창구가 될 거라고 했다. 흑각이 로드를 통해 건너갔듯, 이제는 그를 통해 사람들이 새로운 도시로 건너갈 수 있도록.

"너, 오래전에는 '그늘'이라는 이름 대신, 4구역을 뭐라고 불렀는지 알아?"

로드가 물었다. 시진은 아무런 대꾸도 하지 않았다. 알 게 뭐야 싶은 마음이었다. 이야기가 길어지자 입구에서 기다리고 있던 데인이 두 사람에게 다가왔다. 로드는 개의치 않고 설교를 이어나갔다.

"내가 태어나기도 전이니까 그야말로 고릿적 일이지만, 아무튼 시작부터 그늘은 아니었어. '뿌리'였지."

"뿌리요?"

데인이 물었다.

"공중도시라는 새로운 세상을 지탱하고 도시를 순환하게 하는 고마운 근원이라는 뜻으로. 원래 공중은 크랙crack이라는 천창을 곳곳에 두고 빛을 가리지 않는 구조로 설계될 거라고 약속했다고 해. 하지만 완공된 다음에는 없는 얘기가 된 거야. 그 면적까지 메워 경작지를 넓히고 주택을 지었거든."

전혀 몰랐던 이야기였다. 로드 역시 메메의 작업실 창고에 박혀 있던 지난 빅 테이블의 안건 기록을 들춰 보다 알게 된 거라고 했다.

"결국 뿌리는 빛이 침투하지 못하는 땅 밑에 살게 된 거지. 그것도 모자라서 이제는 병든 흑각 처리장마저 되어버렸고. 지금의 그늘은 그 어느 때보다도 어두워."

로드가 쭛 하고 혀를 찼다.

"나는 그늘에서 태어나 그늘에서 자랐어. 어둠을 마치 공기처럼 친숙하게 느끼는 인간이고. 그늘이 나를 키웠으니까. 너처럼. 물론 때로 모든 게 견딜 수 없이 지긋지긋할 때도 있지만, 그건 그만큼 이 어둠의 땅 구석구석을 잘 알고 있다는 뜻이기도 해. 내가 기대왔던 것들이나 지켜내고 싶은 것들을 포함해서 말이지."

시진은 한쪽 일부를 잘라내 뭉툭해진 로드의 뿔을 보았다.

"그래서 지금 내가 지키고 싶은 건, 이 땅보다 거기에 발붙이고 사는 사람들이야. 공중은 지상을 각인이 뿌리내릴 수 없는 곳으로 만들어버렸어. 그것도 우리의 뿔을 덫으로 이용해서. 우리 자신조차 벗어날 수 없는 덫으로. 더는 안 돼. 이 어둠이 우리를 돌이킬 수 없이 삼켜버리기 전에 무언가 해야만 한다고."

데인과 나란히 공동주택으로 돌아가는 길, 시진은 말없이 걷기만 했다.

빅 테이블이 모두 끝난 후 당신의 계획은 무엇인지, 정작 알게 된 지 얼마 안 된 데인에게는 묻기가 어려웠다. 답을 짐작하고 있었기 때문이다. 아직 정해지지 않았다면, 그 질문이 대답을 재촉해버릴 것 같았다. 이미 들은 셈 치고 천천히 마음을 비우는 편이 차라리 나았다.

뿔을 자른 데인의 모습이 처음에는 어색했으나 지금은 그렇지 않은 것처럼, 사라진 것들의 공백에는 점차 익숙해지기 마련이다. 그렇게 생각해야 편했다.

"사실 나는, 네가 가장 먼저 탈라뎀 명단에 이름을 올릴 줄 알았어."

그런데 데인이 불쑥 그런 말을 꺼냈다.

"유진을 기다리는 중이었는데 마침 국경 바깥에서 나타났고, 뿔까지 자라기 시작했으니 라뎀의 삶에는 여러모로 미련이 없을 것 같았다고 할까. 하지만 아닌 거지?"

질문을 받는 쪽은 시진이 되어 있었다.

"솔직히 포르틴의 미래도 라뎀과 다를 바 없다는 비관론이 이유는 아닐 듯한데."

"맞아."

그건 망설이지 않고 대답할 수 있었다. 그렇게 한 도시의 머나먼 미래까지 예측하고 움직일 혜안은 없다는 뜻에서였다. 그런 일은 필이나 아누 같은, 계산에 밝은 커터들이 해야 할 몫이었다. 자신은 하루 벌어 하루 먹고사는 흑각 도둑이자 뱅커, 아니면 심부름꾼일 뿐이었다.

"입버릇처럼 공중으로 가자던 친구가 있었어. 녀석도 뱅커였지만, 하루라도 빨리 그늘을 떠나고 싶어 했거든. 나도 공중도시가 어떻게 생겼는지 정도는 궁금해. 그래도 굳이 거기에 올라가 살고 싶다는 마음이 들지는 않더라고."

포르틴으로 가자는 제안도 그와 마찬가지였다. 이제 라뎀의 삶에 미련이 없을 것 같다던 데인의 말에는 일리가 있었다. 유진은 필이라는 새로운 이름으로 나타났고, 그가 돌아갈 곳은 과거 남매가 살았던 공동주택이 아닌 포르틴이라는 새로운 도시였다. 제레미는 이미 본사 사람이었고 곧 공중으로 떠날 것이다. 오래 의지했던 로드도 언젠가는 라뎀을 떠날 계획이라고 한다. 그럼에도 불구하고 시진에게 이곳을 떠나야 겠다는 마음은 생기지 않았다.

"뭐랄까 나는…… 필의 이야기를 들으면 들을수록 여기에 남겨질 그늘의 모습을 자꾸 생각하게 돼. 남겨진 집들, 남겨진 사람들. 내가 그렇게 남겨진 인간이었으니까."

아까 로드가 한, 이 어둠이 우리를 삼켜버리기 전에 무언가 해야 한다는 말에는 공감했다. 다만 시진에게 그 해결책은 라뎀에서 벗어나는 게 아니었다. 그러나 일개 흑각 도둑에 불과한 자신이 무엇을 할 수 있을까. 그 답까지는 떠올릴 수 없었다.

"어쩌면 그저 변화가 두려운 건지도 모르지, 뭐. 사실 이 뿔조차 받아들이기 어려웠으니까."

"각통은 좀 어때?"

데인이 물었다.

"괜찮아. 덕분에."

"뿔은 어느 정도 올라왔어?"

"손톱만큼."

"점점 빠르게 자랄 거다."

"두 달 뒤엔 도대체 어떻게 되는 거야?"

데인의 예고에 저절로 앓는 소리가 나왔다.

"늦깎이들은 어쩔 수 없어. 그 바보 같은 모자와도 완전히 결별인 거지."

시진은 모자를 뚫고 나와버린 상아색 뿔을 떠올렸다. 상상 만으로도 웃음거리가 되기에 딱 좋았다. 데인이 말했다.

"만일 그때 자르고 싶어진다면 나에게 말해도 돼. 기꺼이 도와줄 테니."

"정말?"

뜻밖의 제안이었다. 언젠가 그 부탁을 할 수 있겠다고 생각 은 했지만, 데인이 먼저 말을 꺼낼 줄은 몰랐다. 게다가 덧붙 이는 이유도 없었다.

"……그게 다야?"

"선금 청구서라도 보낼까?"

"그게 아니라, 잔소리 정도는 들을 줄 알았는데. 결국 면역 인이라는 정체성을 포기하지 못하는 거냐고."

시진은 로드를 떠올렸다.

"내가 그럴 입장은 아닌 것 같군."

한때 공중도시의 시민권을 택했던 사람의 의견은 그랬다.

"그리고 너는 실제로 면역인이었어. 그 시간을 일부러 부정하고 지울 필요는 없지. 아니, 그럴 방법이 없다고 해야 맞을지도. 그럼 대체 너의 삶 어디가 남아나겠어."

데인이 계속 말했다.

"뿔은 뿔일 뿐이야. 자르면 다시 자라는 게 이치고, 잘라낸 뿔은 세공해서 손가락에 끼우거나 나팔로 만들거나 잘게 조각내 모자이크를 만들거나, 뭘 하든지 자기 마음이지. 아니면 평생 고집스럽게 자르지 않거나. 각인에게 뿔은 삶이고 몸이면서 놀이인 동시에 시간이거든. 공중은 그 순환에 흑각을 끼워 넣어 자기들 좋을 대로 뒤틀었을 뿐이야. 애초에 각인과 면역인은 서로의 비교항으로 존재한 게 아니니까. 탈라뎀에 대해서는 커터마다 생각이 다르겠지만, 여기엔 이견이 없을 거다."

잠시 침묵이 흘렀다.

"아무튼 내 손재주가 메메에 비할 바는 못 돼도, 코어의 커터로서 최소한 네번째로는 믿어도 돼."

"나는 첫번째로 믿는데."

시진에게는 빅 테이블의 커터 여섯 사람 중에 마땅히 그랬다. 추켜세우려는 게 아닌 진심이었는데 데인은 멋쩍은 듯이 웃었다.

"고맙군."

마침 공동주택에 다다라 대화는 일단락되었으나 시진 역시 데인에게 묻고 싶었다.

뿔이 훌쩍 자라 커팅을 부탁하려고 할 때, 당신은 여전히 그늘에 머물러 있을 거냐고.

3부

흔적

로드의 펍에서 일을 거드는 며칠간, 시진이 해야 할 일은 두 가지였다. 손님들에게 맥주를 파는 것 그리고 간혹 흑각이 든 주머니를 들고 나타나는 이들의 물건을 받아 로드가 정해둔 값을 매기는 것.

덕분에 다른 흑각 도둑들과 처음으로 얼굴을 마주했다. 몇 사람 되지는 않았지만 이런 시기에도 사막에서 야생 흑각을 가져올 배짱이 있다니 솔직히 존경하지 않을 수 없었다.

그들이 가져온 흑각의 양은 각자 몇 줄기에 불과했고 쳐주는 값도 적었다. 그러나 지금은 온전한 흑각 한 줄기 한 줄기가 무척이나 귀중한 때였다.

"가져오는 양이 이래서 점점 민망할 정도야."

시진보다 서너 살 많아 보이는 도둑이 맥주를 주문하고서 하소연했다. 낡은 헌팅캡을 쓴 여자는 어제에 이어 두번째로 보는 사람이었는데 흑각 도둑으로는 오늘 첫 손님이었다.

"단속은 여전하지?"

시진이 맥주를 내밀며 물었다.

"그건 말할 것도 없고, 흑각이 그야말로 씨가 말랐어. 무슨 보물찾기라도 하는 줄 알았다니까."

여자는 한 번에 맥주를 반이나 비웠다. 흑각의 씨가 말랐다는 이야기에 시진은 순간 멈칫했다. 설마 야생 흑각마저 공중의 영향으로 병들어버린 걸까 하는 생각에서였다.

"아니, 그건 아니야."

여자는 시진의 머릿속을 들여다본 것처럼 말했다. 공중 흑각 재배소가 병충해로 피해를 봤다는 소문은 이제 공공연히 지상을 떠돌았다. 그런 악취를 영원히 숨길 수는 없었다.

"불행인지 다행인지 몰라도 사막의 흑각은 멀쩡해. 그래서 놈들도 낮 동안 죄다 뽑아간다는 게 문제지."

"제복들이?"

"재밌다니까. 오염된 땅에서 자란 근본도 없는 흑각, 더럽다고 할 땐 언제고 뻔뻔한 놈들. 그래도 그동안 야생 흑각만큼은 손을 안 댔는데."

물론 본사의 명분은 여전히 시민 안전을 위한 야생 흑각 채취 단속과 적극적 처분이었다.

"그걸 그대로 트럭에 실어서 육로로 빠져나가더라고. 수출용 구멍 땜질이겠지."

"그럼 우리는?"

공중에도 사막에도 흑각이 없다면 라뎀은 그야말로 무방비였다. 중개소를 통해 입수된 흑각만이 현재 유통 가능한 전부라는 의미였다.

"내 말이."

여자는 잠시 모자를 벗고 이마의 땀을 훔쳤다. 그의 정수리에는 중간에서 뚝 잘린 외각이 있었다. 러프 샌딩을 하지 않은 매끄러운 연둣빛 뿔로, 희귀한 색상만으로도 수집가들이 탐낼 만한 것이었다. 여자는 얼른 다시 모자를 썼다.

"우리 집의 주 수입원은 이거야. 그래서 흑각은 나에게도 필수인데, 요즘은 이게 다 무슨 소용인가 싶어. 애초에 뿔을 자르지 않으면 흑각도 필요없잖아. 하지만 뿔을 자르지 않으면 생활이 안 되고. 언제 어디서 미친 커터에게 습격당할지 모르는 채로 조마조마하게 지내야 한다니, 한마디로 엉망진창이지."

여자는 무척 지쳐 보였다. 모자 속 근사한 뿔마저 그에게는 짐인 것처럼 느껴졌다.

"라뎀을 떠나고 싶다고 생각한 적 있어?"

시진은 잠시 망설이다가 넌지시 물었다. 그 주저함이 무색하게 여자는 큰 소리로 웃으며 대답했다.

"세상에, 머릿속으로는 하루에 열두 번도 더. 하지만 어디로 가야 할지 모른다는 게 문제라고나 할까."

목요일 낮, 로드가 펍으로 복귀했고 시진은 2구역 지상 보안국으로 향했다. 샐을 만날 작정이었다. 야생 흑각에까지 손을 뻗친 공중의 탐욕을 전면으로 상대할 방법은 없지만, 샐이라면 그늘에서 숨 쉴 틈 하나 정도는 알려줄 수 있을지도 몰랐다.

오랜만에 찾은 2구역은 오늘따라 보행자도 많고 분주해 보였다. 보안국도 마찬가지였다. 입구에 들어서자 한눈에도 인산인해였다. 시진은 조사원들이 이른 시간부터 흑각을 압수하기 위해 사람들을 잔뜩 잡아들였다고 생각했다. 그런데 자세히 보니 인파 대부분은 민원실을 찾은 시민이었다. 특히 국경 통행증 발급 창구 줄이 유난히 길었다. 면역인으로 보이는 사람들이 지루하거나 초조한 얼굴로 자신의 순서를 기다리고 있었다. 각자의 발아래에는 묵직한 짐도 하나둘씩 놓여 있었다. 여행 허가를 기다리는 듯했다. 국경 바깥 공동묘지를 포함해 목적지가 어디든 제1 국경을 넘기 위해서라면 누구나 저 창구에서 통행증을 받아야 했다.

부디 샐을 만날 수 있는 줄이 저만큼 길지 않기를 바라며 그의 집무실 앞으로 찾아갔다. 그러나 샐은 부재중이었다. 한

참을 기다려도 그와 비슷한 그림자조차 나타나지 않았다.

지나가는 제복에게 샐은 언제 돌아오느냐고 물었다. 그는 잠시 멈춰 설 여유조차 없는 듯, 자기는 그의 비서가 아니라며 다른 방으로 들어가버렸다.

마냥 기다릴 수만은 없었다. 오늘은 라티오에게 흑각을 전해주기로 한 날이었다. 이번에는 제복들의 눈을 피하기 위해 코어의 폐건물에서 만나기로 했다.

시진은 책상 위에 메모를 남겼다. 상의할 게 있으니 이걸 본다면 오늘 저녁 집으로 들러주길 바란다고. 그러지 못하면 내일 오전에 다시 오겠다는 내용이었다.

병든 흑각이 더 늘어났는지 악취가 지난주보다 훨씬 더 지독했다. 폐건물 입구에서 만난 라티오는 헝겊으로 만든 마스크로 코와 입을 가리고 있었다. 있다 보면 적당히 적응된다던 말도 이제 과거형이었다.

흑가을 건네자 라티오는 즉시 열어 내용물을 확인하고는 눈살을 찌푸렸다.

"다섯 조각이잖아."

"가지고 있어. 너도 알겠지만 지금 돌아가는 상황이 그렇게 좋지만은 않아."

"이거 먹고 떨어지라는 건 아니고?"

전투적인 의심이 돌아왔다.

"당장 다음 주 흑각 시장 상황을 예측하기 어려운 거라고만 해두자."

시진은 담담하게 말했다.

"물론 내 기우라면 좋겠지만. 아무튼 내 목숨에 이상 없는한 다음 주 이 시간에도 나올 테니, 그때 또 얘기하자고."

"잠깐."

떠나려는 시진을 라티오가 불러 세웠다.

"너, 진짜 각인이야?"

시비라도 거는 줄 알았는데 뜬금없는 확인 사살이었다.

"그렇다고 했잖아."

"음, 그럼 일단은 괜찮겠군."

"뭐가."

"요새 공중에 폐렴 환자가 속출하고 있는데 위독한 사람은전부 면역인이라나. 벌써 몇 명은 죽었다고 하고."

라티오는 어젯밤 공중의 병든 흑각을 폐건물로 내리던 투명 각인 인부들의 대화를 엿들었다고 했다. 시진은 몇 걸음 멀어졌던 라티오와의 거리를 다시 좁혔다.

"자세히 말해봐."

"신종 바이러스가 도는 모양이야. 감염되면 고열이 끓고 숨이 넘어갈 것처럼 기침을 하다가 중태에 빠진대. 그래서 공중

의료원은 지금 비상이라고…… 아, 너 의료원에 가본 적은 있으려나."

의료원에 가본 적은 없지만 라티오가 지금 꺼내놓는 이야기는 시진에게 전혀 낯설지 않았다.

"그 녀석들 이야기에 따르면 각인…… 그러니까 공중에서는 투명 각인이지. 투명 각인은 감염되면 증상을 보이기는 해도 이틀이면 회복하는데 면역인은 그 반대라는 거야."

그래서 흑각 재배소를 중심으로 퍼져나간 질환인데도, 자기들은 아프지가 않아서 일을 계속해야 한다며 투덜거렸다는 것이다.

"흑각 재배소라고?"

"최초 감염자가 거기서 나왔나 봐. 너는 아마 모르겠지만, 그쪽 직원은 대부분 투명 각인이라 오히려 순수한 면역인이 드물거든. 공중에서도 특이한 곳이지."

"혹시 환자 중에 무언가에 찔렸던, 그러니까 자창이 발견된 사람은 없어?"

시진이 물었다. 라티오는 갑자기 웬 뜬금없는 소리냐는 표정을 지었다.

"내가 그걸 어떻게 알아. 그냥 그놈들 떠드는 소리를 주워들은 건데."

"치료약은?"

"그게 문제인가 봐. 미처 손쓸 틈도 없이 상태가 확 나빠지는 데다, 신종 바이러스라서 표적 치료제도 없다더라고."

공중 의료원은 지상과 상황이 다르지 않을까 싶었으나 그렇지 않은 모양이었다. 필이 우려했던 일이다. 다만 장소가 지상이 아닌 공중이었다. 공중은 거주민의 95퍼센트가 면역인이었다.

라티오가 계속 설명했다.

"녀석들 의견은 분분했어. 한 녀석은 이게 지상에서 뭔가 안 좋은 게 옮아온 거니까 리프트 터미널을 봉쇄해야 한다고 하고, 한 녀석은 공중이 더 불안하니 하루라도 빨리 지상에 내려가는 게 안전하지 않겠냐고 하고. 다른 녀석은 잠깐 유행하다 잠잠해질 거라면서 유난 떨지 말라고 하더니 결국 나중엔 너도나도 본사 욕을 하더군. 어떻게 얻어낸 공중 시민권인데 이게 대체 뭐냐면서."

시진은 보안국에서 국경 통행증 발급을 기다리던 긴 줄을 떠올렸다. 그러고 보니 모두 뿔이 없는 사람들이었다. 이미 지상으로 내려오기 시작한 공중도시의 면역인들인 걸까. 그렇다면 불안은 이미 형성되기 시작했다는 뜻이었다.

"아무튼 너도 조심하라고. 가볍게 앓아도 아픈 건 아픈 거니까."

라티오도 만약을 위해 코와 입을 가린 거라고 했다. 악취만

이 이유가 아니었다. 시진은 제레미에게 받은 벌금 청구서를 꺼내 라티오에게 건넸다. 거기에는 공동주택의 주소가 적혀 있었다.

"라티오. 만일 다음 목요일 전에 그 녀석들이 다시 나타나서 뭔가 새로운 얘기를 하면, 나한테도 좀 알려줘. 보답은 할 테니까."

라티오는 청구서를 읽더니 심각한 목소리로 중얼거렸다.

"벌금 75페이? 지금 그쪽이 보답 같은 거 할 처지로는 안 보이는데."

그럴 만한 처지였던 적은 평생 한 번도 없었다. 그렇다고 해서 보답하겠다는 말이 허풍은 아니었다.

"언제라도 그 주소로 와."

"넌 쥐콩만 한 놈이 겁이 없는 거냐, 생각이 없는 거냐?"

그 답에 대해서는 시진도 알지 못했다. 그저 겁이 없다는 말과 쫄보라는 별명의 간극이 제법 크다는 생각만 들었을 뿐이다. 라티오는 더는 토를 달지 않았다.

이어서 향한 곳은 제레미의 집이었다.

시진이 노크를 하자 제레미의 엄마가 문을 열고 나와 아들을 불러주겠다고 했다. 보통 때라면 들어오라고 했을 텐데 오늘은 그런 말이 없었다. 곧 제레미가 복도로 나왔다.

낡은 티셔츠에 머리카락을 아무렇게나 헝클인 모습이었다. 시진은 순간 임시 단속부에서의 그 매몰찬 제복과 눈앞의 제레미가 과연 동일 인물인지 헷갈릴 정도였다.

"뭔데."

시진의 방문이 달갑지 않은 듯한 말투였다.

"너, 정말 다음 달에 공중으로 가?"

뜻밖의 질문이었는지 제레미는 잠깐 의아한 표정을 짓더니 이내 무뚝뚝하게 대답했다.

"그렇다니까."

"일정이 바뀔 가능성은 없어?"

"사실 일정은 이미 바뀌었어. 다음 달이 아니라 다음 주 출발이거든."

"뭐?"

"지상 보안국장 모시고 부장이랑 같이 본사에 먼저 한번 얼굴을 내밀어야 한다나. 예비 감시원 대표도 나름 중요한 직책인가 보지."

"일정을 당긴다고? ……늦추는 게 아니라?"

이런 시기에 일개 예비 감시원 독려에 할애할 여유가 있다니, 아무리 본사가 제멋대로라 해도 이해할 수 없는 일이었다.

"부장이라면 샐 아냐? 같이 이동해?"

"왜? 생각보다 빨리 간다니까 배가 아프기라도 한 거냐?

아니면 샐 부장이 이제 너한테 관심이 없어서 섭섭한 건가?"

제레미가 빈정거렸다. 시진은 본론부터 말하기로 했다.

"지금 공중에 신종 감염병이 확산세인 모양이야. 그런데 하필 이럴 때 간다니……"

"알아."

"알아?"

저절로 반문이 튀어나왔다. 모든 걸 다 알면서도 간다니 어이가 없었다.

"시씨. 나 보안국에서 일해. 위쪽 상황은 너보다 내가 더 잘 안다고. 네가 호들갑 떨 만큼 심각한 일 아니야. 그리고 보다시피 나는 아주 건강해."

"지금이야 그렇겠지, 아직 지상이니까. 하지만 넌 면역인이잖아."

시진의 말에 제레미는 킬킬대기 시작했다.

"뭐가 우스워? 면역인한테 치명적인 바이러스라는 얘기 못 들었어?"

"그래, 맞아. 나는 면역인이지."

웃음은 쉽게 잦아들지 않았다.

"아니, 너무 재밌잖아. 공중으로 올라갈 자격을 주는 첫번째 조건이 면역인이라는 신분인데, 너는 면역인이니까 공중에 올라가지 말라니. 세상에 그렇게 웃긴 말장난이 또 있을까 싶어서."

시진은 지금 이 상황이 조금도 웃기지 않았다. 애초에 웃자고 한 이야기도 아니었다.

"너 설마, 내가 그날 구금시킨 것 때문에 이러는 거야?"

제레미는 겨우 웃음을 멈추고는 그렇게 물었다.

"내가 너한테 이래라저래라 한 게 기분 나빠서, 이제 반대로 나한테 뭔가 아는 척하고 싶어서 온 거야? 그렇다면 진짜 유치한데."

"⋯⋯뭐?"

"잠깐이었잖아. 고작 몇 시간. 거기서 나한테 사적으로 뭔가를 요구하면 나는 어쩔 수 없이 더 원칙적으로 대응할 수밖에 없어. 그걸 이해 못 해?"

제레미의 얼굴이 다시 차갑게 굳었다.

"네가 각인이라는 사실을 뒤늦게 깨달아서 혼란스러운 건 알겠으니까, 이쯤 해둬."

시진은 그만 돌아가기로 했다. 제레미의 말에 반박할 의지조차 안 생겼다.

"어차피 자를 거잖아. 그렇지? 너도 언젠가 생각이 변해서 공중에 가고 싶어질지 모르고."

"제레미, 나는 안 가."

시진은 마지막까지 제레미에게서 과거 친구의 흔적을 놓

치지 않으려 애쓰며 말했다.

"내 뿔에 맹세코 나는 지상을 떠나지 않을 거야."

그날 자정까지도 샐은 소식이 없었다.

시진은 금요일 오전에 다시 보안국으로 향했다. 그러나 샐은 여전히 부재중이었고 전날 남겨둔 메모도 그대로였다.

그 앞에서 두 시간을 죽치고 기다리다가 결국 다른 조사원에게 언제 샐을 볼 수 있느냐고 물어야 했다. 어제보다는 덜 싸늘한 인상의 제복이 자기도 부장을 며칠째 못 봤다고 말했다. 기대도 하지 않았을 때는 턱턱 잘만 나타나더니 정작 먼저 찾으려고 하니까 보이지 않아 답답했다.

어제 붙여두고 간 메모를 다시 들여다보는데 서류철 사이로 누런색 종이가 시진의 눈에 들어왔다. 다른 서류철에 묶인 종이와는 확연히 다른 재질이었고 두께도 약 5센티미터로 유난히 두툼했다.

책이었다.

최근 엘시노어에 몇 차례 드나든 경험이 아니었다면 책과 인연이랄 게 없던 시진은 저 누런 종이의 정체가 책인 것조차도 몰랐을 것이다. 그러나 이것이 책이라는 것을 안 이상 책등을 확인하지 않을 수 없었다.

시진은 책상 맞은편을 향해 천천히 걸음을 옮겼다. 고작

1미터 거리가 아주 멀게 느껴지는 것은 이미 무언가를 예감해서였는지도 모른다.

서 있던 반대편에 도착한 시진은 책이 끼워진 높이에 맞춰 몸을 낮췄다. 이윽고 눈앞에 나타난 책등이 제목을 드러냈다. 『허상의 이름』. 심장이 빠르게 요동하기 시작했다.

『허상의 이름』이 세상에 단 한 권만은 아니라는 생각과 지난 화요일 엘시노어가 있는 상점가를 순찰하던 그의 옆모습이 동시에 머릿속에서 뒤엉켰다.

한나가 증언한 그 손님의 서점 방문일은 수요일 오후였다. 그 사람이 샐이라는 증거는 없었다. 그러나 수요일 오후에 폴린에게 『허상의 이름』을 찾아달라고 했던 사람이 샐이 아니라는 증거도 없었다.

구치소 살해범은 폴린과 같은 증상으로 사망했다. 샐에게는 그곳을 자유자재로 드나들 수 있는 권한이 있었다. 시진은 폐건물의 비밀 리프트를 처음 보았을 때처럼 아찔해졌다.

상상조차 하고 싶지 않지만 만일 샐이 범인이라면 이건 샐 개인의 행동일까 아니면 본사가 개입된 일일까. 그렇다면 현재 진행 중인 수사는 그럴듯한 눈속임에 불과한 걸까. 라티오가 말한 공중의 상황과도 혹시 관련되어 있는 걸까. 온갖 의심이 차례로 몰려왔다.

굳어 있던 시진은 잠시 후 고개를 흔들었다. 속단해서는 안 됐다. 이전에도 샐을 불필요하게 의심했던 적이 있었다. 그런 일을 반복하고 싶지는 않았다.

대체 이 사람은 지금 어디에 있는 걸까.

지난 메모는 구겨버린 뒤 시진은 짧은 메모를 남기고 돌아섰다.

기다리고 있어. ㅡ쫄보

샐에게 시진을 대면할 뜻이 있다면 어디에서라도 찾아낼 것이었다.

그의 집무실을 나오자 바깥 분위기가 소란스러워져 있었다. 국경 통행증 발급 창구 방향이었다. 무슨 일인지 시진이 들어왔을 때와는 다르게 줄 서 있던 시민들이 제복들에게 항의를 퍼붓는 중이었다.

각인이나 뱅커라면 어림도 없을 일인데 공중 시민권자들 같았다. 시진은 줄 끝에 있던 갈색 뿔을 가진 각인에게 무슨 일이냐고 물었다.

"본사가 1구역 리프트 운행을 전면 중단했어. 터미널 봉쇄야. 발표한 지 10분쯤 됐나. 그래서 지금 아무도 공중으로 올라가지도 거기서 내려오지도 못한대."

"봉쇄? 왜?"

"방역 조치라더군."

공중과 지상, 그 어떤 승객이나 화물도 예외가 없는 게 원칙이라고 했다. 현재 항의 중인 사람들은 지상에 용무가 있어서 내려왔다가 다시 올라가기 위해 통행증을 신청한 공중 시민권자들이었다. 그들 입장에서는 난데없이 지상에 발이 묶인 셈이었다.

방역 조치. 제레미가 알고 있는 것만큼 공중 상황이 평탄하지는 않은 모양이었다. 본사의 과잉 대응일 가능성도 있지만, 제레미의 공중행이 보류된다면 결과적으로 다행이라는 생각이 들었다. 조심해서 나쁠 건 없었다.

"언제까지?"

"일단 한 달. 그 뒤로 재공표가 있을 거라고는 하는데."

"한 달?"

시진은 깜짝 놀라 되물었다. 생각보다 긴 기간이었다.

"말도 안 되지? 사람들이 저러는 것도 이해는 된다니까."

우리를 더러운 바이러스 취급하는 거냐며 소리치는 면역인들을 보며 갈색 뿔이 중얼거렸다. 물론 그가 한 달간 집에 돌아가지 못하는 공중 시민을 걱정해서 하는 말은 아니었다.

봉쇄 조치대로라면 앞으로 한 달간 터미널에는 공중으로부터 그 무엇도 내려오지 못한다. 거기에는 공중에서 재배하는 농작물과 식료품 역시 포함될 것이다.

올해 본사가 실패한 농사는 흑각뿐, 그 외의 먹거리는 변함없이 잘 자라고 있었다. 즉 공중은 장기적인 고립을 택해도 생존에는 아무 지장이 없다.

문제는 아래쪽이었다. 특히 지상의 하급 구역은 공중도시에서 푸드 뱅크로 보급하는 식량이 끊기면 내책이 없었다.

"설마 진짜로 한 달씩이나 멈춰두진 않겠지?"

갈색 뿔이 의구심 가득한 얼굴로 물었다.

마지막 빅 테이블

"본사의 이런 결정은, 재고의 여지 없는 직무 유기로 보이는군요."

빅 테이블의 마지막 회담을 시작하며 필이 말했다.

"이건 지상을 방치하겠다고 선언한 것이나 마찬가지라고 생각합니다."

"공중이 정말로 봉쇄를 한 달이나 지속할까요?"

아누가 물었다. 보안국에서 마주친 갈색 뿔과 비슷한 표정이었다.

공중 본사의 추가 보급 없이 지상이 버틸 수 있는 시간은 한 달이 한계였다. 그것도 상급 구역이 가지고 있을 식량을 포함한다고 가정했을 때다.

"만일 기간이 연장될 조짐이라면 상인들이 어떻게든 팔을 걷어붙어야겠지요. 제 펍처럼요."

로드가 말했다. 라뎀에서 식량 자원 및 식료품에 대한 무역권은 오직 본사에 있지만, 로드가 판매하는 주류는 거기에 포함되지 않아 상인 개인에게 무역권을 허가했다. 거기에는 물론 높은 관세가 적용된다.

"하지만 터미널 봉쇄일 뿐 지상은 여전히 본사 인력으로 통제되고 있잖소. 개별 무역을 하겠다 해도, 물건이 제1 국경을 통과할 수 있을지는 별개의 일이요. 강행하면 밀수가 될 텐데, 본사가 건재한 이상 모험을 하려는 상인이 얼마나 될지는 모르겠군요."

투안이 말했다.

"그조차도 요청에 응할 도시가 있을 때의 얘기겠죠. 대부분 본사와 무역 협약을 맺은 상태일 텐데, 그걸 거스르면서까지 지상에 협조하려고 할까요?"

홀리는 회의적이었다.

"비록 충분한 양은 아니지만, 포르틴은 응할 겁니다."

에르한의 말에 필은 고개를 끄덕인 뒤 설명을 이었다.

"더불어 한 달 후, 라뎀 지상의 상황에 진척이 없다면 식량 자원 협조와 함께 탈라뎀 시민의 수용 또한 개시하려고 합니다."

"협조 의사야 감사하지만 당장의 탈라뎀은…… 다소 조급한 계획 아닐까요?"

아누가 조심스럽게 끼어들었다.

"준비를 해둘 필요는 있다고 봅니다."

데인이 말했다.

"물론 인도적으로 있어서는 안 될 일이지만, 만일 그 시점까지 공중이 다른 대안을 제시하지 못한다면…… 그때는 조급하다는 표현이 맞지 않는 상황일 수도 있으니까요. 지난 한 달간 지상 상황도 사실 예측 못 했던 일의 연속이었지요."

필이 즉시 동의했다.

"맞습니다. 그런 사태를 맞을 경우, 지상의 본사 인력이 변함없이 공중의 명령에 따르라는 보장도 없습니다. 분명 이탈자가 발생할 거예요."

그건 지상의 감시체계가 느슨해질 가능성을 의미하기도 했다.

"따라서 오늘, 포르틴의 제안에 대한 빅 테이블의 최종 결정을 묻고자 합니다."

3주 전, 첫 소집에서 필이 밝혔던 라뎀의 커터 네 사람이 앞서 포르틴으로 이주해달라는 그 제안이었다.

네 사람은 서로를 천천히 번갈아 바라보았다. 이 중대한 질문에 대한 답변을 누가 먼저 해야 할지 상의하는 듯했다.

시진은 최고 연장자인 투안이 가장 먼저 대답할 거라고 생각했다. 아마도 떠나지 않는다는 결정으로.

지금까지 투안은 어느 한쪽으로 치우치지 않고 중립을 지키는 모습이었다. 하지만 그 태도는 라뎀과 포르틴 사이에서만이 아니라, 공중과 지상 사이에서도 마찬가지인 듯했다. 엄밀히 따지면 중립이 아닌 양쪽 어디에도 자신을 내어주지 않겠다는 냉정함이었다.

투안은 라뎀 본사도 포르틴도 신뢰하지 않았다. 제3 국경이라고 부르는 코어에 속한 커터로서, 그에겐 무언가를 선택하는 일 자체가 불필요한 행위였던 것이다.

"저는 반대합니다."

시진의 예상대로였다.

"좋습니다. 다른 커터들께선요?"

필은 수긍하며 다른 커터들을 향해 물었다. 투안의 결정은 필도 예상한 것 같았다.

"앞서 하나 묻고 싶은 게 있는데…… 이 결정의 전제는 한 달 뒤, 본사의 대응 여하에 달린 겁니까?"

아느기 물었다.

"그러니까, 현재 시점에는 탈라뎀에 찬성하지만, 한 달 이내 본사가 지상 운영의 의무를 적절하게 이행한다면 의견을 철회할 수 있느냐는 거죠."

"존중합니다. 이건 다수결의 문제는 아니니까요."

필이 답했다.

"하지만 모두 알고 계시듯, 포르틴이 보낸 성명서의 골자는 기존 라뎀 본사의 도시 운영 방식이 이미 적절하지 않다는 지적이었습니다. 지금은 그보다 더 부적절한 방향으로 기울었을 뿐이지요. 그 부분을 기억해주시면 좋겠습니다."

"같은 전제로 찬성하지요."

홀리도 결정을 내렸다. 이제 커터 중에는 데인의 결정만이 남았다.

그때 시진이 가만히 손을 들었다. 로드가 고개를 끄덕였다.

"아무도 묻지 않는 거 같아서요. 증인도 커터의 결정에 따라야 하나요?"

그 질문에 다른 증인들은 저마다 작게 웃었다. 시진만 모르는 내용인 것 같았다. 로드가 목소리를 가다듬으며 설명했다.

"그렇지 않습니다. 빅 테이블에서 증인은 제삼자에게 커터의 의견에 거짓이 없음을 증언하기 위한 역할입니다. 그 외의 다른 의무는 없습니다."

데인이 찬성한다 해도 시진은 동행할 필요가 없었다. 그러나 지금 이 자리의 증인들은 동행한 커터의 의견에 모두 이의 없이 따를 것 같았다. 따져 물은 적은 없어도 그들 각각의 인연은 꽤 오래되고 깊어 보였다. 적어도 자신과 데인보다는 그럴 것이었다.

"이제 한 분의 의견이 남았습니다만. 메메의 대리인?"

에르한이 재촉했다. 데인의 순서였다. 시진은 무심결에 눈을 감았다.

"찬성합니다. 한 달 후 본사의 조치와 무관하게요."

그 대답 역시 시진의 예상대로였다.

빅 테이블이 끝나고 시진은 로드와 필에게 붙잡혔다. 그렇게 될 거라고 내심 짐작은 하고 있었다. 큰 결정을 마쳤으니 이제 그만 각자의 길로 가자 같은 산뜻한 작별은 아닐 거라고.

다른 라뎀의 커터와 증인들이 모두 떠난 후, 메메의 작업실이자 임시 회장에는 포르틴 사람들과 시진 그리고 데인만이 남았다.

증인의 발언은 공식적인 의견이 아니지만 로드와 필은 빅 테이블 위원이 아닌 시진의 측근이자 한 개인으로서 그 속내를 분명하게 알고 싶어 했다.

"이해가 안 돼."

필은 못마땅한 표정이었다. 라뎀에 머물러도 너한테 좋을 게 하나도 없는데, 도대체 왜 가지 않겠다고 고집을 부리는 거냐는 말이 앞뒤로 생략되어 있었다.

"꼭 이해해야 하는 건 아니잖아. 그럴 수 있는 것도 아니고."

시진은 대수롭지 않게 대꾸했다. 이해라는 것에 관해 본인이 예전에 했던 말을 잊지 않았을 거라 생각했다.

필은 거기에 뭐라고 대답하는 대신 데인을 보았다. 이 녀석의 동료이자 커터인 당신은 이해가 되느냐고 묻는 눈빛이었다.

그 대답을 데인이 할 의무는 없었으므로 결국 다시 시진이 이야기할 차례였다. 여전히 고민이 되긴 했지만 이 사람들에게는 솔직히 말하는 편이 나을 것 같았다.

"혹시, 샐 기억해? 샐리베라고, 보안국 조사원."

갑작스럽게 등장한 이름에 필은 잠시 어리둥절해했다. 처음 듣는 이름은 아니었지만 기억을 되살리는 데 약간의 시간이 필요한 얼굴이었다.

"그 껄렁껄렁한 면역인?"

필의 기억 속 샐은 그런 모양이었다. 아주 동떨어진 묘사는 아니었다.

"지금은 조사부장이야. 직급을 안 건 나도 얼마 안 됐고."

"갑자기 그놈은 왜?"

로드가 물었다.

시진은 데인이 공중에서 가져온 그의 어린 시절의 단편 그리고 어제오늘 그를 만나려고 해봤지만 내내 부재중이었다는 것, 오늘 아침 그의 책상에서 발견한 『허상의 이름』에 대해 말했다. 자리에 메모를 남겨두고 왔으나 아직 소식이 없다는 내용도 포함해서.

이야기를 들은 이들은 모두 놀란 얼굴이 되었고, 특히 로드가 가장 그랬다.

"그걸 왜 이제야 이야기하는 거야?"

다그치는 목소리였다. 폴린의 죽음에 큰 책임을 느끼는 사람으로서 당연한 반응이었다.

"빅 테이블에서 논할 문제는 아니니까."

"그걸 왜 네가 정해?"

로드가 질책했다. 한나도 어리둥절하게 시진을 보았다.

시진이 설명했다.

"물론 폴린의 일은 중요해. 하지만 빅 테이블의 안건은 그 사건의 실체를 밝히는 게 아니라 탈라뎀이잖아."

처음부터 마지막 회담까지, 빅 테이블을 관통하는 단 하나의 질문이자 제안. 오늘 모임은 면역인들의 사망 사건과 무관하게 그것을 결정짓기 위한 시간이었다.

"그래서 빅 테이블이 끝난 지금 이야기하는 거고."

"그 자식, 역시 뭔가 있을 줄 알았어."

로드가 격하게 말을 내뱉었다.

"이럴까 봐 말하지 말까도 생각했는데……"

"이럴까 봐?"

"셀이 그자라고 확신할까 봐."

그 말에 로드는 입을 다물었으나 불만스럽다는 듯이 팔짱을 끼며 시진을 응시했다.

잠시 서늘한 침묵이 고였다. 시진이 느지막이 입을 열었다.

"그러니까 제대로 확인부터 하고 싶어."

"설마 그래서 여기에 남겠다는 거야?"

필이 물었다.

"결과적으로는 그런 셈이지."

부디 샐이 아니기를 바라지만, 진심으로 아니기를 바라지만, 만일 그렇다면 지상에 또 다른 유사 사건이 발생하지 않으리라는 보장은 없다. 누군가 그를 막지 않는 한.

"그건 네가 아니라 보안국에서 밝혀야 할 일이야."

"그래, 그런데 샐이 그 보안국 사람이라고."

샐은 사건을 파헤쳐 진실을 드러낼 수 있는 위치인 동시에, 지하에 영영 파묻어버릴 힘 또한 가진 사람이었다.

"그렇다면 더더욱 네가 나설 일이 아니지. 같이 지하에 파묻히고 싶은 게 아니라면! 지금 네 대책 없는 계획을 우리한테 가만히 보고만 있으라는 거야?"

필이 발끈했다.

"누군가는 해야 하잖아."

시진이 반박했다. 누나인 유진이 아니라 포르틴의 커터 대표 필에게였다.

"많은 사람이 새로운 인생을 찾아서 포르틴으로 떠나도,

최악의 경우 본사가 지상을 완전히 버린다고 해도, 그늘의 모두가 남김없이 이곳을 떠나진 않아. 그늘의 시간은 그늘대로 계속해서 흐를 거야. 여기의 사람들과 변함없이. 그게 어떤 모양이든."

시신은 윌과 한나, 보느, 테인을 차례로 보면서 말했다.

"폴린이 그랬어. 라뎀의 원래 명칭은 라뎀이었다고. 본사가 사들여서 이 모든 규칙을 만들기 전에도 같은 이름이었다고."

그 흔적은 지상 곳곳에 남아 있었다. 메메의 작업실이 있는 이 낡은 건물부터 코어의 오래된 거리, 3구역의 상점들, 엘시노어 서점의 간판 그리고 도시를 지키기 위해 커터들이 소집했던 빅 테이블도 그중 하나였다.

"그 흔적을 지니고 살아갈 사람들도 있다고. 우리가 때마다 머리의 뿔을 잘라도 그 뿌리까지 뽑아낼 수 없는 것처럼."

적절한 비유인지는 확신하기 어려웠지만 시진에게는 그것과 다르지 않게 여겨졌다. 각인이라면 좋든 싫든 뿔이 뿌리와 영원히 함께하는 것이다.

"나는 그늘의 한 사람으로서 할 일을 하겠다는 거야. 필은 필의 일을 하고, 로드는 로드의 일을 하듯이."

그리고 최초의 의혹을 품은 사람의 책임이기도 했다.

"그런데 넌 면역인이잖아."

한나가 조심스럽게 말을 이었다.

시진은 고개를 살짝 숙이고 손가락으로 머리카락을 넘긴 후 숨겨져 있던 뿔을 드러냈다. 아직 짤막한 길이지만, 필과 같은 색깔과 질감의 평범한 상아색 외각을 모두에게 보였다. 이제는 자신을 오해하도록 내버려두지 않기로 했다.

포르틴의 커터와 증인들은 한 달 후를 기약하며 라뎀을 떠났다. 이주 의사를 밝힌 커터 세 사람과 증인들을 위한 포르틴의 시민권 그리고 비밀리에 라뎀을 빠져나갈 수 있는 차량을 준비해 돌아오겠다는 계획이었다.

다음 날 시진은 보안국을 찾았으나 샐은 여전히 부재중이었다. 메모도 그대로였다. 오늘 날짜만 덧붙여 똑같이 쓴 메모를 다시 남겨두고 시진은 3구역 임시 단속부로 떠났다.

어쩌면 샐이 거기에 있거나 그게 아니어도 제레미가 상황을 알지 않을까 해서였는데 두 사람 모두 없었다. 주말 당직 근무 중인 제복들만 강도 높은 흑각 단속 업무를 수행하고 있었다. 마스크를 착용하고 있다는 것만 빼면, 공중과 지상 간 통행 중단 상태가 이들에게는 별다른 영향을 미치지 않는 듯했다.

그러나 공동주택으로 돌아가는 도중에 본 푸드 뱅크의 모습은 이전과 확연한 차이가 있었다. 입구에는 오전 단축 영업이라는 안내판이 걸려 있고 창을 통해 보이는 안쪽 매대는 텅비어 있었다. 뱅커에게 공급하는 하루치 식료품의 양을 제한하는 것이었다. 아직 해가 지지도 않았는데 내일 오전을 위해 줄을 선 사람도 있었다.

시진은 집에 도착하자마자 남긴 식량과 흑각의 양을 확인했다. 먹을 것은 빵 열 조각과 치즈 반 덩이, 콩 한 봉지, 토마토 네 개, 흑각은 단 세 조각만이 남아 있었다. 허기와 통증 모두 일주일 정도 유예할 수 있는 양이었다.

흑각은 대여 창고에 폴린이 지킨 재고가 있지만 입고량이 적으니 줄어드는 속도가 훨씬 빨라질 테고, 푸드 뱅크에서 식료품을 살 때도 매번 전쟁을 치러야 할 게 분명했다. 자괴감이 밀려왔다. 당장 다음 주의 자기 운명조차 어떻게 될지 모르면서 필에게는 허울 좋은 소리만 지껄인 것 같았다. 한 달 후의 그늘은 정말 어떻게 되는 걸까.

생각이 흩트러진 탓에 다시 찬장에 정리해 넣으려던 콩 봉지가 손에서 미끄러졌다. 타다닥 시끄러운 소리를 내며 콩들이 바닥에 쏟아졌다. 손전등의 빛이 닿지 않는 저 멀리 어두운 구석구석까지 잘도 굴러갔다. 이걸 대체 언제 다 줍나 생각할 때였다.

누군가 문을 다급히 두드리는 소리에 시진은 화들짝 놀랐다. 시진이 기다리고 있는 사람은 단 한 명이었다. 당장 문을 열어젖혔다. 그러나 눈앞에 나타난 사람은 샐이 아닌 무표정한 얼굴의 데인이었다.

"천장이 요란해져서. 돌아왔구나 하고."

예상을 빗나간 결과에 시진은 한숨을 내쉬었다. 안도인지 실망인지 스스로도 모를 한숨이었다.

"응, 사고 쳤어."

시진은 엉망이 된 바닥을 보여주었다. 데인은 가져온 손전등의 빛을 최대로 밝혀 사방으로 흩어진 콩들을 함께 주워주었다.

"그런데 무슨 일로 올라온 거야?"

시진은 바닥에 남아 있는 콩이 있나 싶어 구석까지 꼼꼼히 살피며 물었다.

"빅 테이블도 끝났으니 이제 그만 원래의 일로 복귀해야지."

시진은 하마터면 원래의 일이 뭐냐고 물어볼 뻔했다. 그러고 보니 마지막 배달이 언제였는지도 까마득했다.

"어디로 가면 되는데?"

아무리 상급 구역 고객이라 해도 이런 시기에 장식품의 세공을 맡기는 사람이 있다니 의아했다. 떠나기로 마음을 굳혔으면서 하던 일은 계속해나가는 데인도 마찬가지였다.

"배달 아니야."

"그럼?"

"기물에 사포질해줄 손, 잊지는 않았겠지."

데인은 잠시 손전등의 방향을 바꿔 입구에 내려놓은 자루를 비췄다.

물론 기억하고 있었다. 공중 회담에 가기 전 데인은 커팅한 자기의 뿔로 체스 기물을 만들 거라고 했다. 단지 그걸 실행에 옮기고 있으리라고는 미처 생각하지 못했을 뿐이다. 그 이후는 모두에게 쉽지 않은 시간이었으니까.

깨끗해진 바닥을 확인한 데인은 몸을 일으키면서 폰Pawn을 여덟 개까지 조각해놓았다고 했다.

"여분의 뿔 조각을 줄 테니 그걸로 연습해봐. 그러면 어느 방향의 결을 이용해야 하는지, 강도는 어느 정도가 적당한지 감을 잡을 수 있을 거다. 서두를 필요는 없으니 천천히 해줘. 나는 그동안 다른 말 조각을 시작할 거니까."

자루 속에는 폰과 사포, 큼직하게 조각낸 데인의 뿔들, 다른 말의 디자인이 담긴 스케치, 각종 조각칼, 전등 몇 개, 심지어 빵과 과일도 들어 있었다. 그것들을 탁자에 꺼내놓는 데인에게 물었다.

"지금? 여기서?"

시진은 딱히 상관없었지만 작업 환경을 다시 꾸미기란 데인에게 상당히 번거로운 일이었다.

"올지 안 올지 모를 손님을 기다릴 때는 시간이 유난히 더

디게 가는 법이니까. 안 그래?"

3일째 나타나지 않는 샐 이야기였다. 그걸 부정하면 오늘은 무척이나 긴 밤을 보내야 할 게 뻔했다.

시진은 탁자 세팅을 돕기 시작했다.

"그러게. 콩 줍기보다 백배 낫지."

"물론."

그러나 데인이 여기에 올라온 이유가 그게 전부가 아니라는 것을 시진은 내심 알고 있었다.

평소와는 달랐던 다급한 노크.

데인은 천장에서 울리는 시끄러운 소리를 듣고서 올라왔다. 시진이 안에서 문을 열지 않았다면, 아마 메메의 작업실에서처럼 자물쇠를 따고 들어왔을 것이다. 어쩌면 이곳에 나타났을지 모를 샐이 시진의 바람만큼 선량한 손님은 아닐 수도 있다고 가정했을 테니까. 그럼에도 데인은 시진 앞에서 샐에 대하여 단정하는 말은 꺼내지 않는다. 시진은 그런 데인의 신중함이 고마웠다.

탁자에 마주 앉은 데인은 사포질 시범을 몇 차례 보여준 다음 타워를 조각하기 시작했다. 기물에는 라뎀과 그늘의 면면이 담겨 있었다. 종이 속 스케치된 타워의 모양은 코어의 폐건물과 꼭 닮아 있었고, 폰도 일반적인 둥근 모양이 아닌 원뿔 형태로 끝이 뾰족했는데 각인의 뿔을 형상화한 것이었다. 시진은 완성된 모든 기물이 어떤 모습일지 벌써 궁금했다. 데인이 떠나기 전에 전부 볼 수 있다면 좋을 것 같았다.

"하나를 조각하는 데 시간이 얼마나 걸려?"

시진이 물었다.

"기물마다 차이는 있지만 이틀에서 사흘, 종일 이것만 붙들고 있을 순 없으니까."

유능한 세공사 데인에게는 예정된 다른 작업이 많았다.

"그 속도라면 이 폰들은 굉장히 빨리 완성한 것 같은데."

"공중에서는 시간을 때울 만한 일이 마땅치 않았거든."

폰은 대부분 공중 회담 시기에 완성된 거라고 했다.

회담 자체는 하루에 세 시간이었고 다섯 시간 정도는 본사 위원의 감독하에 각종 농장과 주거 단지를 둘러보는 일정이었다. 이전 재배소 관리자와 라에에 대한 이야기를 나눈 것도 그때였다.

그러나 정해진 일과가 끝나면, 빅 테이블 위원이 자유롭게 움직일 수 있는 범위는 손님용 숙소 내부의 한 층으로 제한되었다고 했다.

"복도를 정처 없이 걷는 것보다야 이쪽이 조금이라도 낫더군. 시간이 잘 가는 건 말할 것도 없고."

시진은 작게 웃고 말았다.

"그때 아무에게 연마를 부탁했다면 내 일이 조금 줄었을 텐데. 심지어 커터니까 솜씨도 더 좋았을 테고.”

“그럴 순 없었어.”

커터들끼리 모여 잡담이라도 할 수 있었다면 좋았겠지만, 그렇게 하지 않기로 출발 전부터 정해둔 상태였다. 필의 제안이었으며 모두가 동의한 사항이었다.

공중도시의 안정된 시스템을 눈으로 확인하고, 커터 중 누군가가 본사의 제안에 조금이라도 마음이 흔들렸다면 서로 영향을 주고받을 수 있기 때문이었다.

빅 테이블의 입장은 최초 성명서와 변함이 없어야 했다. 시작도 끝도 그늘의 해방이었다.

“필은 의지도 추진력도 높이 살 만하지만, 무엇보다 관점이 그렇다고 할까. 포르틴은 분명 괜찮은 도시가 될 거야.”

데인은 탑의 가장 아래층을 신중하게 깎아내며 말했다. 스케치 속 편평하던 탑이 뿔의 곡면을 따라 다시 태어나고 있었다.

당신도 거기에 있으면 할 수 있는 일이 훨씬 많겠지. 시진은 속으로만 그렇게 말했다. 자신은 거기에 속하지 않을 사람이지만 그 사실만은 부정할 수 없었다.

데인은 재주꾼이다. 지상과 공중을 아우르며 라템 모든 구역의 삶을 배우고 경험한 과거가 도시를 위한 유용한 자산이 될 터였다. 데인은 그곳에서 데인의 일을 하게 될 거다.

어느덧 시진의 손은 데인의 뿔 특유의 질감에 적응해 있었다. 꽤 질기고 거칠어서 저항이 큰 한편 결은 무척 곧아 사포질 도중 방향을 잃고 손이 미끄러지는 일은 없었는데, 그 견고함과 충실함이 체스 기물이 되기에 더없이 잘 어울렸다.

시진은 연습을 마친 뿔 조각에 손전등을 가까이 비춰 보았다. 아까는 없던 은은한 광택이 흘렀다. 햇빛 아래로 가져가 본다면 훨씬 근사할 것이 분명했다.

그 순간 시진에게 문득 한 가지 생각이 떠올랐다.

"그런데……"

"응?"

로드가 말했던 그 크랙이란 걸 열 수 있다면 어떨까. 그늘에 빛이 들도록. 아무도 보지 못했을 그건 대체 어떤 풍경일까. 어떤 풍경이 될까.

"……아냐."

시진은 고개를 저었다.

진짜기 될 수 없는 말이란 지나치게 가볍거나 무겁거나 둘 중 하나다. 어느 무게도 다루기 까다롭기에는 마찬가지였다. 그래서 말로 바꾸지 않고 생각으로만 남겨둔 채 시진은 첫번째 폰을 집어 들었다.

작업은 밤늦게까지 계속됐다. 그리고 아침까지 새로운 노크 소리를 들려준 손님은 없었다.

일요일 오후, 시진은 제레미의 집으로 향했다.

내키지는 않았으나 아무리 생각해도 현재 샐에 대해서 조금이라도 실체 있는 이야기를 나눌 수 있는 사람은 그나마 제레미뿐이었다.

문을 연 사람은 제레미의 동생 주디스였다. 주디스는 제레미가 어제 출장을 떠났다며 며칠 뒤에나 돌아올 예정이라고 했다.

"출장? 어제?"

시진은 주디스에게 재차 확인했다. 일정이야 언제든 바뀔 수 있다지만, 공중과 지상 간 리프트 운행은 금요일 정오부터 양방향 모두 멈춘 상태다. 그렇다면 제레미의 공중 답사 역시 무산되었어야 했다. 분명 예외는 없다고 했으니까.

주디스가 말했다.

"응 어제야. 토요일. 우리도 봉쇄라고 해서 미뤄지는 줄 알았는데, 보안국 직원에게만 예외 규정이 있다나. 처음으로 국경 통행증을 받았다고 엄청나게 자랑하고는 짐을 싸서 나갔어."

그러나 역시 미심쩍다는 표정으로 팔짱을 끼며 덧붙였다.

"그런데 나는 솔직히…… 공중으로 간 게 아니라고 봐."

"그럼?"

"출장 자체는 거짓말이 아닐 거야. 어떻게 얻은 예비 감시원 자리인데, 그런 거짓말로 근무지를 며칠이나 비우겠어. 그랬다간 당장 잘릴걸. 그래서 말인데, 시씨 오빠도 알다시피 국경이 그쪽에만 있는 건 아니잖아?"

주디스는 제레미가 넘은 국경이 제1국경일 거라고 생각했다.

"오빠가 통행증 실물을 보여준 건 아니거든. 공중 얘기는 결국 자존심 때문에 적당히 꾸며낸 말이 아닐까 싶은 거지. 지금 제1국경 바깥에서 할 일이라고 해봐야 사막에 추가 단속 투입 같은 허드렛일이잖아. 예비 감시원들이 불시에 불려가서 하는 일 말이야. 차마 그 일하러 간다고 말하고 싶지는 않았던 거겠지."

그때 집 안에서 주디스에게 뭐라고 재촉하는 소리가 들렸다. 남매의 엄마였다. 주디스가 질렸다는 표정이 되었다.

"미안한데 나 나가봐야 해. 푸드 뱅크에 가서 줄을 서야 하기든."

내일 아침 오픈 시간에 바로 입장하기 위해서라고 했다. 시진은 의아했다.

"너희 이제 푸드 뱅크는 안 가도 되지 않아? 제레미가 본사 급여를 받잖아."

"오빠가 얘기 안 해?"

"뭘."

"그 덕분에 다른 가족의 뱅커 페이가 죄다 끊겨서 수입은 오히려 줄었다고."

그런 말은 들은 적 없었다. 오히려 제레미는 로드의 펍에서 비싼 요리를 시켰다.

"참 오빠답네."

주디스는 놀랄 것도 없다는 듯이 중얼거리면서, 주머니에서 마스크를 꺼내 썼다.

"그래도 이럴 때 공중으로 안 갔다면 솔직히 다행이니까, 그러려니 속아줘야지 별수 있나. 참, 오빠도 몸조심해. 면역인이라고 해서 좋을 것도 딱히 없는 세상이잖아."

"음……"

시진은 머리를 긁적였다.

"걱정은 고맙지만 나는 면역인이 아니라서."

"뭐?"

무슨 뚱딴지같은 소리냐는 듯 주디스의 두 눈이 동그래졌다.

"나중에 제레미한테 물어봐. 그건 솔직하게 얘기해줄 거야."

공동주택으로 돌아온 시진은 문을 열고 집 안으로 발을 딛자마자 멈칫하고 말았다. 발아래에서 나는 톡 하는 소리 때문이었다. 가벼운 무언가가 신발 앞코에 차인 느낌이었는데 정체를 확인할 겨를도 없이 어디론가 휙 날아가버렸다.

어제 미처 줍지 못한 콩이 아니었다. 현관 주변은 특별히 더 꼼꼼하게 살핀 데다 소리와 느낌이 전혀 달랐다. 무엇인지는 몰라도 부재중일 때 누군가 문틈으로 밀어 넣고 간 것이 분명했다. 시진은 앓는 소리를 내며 주저앉고는 바닥을 살피기 시작했다.

제레미의 출장 소식도 들었고 오늘 샐이 나타날 가능성은 더더욱 없다고 생각하며 왔지만, 그래도 혹시 모를 일이었다.

"또 뭘 떨어뜨렸지?"

데인의 목소리였다. 언제 올라왔는지 뒤에 서 있는 걸 보고 나서야 아직 문이 열려 있다는 걸 알아차렸다. 기물 작업을 하기로 약속한 시각이었다.

"뭔가 문틈으로…… 들어올 만한 거?"

데인도 함께 바닥을 살폈으나 발견된 것은 구석의 콩 세 알이 전부였다.

"뭔가 있었던 게 확실한 거야?"

데인이 물었다. 그러기를 기대하는 마음과 혼동한 건 아닌지 확인하는 것이었다.

이쯤 되자 시진도 확신하기 어려웠다. 어쩌면 정말로 콩이었는지도 모르겠다고 생각할 때였다.

"이건 뭐지?"

데인이 협탁 밑에서 몇 번 접힌 쪽지 같은 것을 발견했다. 회색빛의 두꺼운 종이. 벌금 통지서였다. 적힌 금액과 날짜는 다 달라도 아마 집 안에 몇 장 정도는 굴러다니고 있을 것이었다. 수많은 흑역사였다.

"그건 신경 쓸 필요 없……"

그렇게 대꾸하는 순간, 이제껏 받은 모든 벌금 통지서가 집 안에 머물러 있는 것은 아니라는 사실이 떠올랐다. 최근 한 장은 주소를 알려주기 위해 라티오에게 건넨 일이 떠올랐다.

시진은 데인의 손에서 그것을 빼앗아 펼쳤다. 제레미가 발행했던 벌금 통지서의 뒷면에는, 시진이 태어나 본 손글씨 중 가장 단정하고 우아한 필체로 다음과 같은 메시지가 씌어져 있었다.

아무 때나 오라더니 아무도 없네.

손님 대접이 바람직하지는 않군.

아무튼 여기에 나 말고 새로운 체류자가 생겼는데,

이야기해보고 싶다면 와보든지.

— R

타워

데인과 함께 코어로 향하는 동안 시진은 결국 라티오에 대해 전부 털어놓아야 했다.

이전에 자신을 두 번이나 공격했던 바로 그 '긴 흉터'이고, 어쩌다 흑각을 나눠주게 되었는지 그리고 왜 지금 151번가의 폐건물에 머물고 있는지까지.

"하각인이군."

데인은 몸속으로 파고드는 성질의 뿔을 하각下角이라 부르는데, 지금껏 하각인을 실제로 만나본 적은 없다고 했다. 하각인은 매우 희귀한 존재였고 그마저 대부분 일곱 살을 넘기지 못하고 사망하기 때문이었다.

사망 이유는 시진이 짐작했던 대로였다. 뿔이 자라면서 몸속의 여러 장기를 망가뜨리는 것, 즉 몸 안에서 칼이 자라는 것이나 마찬가지였다. 그들이 알 수 없는 죽음을 맞이하고서야 사인이 하각 때문이었다는 사실이 뒤늦게 밝혀지는 경우가 다반사라고 했다.

"라티오는 열여덟이야."

"운이 굉장히 좋은 녀석이군. 우리처럼 뿔이 늦게 자라기 시작한 건가?"

"그건 아닌 것 같아. 공중에 있을 때 의료원에서 수술을 몇 번 받은 모양이야."

그리고 이제 그 방법으로는 시간을 벌 수 없게 되었다.

"알 만하군."

데인이 중얼거렸다.

본사 의료국 산하의 의료원은 면역인을 치료하기 위한 곳이었다. 각인의 뿔은 애초에 진료 대상이 아니었다. 각인 중에서도 희귀한 사례에 속하는 라티오를 위해 그들이 할 수 있는 일에는 한계가 있었을 것이다.

"혹시…… 뭔가 해결 방법이 없을까?"

시진이 넌지시 물었다.

라뎀에서 뿔을 다루는 의사는 커터다. 라티오를 도울 방법이란 게 존재한다면 그건 커터에게 있을 것 같았다.

"유감이지만 나도 자료를 통해 읽은 게 전부야."

게다가 하각인마다 뿔이 자라는 부위가 달라서 단일한 치료법도 존재하지 않았다. 시도한다면 오직 커터 개인의 역량에 달린 문제였다.

"하지만 메메나 투안 정도라면 실제 경험이 있을지도 모르니 한번 물어봐도 나쁠 건 없겠지."

"역시 그렇겠지?"

"그 녀석이 커터를 신뢰하고 자기 몸을 맡길지는 다른 문제겠지만."

시진은 라티오가 기꺼이 그럴 거라고 생각했다. 라티오는 자신에게 닥쳐온 운명에 과감히 맞서는 사람이었다.

"라티오는 뭔가, 당신하고 다르면서도 닮았어."

"너를 신나게 두드려 팬 녀석이?"

데인이 미간을 찌푸리며 물었다.

"그건…… 극단적으로 다른 점이라고 할 수 있지."

"그럼 상급 구역 출신이라서?"

그 말의 일부는 맞았다. 아까 글씨를 보고 시진은 진심으로 깜짝 놀랐다. 그런 주먹을 휘두르는 손으로 그런 필체를 구사하다니. 그러나 그게 본질은 아니었다.

"라티오는 코어를 존중해."

공중 사람의 시선으로 코어를 판단하지 않고 그 어둠에 자신을 과감히 녹인다. 그것이 데인과 닮았다.

대담하다고 해야 할까, 자유분방하다고 해야 할까. 뭐라고 정의해야 좋을지 모호한 그 기세는 코어 가까이 사는 그늘 사람도 갖기 어려운 재능이었다.

"그 새로운 체류자는 공중에서 온 건가?"

데인이 마스크를 쓰며 물었다. 폐건물과 가까워지는 만큼 악취도 조금씩 짙어지고 있었다.

"아마도."

시진은 라티오에게 병든 흑각을 옮기던 인부들이 새로운 정보를 가져오거든 알려달라고 했었다. 폐건물의 비밀 리프트도 터미널처럼 봉쇄된 게 아니라면 그럴 가능성이 컸다. 다만 이런 시기에 어째서 지상으로 내려와 151번가 폐건물에 머물고 있는지가 의문일 뿐이었다.

시진도 이제는 마스크를 꺼냈다. 악취가 워닝마저 덮을 것 같았다.

그때였다. 맞은편에서 걸어오던 누군가가 저 앞에서 우뚝 멈춰 서 두 사람의 진로를 막았다. 상당히 큰 몸집의 각인 남자가 이쪽을 노려보고 있었다.

"쓸 만한 걸 하나씩 내놓으면 돌아갈 수는 있게 해주지."

모르는 목소리였다. 면도칼이 벽을 긁는 소리도 났다.

"워닝을 무시해서 좋을 게 없을 텐데."

데인이 잠잠한 음성으로 대꾸했다. 그러나 그 침착함이 남자의 화를 더 돋웠다.

"알 게 뭐야! 커터 손에 뒈지든, 굶어서 뒈지든 똑같아!"

남자가 버럭 소리를 질렀고, 미처 다 감추지 못한 불안이 목소리에 고스란히 드러났다. 그는 이런 종류의 협박에 익숙한 사람도, 코어의 규칙을 잘 아는 사람도 아니었다. 궁지에 몰린 보통의 건달일 뿐이었다.

시진은 이느 사이엔가 대인의 등 뒤에 서 있었디. 니란히 서 있었던 데인이 한 걸음 앞으로 나가 시진을 방어했다.

"우리는 빈손이야. 너에게 줄 것은 아무것도 없다. 코어에서 무모하게 행동해봐야 위험한 건 그쪽이야."

데인은 끝까지 정중한 태도를 지켰으나 남자에게는 통하지 않았다. 오히려 면도칼을 앞으로 뻗어 내밀며 거리를 좁혀 왔다.

시진은 자기도 모르게 한 걸음 물러나고 말았다. 데인은 그 자리에서 몸을 낮추며 허리의 툴벨트로 손을 가져가고 있었다. 당장이라도 상대할 준비는 되어 있었다.

"……적당히 따돌리는 게 낫지 않을까?"

시진도 침착함을 유지해보고자 했으나, 정작 나온 목소리는 잔뜩 기어들어가 있었다.

"그럴 기회를 저 녀석이 스스로 걷어차고 있는데."

남자는 또 한 걸음 다가오며 소리쳤다.

"사람을 멍청이 취급하는 건 본사만으로 족해! 커터 밑에서 워닝이나 하고 다니는 놈들이 줄 게 없다는 말을 믿으라는 거야?"

"유감스럽게도 그쪽이 원하는 건 우리한테 없어."

남자는 인내심을 잃고 데인을 향해 돌진했다.

"안 돼!"

시진이 소리쳤고, 데인은 즉시 단도를 뽑았다.

남자는 완력으로 데인을 쓰러뜨리려 했지만 데인은 그렇게 쉽게 쓰러지지도 밀려나지도 않았다. 각자의 도구이자 무기를 쥔 손이 상대의 손아귀에 붙잡힌 채 아슬아슬하게만 떨리고 있었다.

기술로는 데인이 분명 한 수 위였으나, 남자의 육중한 체격이 그에게 시간을 벌어주었다. 시진이 데인에게 조금만 힘을 실어준다면, 남자의 균형을 무너뜨릴 수 있을 것 같았다. 엉긴 둘을 향해 시진이 걸음을 떼려고 할 때 움직임을 읽은 데인이 소리쳤다.

"끼어들지 말고 먼저 가."

"뭐?"

"웃기지 마. 누구도 아무 데도 못 가!"

남자가 으르렁거렸다.

그 짧은 틈에 팽팽하던 균형이 한 방향으로 서서히 기울기 시작했다. 두 날붙이 중 상대에게 먼저 가까워지기 시작한 것은 데인의 단도였다. 조금씩 조금씩, 칼날이 남자의 가슴께로 근접했다.

생각보다 만만치 않은 상대에 남자는 당황했다. 그러면서도 위협적으로 소리를 지르며 데인의 팔을 밀쳐내기 위해 애썼다.

"마지막 경고다. 무기를 버리고 돌아가."

데인이 남자를 향해 똑똑히 말했다.

순간 남자는 버티는 걸 그만두고 몸을 뒤로 빼냈다. 데인과의 거리가 벌어지는 찰나 그는 잠시 균형을 잃으면서 쥐고 있던 면도칼을 놓쳤다.

만일 그 즉시 데인이 공격을 감행했다면 그는 속수무책이었을 것이다. 그러나 남자는 데인이 그렇게까지는 하지 않을 거라 계산한 모양이었다. 그는 천천히 몸을 고쳐 세우고는 데인을 뚫어지게 응시하면서, 몸을 낮춰 면도칼을 주워 들었다. 데인도 흔들림 없이 같은 자세로 그를 주시했다.

세 사람이 삼각형의 꼭짓점을 이룬 구도로 남자는 데인과 시진을 번갈아 노려보며 입을 열었다.

"그늘이 망하면 코어고 커터고 아무 의미 없어. 다 같이 무너지는 거야. 제3 국경의 거만한 놈들."

이윽고 남자의 시선은 시진에게로 고정됐다. 목표물을 변경한 것이다.

시진은 순식간에 다시 돌진해오는 남자와 뒤엉켜 쓰러졌다.

"시진!"

데인이 방향을 트는 그 짧은 틈에 남자는 망설임 없이 면도칼을 휘둘렀다. 시진은 눈을 질끈 감았다.

이대로 다시 눈뜨지 못 할지도 모른다는 각오를 할 때였다. 짓눌려 있던 몸이 순간 가벼워졌다. 남자는 데인을 뿌리치며 나타났던 방향으로 도망치고 있었다.

시진은 어리둥절했다. 남자가 밀쳐 넘어질 때 부딪힌 통증의 얼얼함만이 이어질 뿐, 다친 곳은 전혀 없었다. 분명히 면도칼을 휘둘렀는데.

"뭐야……"

허리를 문지르며 상체를 일으켰다. 도무지 이해할 수 없는 일이었다. 어차피 달아날 거였다면 이렇게까지 할 필요가 없었다.

그러다 문득 시진은 목이 허전하다는 걸 알아챘다. 남자는 베르트의 뿔 조각으로 만든 펜던트가 달린 목걸이를 잘라 가로채 간 것이었다.

시진은 벌떡 일어나 그를 뒤쫓기 시작했다.

"시진!"

데인이 저지했지만 멈출 수 없었다. 반드시 되찾아야 했다. 그러나 어느 순간 남자의 방향을 가늠조차 할 수 없었다. 소리를 내지 않기 위해 멈춰 서 어딘가에 숨은 듯했다.

마지막 발소리가 들린 지점을 중심으로 몇 번이나 사방을 훑었으나 흔적도 보이지 않았다. 그는 워닝을 하지 않았으니 냄새로 찾을 방법도 없었다.

"젠장!"

차오른 숨을 고르며 골목 중간에 멈춰 섰다.

"어리석은 짓은 그만둬."

시진을 따라잡은 데인의 목소리가 골목 입구에서 들려왔다. 화를 억누른 음성이었다.

"그건 당신이 판단할 게 아니야."

시진이 맞받아쳤다.

"이대로 죽으면 판단할 기회조차 없겠지!"

데인이 소리쳤다.

그때였다. 멀지 않은 곳에서 제삼자의 발소리가 짧게 들려왔다. 시진은 숨을 죽이고 그 자리에서 천천히 돌아 한 바퀴를 훑었다. 고요했다. 틀림없이 들었는데, 당장에 느껴지는 기처은 골목 입구에서 들려오는 데인의 숨소리가 유일했다. 목걸이를 훔친 자인지, 아니면 또 다른 건달일지 전혀 짐작할 수 없었다.

잠시 후, 고요함을 깨뜨리는 선명한 발소리가 바닥을 울렸다. 마치 선언이라도 하듯 누군가가 본격적으로 움직이기 시작했다. 여기가 아닌 데인이 서 있는 골목 입구 방향이었다.

이내 발소리와는 다른 타격음이 이어졌다. 주먹과 발이 둔탁하게 부딪히는 소리. 데인이 누군가와 다시 맞붙게 된 것 같았다.

데인은 이번에도 끼어들지 말라고 할 게 분명했지만 시진은 당장 그쪽으로 향했다. 만일 상대가 목걸이 도둑이라면 더더욱 망설일 이유가 없었다. 맨손으로라도 매달릴 준비가 되어 있었다.

하지만 골목 입구에 다다른 시진은 그가 목걸이 도둑이 아니라는 것을 깨달았다. 데인과 맞서는 움직임만으로도 분명했다. 그는 이렇게까지 민첩하게 움직일 수 있는 자가 아니었다. 현재 이자는 데인에게도 조금은 버거워 보였다.

데인은 그가 시진 쪽으로, 즉 골목 안으로 진입하지 못하도록 방어했고, 그는 자신을 방해하는 데인을 쓰러뜨리려고 애를 썼다.

그런데 뭔가 이상했다. 그 둘이 향한 방향이었다. 지금 시진과 더 가까운 사람은 데인이 아닌 뒷모습만 보인 채로 데인과 싸우고 있는 그 상대였다. 만일 그가 골목 안 시진을 공격하려는 게 목적이라면 데인을 상대할 필요 없이, 돌아서서 시진을 향해 돌진해버리는 게 더 빨랐다. 마치 이쪽에서는 시진을 공격하려는 데인을 이자가 저지하는 걸로 보였다.

"으악!"

그때 그가 비명을 내지르며 한순간에 고꾸라졌다. 급소라도 맞은 모양인지 몸을 웅크린 채로 움직이지 못했다.

그 틈에 데인은 허리를 굽혀 두 손을 제 무릎에 의지한 채 호흡을 천천히 가다듬었다. 마치 잠시 쉬었다가 다시 싸움을 이어나가기라도 할 사람처럼.

"이제……"

그만 여기서 빠져나가자고 하려는 시진의 말을 데인이 가로챘다.

"이 사람……"

연이은 싸움에 힘이 빠진 목소리로 데인이 말했다.

"그 쪽지를 남긴 네 친구 같은데."

"뭐?"

시진은 쓰러져 있는 사람의 얼굴을 확인하고서는 경악했다. 왼쪽 어깨를 감싸 쥔 이는 다름 아닌 라티오였다.

"너…… 여기서 뭐 하는 거야?"

"저 자식이야말로 뭔데!"

라티오는 시진이 내민 손을 밀치며 화를 냈다가 다시 웅크린 채로 잠시 더 끙끙댔다. 바로 일어나기가 무리인 듯했다.

"왠지 그쪽이 시진이 말한 친구가 아닐까 해서, 우선 싸움을 멈추게 할 필요가 있었다. 각통을 이용한 건 사과하지."

데인의 말에 라티오는 더 열을 냈다.

"내 약점을 여기저기 잘도 떠벌리고 다녔나 보네!"

라티오는 비틀거리며 일어나 시진을 쏘아붙였다.

"내가 천하의 멍청이지. 나는 이 자식이 강도인 줄 알고 도와주려고 했더니!"

시진은 씩씩거리는 라티오를 보면서 상대가 어째서 자신을 등지고 데인만 공격했는지 비로소 이해했다. 라티오가 데인을 강도로 오해한 것이었다.

"라티오, 일행을 소개할 시간만 줬어도 됐잖아."

"맨날 혼자 다녔으면서 일행인지 뭔지 알 게 뭐야?"

이제 라티오의 오른손이 왼쪽 어깨에서 내려와 있었다. 통증이 잦아든 모양이었다.

"나도 시진을 도우려던 것뿐이다. 첫인사가 이렇게 된 건 유감이야."

"시끄러워!"

분이 안 풀린 라티오가 데인에게 소리쳤다. 시진은 교통정리가 좀 필요하다고 생각했다.

"라티오, 이 사람은 커터야. 화가 난 건 이해하겠는데 최소한의 예의는 갖춰줘."

그 순간 라티오가 얼어붙었다.

"그럼 이 자식…… 아니, 이분이 메메라고? 그…… 뿔이 없는데?"

368

태도가 달라진 라티오를 보고 데인은 작게 웃음을 삼켰다.

"아니, 그러니까 데인은……"

목걸이 도둑은 결국 놓쳤지만 더는 시간을 낭비하고 싶지 않았다. 메메와 데인과 시진, 세 사람을 잇는 이야기라면 가면서 해도 늦지 않았다.

앞장선 라티오를 따라 도착한 곳은 폐건물 12층이었다. 병든 흑각의 악취는 옷을 마스크 위로 끌어 올려 코를 막아도 소용없을 만큼 지독했다.

세 사람은 긴 복도를 통과해 걷기 시작했다.

"설마 그사이에 여기까지 더 내려온 거야?"

시진이 물었다. 마지막 기억은 꼭대기부터 42층까지였다.

"아니, 그 뒤로 더 채워지지는 않았어. 냄새는 부패가 진행되는 거야."

"끔찍하군."

데인이 중얼거렸다. 자신이 살던 곳이 이렇게 변했다는 사실을 믿기 힘든 눈치였다.

"회담에서는 태연한 얼굴로 도시 확장 협상을 논했으면서, 뒤에서는 이런 짓이나 하고 있었을 줄이야."

"정말로 여기에 살았어요?"

라티오가 물었다. 라티오는 데인을 깍듯하게 대했다. 녀석은 소문으로만 듣던 메메의 그 심부름꾼이자 진짜 커터를 만났다는 사실에 다소 들떠 있었다.

"그래, 61층에."

"거긴 이제 흑각만 남았을 거예요."

"6년을 지냈지만 다른 리프트가 있을 거라고는 상상도 못했어."

"생긴 걸 보면 왜인지 바로 알게 될걸요. 이쪽을 위한 형태는 절대 아니니까. 아, 가볼래요?"

"일단 이쪽 일 먼저."

시진이 끼어들었다. 세 사람이 12층에 내린 이유는 체류자를 만나기 위해서였다. 시진은 현재 공중의 흑각 사태에 대해 본사가 숨기고 있는 것 그리고 흑각 재배소에서 최초로 발견되었다던 감염병 환자에 대해 알고 싶었다.

"그런데 이 사람은 올라갈 리프트를 놓치기라도 한 거야? 왜 여기에 있는 건데?"

"나도 말을 안 해봐서 몰라. 직접 물어봐."

걸음이 멈춘 곳은 복도 중간의 '12-24'라는 숫자가 붙어 있는 문 앞이었다. 그가 바로 이곳에 있다고 했다.

"얘기도 안 해봤다고? 공중에서 온 사람이 맞기는 한 거야?"

"아마도."

"아마도?"

"소리가 들려서 문을 열어봤는데 그 제복이었으니까. 그런데 이 자식이 다짜고짜 꺼지라고 하잖아. 뭐라고 말을 붙일 수나 있어야지. 불쾌하긴 했지만 그래도 네가 뭔가 새로운 게 있으면 알려달라고 했으니까……"

짜증 섞인 라티오의 푸념이 이어지던 중, 문 너머에서 기침 소리가 들려왔다. 소리만으로도 상태는 이미 좋지 않아 보였다. 이 체류자는 단순한 체류자가 아니었다.

"……환자였어?"

기침 소리에 가장 놀란 건 라티오였다. 꺼지라며 내쫓았던 이유를 비로소 깨달은 표정이었다.

"아깐 기침 같은 거 전혀 못 들었다고."

"폴린도 급격하게 증상이 악화됐다고 했지."

가벼운 증상 발현에서 중증이 되기까지 그리 긴 시간이 소요되지 않았다. 각인 살해범 역시 그랬다.

다시 기침 소리가 울렸다. 이번엔 꽤 길게 이어지는 기침이 었는데 기력이 전부 빠져나가 색색거림만 남은 숨소리나 다름없었다. 그런데 어쩐지 그 기침 소리가 시진에게 낯설게 들리지 않았다. 문을 열어보려 하자 잠겨 있었다.

"데인, 좀 열어줄 수 있어?"

시진이 부탁했다.

"잠깐, 미쳤어?"

라티오가 막아섰다.

"이럴 줄 알았으면 너 안 불렀다고. 그냥 의료원에 신고해."

아무리 코어에 적응했다 해도 공중 도런님은 지상에 대해 아무것도 몰랐다. 지상 의료원이 그늘로 구급 인력을 보내는 일은 절대 없다.

데인은 이미 자물쇠를 손보는 중이었다.

"넌 물러나 있어. 아니면 다른 층으로 가도 돼."

시진이 말했다. 전염을 우려하는 라티오의 입장도 이해가 됐다. 각인도 감염되면 혹독하게 앓는 것은 마찬가지다.

문틈이 벌어짐과 동시에 기침과 불안정한 숨소리가 더욱 또렷해졌다. 빈집 바닥에 사람 한 명이 그림자처럼 누워 있었다.

"……망할 자식."

쇳소리 같은 호흡 사이로 이번에는 기침 소리가 아닌 말소리가 들려왔다. 집 안으로 겨우 한 걸음 내디딘 시진이 멈춰 섰다. 역시 도무지 모를 수 없는 목소리였다.

"……제레미?"

순간 무거운 침묵이 고였다가 밭은기침이 그것을 깨뜨렸다.

"……젠장, 나가!"

"이게 무슨……"

"나가라니까!"

제레미가 발작하듯 소리쳤으나 시진은 당장 다가가 무릎을 꿇고 상태를 살폈다. 제레미의 몸은 타들어갈 것처럼 뜨거웠다. 순간 시진에게 떠오르는 이름은 하나뿐이었다.

"혹시…… 샐과 같이 있었어?"

"……나가. 당장."

다시 기침이 쏟아졌다. 영원히 멈출 것 같지 않은 기침이었다. 의료원으로 옮겨야 했다.

"일어나. 내 어깨 잡고 일어나."

"……비야."

"뭐?"

"시간…… 낭비라고."

잠시 호흡을 되찾은 제레미가 힘겨운 듯 숨을 쪼개어 내뱉었다. 그사이 시진은 제레미를 다시 일으키려 했으나 제레미가 있는 힘껏 그 팔을 뿌리쳤다.

"제발, 제레미. 한 번쯤은 내 말 좀 들어!"

"너야말로 마지막까지…… 사람 악당 만들지 마."

제레미는 몸을 일으킬 의지가 전혀 없어 보였다. 그렇게 고집스레 버티다가는 맥없는 목소리로 중얼거렸다.

"거기, 키 큰 사람…… 얘 좀…… 끌어내. 샐, 그 자식 이야기 듣고 싶으면……"

"제레미!"

시진의 재촉에 제레미는 보란 듯이 눈꺼풀과 입술을 꽉 닫았다. 마치 죽은 사람처럼, 네가 나가기 전에는 한마디도 하지 않겠다는 의미였다.

"시진."

데인이 시진의 어깨를 붙잡았다.

"그가 바라는 대로 해줘."

인정하고 싶지 않겠지만 이미 늦었다는 눈이었다.

시진은 데인의 손에 이끌려 나왔다. 라티오는 여전히 자리를 뜨지 않은 채였다.

"잠시만이야. 이야기를 듣는 동안만."

시진은 다시 닫힌 문에 얼굴을 바짝 붙이고 말했다. 왼손은 언제라도 곧장 열 수 있도록 문손잡이를 붙잡았다.

"그래, 잠시만. 좋지."

작지만 분명한 소리로 제레미가 말했다.

"그런데…… 샐이 이랬다는 건 어떻게 알아?"

시진은 어디서부터 어떻게 설명해야 할지 갈피를 잡을 수 없었다. 제레미는 아무래도 상관없다는 듯 이야기를 시작했다.

"어제였어. 그 자식을 본 건."

"어제?"

"긴급 출장이라고 했거든. 본사로…… 가야 한다고."

주디스의 짐작과 달리 목적지는 제1국경 바깥이 아니었다.

"리프트가…… 금요일에 멈춘 건…… 온 라뎀이 다 아는데 이상하다고는 생각했지만…… 그 촉을 믿었어야 했는데!"

목소리를 조금만 높여도 기침이 터져 나왔다. 진정을 되찾은 후에야 제레미는 다시 입을 열 수 있었다.

"비상 리프트가 있다고 했어. 이럴 때…… 공무용으로만 사용할 수 있는 리프트가. 뭐…… 거짓말은 아니었지. 내가 못 탔을 뿐이지……"

이동 전 집합 장소가 이곳 12층 중앙 리프트 앞이었다.

제레미는 약속 시간보다 일찍 도착해 보안국장과 샐을 기다렸다. 도착하고 보니 무척 기분 나쁘고 이상한 곳이었다. 코어 속 폐건물이라니.

아무리 명령이라고 해도 께름칙한 장소였다. 공무용 비상 리프트라는 게 정말로 존재하는지도 의문이었지만, 명령은 명령이니 일단은 기다려보기로 했다.

곧 제복을 입은 샐이 도착했다. 부장의 얼굴을 본 것만으로도 이제까지의 의심과 불안은 순식간에 희석됐다. 샐은 국장이 늦는다며 잠시 대기를 명령했다고 전했다. 그동안 비상 리프트를 먼저 보여주겠다는 샐의 말에 제레미는 흔쾌히 뒤를 따라갔다.

긴 복도를 지나 현관처럼 보이는 문을 통과해 좀더 안쪽으로 들어간 곳에는 정말로 리프트가 있었다. 판판한 철제문과 그 위에 층수를 표시하는 다이얼이 전부였지만 틀림없는 리프트였다.

이 리프트는 공중에서만 조작이 가능한 시스템으로 지금 같은 비상시 사전에 승인을 받은 공중 시민만 이용할 수 있다고 샐이 말했다. 나중에 국장이 도착하면 원격으로 운행을 요청할 거라고도 덧붙였다. 마치 여행 가이드 같은 설명이었다.

그런 특수한 상황에 아직 공중 시민도 아닌 자신이 참여한다는 사실에 제레미는 가슴이 벅찼다. 발은 여전히 코어에 붙어 있지만, 기분은 이미 공중에 올라 있었다.

제레미는 공중에 신종 독감이 기승이라는 말을 곧이곧대로 받아들이지 않았다. 전염병은 지상에서도 크게 확산되지 않았으며 적절히 통제되고 있었다.

공중은 모든 면에서 지상보다 형편이 나았다. 이 질병에 대처하는 방식 역시 지상보다 못할 리가 없었다. 지상 사람들은 그저 소문으로라도 공중을 불행에 빠뜨리고 싶은 것뿐이라고 생각했다.

최근 흑각 재배에서 유례없는 낭패를 본 것이 공중 본사의 유일한 오점이라면 오점이었다. 흑각 농사를 망치게 한 병균은 오염 물질이 많은 지상에서 번져 나갔을 가능성이 다분했다. 그러니 본사는 공중의 안전을 위해 리프트 운행을 중단할 의무가 있었다.

제레미는 본사의 판단을 믿었다. 라뎀은 기본적으로 공중이 살아야 지상도 살 수 있는 도시였다. 제레미는 국장이 빨리 나타났으면 좋겠다는 마음뿐이었다. 샐을 따라 원래의 집합 장소로 돌아가며 제레미는 농담조로 말했다. 이번에 공중에 올라가면 아마 다시는 내려오고 싶지 않을 기라고.

샐은 웃었다. 그에게는 제레미의 말이 농담이든 진담이든 상관없어 보였다. 샐은 원래 아무 때고 잘 웃는 사람이었기 때문에 제레미는 대수롭지 않게 여겼다.

긴 복도를 되짚어 원래 위치로 돌아왔을 때 중앙 리프트는 여전히 12층에 멈춰 있었다. 국장님이 코어에서 길을 잃은 건 아닌지 모르겠다며 웃는 제레미에게 샐은 그렇지 않을 거라고 했다. 동시에 제레미의 목뒤에 따끔한 통증이 내리꽂혔다. 주삿바늘이었다.

상황을 파악할 틈조차 없이 제레미는 의식을 잃었고, 긴 잠에서 깨어났을 때는 방 안에 쓰러져 있었다. 온몸이 물먹은 솜처럼 무거웠다. 올려다본 곳에는 샐이 있었다.

국장님은 안 오는 거였어. 그렇지? 제레미가 느릿느릿 입을 열었다. 맞아, 처음부터 너와 나만이야. 우리 둘 중에 공중으로 올라갈 사람은 나뿐이고. 샐이 대답했다. 나한테 무슨 짓을 한 거야? 제레미가 물었다. 한 시간 전에는 수면제를 놓았고, 30분 전에는 가시를 하나 아니, 너에겐 특별히 두 개 찔러 넣었지. 샐이 담담하게 말했다.

"······가시?"

시진은 각인 살해범에게 발견된 자창을 퍼뜩 떠올렸다. 폴린도 책을 꺼내던 도중 따끔한 통증을 느꼈다.

"그걸 직접 보지는 못했지만······ 팔에 자국은 있어. 그 가시에······ 사람한테 교차 감염되는······ 식물 바이러스가 있다면서."

의식이 혼미한 제레미에게 샐은 그렇게 말했다. 그리고 그것이 혈관을 타고 온몸에 퍼지면서 나타날 변화에 대해서도 설명했다. 최근 사망한 면역인 두 사람과 같은 증상이었다.

"그리고 그 둘은······ 놈의 테스트였다나."

그러나 제레미가 알고 싶은 건 그런 게 아니었다.

왜 나지? 제레미가 샐에게 물었다. 우린 같은 편인 줄 알았는데. 왜? 침묵을 지키던 샐이 입을 열었다. 같은 편이라. 그는 한 번도 그렇게 생각해보지 않았다는 투였다. 아아, 역시 나는 뭘 해도 그늘의 뱅커 나부랭이일 뿐이라는 거야? 제레미가 따졌다. 나는 편이라는 말을 믿지 않아. 샐이 대꾸했다. 그리고 싸늘하게 덧붙였다. 편을 나누는 놈들에 대해서도 마찬가지지.

"놈은 각인이 맞았어, 시씨."

제레미가 한탄하며 말했다.

"그…… 네가 붙잡혀 왔을 때…… 흑각 하나만 가져다주라고 부탁했던 그 사람 말이야……"

화제가 달라졌다. 임시 단속부에서 각통으로 괴로워하던 부인의 이야기였다. 그때 제레미가 결국 부인을 도와줬던 걸까 생각할 때였다.

"사실 지하에…… 하루를 구금했어. 딸은 보내고, 흑각은…… 주지 않았어."

시진은 피가 차갑게 식는 것 같았다.

"너한테…… 화가 났거든. 그 부인한테…… 화풀이한 셈이지."

밤새 통증으로 울부짖던 부인은 날이 밝았을 때 실신해 있었다. 오전 시찰을 나온 샐에게는 건방진 각인이라 버릇을 좀 고칠 필요가 있었다고 보고했다. 건방진 각인은 부인이 아닌 시진이었지만 그렇게 말할 수는 없었으니까.

죽은 것도 아니고 실신이다. 단속 중에 얼마든지 일어날 수 있는 일이고 외료원으로 보냈으니 잠시 쉬고 흑각을 먹으면 괜찮아질 것이었다.

보고를 들으며 샐은 얼굴을 가볍게 찌푸릴 뿐 더 묻지 않고 다음 사항으로 넘어갔다. 제레미는 마음이 한결 가벼워져 보고를 모두 마친 후에 이렇게 말했다. 각인들과 섞여 사는 것도 이제 지긋지긋해요. 시끄럽고 더럽고 불만투성이에, 하루라도 빨리 공중 시민권을 갖고 싶다니까요.

"그 자식이 투명 각인인 줄 알았다면…… 그 말까진 안 했 겠지만."

늦은 후회였다.

"그래도 이럴 것까지 없잖아. 나는…… 베르트 살해범이랑 은…… 달라. 안 그래? 각인이지만…… 너도 유진도 베르트 도 좋아했는데. 난 시민권이 필요했을 뿐이야. 미친 새끼…… 미친 건 샐 그 자식이라고."

미약해진 목소리를 쥐어짜내며 제레미는 샐을 저주하기 시작했다.

"그렇게 면역인들을…… 박멸이라도 하겠다는 건지…… 제정신이 아니야. 샐…… 공중이 없으면…… 자기가 뭐라 도…… 되는 줄 알……고. 멍청하…… 그, 공중이 그렇게…… 쉽게 무너……질 리가 없……자……"

순간 말소리가 끊어졌다.

"제레미?"

시진은 문을 열어젖혔다. 거칠던 숨소리마저 멎어버린 채, 제레미는 움직이지 않았다. 흔들어도 머리를 쏠어도 마찬가 지였다.

"우리가 더 늦었다면 마지막도 혼자 보내야 했을 거다."

데인이 다가와 나직이 말했다.

시진은 잠시 그렇게 물끄러미 있었다. 제레미를 향한 감정을 대체 어떻게 정의해야 좋을지 알 수 없었지만, 그 끝에 도착한 곳이 슬픔이라는 것만은 달라지지 않았다.

뜨겁던 제레미의 몸은 빠르게 식어갔다. 제복 상의를 벗겨내 확인한 왼팔에는 뚜렷한 자창이 두 군데 새겨져 있었다. 시진도 처음 보는 그 자창은 주삿바늘만큼 미세했고 주변에 거뭇한 테가 물들어 있었다.

"유감이야."

시진이 고인 눈물을 닦아내고 일어났을 때, 라티오가 말했다. 언제 들어왔는지 데인 옆에 멀뚱히 서 있었다.

"데인, 부탁 하나만 하고 싶어."

시진은 제레미의 옷에서 그의 이름과 어제 날짜가 씌어진 국경 통행증을 찾았다. 아마도 샐이 꾸며낸 가짜일 테지만 주디스는 이걸 기억하고 있었을 것이다. 제레미의 죽음을 가족에게 전해야 했다. 그리고 로드에게도 상황을 알려야 했다.

"너는?"

통행증을 외투에 넣으며 데인이 물었다.

"샐을 찾아야지."

지난 사망자들이 테스트였다면 실전 또한 존재한다는 뜻이었다. 공중의 최초 감염자가 흑각 재배소에서 나왔다고 했지만, 그게 마지막이라는 법은 없었다. 샐은 이 바이러스를 또 사용할 수 있다. 제레미에게 그랬듯이.

"어디서?"

라티오가 물었다. 답은 물론 공중이었다.

위로 올라가는 건 자기뿐이라고 샐은 제레미에게 말했다. 그는 터미널 봉쇄 이후로도 비상 리프트를 이용해 지상과 공중을 오갔을지 모른다. 그리고 샐의 아버지 라에는 현재 공중 거주자다. 샐이 토양 연구에 주력한 식물학자인 라에의 도움 없이 이 바이러스를 가질 수 있으리라고는 생각되지 않았다.

다만 어떻게 그를 쫓아 공중에 올라가느냐가 문제였다. 조작할 방법이 없는 이쪽에서는 리프트에 타려면 어느 층에서인가 멈춰 서 문이 열리는 순간을 노리는 방법뿐이었다. 그러나 91층 중 어디에서 문이 열릴 줄 알고 기다린단 말인가. 역시 병든 흑각을 버리다 만 42층에 멈출 확률이 클까. 시진이 고민에 빠져 있을 때였다.

"1층이야."

라티오가 그 답을 알려주었다.

공중도시 1

라티오는 비스킷 조각을 우물대며 콧노래를 작게 흥얼거렸다.

어느덧 일요일 자정을 지나 월요일 새벽이었다. 데인은 시진의 부탁을 받고 폐건물을 떠났고, 시진과 라티오는 1층의 비상 리프트 앞에 앉아서 리프트의 다이얼이 움직이기만을 기다리고 있었다.

현재 다이얼의 바늘은 가장 꼭대기 층인 T자에 머물러 있었다. 91층이 마지막인 중앙 리프트에는 존재하지 않는 최상층이었다.

라티오는 몇 시간 전, 두 사람이 리프트를 이용해 공중에서 지상으로 내려왔다고 했다. 시진에게 메모를 남기고 돌아오던 길이었다.

폐건물 입구에 막 들어서는데 안쪽에서 발자국 소리가 들렸다. 처음에는 12층 체류자가 내려온 줄 알았으나 한 사람이 아니었다. 둘이었다.

라티오는 얼른 건물 모퉁이에 몸을 숨겼다. 입구로 나온 두 사람은 성인 남자와 예닐곱 살 정도의 아이였다. 남자는 제법 커다란 가방을 멨고 아주 밝은 손전등을 들고 있었다.

아이는 남자를 아빠라고 부르며 여긴 냄새가 이상하고 무섭다며 울먹였다. 남자는 주위를 두리번거리면서 여기만 빠져나가면 1구역에 머물 곳이 있다고 아이를 달랬다. 그 말의 사실 여부는 분명하지 않았지만 저렇게 훤한 빛을 쏘고 다녔다간 1구역에 닿기도 전 코어의 표적부터 될 터였다. 라티오의 시야에 걸렸으니 이미 그렇게 된 것이나 다름없었다.

라티오는 일정한 거리를 두고 그들 앞에 나타났다. 놀란 아이는 남자의 다리를 끌어안았고 남자는 그런 아이의 어깨를 감쌌다.

당신들 코어를 무사히 빠져나가고 싶어? 라티오가 물었다. 우리를 건드렸다가는 본사에서 널 가만히 두지 않을 거다. 남자가 떨리는 소리로 경고했다. 그쪽이 봉쇄령을 어기고 이탈한 걸 알고도 그럴까? 라티오가 빈정거렸다. 남자는 조용했다.

그 가방이랑 아이를 지키고 싶거든 불빛은 이 정도가 적당해. 원한다면 이거랑 바꿔줄 수도 있어. 라티오가 자기의 손전등을 켜 보이며 물었다. 오래전 시진을 처음 공격했을 때,

시진이 떨어뜨린 그 손전등이었다. 남자는 경계를 풀지 않으면서도 제안을 받아들였다.

그리고 1구역으로 갈 거라면 그쪽보다 이쪽이 훨씬 가까워. 믿거나 말거나 당신 자유지만. 손전등을 교환하면서 라티오는 남자가 선 곳을 기준으로 10시 방향을 가리켰다. 남자는 잠시 머뭇거리다가 결국 아이의 손을 붙잡고 걸음을 옮겼다.

아무거나 먹을 거 없어? 라티오가 물었다. 대꾸가 없는 남자 대신 아이가 선뜻 다가와 주머니에서 비스킷을 꺼내 라티오에게 내밀었다. 고마워. 하늘에서 천사가 내려왔네. 라티오는 웃으며 그것을 반으로 잘라 한 조각은 아이에게 다시 건넸다.

지금 시진과 나눠 먹고 있는 비스킷이 남은 반 덩이였다.

"분명 내려오는 사람이 또 있을걸. 한 집단의 불안은 결국 엇비슷하니까."

라티오가 손바닥에 묻은 비스킷 가루를 핥으며 말했다.

"그 둘이 떠나고 여기 와보니까 다이얼이 상층으로 이동하고 있었어. 그리디기 T에 멈췄고. 병든 흑가을 옮긴 때도 그랬거든. 이 리프트는 탑승객이 내리면 최상층으로 복귀하는 구조 같아. 그러니까 우리가 타는 데만 성공하면 공중에 닿는 건 자동이란 말이지."

"우리?"

남은 비스킷을 입에 넣으려다 말고 시진이 물었다.

"왜, 혼자 가려고? 뭐, 너 좋을 대로 해."

라티오는 이러나저러나 자기는 손해 볼 게 없다는 듯이 말했다.

"그늘만 한 면적의 낯선 도시에서 한 각인이, 아는 사람 하나 없이 특정 인물을 찾겠다라…… 그것도 한밤중에. 물론 될지도 몰라. 세상에서 제일 거대한 운이 네 편이라면 말이지."

듣고 보니 그랬다. 시진은 이미 눈앞에 존재하는 이 거대한 운을 걷어차지 않기로 했다.

"부탁할게."

그늘에서는 혼자 어둠을 헤쳐나갈 수 없다. 사실 그늘 밖에서도 그건 다르지 않다.

"네 친구를 위해서라도 꼭 찾자고."

라티오는 진지했다.

"우리는 오래전부터 사막에서 흑각 사냥을 했어."

시진이 말했다.

"온갖 잘난 척은 다 하더니 너도 결국 도둑이었네."

"그렇지 뭐."

하지만 결코 부끄러운 기억은 아니었다. 다시 함께할 수 없다는 사실이 슬플 뿐이었다.

"나도 사막에 가보고 싶다."

라티오가 느닷없이 중얼거렸다. 야생 흑각을 양껏 얻고 싶은 소망인가 생각했는데 그렇지 않았다.

"내가 모르는 세상으로 이어지는 지평선을 보면서 오래 걸어보고 싶거든. 더는 걷기 싫다는 생각이 들 때까지. 공중에서는 절대 못 이룰 일이지."

그 말을 들으며 시진은 암석사막을 지나 포르틴으로 향해가는 라티오의 등을 자연히 떠올렸다.

"그걸 해보기 전까지 내 뿔이 심장을 찌르지나 않아야 할 텐데 말이야."

생각만으로도 아찔한지 라티오는 몸을 부르르 떨었다. 메메나 투안이 도와줄 수 있다면 불가능한 꿈도 아니었다.

그 가능성을 전하려고 할 때였다. 덜커덩 소리와 함께 층수 표시 다이얼의 바늘이 천천히 반원을 그리며 이동하기 시작했다. T에서 91층, 90층, 89층…… 하강이었다.

시진과 라티오는 동시에 손을 털고 일어났다.

"탈 수 있을까."

시진이 초조하게 중얼거렸다.

"망설이지만 말라고."

43층…… 37층…… 25층…… 리프트는 멈추지 않고 매끄럽게 내려오는 중이었다. 안에 타고 있는 게 누구든 어차피 공중을 떠나려는 시민일 테니, 여기서 탑승하려는 사람 따위 안중에 없기를 바랐다.

11층…… 4층…… 시진은 숨을 깊이 들이마셨다. 다이얼의 숫자가 1에 도달하자 벽 같기만 하던 철제문이 한 방향으로 미끄러지며 리프트 내부가 드러났다.

사람들이 있었다. 꽤 많은 사람이.

라티오의 말처럼 리프트의 내부는 넓지 않았지만 작다고 할 수도 없었다. 탑승객은 서른 명이 족히 넘었다. 모두 나이가 지긋한 성인이었고 말끔한 외모에 질 좋은 옷을 입고 있었으며 마스크를 착용하고 각자의 크고 작은 짐 꾸러미와 손전등 그리고 스퀘어를 가지고 있었다.

내리려던 그들은 문밖의 두 사람을 보고 잠시 멈칫했다. 그러나 그 순간뿐이었다. 맨 앞 사람이 꼿꼿한 자세로 걸어 나오자 뒤에 선 사람들도 차례로 줄지어 리프트를 빠져나왔다. 이들에게는 앞서 도착했던 아빠와 아이에게 보이던 불안감이 없었다. 몰래 도망치거나 이탈하는 게 아니라 예정된 목적지로 향해가듯 담담한 모습이었다. 그리고 시진과 라티오는 마치 여기에 존재한 적도 없는 것처럼 무시하며 지나쳐갔다.

기분을 따질 상황은 아니었지만 불쾌했다. 이 사람들은 평소에도 이런 태도였을 것 같았다.

"공중 선생님들, 국경 통행증은 받으셨나요?"

우르르 멀어지는 그들을 향해 라티오가 과장된 소리로 비아냥거렸다.

"코어 밀입국이 처음이시라면, 봉쇄 기간 특가로 비밀 유지와 함께 단돈 100페이에 가이드를 도와드리고 있습니다만!"

"시끄러워. 우리 없이 얼마나 목숨 부지할 거 같아, 뱅커 새끼."

일행의 끝에 있던 사람이 돌아보며 일갈했다. 그러나 시진과 라티오는 이미 리프트에 탄 상태였고 곧 자동으로 문이 닫혔기 때문에 더 받아칠 기회는 없었다. 내부에 층수를 조작할 수 있는 장치는 보이지 않았다. 문이 닫힘과 동시에 리프트는 상승하고 또 상승할 뿐이었다. 이제 T에 다다르기를 기다리는 것 외에 다른 선택권은 없었다.

도착한 곳은 출발한 곳의 분위기와 크게 다르지 않은 캄캄한 창고였다. 어둠에 잠시 적응한 후, 가까이 보이는 문을 차례로 두 번 열고 나가자 코어의 폐건물과는 전혀 다른 공간이 나타났다.

공간의 생김새, 구조, 크기, 밝기, 심지어 냄새까지 모두 다른, 어느 커다란 저택 안이었다. 데인의 세공품 배달을 위해 갔던 1구역 하시엔의 집과 비슷했다.

다만 생활감이 없었다. 집 내부는 옷장이나 소파, 책장, 탁자 같은 가구로 채워져 있었으나 온통 먼지투성이였고 어수선했다. 이 집은 창고 안쪽에 설치된 비상 리프트를 눈에 띠지 않도록 포장해둔 커다란 상자에 불과해 보였다.

상당히 넓은 집이라 현관문을 찾는 데도 시간이 제법 걸렸다. 현관 자물쇠가 열렸다 닫힐 때마다 안쪽에서 자동으로 잠기는 구조였다. 나갔다가 다시 들어오려면 안에서 누군가가 열어주지 않는 이상 열쇠가 필요했다. 여벌 열쇠를 기대할 상황은 아니었으므로 몇몇 창문의 잠금쇠를 풀어두기로 했다. 내친김에 그 창문을 통해 집 밖으로 나왔다.

동시에 '결코 가는 일 따위 없을 것'이라 장담했던 공중도시의 밤 풍경이 눈앞에 펼쳐졌다. 순간 시진은 꿈을 꾸는 것 같은 기분에 사로잡혔다.

시진은 꿈속에서 아주 생소한 장소에 있는 경우가 드물었다. 대체로 익숙하거나 직접 가본 적이 있는 곳이었다. 시진은 거길 꿈의 입구라고 불렀다. 그러나 꿈이 흘러갈수록 일상에 없던 오류나 예외가 막무가내로 끼어들고 그때마다 새로운 당혹감과 충돌해야 했다. 그러고 나면 잘 알던 곳은 이제 오간 데 없고, 돌아갈 길을 잃은 채 어느덧 전혀 모르는 곳에 서 있곤 했다. 지금이 딱 그런 기분이었다.

공중도시의 첫인상이라고 할 수 있는 이 집은 지상의 상급 구역과 별다를 바 없었다. 마치 꿈의 입구처럼. 하지만 창문을 통해 밖으로 나왔을 때 시야를 가득 채운 농장의 풍경은 그야말로 비현실적인 꿈의 한가운데였다.

포포나무가 늘어선 농장이었다. 나무에서 뻗어 나온 뾰족한 가지와 도란형의 잎들, 거기에 매달린 포포들이 미풍에 흔들리고 있었다. 맛본 적 없는 초록빛 열매는 푸드 뱅크에서 가끔 본 기억이 있지만, 온전한 한 그루가 자아내는 존재감을 대면하는 일은 처음이었다.

공중도시 영토의 절반 이상은 식물의 몫이라는 것을 알고 있으면서도, 나무가 끝없이 줄지어 있는 풍경은 한밤의 검은 장막도 가리지 못한 꿈보다 더 꿈같은 광경이었다.

불어오는 바람도 생경함을 한 겹 더했다. 암석사막의 자갈과 먼지를 쓰다듬고 도달한 마른바람이 아닌, 습기 어린 흙과 식물의 내음이 섞인 공기가 얼굴을 감쌌다. 숨쉬기야 무의식 중에 지속하는 일이지만, 기분을 더 나아지게 하는 호흡이 존재하다니 상상도 안 해본 개념이었다.

시진은 가만히 중얼거렸다.

"……다르네. 뭔가."

"고약한 냄새는 아래층에 다 묻어버렸으니까. 하지만 코로 쉬는 숨이 전부가 아니라는 걸 명심해."

시진은 라티오의 말이 무슨 의미인지 이해가 되지 않았다. 공중에서는 이보다 더 쾌적한 호흡을 하기 위한 다른 방법이라도 있는 걸까.

"공중도시에서 각인으로 산다는 건 뭘까…… 기본적으

로 매일 호흡곤란 상태인 거라고. 늘 긴장에 짓눌리고 숨이 막히는데 그걸 절대로 내색해서는 안 된다는 규칙도 있지."

그 말에 시진은 과거 데인이 했던 이야기가 떠올랐다. 공중도시도 보름 정도는 천국과 흡사했다고.

"흑각 때문에 애를 먹고 있긴 해도, 숨통 트인다는 말을 나는 지상에서 처음 실감했거든. 너는 동의하지 않겠지만."

라티오의 기분을 완벽하게 이해하지는 못해도 자기를 기만해야 하는 숨 막힘을 시진도 모르지는 않았다.

"알 것 같기도 해."

시진의 반응에 라티오는 웃음을 터뜨렸다.

"그래. 그 숨통의 일부는 네가 틔워준 거기도 하니까. 인정."

알기는 뭘 아느냐고 비아냥거릴 줄 알았는데 라티오는 그렇게 말했다. 그러고는 여기가 공중도시의 어디쯤인지 파악해야겠다면서 집 외벽에 기대어 있는 사다리를 발견해 기어 올라갔다.

사다리 꼭대기에서 방향을 살피던 라티오는 무엇에 시선을 빼앗겼는지 한참 내려올 생각이 없어 보였다. 고개만 쳐들고 기다리다 답답해진 시진도 결국 따라 올라가야 했다.

사다리는 천장이 높은 2층집의 지붕까지도 너끈히 닿는 높이였다. 라티오의 발아래까지 올라간 높이에서도 충분히 트인 시야로 주변을 내려다볼 수 있었다.

라티오가 보고 있는 방향은 포포나무 농장의 반대편인 주택가였다. 고요하고 평온한 한밤의 농장과는 대조적인 풍경이 한눈에 들어왔다.

사람들이 질서 없이 우왕좌왕하고 있었다. 누군가의 손을 붙잡았거나 짐을 들었거나 여럿이든 혼자서든 저마다 다급하게 움직이는 중이었다. 일부는 무리를 이루어 어딘가로 향해가고 있었는데, 무언가로부터 달아나는 것처럼도 보였다. 어쩌면 그 둘 다 같기도 했다. 마을 전체가 어수선했다.

"뭐지? 이런 밤중에."

라티오는 좀 물어봐야겠다며 사다리를 타고 내려가 그쪽으로 난 긴 오솔길을 달려나갔다. 시진도 뒤쫓았다.

"무슨 일이야?"

라티오가 또래 여자애에게 물었다. 그 애는 외출복 차림으로 어린 동생의 손을 잡고 있었다.

라티오의 커다란 흉터 때문인지 여자애는 살짝 놀랐다. 그러나 이 난리보다 중요한 일은 아니라는 듯 원래의 표정을 되찾았다.

"불이 난 집이나 농장은 없는 것 같은데. 다들 왜 나와 있어?"

라티오는 이곳 주민인 것처럼 태연했다.

"왜겠어. 독감인지 바이러스인지 때문이지. 너희 집도 포포농장이야?"

여자애가 물었다.

"아니, 우린 렌틸 농장. 잠깐 친척네 도와주러 왔어."

"렌틸은 동쪽 12구 아냐?"

여자애의 얼굴에 뭔가 잘못됐다는 신호가 떠올랐지만 그게 무엇인지는 시진과 라티오가 알 수 없었다.

"거긴 마을 간 통행이 막혔다고 들었는데? 의료원 근처잖아."

"우린 목요일부터 와 있었거든."

시진이 끼어들었다. 구체적인 상황은 몰라도 리프트 운행 중단 시기와 맞물린 일 같았다.

"아키, 준! 서둘러!"

저쪽에서 누군가가 여자애를 불렀다. 보호자 같았고 사람들이 이동하는 쪽을 바라보고 있었다.

"너희는 안 가?"

여자애가 시진에게 물었다.

"어디로?"

"리프트 터미널."

"거기야말로 전부 다 막혔잖아."

"어른들이 열어달라고 할 거야."

여자애의 동생이 말했다.

"맞아, 이민국에 시위할 거래. 여기에는 감염될까 봐 불안

해서 못 있겠으니 내려갈 수 있게 해달라고. 그게 될지는 모르겠지만. 그런데 지상이 더 위험하지 않아? 지상은 온갖 병균에 범죄투성이라고 배웠잖아. 뭐가 뭔지 모르겠다니까, 정말."

여자애가 체념하듯 덧붙였다. 그러나 보호자가 다시 소리치자 결국 그쪽으로 달려갔다.

이어서 사람들에게 듣게 된 이야기는 제각각이었다. 의료원에서 감염자 몇 명이 치료를 거부하고 탈출했다는 말, 이번에 흑각 농사를 망치게 한 식물 바이러스가 다른 농장으로도 번졌다는 말, 지상에서 공중의 식량을 탈취하려고 내전을 준비 중이라는 말, 본사에서 인구 조절을 위해 의도적으로 치료제를 사용하지 않고 지켜본다는 말 등등.

모두 불투명한 불안에 공포로 테두리를 두른 실체 없는 소문들이었다. 거기에서 파생된 공통점이라면 공중도시를 벗어나야 한다는 결론 하나였다.

본사에서는 신종 바이러스의 실체를 철저히 규명하고 단계적인 조치와 대응을 하겠다고 약속하면서 한 달 동안 외출을 금하고 집 안에 머무르며 저장 식량을 소비하도록 권고했다. 그게 지난 금요일이라고 했다.

그날 이후 모든 본사 산하의 기관은 잠잠하기만 했다. 소문을 바로잡지 않고 이틀 넘도록 추가 권고도 지침도 없는 지나친 고요함에 사람들은 하나둘 동요하기 시작했다.

이 마을만의 일이 아닐 수도 있었다. 그리고 사람들의 이런 불안이 완전한 억측이라고도 할 수 없었다.

바로 한 시간 전, 폐건물 리프트로 지상에 내려온 침착한 모습의 서른 명. 그들이 스퀘어 소지자이고 다른 사람의 목숨을 운운할 수 있을 정도라면, 분명 이 소란에 책임이 있는 자들이었다.

시진은 이런 아수라장에서 과연 샐을 찾을 수 있을지 막막해졌다. 몇몇을 붙잡고 샐리베라는 이름을 아느냐고 물어보았으나 의미 없는 일이었다. 그들은 보안국, 조사원이라는 단어만 듣고도 화를 내거나 한숨을 내쉬었다.

"어."

그때 라티오가 무리 지어 가는 사람들과 반대 방향으로 거슬러 오는 한 남자를 발견했다. 마흔 살쯤으로 보이는 그는 외출복이 아닌 나이트가운 차림에 아무런 짐도 없었다. 마치 잠이 오지 않아 잠시 산책이나 하러 나온 듯한 모습이었는데 라티오 외엔 아무도 그를 신경 쓰지 않았다.

"저 사람 알아."

라티오가 그에게서 눈을 떼지 않은 채 중얼거렸다. 남자는 가운 주머니에 손을 찔러넣은 채 우왕좌왕하는 사람들을 지나쳐 포포 농장 쪽으로 걸어갔다.

시진과 라티오는 무리에서 빠져나와 남자의 뒤를 따랐다.

그는 오솔길을 따라 비상 리프트가 숨겨진 저택으로 가고 있었다.

"누군데?"

시진이 물었다.

"엄마의 부하 직원이었어. 아니면 애인."

남자는 주변을 살피며 가운 주머니를 뒤적였다. 열쇠가 나왔다.

"그냥 동네 사람은 아닌 것 같은데."

"응, 이민국 심사원이야. 지금 저 녀석의 유일한 쓸모랄까."

현관문을 열고 들어가는 남자를 확인하고, 시진과 라티오는 반대쪽 창문으로 진입을 시도했다. 저택 내부를 한차례 헤맨 덕에 구조가 머릿속에 잘 남아 있었다.

남자는 현관에서 거실을 지나 오른쪽 서재, 그 안으로 이어진 응접실과 거기에 딸린 저장고를 거쳐 리프트 승강장이 있는 창고로 향했다. 그 역시 이곳의 집주인처럼 익숙해 보였다. 시진과 라티오는 발소리를 죽이고 그의 뒤를 밟았다.

"트루드 아저씨, 안녕하세요."

그가 리프트 앞에 도착했을 때 라티오가 그의 뒤에 우뚝 서 인사했다. 라티오에게는 어울리지 않는 존대였으나 늘 그렇듯 정중함은 없었다.

남자가 움찔 놀라 돌아섰다. 이 틈을 타 라티오가 창고의

문을 닫았다.

"오랜만이구나, 라티오."

남자가 입가를 일그러뜨리며 말했다.

"여전히 바빠 보이시네요. 주말 밤인데요."

"너도 알다시피, 비상시니까."

"그렇죠."

"너희 집은…… 몇 달 전에 라뎀을 떠난 줄 알았는데."

라티오는 아무런 대꾸도 하지 않았다. 그가 알아야 할 문제는 아니라는 뜻이었다.

"우리 좀 도와주세요."

"뭘 말이냐?"

도움을 구하는 사람치고는 건방진 라티오의 말투에 남자가 황당해하며 물었다. 그의 옷차림은 마냥 한가해 보였지만, 얼굴이나 몸짓은 중요한 순간에 방해를 받은 것처럼 곤란해 보였다.

"샐리베라는 사람을 찾고 있어요. 그 사람 집이나 뭐, 위치 같은 거 알 수 있잖아요? 뭐냐, 그걸로."

라티오가 허공에 손가락질하며 말했다. 라티오가 말한 이 사람의 유일한 쓸모를 이제 깨달았다.

"스퀘어."

시진이 말했다.

"넌 또 누구야?"

"형이에요."

라티오가 대답했다.

"형제가 있었다고?"

그럴 리가 없다는 듯이 트루드가 물었다.

"샐리베 위치나 찾아줘요. 보안국 조사원. 기관 직원들끼리
는 알 수 있잖아."

라티오의 으름장에 트루드는 웃음을 터뜨리며 말했다.

"그게 누군지는 모르겠지만, 늦었어. 보안국이라면 벌써 임
시 철수에 들어갔을 테니까. 지금 여기 남은 건 내가 마지막
이야."

"뭐?"

"보안국뿐 아니야. 행정국, 농업국, 이민국도. 의료국 일부
를 제외하고 본사 기관 직원 모두 임시 철수하라는 명령이 내
려왔다고."

"어디로?"

트루드는 대답하지 않았다. 그러나 그곳이 어디든 비상 리
프트를 이동 수단으로 이용했다는 사실만은 분명했다.

"어쩔 수 없어. 여긴 최초 감염자의 영향이 너무 컸어."

트루드가 느지막이 말했다.

"공중은 전부 면역인뿐이라 의료원에서도 감염 확산세를

제때 못 잡은 거야. 거긴 사흘 만에 코호트가 될 만큼 급속도로 번졌으니까. 12구 바깥으로는 더 퍼지지 않기를 바라야지."

"그럼 남은 사람들은?"

시진이 물었다. 트루드도 분명히 혼란에 빠진 마을 사람들을 보았다. 트루드가 짜증스러운 기색으로 대꾸했다.

"지침은 내려졌잖아. 여긴 74구야. 감염 의심 환자와 접촉하지 않고 집 안에 가만히 있으면 괜찮은데 자기들끼리 소문이나 부풀리면서 지레 겁먹고서."

"그런데 당신들은 도망치고?

시진이 따졌다.

"도망치다니! 임시 철수라고. 우리 안전이 확보되어야 치료제도 개발하고 도시 행정도 원래대로 돌아갈 거 아냐!"

트루드가 반박했다. 그러나 이런 차림으로 이런 장소에서 하기에 설득력 있는 말은 아니었다.

"그럼 마을 사람들도 떠나게 해줘. 저 사람들도 여기서 나갈 자유는 있잖아. 환자도 아닌데."

"안 돼. 병원체의 이동 가능성을 원천 봉쇄하라는 명령이야. 우리가 리프트 터미널을 왜 막았다고 생각하는 거야? 이건 지상의 안전을 위한 지침이기도 하다고."

완고하게 이어지는 트루드의 변명은 들어주기 힘들 정도였다. 특히 지상을 위해서라는 말은 최악이었다.

"피차 시간 낭비는 그만두자. 너희 두 사람은 문지기인 내가 특별히 데리고 가지. 운 좋은 줄 알아."

트루드가 가운 주머니에서 스퀘어를 꺼냈다. 작은 화면에서 몇 가지 조작을 거치자 닫혀 있던 리프트의 문이 열렸다.

"타."

트루드가 안내하듯 팔을 뻗었다.

"마지막이야. 지상에 도착하는 즉시 내가 직접 신호를 차단할 테니까."

그때 라티오가 발걸음을 떼는 척하며 트루드를 걷어찼다. 갑작스러운 공격에 트루드는 외마디 비명과 함께 골대에 처박힌 공처럼 리프트 안으로 넘어졌다. 그의 몸으로 퍼져나갔을 고통을 시진은 어렵지 않게 상상할 수 있었다. 다시 몸을 추스르려면 시간이 제법 걸릴 것이었다.

스퀘어는 라티오의 손에 들려 있었다. 화면 속 닫힘 버튼을 누르자 리프트 문이 움직였고, 트루드가 비틀거리며 몸을 일으켜 바깥으로 튀어나오기 직전에 단단하게 닫혔다.

라티오는 즉시 도착 층에 숫자 1을 입력했다. 이윽고 층수 표시 다이얼이 T로부터 점점 멀어지기 시작했다. 트루드가 1층에서 그대로 되짚어 다시 올라올지, 아니면 스퀘어는 포기하고 자기 갈 길을 갈지는 모를 일이었다. 아무튼 이제 저택을 벗어나자는 라티오의 의견에 시진은 이견이 없었다.

공중도시 2

시진과 라티오는 공중도시의 남쪽을 향해 달렸다. 스퀘어가 알려준 목적지는 흑각 재배소였다.

처음 스퀘어의 화면에는 그 어떤 신호도 잡히지 않았다. 라티오의 말에 따르면 공무 중에는 해당 스퀘어의 소지자 위치가 지도상 녹색 점으로 표시되어야 했는데 몇 번을 재탐색해도 화면은 깨끗하기만 했다. 기관 직원들이 모두 철수했다는 트루드의 말은 허언이 아니었다.

그런데 시진이 화면 오른쪽 구석의 옵션을 하나 조작하자 화면이 한 번 길게 깜빡이더니 신호를 자동 재탐색하기 시작했고, 잠시 후 이전에는 없던 오렌지색 점이 화면 아래쪽에 나타났다.

라티오가 갑자기 무언가 떠오른 듯 이거라고 외쳤다. 녹색 점은 공중 본사의 직원, 오렌지색은 지상 파견 직원 구분이라면서.

화면상 오렌지색 점은 단 하나였다. 트루드의 권한으로는 사용자의 구체적인 정보까지 열람할 수 없었지만 그건 당장 가서 확인하면 될 문제였다.

"최초 감염자가 흑각 재배소에서 나왔다고 했잖아?"

가쁜 숨을 내쉬며 라티오가 말했다.

"그게 지상에서 테스트를 거친 다음 저지른 실전이었다면 이해가 좀 안 되는 게, 샐리베라는 자식은 면역인한테 악감정 있는 거 아니었어? 흑각 재배소에는 면역인보다 투명 각인이 훨씬 많은데."

그럼직한 의문이었다.

폴린 건은 다소 충동적으로 보이지만 지상에서 샐이 겨냥한 사람 중 둘은, 그 앞에서 각인을 노골적으로 멸시한 면역인들이었다. 각인만을 골라 죽인 살해범 그리고 각인들이 지긋지긋하다고 했던 제레미도.

시진은 공중의 최초 감염자 역시 샐이 벌을 주고자 의도한 특정 인물이었다면 비슷한 경우가 아니었을까 생각했다. 공중에서 그런 차별이 존재하는 장소라면, 결국 투명 각인들이 일하는 흑각 재배소뿐이고 최초 감염자는 관리자급의 면역인이었을 것이다.

그렇게 한 시간을 조금 넘게 달려 흑각 재배소 구역 가까이 왔을 때였다.

라티오는 안 되겠다고 잠시만 기다리라며 멈춰 서 허리를 접은 채 한참을 헉헉거렸다. 숨을 고르는 와중에도 오른손은 왼쪽 어깨에 올라가 있었다. 각통 때문이었다. 흑각의 효과가 다한 모양이었다.

호흡을 가다듬은 뒤 라티오는 찡그린 얼굴로 흑각 조각을 꺼내 입에 넣었다. 흑각 특유의 쓴맛에 표정이 한층 더 일그러졌다. 그러고는 시진에게도 필요하냐는 듯 하나를 내밀었다.

시진은 고개를 저었다. 아직은 괜찮기도 했고 부드러운 바람에 잠시 땀을 식히는 것만으로도 충분히 사치스러운 시간이었다.

라티오는 각통이 잦아든 후 다시 걸음을 재촉했다. 라티오가 스퀘어 화면을 확인하고 시진은 그가 폐건물 앞에서 교환한 밝은 손전등으로 길을 비췄다.

곧 흑각 재배소가 나타났다. 한눈에 알아볼 수 있었다. 사람의 손으로 흉내 낸 것이지만 암석사막을 꼭 닮은 이곳이 흑각 재배소가 아닐 리 없었다. 농장의 변두리를 따라 조성된 주택가의 풍경이 없었다면 지금 지상의 사막에 있는 게 아닐까 하고 착각했을지도 몰랐다.

50여 개의 농장으로 구성된 대형 재배소는 데인의 말대로 상당히 큰 규모였다. 스퀘어에서 오렌지색 점이 깜빡이는 지점은 주택가 쪽이었다. 오렌지색 점은 아주 약간씩 위치가 변했어도 일정한 범위를 이탈하지 않았다.

이제는 시진이 앞장섰다. 라티오가 따라오며 말했다.

"사실 나도 여긴 처음 와봐. 아이들은 남쪽 농장으로 가지 말라고 배우거든."

이유를 굳이 물을 필요는 없을 것 같았다.

"다 소용없다니까. 배운 대로 여기엔 안 왔지만, 결국은 더 먼 지하로 갔으니."

"지하?"

새로운 단어였다.

"공중에선 보통 그렇게 불러. 공중에서는 여기가 유일한 지상이고 아래는 지하지."

밤하늘 아래 농장은 텅 비어 있었다. 자갈과 바위, 모래뿐 흑각 줄기는 전혀 보이지 않았다. '지하'에 버려진 흑각이 자련 땅이었다.

농장을 가로질러 주택가에 들어서자 작은 집들이 나타났고 지나가는 사람들이 드문드문 있었다. 포포나무 농장처럼 어디론가 몰려가거나 떠나려는 형세는 아니었지만, 감출 수 없는 불안이 멀리서도 잘 보였다. 어느 집에서는 아이의 울음소리가 들려왔다.

"설마 바이러스가 번진 건 아니겠지."

라티오가 중얼거렸다. 시진도 잠시 그 생각을 했으나 이곳의 동요는 그리 크지 않아 보였다. 주민 대부분이 각인이라면 걱정의 방향은 그쪽이 아닐 수도 있었다.

"넌 괜찮아? 올라오기 전에 접촉이 있었잖아."

라티오가 넌지시 물었다.

"괜찮아."

나중에 어떻게 될지는 아직 모를 일이지만, 적어도 해가 뜨기 전까지는 괜찮을 거라고 생각했다. 한나와 킵은 폴린이 따끔함을 느낀 이후로도 계속 같은 공간을 사용했고, 증상이 나타난 것도 만 하루가 지났을 때였다.

"저, 몇 번 농장 분들이죠?"

그때 한 주민이 말을 걸었다. 데인과 비슷한 연령대로 보이는 남자였다. 어떻게 대답해야 할지 망설이는 사이, 그가 먼저 조심스럽게 물었다.

"근처 분들은 아닌 것 같아서 혹시나 하는 마음으로 묻습니다만…… 혹시 흑각 조금 가지고 계십니까?"

"뭐?"

뜻밖의 질문에 라티오가 되물었다.

"어른이야 적당히 참는데 아이들이 힘들어해서요. 한 달 동안 움직이지 말라니, 안전을 위해서라지만 본사도 참 너무 하네요. 이번 흑각은 전량 폐기하고 이제 재고도 없다는 걸 뻔히 알면서요."

남자의 하소연이 이어졌다. 주민들은 본사를 원망하면서도 이번 지침을 진지하게 따르고 있었다.

라티오는 잠시 고민하더니 주머니를 뒤적여 가지고 있던 흑각을 꺼내 손바닥 위에 올렸다. 모두 네 조각이었다. 남자의 눈이 휘둥그레졌다.

"가져가요. 마음 변하기 전에."

"너무…… 많은데요."

이렇게까지는 아니라는 듯 남자가 손을 내저었다.

"정말? 이 마을 각인이 고작 넷은 아닐 텐데."

라티오가 되받아쳤다. 각인이라는 단어에 남자는 놀람과 동시에 불쾌함 섞인 눈빛이 되었다. 어떻게 그런 말을 하느냐는 표정이었다.

"당신들, 이곳 사람이 아니군요."

"그래. 그쪽이 진짜 면역인이 아니듯이."

"이건 안 받습니다."

남자는 모욕이라도 당한 것처럼 돌아섰다. 시진이 막았다.

"일단 받아둬요. 뿔이 계속 자랄 텐데, 앞으로 어떻게 견디려고요."

"그래, 얘야. 받아."

이쪽을 지켜보던 다른 주민이 남자에게 말했다. 남자의 어머니로 보이는 노년의 여자였다. 그 옆으로 스무 명 남짓한 사람들이 모여 있었고, 흑각을 받은 남자도 이내 그 무리 안으로 섞여 들어갔다.

"하지만 이건 좀 알아야겠군. 여기 사람이 아니라면 어느 구역의 농장에서 왔지?"

여자가 다가오며 물었다.

"시민권을 보여줘."

그리고 마치 조사원처럼 요구했다.

"뭐야, 당신들. 무례하게."

라티오가 나섰다.

"빨리! 숨길 게 없다면 뭘 망설여!"

"밀입국 각인이라면 본사에 신고하겠어."

"그럼 이건 불법 흑각이야?"

주민들은 저마다 한마디씩 하며 거리를 좁혀왔다. 숫자는 아까의 두 배 이상으로 늘어나 있었다. 농기구를 손에 든 사람도 있었다. 시진은 할 말을 까맣게 잊었다. 라티오도 마찬가지였다. 당황한 두 사람의 표정을 본 여자가 말했다.

"지금 도시에 이 사달을 낸 게 이 녀석들인지도 모르겠군. 지하에서 병균을 옮겨온 놈들 말이야."

"잡아서 신고해야 해!"

주민들이 사방에서 두 사람을 에워쌌다. 라티오가 방어하는 자세로 중얼거렸다.

"왜 남쪽으로 가지 말라고 했는지 이제야 알겠네. 단단히 미쳤잖아."

"목적지 방향 기억해?"

시진이 물었다.

"돌아서서 11시 방향."

오렌지색 점은 스퀘어상 여기에서 손가락 한 마디가량 떨어진 곳이었다. 실제 거리는 700미터 정도였다. 우선 여기서 벗어나야 했다.

"나도 이건 상대 못해. 셋에 뛰자."

라티오의 입에서 하나, 둘, 셋이 끝난 동시에 머릿속에 띄운 지도의 방향을 따라 전력으로 질주했다. 제1 국경 바깥 암석사막에서도 이만큼 필사적으로 달린 적은 없었다.

"잡아!"

협박하던 사람들두 쫓아오기 시작했다. 모두는 아니었지만 개중 발이 빠른 이들이 있었다. 등 뒤로 끈질기게 따라붙는 발소리가 사라지지도 멀어지지도 않았다.

어느덧 다리는 머릿속 지도와 상관없는 방향으로 달리고 있었다. 11시 방향이 어디였는지 시진은 진작에 잊어버렸다. 사방은 인공 암석사막 그리고 엇비슷한 소형 주택들의 반복과 교차였다. 기준점으로 삼을 만한 것을 잃어버린 상태였다.

스퀘어를 확인해야 했다. 포포나무 농장에서부터 여기까지 달려왔기 때문에 이미 체력도 바닥난 상태였다. 잠시 멈춰야 했다.

이 구역은 사막처럼 시야가 시원하게 트인 지형이라 몸을 숨기려면 건물이 있어야 했다. 시진은 눈에 들어오는 곳 중 일반 주택은 아닌 듯한 건물로 뛰어들어갔다.

다행히 입구는 잠겨 있지 않았다. 라티오도 곧장 따라 들어왔다. 서둘러 문을 닫고 벽에 등을 기댔다. 들어와서 보니 이곳 아이들이 다니는 교육원이었다.

"집요하네."

라티오가 숨을 몰아쉬며 말했다.

"잠깐 확인하자."

그 자리에 쭈그려 앉아 스퀘어를 꺼내 작동시켰다. 화면의 빛이 어둠을 잠시 몰아냈다. 지도에서 교육원의 위치를 찾아냈다.

아니나 다를까 오렌지색 점으로부터 아까보다 멀어져 있었다. 오렌지색 점은 처음 위치 그대로 변함없었다.

시진은 스퀘어에 설정된 새 방향을 똑똑히 기억해두었다. 이제부터는 화면을 보지 않아도 헷갈리지 않도록. 그리고 다시 일어나보려는 순간, 시진과 라티오는 그 자리에 꼼짝없이 얼어붙고 말았다. 시선이 멈춘 맞은편 벽에는 어른 셋과 아이 둘이 몸을 움츠린 채 앉아 있었다.

"본사……에서 오셨나요?"

그중 여자가 속삭여 물었다. 겁에 질렸지만 드러내지 않기 위해 애쓰는 얼굴이었다. 이들도 몸을 숨긴 것 같았다. 무엇 으로부터인지 알 수 없을 뿐.

라티오는 대답을 시진에게 미뤘다. 시진은 잠시 망설이다 대답했다.

"아뇨."

그 말에 어른 셋은 안도했다.

아직 바깥에서는 둘을 찾는 발소리가 들려왔다. 그때 아이 하나가 머리를 감싸쥔 채로 울먹이기 시작했고, 나이가 가장 많아 보이는 남자가 조용히 해야 한다며 아이를 달랬다. 각통 같았다. 좀더 어린아이는 잠이 들었는지 축 늘어져 있었다.

라티오가 다시 주머니를 뒤졌다. 흑각 한 조각이 나왔다. 그것을 아이에게 건네자 어른들은 일제히 라티오를 바라보 았다.

"비상용으로 하나 남겨둔 건데 어쩔 수 없지."

"고마워요. 정말로 고마워요."

남자는 흑각을 쪼개서 상태를 확인하고는 아이에게 바로 먹였다. 아이는 곧 울음을 그쳤다. 라티오가 시진에게 말했다.

"참고로 네 비상용이었어. 이제 정말로 없어."

"괜찮아."

마음만으로 충분했다.

"이건 야생 흑각이죠?"

여자가 물었다.

"실례지만 이걸 어디서 얻으셨나요? 공중에선 유통이 안 되잖아요. 지상에서…… 직접 가져오지 않았다면요."

여자는 그렇게 말하면서도 바깥을 맴도는 발소리에 자기도 모르게 몸을 움츠렸다.

"알려주세요. 내려갈 수 있는 길이 있나요? 네?"

"우리는 어제 공중 생활을 정리하고 지상으로 갈 준비를 마친 상태였습니다. 그런데 통행이 중단되는 바람에 발이 묶였죠."

여자와 남자가 번갈아 말했다.

마을 사람들은 가족을 변절자로 낙인찍었고, 더는 여기 머물 수 있는 상황이 아니었다. 이제 막 뿔이 자라기 시작한 아이를 지킬 대책도 없었다. 작은 아이는 통증에 시달리다 지쳐 잠든 상태라고 했다.

"제발요. 도와주세요."

여자가 절박하게 말했다.

시진은 라티오와 마주 보았다. 이미 바라던 곳에는 도착했고 오렌지색 점은 멀지 않은 곳에 있었다. 이제 반드시 함께 움직이지 않아도 괜찮았다. 그리고 라티오에게는 비상 리프트를 제어할 수 있는 도구가 있었다. 거기까지 가는 길 역시 알고 있다.

라티오는 반대였다.

"비겁한 인간이나 되자고 여기까지 꾸역꾸역 올라온 게 아니거든."

"비겁한 게 아냐. 방향이 달라진 거지."

"싫다니까."

"그럼 거래하자. 이 사람들을 안내해주면, 수수료를 약속할게."

"무슨 헛소리야?"

"네 어깨의 뿔. 상의할 수 있는 사람이 있어."

물론 그늘에 가면 당장 메메를 소개할 작정이었지만 시진은 다른 핑곗거리가 떠오르지 않았다.

"그러니까 부탁해."

라티오는 아무런 대답이 없었다. 시진의 제안에 놀라거나 흥미를 보이지도 않았다. 그저 표정이 나빴다.

그 나쁜 표정으로 라티오는 시진을 빤히 노려보다가 마지못한 듯 사람들을 향해 입을 열었다.

"일어나요. 가봅시다."

그러고는 시진을 향해 말했다.

"똑똑히 말해두는데 거래가 아냐. 네 부탁이라서 하는 거지. 거래라는 말로 내 자존심에 먹칠하지 마."

그런 건 벌써 알았다.

주변을 탐색하는 발소리가 더는 들리지 않게 되었을 때, 일곱 사람은 교육원을 조심스럽게 빠져나왔다. 이제 두 방향으로 흩어질 시간이었다.

라티오 일행은 주택가 사이로 몸을 숨기며 이동하기 시작했고, 그들의 모습이 완전히 보이지 않게 된 다음에야 시진도 기억해둔 방향을 따라 걸음을 옮겼다.

공중도시 3

도착한 곳은 어느 주택 앞이었다.

마을의 다른 집들과 비슷한 모양이었지만, 앞뜰에는 탐스러운 과실나무가 몇 그루 심겨 있고 근처에 다른 건물 없이 홀로 서 있다는 점이 독특했다. 그리고 이 집은 얕은 경사로 위에 지어져 농장과 마을 전체가 한눈에 들어오는 위치였다. 왠지 감독관이 살 것 같은 집이었다.

시진이 문을 열고 들어서자 집 안의 조명은 모두 밝혀져 있었다. 마치 손님을 기다리고 있는 집 같았다.

들어가자마자 보이는 거실은 깔끔하게 잘 정리되어 있었다. 사람의 손길이 구석구석 닿은 모습이었다.

벽과 진열장에는 크고 작은 액자가 많았다. 모든 사진에는 한 여자가 빠짐없이 찍혀 있었는데 아이였을 때부터 나이 든 모습까지 다양한 순간이 담겨 있었다.

시진은 그 얼굴을 곧장 알아보았다. 다름 아닌 리프트 터미널에서 샐과 함께 있던 여자였다. 이 집의 주인인 모양이었다.

그때 집 안 어딘가에서 들려오기 시작한 잔잔한 건반 소리에 시진은 퍼뜩 놀랐다. 소리가 나는 2층 쪽으로 귀를 기울였다. 계단을 따라 올라갈수록 음악 소리가 조금씩 선명해졌다. 녹음된 음반을 틀어놓은 것인지 기계의 잡음이 섞여 있었다.

이윽고 시진은 2층 복도 안쪽 방에 다다랐다. 문은 열려 있었다. 오렌지색 점에 도착한 것 같았다.

"들어와. 뭐 훔치려고 온 게 아니라면 말이야."

익숙한 목소리가 문밖으로 들려왔다.

"……샐?"

방으로 들어서자 샐이 길쭉한 다리를 낮은 탁자로 뻗어 올린 채 소파에 앉아 있었다. 탁자 위에는 그의 스퀘어가 놓여 있었다. 하루의 끝에서 달콤한 휴식을 취하는 것처럼 느긋한 모습이었다.

바로 어제 제레미를 죽게 만든 사람이라는 사실을 잠시 잊을 만큼, 그는 지상에서 봤던 모습 그대로였다. 낡은 올리브색 피코트, 여유로움, 부드럽고 친절한 표정.

다만 나타난 사람을 확인하고는 무척이나 실망한 얼굴이 됐다. 샐이 어딘지 못마땅한 소리로 이렇게 중얼거렸다.

"전부 내뺀 줄 알았는데 한 녀석이 움직이고 있길래 얼굴이나 볼까 해서 기다렸더니. 상당히 뜻밖이군."

"여기가 당신 집이야?"

아래층 액자에 샐은 없었지만 그래도 확인했다.

"그래 보여?"

샐이 되물었다.

"아니."

"정답."

샐이 낮게 웃었다. 오랫동안 알던 웃음소리인데 그저 서늘하게만 들렸다.

시진은 빠르게 샐의 주변과 방 안을 훑었다. 무기가 될 만한 것, 주사, 가시 같은 것은 보이지 않았다. 그것들을 넣을 만한 가방이나 상자 따위도 마찬가지였다. 이미 누군가를 공격한 것인지, 아직 때를 기다리고 있는 것인지 알 수 없었다.

"코어 리프트로 올라왔나?"

샐이 물었다. 대답할 필요는 없었다.

"그렇다면 제레미와 인사는 했다는 건가?"

시진은 주먹을 꽉 쥐었다.

"계획에는 없던 녀석이었는데 스스로 무덤을 팠어. 마침 여분의 가시도 있었고. 두 개를 한 번에 쓰면 어떻게 될지도 궁금하긴 했지만. 증상 발현이 확실히 빠르더군."

"제발 그만둬."

할 말은 그것뿐이었다.

샐도 비상 리프트를 통해 여기까지 왔다면 현재 공중의 상황을 모르지는 않을 것이었다. 그 공포와 불안의 도가니를 만든 장본인의 얼굴은 정작 시큰둥하기만 했다.

"그럴 거야. 하려던 일은 마쳤으니까."

샐은 세상에서 가장 따분한 이야기라도 들은 사람처럼 말했지만 시진의 심장은 쿵 내려앉았다.

그럼 이미 늦은 걸까? 설마 이 집의 주인도 지금 다른 방 어딘가에 쓰러져 있는 걸까? 시진은 열려 있는 방문을 반사적으로 돌아보고 말았다.

그러나 그러지 말았어야 했다는 생각이 스쳤을 때는, 각통의 몇 배쯤 되는 통증이 이미 머리를 거세게 뒤흔든 뒤였다.

무거운 눈꺼풀을 간신히 들어 올렸다. 정신이 들자 눈꺼풀만이 아니라 몸 전체가 무거웠다. 특히 오른팔 중간이 유독 묵직했고 이마가 뜨거웠다.

의식을 잃은 사이 무슨 일이 있었는지 확인하지 않아도 알 것 같았다. 제레미에게 전염됐을 수도 있겠다고는 생각했지만 이건 예상치 못한 일이었다.

그래도 좋은 소식 하나가 있다면 지금 지하 창고나 다락방 속, 땅 밑 무덤이 아니라, 2층 그 방에 아직 그대로 머물러 있다는 사실이었다.

몸은 나른했으나 시야는 깨끗했고 소리도 잘 들렸다. 호흡은 약간 탁했는데 여기에서 비상 리프트까지 다시 전속력으로 달리지 못할 뿐이지 한자리에서 숨을 삼키고 뱉는 것 정도는 괜찮았다.

즉 제레미처럼 심각한 상황은 아니었다. 아마 각인이라서 그런 것이라고 짐작했다. 샐은 그 사실을 모르는 채로 가시를 찔러 넣었을 것이다.

샐은 방에 없는 듯했다. 손이나 발을 결박해두지는 않았는데 이대로 서서히 죽어갈 사냥감에 대한 최소한의 배려이거나 공격자의 자신감이거나 둘 중 하나였다.

시진은 일어나 앉아보려 했다. 그 정도는 할 수 있을 것 같았다. 그러나 몸이 마음처럼 움직이지 않았다. 팔다리를 비틀며 용을 써보았으나 호흡만 버거워질 뿐이었다.

"무리하지 마."

샐이 다시 나타났다. 손에 물컵을 들고 있었다.

"열이 나기 시작했으니 편히 움직이긴 힘들 거야."

"앉고 싶어."

갈라진 목소리가 흘러나왔다. 시진은 샐이 들고 있는 물을 마시고 싶었다.

"그대로가 편할 텐데."

"앉아서 이야기할래."

"하긴, 누워서 물을 마실 수는 없으니까."

샐은 시진을 일으켜 벽에 기대어 앉을 수 있게 한 뒤 물을 마시도록 도와주었다. 어렸을 때 곤란하던 순간 기꺼이 도움을 주던 그 사람처럼.

"사람 간 전염은 개인차가 있지만, 가시를 통한 직접 감염은 사망까지 최대 60시간을 넘기지 않아. 너는 그보다 짧기를 기도해주지. 고통이 길어져 좋을 건 없으니."

이어 시진의 등에 베개를 받쳐주었다. 샐은 감염자에게 손을 대는 데 전혀 거리낌이 없었다.

"이 집 주인은?"

샐을 향해 물었다. 만약에라도 정신을 잃지 않도록 시진은 최대한 집중했다.

"음, 네가 오해하고 있을까 봐 미리 말하자면 여기 주인은 이미 지난주에 사망했어. 이름은 카일라야."

샐이 의자를 하나 끌어와 시진 앞에 마주 앉았다.

"여기에서 카일라를 찌른 건 지난주 일요일이거든. 지상에서 두 번의 테스트를 거치고 곧장 올라왔지."

카일라가 공중의 최초 감염자였던 것이다.

"내가 바란 건 카일라가 여기서 혼자 며칠에 걸쳐 서서히 고통스럽게 죽어가는 거였는데. 재배소 동료가 발견해 의료원으로 옮긴 게 화근이었지. 거기서 겨우 이틀을 보내는 사이 병동 전체에 전파시킬 줄은 몰랐으니까. 그건 절대 내 계획이 아니었다는 걸 알아주면 좋겠군. 내 목표는 카일라만이었어."

샐이 눈살을 찌푸리며 말했다.

"덕분에 이동 제한령이 떨어진 것도 예상 못 한 변수라 두 번째 목표를 찾기가 쉽지는 않았는데, 내가 벌인 일로 생긴 부수적 피해이니 받아들이는 수밖에."

"두번째……?"

"궁금한가?"

시진은 그가 말하게 내버려두었다. 평소 그는 지나치게 말을 아끼는 사람이었지만 죽음을 앞둔 인간 앞에서는 그렇지 않았다.

"카일라의 애인이자 그 가시를 만든 장본인이지. 라에 박사라고."

"……뭐?"

라에는 그의 아버지다. 시진은 잠시 혼란스러웠다.

"라에는…… 당신이 이렇게 하도록 도와준…… 거 아냐?"

"라에가? 나를?"

샐이 되물으며 실소를 터뜨렸다.

"좋아, 오해는 바로 잡아야 하니까. 말 많은 네 친구에게 들었는지 모르겠지만, 이 바이러스는 재배용 흑각과 야생 흑각을 결합해 유전자 편집한 변종에서 생성된 거야."

샐이 팔짱을 꼬았다.

"원래는 흑각을 병들게 하는 식물 바이러스인데, 인체에 직접 주입할 경우 혈액 세포 단백질과 결합해 한 번 더 변이 하면서 인간에게 유효한 치사율을 끌어올리는 부작용을 발견했지. 인간 수용체에 결합할 능력을 갖췄으니 사람 대 사람 전염은 수순이고. 라에의 표현으로는 교차 감염의 숨겨진 미로라던가."

샐은 라에에게 들은 말을 전하듯 설명했다.

"가시는 그 변종 흑각에서 자란 걸 그대로 사용한 거야. 날카로운 물고기 뼈를 닮았어. 무척 가느다란 뿔 같기도 하고. 거기서 추출한 바이러스를 비료 형태로 살포하면 흑각은 곧장 맥을 못 추는 거지."

"그럼, 이번 재배소의 흑각들은……"

"맞아. 엄밀하게 순서를 매기자면 내 첫번째 목표는 카일라가 아니라 이 재배소였어. 난 처음부터 여기가 싫었으니까."

샐의 얼굴은 여전히 시진을 향해 있었지만, 시선은 자신의 과거를 향한 듯했다.

"라에는 언제나 공중에 가기만을 갈망했어. 내가 기억하는 한 하루도 공중에서의 삶을 꿈꾸지 않은 날이 없었지. 하지만 나도 그걸 바란 건 아니야. 나는 지상이 좋았거든. 뿔을 자르고 싶지도 않았고. 그런데 라에는 달랐지. 내 뿔을 커팅하고 공중 시민권을 얻으면 각인 자식을 둔 면역인이라는 죄책감이나 오명을 씻을 수 있다고 믿은 거야."

주변 사람들의 추측과 달리 라에 본인은 면역인이었던 것이다.

"하지만 공중에 입성하고 보니 오히려 그 오점이 더 잘 보였던 거지. 깨끗한 천에 묻은 오염 자국은 훨씬 도드라질 수밖에 없으니까. 여긴 청정 구역이고, 나는 변함없이 라에의 결점이었어."

샐은 시진이 한번 더 물을 마시게 도와준 다음 이야기를 계속했다.

"아무튼 라에는 달라지지 않는 현실에 불평하며 속으로 자신만의 독을 키웠지. 라에가 아무리 요청해도 본사에서는 흑각 재배소 밖으로는 절대 발령을 내주지 않았거든. 공중에 올라왔어도 여기에 갇힌 신세나 마찬가지였던 거야. 이런 걸 몰래 만들던 심정도 이해는 돼."

타인의 사건을 요약하는 것처럼 샐은 담담하게 말했다.

"열세 살 때였나, 라에를 찾으러 지하 연구실에 내려갔다가 실험용 상자 속에 있는 조금 이상한 흑각을 봤어. 뿌리에서 흑각 줄기만이 아니라 가시들이 함께 돋쳐 있었는데, 처음 보는 모양이라 그저 신기했지."

변종 흑각이었다.

"그게 뭔지 꿈에도 모르는 채로 꺼내 만졌다가 가시에 찔렸어. 가느다란 것이 얼마나 날카로운지 순식간에 피부 깊숙이 파고들더군. 놀라서 당장 빼냈는데 돌아온 라에가 소스라치게 놀라는 거야. 치료약이 없다는 말만 반복하면서 미친 사람처럼 안절부절못했어. 세상에 그리고 온몸이 부서지는 것처럼 앓았지."

너도 그 고통을 곧 알게 될 거라는 듯 샐이 말했다.

"그런데 라에는 이미 가능성이 없다고 생각한 건지, 아니면 단순히 전염되고 싶지 않았던 건지 그런 나를 침실에 내버려둔 채 나흘간 얼굴도 비추지 않았어. 나는 이름 모를 이 병으로 어차피 곧 죽게 될 거라 생각했지."

그 말을 한 다음에는 한숨을 쉬었다.

"나흘 뒤 열이 떨어지고 내가 살아 있는 걸 본 라에의 표정을 잊을 수가 없어. 나는 어떻게 된 일이었냐고 그 가시는 대체 뭐였느냐고 물었지만, 라에는 입을 열지 않았지. 그냥 네가 지독한 독감에 걸린 것뿐이었다고 했어. 그때 이 바이러스가 각인에게는 그리 치명적이지 않다는 사실을 내가 라에게 몸소 증명한 셈이야."

어째서 샐이 감염자 곁에서 거리낌이 없는지 시진은 이제 알게 되었다.

"당신은…… 이 바이러스에 면역이 있는 거네."

"맞아, 이것만큼은 면역인인 거지."

샐이 웃었다.

"그 뒤로 나는 그날 이야기를 다시 꺼내지 않았지. 하지만 라에가 재배소 연구실에 나가면 나는 지하 연구실의 기록을 뒤져 읽었어. 그날 이후로 실험하던 것들은 안 보였지만 기록이 전부 남아 있었거든. 내가 본 게 무엇인지, 바이러스가 재배 혹각에 노출되면 어떻게 되는지, 가시는 무엇인지, 그게 사람의 몸에 들어가면 어떻게 되는지 말이야. 그런데 모든 걸 알고 나니까 나를 버려두었던 라에를 향한 분노가 잦아들었어."

시진은 어째서냐고 눈빛으로 물었다. 목이 타들어가는 것 같아 목소리가 잘 나오지 않았다. 샐이 눈치를 채고 다시 다가와 물을 주며 말했다.

"아무리 봐도 이 지하 연구는 그간 우리가 받은 멸시에 대한 복수를 준비하는 내용이었거든. 그래서 오히려 마음이 가벼워졌어. 그때가 언제일지 기다려지기도 했고."

시진이 목을 축이자 샐은 다시 의자로 돌아갔다.

"라에는 내가 성년이 될 때까지도 잠잠했어. 그래서 보안국 조사원이 되던 날 비로소 물었지. 그것들은 언제 쓰실 거냐고. 난 언제나 이 재배소를 한 방 먹이고 싶었으니까. 그런데 라에는 펄쩍 뛰었어. 그럴 일은 없다고. 그저 당시에 분출할 곳 없는 분노를 거기에 응축해둔 것뿐이라고 했어. 그런 힘이 있지만 사용하지 않은 자신이 자랑스럽다며, 그 분노를 다스리는 데 성공했다고 말이야. 이제 자기는 라뎀 본사를 위해 충실히 일하는 공중 시민이라더군. 그러니까 각인인 너만 뿔을 단속하면 아무 문제 없다고. 그딴 헛소리를 듣고 있자니 더는 참을 수가 없었지."

샐이 고개를 살짝 저었다.

"카일라도 알고 있느냐고 물었더니 절대 알아서는 안 된다고 했어. 둘은 더는 연인 관계가 아니었지만, 여전히 라에의 상사였으니까 두려워했지. 어쨌든 공중 시민이라는 명예는 라에가 포기 못 한 절대적인 신앙이었으니까. 결국 고개를 숙이고 입을 닫기로 선택한 거야."

"라에는…… 그 흑각을 폐기하지 않았어?"

"나도 그게 궁금했어. 연구는 중단되었다지만 정말로 전부 없애버렸는지 아니면 어딘가 숨겨두었을지. 그런데 지금 네 상태를 보면 결과는 알겠지."

샐이 엷은 미소를 지었다.

"지하 연구실의 창고 안에 있었어. 변종 흑각 한 줄기 그리고 가시들. 20년 넘게 의심 가는 곳은 여기저기 다 찾아다녔는데, 정작 거기 있다는 걸 알고는 얼마나 허탈했는지. 그렇지만 나는 이제 열세 살 어린애가 아니라 어디든 누구든 조사할 수 있는 보안국 중역이지. 그래서 카일라가 지상에 내려왔을 때 말했어. 비료 공장에 변종 가시를 가져다 섞으라고, 그러지 않으면 당신이 찔리게 될 거라고 말했지."

샐은 자기만의 복수를 실행한 것이었다.

"얼마 후 라에는 나를 피해 종적을 감췄어. 숨겨둔 변종이 사라졌다는 것도 알았을 테고, 잘만 자라던 재배소 흑각이 병들기 시작했으니 상황은 충분히 파악하고도 남았을 거야. 그 가시가 결국 자기를 향할 거라는 것도. 정확한 판단이었지. 그게 사실이었으니까."

샐이 웃음을 흘렸다.

"문제는 면역인에게 가시를 사용했을 때 정말로 효과가 있는지 내가 직접 확인을 못 했다는 건데, 그래서 실험을 해야 했어."

"구치소에서……"

"그래. 그건 네 마음에도 들지 않았어?"

시진은 대꾸하지 않았으나 샐은 이미 만족스러운 표정이었다.

"하지만 한 번으로 확신하기는 이르니 다시 확인하는 작업이 필요했어. 두번째는 살해범과 비교할 수야 없겠지만, 그 표정이 마음에 안 들었어. 나는 각인 따위 아니라는, 그런 오해는 모욕적이라는 표정 말이야. 그 눈빛이 카일라와 꼭 닮았었거든. 추천해준 소설은 흥미로웠는데, 유감이야."

시진은 샐을 노려보았다.

"제레미는…… 추가 확인할 필요는 없었지만, 볼수록 그놈의 입을 다물게 하고 싶잖아. 마침 가시도 넉넉했고."

순간 호흡이 밭아졌다. 상태가 악화되는 중인지 샐에 대한 감정 때문인지 알 수 없었다.

"아무튼 너한테 분명히 해두고 싶은 건, 공중 전체를 어떻게 해보려던 게 아니라는 거야. 이 재배소 그리고 그 두 사람을 치우고자 했을 뿐이지."

샐이 이죽거렸다.

"라에는?"

시진은 쥐어짜낸 소리로 물었다.

"아, 물론 찾았어. 그동안 공중에 있는 연구소들을 전전하며 숨어 지낸 모양이야. 그렇다고 카일라의 소식을 지나칠 수는 없었을 테니, 결국 여기에 한 번은 나타나지 않을까 했는데. 뭐, 그렇게 된 거지."

역시 라에는 지금 시진과 비슷한 상태일 게 분명했다. 시진은 눈을 감고 귀를 기울여보았다. 이 집에 샐의 말소리 외에 다른 소리가 존재하는지.

"너도 꽤 지쳤군."

샐은 시진이 기운을 다 잃어 눈을 감은 거라고 생각한 듯했다.

"라에에게 하나를 쓰고 남은 마지막이었어. 원래는 두 개를 써서 빠르게 진행시키려고 했는데 마침 스퀘어에 신호가하나 잡히잖아. 의료원 코호트 정도로 다들 내빼고 있는 시점에 이 사명감 넘치는 직원은 대체 누군지 얼굴이나 한번 보자싶어서 기다렸는데…… 그게 너일 줄이야."

샐의 목소리에는 깊은 유감이 담겨 있었다.

그때 멀리서 기침 소리가 세 번 들렸다. 작은 소리였지만분명히 사람의 기척이었다. 시진은 눈을 뜨지 않고 다시 한번그 소리를 기다렸다.

"진심으로 이러고 싶지 않았어. 가시를 정말 사용해야 할까 몇 번이나 다시 생각했다고."

샐이 의자에서 내려와 시진 앞에 가까이 앉았다.

"아무리 생각해도 난 네가 싫었던 순간이 단 한 번도 없으니까. 면역인이면서 공중에 초연한 것도, 뱅커에 쫄보인 주제에 그늘을 좋아하는 것도. 각인들과 우정을 쌓는 것도. 그런데 그게 우월함이나 반항심에서 비롯한 게 아니라, 단순한 진심이라는 사실이. 사막에서 흑각 좀 훔쳐다 파는 것 정도야영원히 눈감아줄 수 있었지."

다시 멀리서 희미한 기침 소리가 들렸다. 거리는 짐작하기 어려웠지만 방향은 아래였다. 라에는 아직 살아 있다.

시진은 다시 눈을 떴다. 셀의 얼굴이 바로 앞에 있었다.

"하지만 어쩔 수 없었어."

변함없이 상냥한 목소리였다.

"너는 이제부터 나를 경멸할 테니까. 여기까지 온 이상 그 걸 돌이킬 수는 없을 테지."

시진은 여기에 제삼자가 있다는 사실을 알리기 위해 일부 러 기침 소리를 냈다. 혹시라도 라에가 자기 자신을 포기하지 않도록. 시진은 그에게 확인해야 할 것이 있었다.

"이해까지는 바라지 않아. 다만 나를 너무 증오하지는 않 았으면 해. 그건 좀 견디기가 힘들 것 같거든."

이제 셀의 말은 귀에 전혀 들어오지 않았다. 시진은 어떻 게 하면 이 방에서 나갈 수 있을까, 오직 그 생각뿐이었다.

앞에 셀만 없었다면 어떻게든 움직여볼 텐데, 지금은 다시 일어난다 해도 그가 살짝 밀치면 바로 주저앉을 수밖에 없는 상태였다. 지금 제 목숨 줄은 이 사람에게 달려 있었다.

생각의 방향을 바꿔야 했다. 셀을 바깥으로 나가게 할 수는 없을까. 잠시 이 방에서, 이 집에서 주의를 돌리게 할 방법은 없을까.

기침 소리가 더는 들리지 않는 것도 점점 신경이 쓰였다. 부디 아직 늦지 않았기를 바랐다.

"부탁이 있어."

시진이 입을 열었다.

"말해."

"포포가 먹고 싶어."

바깥 정원에 있던 과실나무들이 떠올랐다. 그중에 과연 포포가 있었는지는 기억나지 않았지만 그건 중요하지 않았다.

"그래."

샐은 겨우 그거냐는 표정으로 일어나 시진을 남겨둔 채 방을 나섰다. 묵직한 걸음 소리가 계단을 따라 점점 멀어졌다.

시진은 온 힘을 다해 바닥과 벽을 차례로 짚고 일어났다. 제 몸을 축 삼아 방이 고속 회전하는 듯했지만 시선만은 방문에서 떼지 않았다. 저기로 나가야 한다는 일념이었다.

휘청거리며 계단 꼭대기에 겨우 도달했다. 만약에라도 굴러떨어지지 않도록 난간을 붙들고 한 계단씩 신중하게 발을 디뎠다. 1층 현관문은 바깥을 향해 활짝 열려 있었다. 샐이 정원으로 나간 모양이었다.

계단 중간쯤 내려왔을 때 기다리던 희미한 기침이 두 번 연이어 들렸다. 확실히 아까보다 더 가깝게 들리는 소리였다. 방향은 제대로 골랐다.

다만 시진도 숨이 턱까지 차올라 있었다. 거리로 치면 겨우 20미터 남짓 움직였을 뿐인데 한 걸음 한 걸음이 무거웠다.

그래도 샐이 현관으로 다시 나타나기 전 소리가 나는 곳이 어디인지 찾아야 했다.

남은 계단을 내려가는 시간이 마치 영원처럼 느껴졌다. 비로소 아래층에 도착하자 방금 전에 보았던 액자들이 다시 시진을 맞이했다. 이제는 사진 속 주인공의 이름을 알았고 라에마저 그와 같은 마지막을 맞지 않도록 하는 것이 지금의 유일한 바람이었다.

기침 소리가 다시 거실의 오른쪽 방향에서 들려왔다. 부엌으로 넘어가는 통로에 여닫이형의 목제 문이 있었다. 시진은 무너질 것 같은 몸을 겨우 이끌고 가서 그 문을 잡아당겼다. 아래로 향하는 계단이 나타났다.

"라에?"

캄캄한 지하를 향해 시진은 그의 이름을 불렀다.

"……누구요?"

실낱같은 노인의 목소리. 아직 늦지 않았다.

시진은 새로운 계단을 내려가기 시작했다. 빛이 충분하지 않아 발을 내딛을 때마다 더욱 조심해야 했다.

"안 돼…… 여기 오면…… 안 돼."

라에가 쉿소리로 말렸다.

"상관없어요. 이미 감염됐으니까."

"오…… 이런…… 이런……"

상대가 각인이라는 사실을 모르는 라에는 이른 애도와 자책을 시작했다. 그러나 지금 시진에게는 그를 안심시킬 말을 건넬 여유가 없었다.

20년 전 이 변종 바이러스를 만든 장본인에게 당장 확인해야 했다. 치료제는 정말로 존재하지 않는지. 지금 같은 상황에 대비해 그동안 어딘가에 준비해두진 않았는지.

"라에, 갑작스럽겠지만 지금은 저를 믿……"

시진은 몸의 균형이 한순간에 무너지면서 말을 끝맺지 못한 채 계단 아래로 굴러떨어졌다. 세상이 요란하게 덜컹거렸고 이내 깜짝 놀랄 만큼 차가운 바닥에 얼굴이 닿았다.

"나를 더는 화나게 하지 마."

샐이 시진을 따라 계단 아래로 내려왔다.

"그리고 포포는 없어."

"……아쉽네."

시진이 중얼거렸다. 샐은 발로 시진의 몸을 뒤집었다.

"무슨 이야기 했는지 말해."

"아무것도."

"너한테 물은 거 아니야, 라에!"

샐이 라에를 향해 소리쳤다. 라에는 기침만 내뱉을 뿐이었다. 샐은 라에의 멱살을 거머쥐어 상체를 일으켜 세웠다.

"그만해라, 샐."

라에가 힘없이 말했다.

"그렇게 할 거야. 당신이 이 고통을 고스란히 느끼고서 입을 완전히 다물게 되면 말이야."

샐은 쥐고 있던 물건을 툭 떨구듯 라에를 놓았다. 그러고선 몸을 웅크리며 괴로워하는 라에에게 발길질을 했다.

가만히 보고 있을 수만은 없던 시진은 간신히 몸을 일으켜 샐을 막으려 했으나 그의 손짓 한 번에 곧바로 바닥에 내리꽂혔다. 그래도 그를 라에에게서 잠시 떼어놓는 데는 성공했다.

시진은 다시 샐의 발아래 있었다.

"그럼 너라도 말해봐."

"뭘."

"라에에게 들은 거. 거짓말은 하지 않는 게 좋아. 아무리 너라도 이제 더는 자비란 없을 테니까."

그 말에 시진은 작게 웃음을 뱉었다.

"……자비라니. 이런."

웃음은 멈추지 않았고 샐은 즉시 몸을 낮춰 시진의 멱살을 끌어 올렸다. 코앞까지 가까워진 그의 눈은 그야말로 노여움을 가까스로 억누르는 중이었다. 이런 얼굴은 시진도 처음 보는 것이었다. 영원히 알지 못했다면 좋았을 그런.

그래도 똑똑히 말했다.

"샐. 나에게 가시를 쓴 순간, 그 자비는 당신 스스로 이미 저버린 거야."

웃음이 가시자 눈물이 고였다.

"말해."

샐은 조금도 개의치 않았다.

"라에가 뭐라고 했는지."

"뭐라고 했을 것 같아?"

주먹이 날아왔다. 멱살이 다시 당겨지고 샐이 말했다.

"나는 라에에게도 이 도시에도 치료제를 허락할 생각이 없어. 그건 영구 폐기될 거야."

샐 역시 그 계산을 놓치지 않고 있었다. 현재 그 해답은 라에만이 가지고 있었다.

"그래, 어디에 있는지 알게 된다면 그렇겠지."

시진의 대꾸에 주먹이 또 날아왔다.

"솔직하게 입을 열면 네 고통은 조금 빠르게 덜어줄 거야."

"그럴 필요 없어."

시진은 잠시 진정하라는 듯 샐이 주먹을 제 손으로 덮었다.

샐이 아직 모르는 것은, 또는 모른다고 믿는 것은 치료제의 존재 여부만이 아니었다.

시진은 샐의 주먹을 잡아당겨 천천히 제 머리로 이끌었다. 머리카락 사이에 파묻혀 있는 뿔을 향하여. 이게 당신이 지금 살해하려고 하는 사람의 진짜 정체라고.

그것이 손끝에 닿는 순간 샐의 얼굴이 얼음장처럼 굳었다.

"너……"

"나는 죽지 않을 거니까. 각통보다도 참을 만하고."

괴롭지 않은 것은 아니지만 이 가시가 시진의 목숨까지 빼앗을 수는 없었다. 지금 샐이 살아 있는 것처럼.

샐의 눈가가 파르르 떨렸다. 이제껏 속아왔다는 배신감에 모든 인내심을 잃은 듯했다.

이윽고 시진의 몸은 다시 바닥으로 떨어졌고, 샐의 두 손바닥 안에서 목이 짓눌렸다. 땅에서 헤엄이라도 치는 것처럼 몸부림이 쳐졌다.

"샐……"

그의 이름을 부른 것은 라에였다.

"……말했듯이 없어. 치료제는…… 그러니까 이런 짓 그만두고…… 그 아이는 보내줘."

그가 헐떡이는 숨으로 말을 이어갔다.

"결국…… 같은 각인에게 피를 묻힐 거라면…… 이게 무슨 소용이냐……"

그래도 샐의 손은 느슨해지지 않았다. 이대로 시진을 놓아준다면 각인을 해치고 만 자신의 모순을 고스란히 남기게 되는 꼴이었기 때문이다.

금방이라도 숨이 끊어질 것만 같은 그 순간, 시진의 머릿속에 문득 떠오른 사람은 필이었다. 제대로 된 작별 인사는 결국 또 못 하게 될 것 같다고. 그리고 나중에 해가 뜨면, 여기에 있는 두 사람의 시신을 가장 먼저 발견하게 될 사람은 누굴까 하는 부질없는 생각이 이어서 찾아왔다. 나중에 해가 뜨면……

그때였다. 주머니에 있는 손전등이 생각났다. 라티오가 리프트로 내려온 남자와 교환했던 손전등이.

시진은 눈부신 빛을 여과 없이 쏘는 그것을 당장 꺼내 샐의 눈앞에 들이밀었다.

순간 반사적으로 고개를 돌린 샐을 시진은 힘껏 계단 방향으로 걷어찼다. 균형을 잃은 샐이 요란한 소리와 함께 계단 위로 넘어졌다.

그사이 시진은 라에에게 달려가 그의 입술에 귀를 바짝 가져갔다. 아무리 작은 속삭임도 놓치지 않고 들을 수 있을 만큼 가까이.

"알려주세요."

샐이 몸을 일으켜 세워 다시 시진을 향해 오기까지는 10초도 걸리지 않았다. 그러나 라에로부터 주소를 얻기까지는 충분한 시간이었다. 문제는 그것을 잊지 않아야 한다는 것이었다. 그리고 여기서 죽지 않아야 했다. 그러려면 일단 이곳에서 빠져나가야 했다.

시진은 계단을 향해 달렸다. 바로 앞에 샐이 있었지만 그대로 돌진했다. 정면 돌파 외에 다른 방법은 없었다. 그렇지만 몸을 몇 번이나 부딪쳐도 그 벽을 넘을 수 없었다. 오히려 샐이 한 걸음씩 가까워지고 계단은 그만큼 멀어져갔다. 잠시 후 등이 지하실의 벽에 닿았다. 더는 물러날 곳이 없었다.

결국 벽에 기대 스르륵 주저앉았다. 서 있을 힘조차 남아있지 않았다.

"이해가 안 돼."

샐이 머리 위에서 중얼거렸다.

"네가 이런다고 공중의 어떤 놈도 고마워하지 않을 거야."

"어쩌면."

시진은 한쪽으로 기울어지는 몸을 내버려두었다. 아까 위층에서 그대로 누워 있는 게 더 편할 거라던 샐의 말은 정말이었다.

"그럼 어쨌든 이게 옳은 일이니까. 그딴 허울 좋은 소리라도 하고 싶은 거야?"

"그것도…… 나쁘진 않은데."

목이 탔지만 이제 아무것도 기대하지 않았다.

"……그냥, 날 위해서야. 두번째 제레미, 두번째 폴린은 없었으면 하는. 그리고 이런 마지막으로…… 당신을 기억하고 싶지 않은."

다시 주먹이나 발길질이 날아올 거라고 생각했으나 그 후로 시진은 아무것도 느끼지 못했다. 사방은 잠잠했고 자신의 작은 숨소리만이 지하를 울릴 뿐이었다.

계단 위로 들어오는 빛의 색깔이 달라져 있었다. 바깥에 해가 뜬 모양이었다. 조금 자세히 보고 싶었지만 눈꺼풀이 자꾸만 내려왔다.

잠시 후 둔탁하고 시끄러운 소리가 지하를 메우기 시작했다. 데인과 라티오의 목소리를 들은 것 같기도 했는데 희망사항이 불러낸 환청이라 믿었다.

그러면서도 절대 잠에 들어서는 안 된다고 스스로에게 경고하고 또 경고했다. 눈은 감고 있더라도 잠들어서는 안 된다고. 그것만이 지금 할 수 있는 유일한 일이었다.

잠들면 안 돼. 잠들면 안 돼. 잠들면 안 돼.

얼마나 그 말을 반복했을까. 이러다 끝나지 않는 잠꼬대가 되겠다 싶을 무렵에야 눈이 떠졌다. 사방이 밝은 것으로 보아 지하는 아닌 듯했다. 그 빛에 눈이 서서히 적응한 뒤에야 시진은 낯선 장소에 누워 있다는 사실을 알았고, 역설적으로 이건 꿈이 아님을 확신했다. 하지만 오른손에는 익숙한 감각의 물건이 쥐어져 있었다. 손끝으로 가만히 더듬어보는 것만으로도 그 형태가 바로 그려졌다. 데인의 체스 기물인 타워였다.

시진은 자신의 눈앞에 있는 두 사람을 보고서야 비로소 안도했다. 지하실에서 들은 목소리는 환청이 아니었다. 이제 막 눈을 뜬 시진을 향해 라티오가 뭐라 투덜거리는 것도, 데인의 저 긴 한숨도 모두 진짜였다.

"데인, 라티오."

시진은 둘의 이름을 부르고는 이제는 깊이 잠들어도 괜찮겠다고 생각했다.

크랙

제2국경이 무효화 되는 날, 라뎀 지상의 분위기는 이전과 별반 다르지 않았다. 시민들의 반응은 시진이 예상했던 것보다 훨씬 싱거웠다.

지난 한 세기 동안 공고했던 라뎀 공중도시의 위상은 겨우 몇 개월 사이에 빠르게 저물어갔다. 원인은 크게 두 가지였다. 초유의 바이러스가 지나간 자리에 대한 불안. 그리고 이 사태를 즉각 책임지지 않고 비상 휴업을 선포한 본사에 대한 실망이었다 이제 지상 시민에게 공중도시를 향한 동경이나 두려움은 예전처럼 절대적이지 않았다. 본사가 라뎀 공중도시에 적을 두지 않기로 한 이상, 이 사태는 앞으로도 크게 달라지지 않을 것이었다.

시진이 지상 의료원에서 눈을 뜬 지 꼭 1년이 되는 날이었다. 그 기간은 라뎀의 지난 한 세기 중 그 어느 때보다 격동의

시기였다.

본사는 어제부로 공중도시에서 공식 철수했다. 앞으로도 본사가 라뎀을 관리하는 것은 이전과 변함없지만, 거점을 최근 새롭게 인수한 위성도시로 이전하고 그곳에서 파견한 인력으로 운영을 지속한다는 방침이었다.

지상 시민에게 그 소식은 그다지 새롭거나 충격적이지 않았다. 지금까지 지내온 방식과 크게 다를 바 없이 그저 머리 바로 위에 있던 본사가 조금 더 먼 곳으로 가버린 것 정도에 불과했다. 이러한 변화에 강한 반발과 절망을 나타낸 구역은 역시 공중도시였다. 그 땅에 본사가 건재함으로써 백 년을 누린 명예와 여러 이점이 한순간 증발한 것이나 다름없어서였다.

그중에서도 불만이 가장 거센 곳은 흑각 재배소 구역이었다. 그래도 그들에게 지상으로 내려온다는 선택지는 존재하지 않았다. 그들이 바라는 것은 변함없이 지상의 보통 각인들과 자신들이 정확하게 구분되는 것이었다.

따라서 본사가 빠져나간 현재 시점에도 공중에는 여전히 많은 인구가 머물러 있었다.

공중 의료원 코호트 격리 직후, 12구를 중심으로 한 달 사이 면역인 천여 명이 사망했으나 공중을 덮었던 불안과 혼란도 치료제 덕분에 서서히 누그러지기 시작했다.

카일라의 집 지하실에서 만신창이가 된 시진을 발견한 사람은 데인과 라티오였다. 라티오는 투명 각인 가족을 지상까지 안내해준 후, 폐건물 앞에서 기다리고 있던 데인과 함께 공중으로 올라왔다. 그리고 스퀘어에 여전히 남아 있는 오렌지색 점을 따라온 자리에서 샐의 마지막 현장을 맞닥뜨렸다.

지하실은 마치 무덤처럼 침묵이 흐르고 있었다. 이제까지 여기서 무슨 일이 있었든지 두 사람에게는 이미 다 끝나버린 현장처럼 보였다. 어둠 속에는 키 큰 남자 한 명이 우두커니 서 있었고 그의 발아래에 시진이 엎드려 있었다.

라티오는 움직이지 않는 시진을 보고 죽은 줄로만 알았다. 아까 지상으로 가라던 말 따위는 듣지 말았어야 했다고 자책했다.

두 사람이 나타났는데도 샐은 가만히 시진을 내려다보고만 있었다. 무슨 짓을 한 거냐고 라티오가 소리친 다음에야 돌아선 샐은 데인과 라티오를 동시에 상대하다가 형세가 불리해지자 지하실을 빠져나갔다. 라티오가 뒤쫓으려 할 때 데인의 목소리가 그를 멈춰 세웠다. 시진은 살아 있어, 라고.

시진은 데인의 목소리가 들리자마자 갑자기 켜진 스피커처럼 어떤 말을 반복해 중얼거렸다. 데인은 이제 그만 쉬어도 괜찮다고 했지만 시진은 멈추지 않았다. 그것은 다름 아닌 어느 집의 주소였다.

데인은 어쩐지 낯설지 않게 느껴지는 그 주소를 분명하게 기억해둔 뒤, 아직 미완성인 타워를 주머니에서 꺼내 시진의 손에 쥐여주었다. 그제야 시진은 고요해졌다. 이윽고 몇 걸음 떨어진 곳에 쓰러져 있던 라에를 발견했다. 그의 숨은 이미 끊어진 후였다.

라에가 부디 사용하게 될 일이 없기를 바라며 만든 치료제는 공중이 아닌 지상에 있었다. 주소지는 1구역이었다. 시진을 대신해 데인과 로드가 그곳에 찾아갔다. 도착한 곳은 1구역에서도 가장 부유한 지역에 자리 잡은 3층짜리 개인 저택이었다. 문을 두드리자 가정부가 나와 두 사람을 응접실로 안내했다. 거기서 장식장 한 칸을 채운 뿔 나팔을 보고서야 데인은 이 주소가 어째서 친숙했는지 비로소 깨달았다.

곧 하시엔이라는 이름의 집주인이 나타났다. 연인을 잃고 상심에 빠져 공중으로 돌아갈 계획이었던 그는 터미널 봉쇄로 발이 묶여 모든 일정이 멈춘 상황이었다.

데인이 라에 박사의 물건을 찾으러 왔다고 밝히자 하시엔은 놀라며 그의 안부를 물었다. 데인은 그가 죽었다는 사실을 전했고 하시엔은 잠시 두 손바닥에 얼굴을 묻은 채 마음을 진정시켜야 했다.

라에 박사와는 어떤 관계인가요? 데인이 그에게 물었다. 어떤 관계라고 정의를 내릴 순 없겠지만 저를 신뢰해주셨죠. 하시엔이 말했다. 각인에게 눈이 멀었다고 어머니에게 의절당한 저를 안타깝게 생각해주신 건 라에 박사님뿐이었어요. 그분은 자기 아들에 대한 뒤늦은 속죄일뿐이라고 하셨지만요.

하시엔은 카일라의 아들이었다.

저택의 다락방에는 2년 이내 사용 가능한 치료제와 제조법을 기록한 노트가 보관되어 있었다. 하시엔은 그것을 건네주기 전, 데인과 로드가 모두 각인이 맞는지 다시 한번 확인했다. 로드는 뿔의 끝만 잘라낸 상태라 머리 위로 흔적이 잘 보였으나, 데인은 공중 회담을 위해 깨끗하게 커팅했기 때문에 머리카락으로 덮여 있던 단면을 드러내 보여주어야 했다.

누군가 치료제를 찾으러 왔다고 할 경우 라에 박사는 하시엔에게 두 가지를 확인해달라고 부탁했다. 첫번째는 샐이 아니어야 할 것, 두번째는 면역인이 아니어야 할 것.

선뜻 이해하기 어려운 두번째 의도에 대해 로드가 이유를 물었다. 하시엔은 어깨를 으쓱이며 대답했다. 가시를 만들어버린 자의 책임으로 치료약 또한 만들 수밖에 없었지만, 이것마저 본시가 이용할 자원으로 흡수해버리지 않기를 바란 게 아니겠느냐고.

그러나 지금은 선택의 여지가 없는 상황이었다. 공중의 감염 확산을 저지하지 못하면 결국 지상도 안전할 수 없었다. 라에가 바란 것과는 다르겠지만, 데인은 치료제와 노트를 가지고 지상 행정국으로 향했다. 최근 며칠 사이 공중에서 빠져

나왔을 본사 행정국 직원 하나 정도는 상대할 수 있으리라는 생각이었다.

예상대로였다. 공중 회담에서 스쳤던 담당자가 아직 제 1국경을 벗어나지 않고 남아 있었다. 그도 데인을 기억하고 있었다. 다만 이런 시기를 이용해 그늘 시민의 독립권을 요구할 작정이라면 어림도 없다면서 처음부터 선을 그었다.

데인은 말했다. 그 독립권은 당신들이 공중을 버린 이상, 이제 우리 손에 달린 문제인 것 같은데 말입니다.

데인은 치료제와 제조법을 건네기 전, 빅 테이블의 위원이자 그늘 시민으로서 요구하는 몇 가지 사항을 밝혔다. 본사의 대리인인 이 담당자는 그 내용을 중역들에게 원격으로 전달했다.

본사는 자신들의 공중도시가 초토화되기를 바라지는 않았다. 그들은 잠시 가까운 위성도시로 몸을 피했을 뿐, 공중도시를 포기한 것이 아니었기 때문이다.

운영 가능한 농장과 인력은 여전히 거기에 있다. 치료제와 제조법이 이미 존재한다면 본사는 그것을 개발하기 위한 시간을 따로 투자할 필요 없이, 공중의 정상화를 그만큼 빠르게 앞당길 수 있었다. 그들은 데인의 요구사항 가운데 세 가지를 받아들였다.

데인이 행정국을 떠날 때 담당자가 물었다. 이건 본사와의 협상과 무관한 사적인 의문인데, 당신은 어차피 라뎀을 탈출하려는 커터 아닌가요? 이런 번거로운 일 따위 안 하고 그냥 사라져도 사람들은 뭐가 잘못됐는지조차 모를 텐데요.

데인은 아무 대꾸도 하지 않았다. 그가 이유를 알아야 할 필요는 없었다. 데인에게 중요한 것은 본사의 약속 이행 그리고 시진이 회복하는 것. 그 두 가지였다. 다행히도 이튿날 오전, 시진은 깊고도 긴 잠에서 비로소 깨어났다.

빅 테이블의 최종 회담으로부터 한 달 후, 필은 약속대로 돌아왔다. 그사이에 또 급변한 라뎀의 상황과 거기에 휘말린 시진의 이야기를 들으며 필은 경악했다.

필은 시진의 시민권도 준비해두었니 함께 가자고 설득했으나 시진의 입장은 변함없었다. 이번 사건으로 그 결심은 더욱 단단하게 굳어졌다.

하루 뒤, 필은 탈라뎀에 찬성한 커터와 증인들 그리고 그들을 따라 이주하겠다고 뜻을 밝혀온 그늘 시민들의 명단을 가지고 떠났다. 1차 탈라뎀이었다.

그 과정에서 시진은 뜻밖의 충격에 휩싸여야 했는데 필이 준비한 시민권 중에 메메와 라티오의 것만 있고 데인의 것은 없었기 때문이다.

의아해하는 시진에게 데인이 말했다. 떠나는 커터는 처음부터 메메였어. 나는 메메의 대리인이었을 뿐이야. 아직 그늘에서 해야 할 것들도 있고.

다만 데인은 라티오가 포르틴에서 메메에게 하각 교정 수술을 받을 수 있도록 수를 쓴 듯했다.

메메는 하각인의 뼈에서 자라 나온 뿔을 커팅한 뒤 그 단면을 특수합금 지지대로 압박하고, 뼈 반대편의 표면 일부를 연하게 샌딩해 뿔이 그 방향으로 돋도록, 즉 몸 바깥쪽으로 자라도록 유도할 수 있다고 했다. 다만 전신 마취 후 피부를 절개한 상태로 시작해야 하는 작업이므로 의료원의 협조가 반드시 필요했다. 메메의 어머니가 활동했던 50년 전만 해도 의료원과 때때로 협업이 가능했으나 지금의 라뎀에서는 기대할 수 없는 일이었다. 메메는 라티오에게 따라올 테면 오고 말 테면 말라고 기세 좋게 말했다.

망설이는 라티오의 등을 민 사람은 시진이었다. 이건 더 생각할 필요 없이 메메를 따라가야만 했다. 시진은 라티오에게 말했다.

"모르는 곳으로 이어지는 지평선을 보고 와. 다녀와서 어땠는지 알려줘."

메메는 포르틴으로 떠나기 전, 스탠드에게 주는 작별 선물이라며 시진에게 작은 상자를 내밀었다. 내용물은 청록색 펜던트의 목걸이였다.

베르트의 뿔을 새로 다듬어 만든 것이었다. 이번에는 절대 잃어버리지 않기로 다짐하며 시진은 고마움을 표하고 곧장 목에 걸었다.

샐의 행방은 오리무중이었다. 보안국은 수색에 실패했고, 제1국경을 넘었을 거라는 추정과 함께 수사는 미궁에 빠져 장기화될 조짐이었다.

샐이 사라진 그날 위성도시로 도망친 본사는 도시 재생 대책 수립 기간이라는 명목으로 6개월의 비상 휴업을 선포했다. 그 기간에는 지상 몇 개의 기관에 공중의 일부 인력만 투입하여 소극적인 행정을 한다는 뜻이었다.

그럼에도 라뎀은 조금씩 안정을 되찾아갔다.

라에 바이러스로 뒤늦게 이름 붙여진 감염병의 치료제가 효과를 나타내기 시작하자 공중은 의료원을 중심으로 서서히 회복세에 들어갔다. 3개월 후에는 시민들도 일상을 되찾아갔다. 여길 당장 떠나야 한다며 우왕좌왕했던 사람들도 하나둘 각자의 일터로 돌아갔다. 본사에 변함없이 충성하고자 함이 아니라 순전히 자발적인 움직임이었다. 덕분에 공중 시민들은 회복의 주체가 본사가 아니라는 것, 더불어 본사의 부재에도 라뎀은 이번 위기를 건넜음을 스스로 깨닫게 되었다.

비상 휴업 종료일, 본사는 공중도시 재운영 개시와 함께 새로운 위성도시로 거점을 이전한다는 소식을 일방적으로 통

보해 왔다. 이어서 6개월 후에는 제2 국경 무효화를 선언했
다. 공중도시의 장기적 안전과 발전을 위해 한 세기 동안 유
지해온 폐쇄적인 구조를 개편할 필요가 있다는 이유였다.

0구역 시민이라는 자부심을 일방적으로 박탈한 본사의 결
정을 환영한 공중 시민은 아무도 없었다. 싱거운 반응을 보인
지상과 달리, 공중의 여론은 모욕감과 배신감, 실망감 사이에
서 한참을 출렁거렸다. 일부는 지금도 제2 국경 복구를 본사
에 강력하게 요구하고 있다.

지상에서는 탈라뎀 명단에 이름을 올렸던 이들이 조금씩
포르틴으로 이주하고 있다. 아주 많은 숫자는 아니지만 라뎀
바깥의 삶을 희망하는 각인은 꾸준하게 증가했고 포르틴은
그들 모두에게 시민권을 허락했다.

라뎀은 어쩌면 이전과 크게 다르지 않을지도 모른다. 제
2 국경이라는 개념이 사라졌을 뿐, 여전히 지상과 공중으로
분리되어 있으며 본사의 영향력 아래 면역인과 각인으로 나
뉘어 있는 모습이. 그러나 그늘 사람이라면 매일 새삼 놀라지
않을 수 없는 변화도 생겨났다. 이제는 제1 국경 철조망을 몰
래 넘지 않아도 한낮에 암석사막에서 흑각을 채집할 수 있게
되었다는 것.

'공중 본사는 흑각 재배 사업을 중단하고 암석사막을 개방하라.'

데인의 첫번째 요구 사항이었다.

물론 본사는 받아들일 수 없다고 처음부터 못을 박았는데, 흑각 재배로 극대화한 수출 실적을 포기할 이유가 없기 때문이었다. 그럴 바에는 차라리 라뎀이라는 도시에서 아예 손을 떼겠다고 으름장을 놓다가, 결국 국경 통행증을 가진 각인 당사자에게만 암석사막 일부를 개방하는 조건으로 요구를 수용했다.

코어의 폐건물에 투기한 병든 흑각을 수습하라는 두번째 요구는 그대로 받아들여졌다. 본사는 제1 국경 동쪽 외부에 전용 처리장을 마련해 그곳으로 병든 흑각을 이동시켰다. 덕분에 지독하던 악취도 이제는 사라졌다.

시진은 오늘도 암석사막을 거닐었다. 개방된 가장 먼 곳까지 갔다가 되돌아오는 건 최근 시진에게 새로 생긴 습관이었다. 오가는 동안 자유롭게 흑각을 꺾는 각인들을 보는 것도 좋았다.

"저기 있잖아."

누군가 자신을 부르는 조그마한 소리에 시진을 뒤를 돌아보았다. 모르는 여자아이였다. 나이는 여덟 살 정도로 머리에 새끼손가락만 하게 올라온 양각이 보였다.

가까이 다가와 시진을 올려다보는 아이의 두 눈동자에는

호기심이 가득했다. 그런데 무슨 일인지 선뜻 말하지 못하고 우물쭈물했다.

"왜?"

시진은 그 이유를 알았지만 모르는 체하며, 아이의 눈높이에 맞춰 허리를 숙였다. 그러자 아이가 까르르 웃으며 외쳤다.

"모자가 뻥 뚫려 있어!"

"맞아."

사실이었다. 아이는 지금 뒤를 향해 완만한 곡선으로 휜, 상아색 뿔이 뚫고 나온 트래퍼햇을 코앞에서 보고 있었다.

웃음은 오랫동안 가실 줄을 몰랐다. 시진도 덩달아 웃었다. 아이들의 웃음소리는 듣고 있으면 그냥 기분이 좋았다.

"도대체 모자는 왜 쓴 거야?"

아이가 물었다.

"어쩔 수 없잖아. 모자도 좋고 뿔도 좋으니까."

"커팅은 안 해?"

아이는 벌써 커팅을 알고 있었다.

"좀 나중에."

"왜?"

"꼭 만들고 싶은 게 있는데 아직은 좀더 자라야 해."

아이는 그게 뭘까 궁금해했지만 나중에 또 만나게 된다면 알려주겠다고 했다. 아이는 아직 체스의 기물이 무엇인지 잘 모를 것 같기도 했다.

사막을 벗어난 시진은 3구역으로 돌아왔다. 저 앞에 보이는 로드의 펍에는 오늘도 손님이 많아 보였다. 맥주도 마시지 않고 이제 몰래 팔 흑각도 없는 시진은 포르틴에서 오는 소식을 듣고 싶을 때만 펍에 들르곤 했다. 최근 라티오의 뿔이 드디어 바깥으로 뻗어 나오기 시작했으며 성장이 안정화되면 라뎀으로 돌아가겠다는 내용이 담긴 편지도 로드를 통해 받았다.

이제 로드의 펍은 라뎀과 포르틴의 중간 창구 역할을 하게 되었다. 사실 로드는 이대로 라뎀을 계속해 지킬지 포르틴으로 떠날지 마음을 정하지 못한 것 같았다. 이곳에는 분명히 그를 필요로 하는 사람들이 있으니까. 하지만 로드가 언제 어떤 결정을 내리든, 시진은 그의 뜻을 기꺼이 존중할 작정이었다.

오늘은 로드와 나눌 특별한 소식이 없어서 시진은 곧장 집으로 향했다. 그러다가 그늘 입구에 다다랐을 때 시야에서 결코 놓칠 수 없는 커다란 한 쌍의 뿔을 발견했다.

"어서 와."

인사를 건네자 데인이 돌아보았다. 공중에서 이제 막 돌아오는 길 같았다. 데인은 제2국경이 사라진 덕분에 만날 수 있는 고객의 숫자가 훨씬 많아졌다.

"사막에 다녀오는 건가."

그렇게 물으며 데인은 시진의 양손과 주머니를 눈으로 살폈다. 그러나 빈손에 납작한 주머니일 뿐이었다.

"오늘도 그냥 어슬렁거렸나 보군."

"그렇지 뭐."

시진이 사막에 나가는 이유는 흑각을 위해서만이 아니었다. 도시에서 가장 멀리 떨어지고 싶을 때에도 사막에 간다.

국경을 통과한 시점부터 뒤돌아보지 않고 오직 앞만 향해 오래오래 걷다가, 다시 돌아갈 일이 까마득해 약간 두려워지려는 그 찰나, 멈춰 선 그 자리가 가장 적당했다. 거기서 왔던 길을 돌아보면 저 멀리에 무척 조그마한 라뎀이 보인다.

예전에 필은 그 모습이 마치 대지에 솟은 뿔 같다고 했는데, 시진에게는 위에서 아래를 비추는 커다란 손전등처럼 보였다. 이제는 밝은 태양빛이 공중도시의 대지 일부를 통과해 그늘로 떨어져 내리게 되었기 때문이다. 3개월 전부터 지상의 4구역이자 통칭 그늘, 그중에서도 코어라고 불리던 캄캄한 공간에 빛이 깃들기 시작했다.

그것이 데인의 세번째 요구였다.

'4구역의 천창인 크랙을 열 것. 백 년 전의 약속대로.'

로드가 언급한 대로 공중의 대지는 천창을 가진 상태로 완공되었다. 그러나 본사가 더 넓은 영토 확보를 위해 전부 흙으로 덮어 없었던 일로 무산시켰다.

그 크랙은 모두 다섯 개로 이번에 열린 것은 그중 가장 가운데 것이었다. 덕분에 이전 같은 암흑은 코어에서 사라졌다.

코어 사람들은 서로를 경계하기 위해 막았던 창의 덧문을 떼어냈고 손전등의 조도를 애써 조절하지 않게 되었다. 워닝의 냄새도 점점 희미해졌다. 이제 코어는 라뎀의 모든 방향으로 이어지는 지름길이 되었다.

시진은 지금 자기가 갈 수 있는 최대한 먼 곳, 암석사막의 한가운데서 그 풍경을 한눈에 담는 일이 좋았다. 그리고 앞으로 남아 있는 네 개의 크랙도 하나씩 차례로 열고 싶다고 생각했다.

이곳의 모두와 함께.

몇 년 전, 서울 공예박물관을 거닐다가 문득 유목민으로 살아가는 어느 뿔 공예가의 얼굴을 어렴풋이 그려보았다. 그보다 훨씬 오래전, 테이트 브리튼에서 존 에버렛 밀레이의 「오필리아」를 보았을 때 마음속에 이런 질문이 떠올랐다. 이 소녀가 물속으로 가라앉지 않을 방법은 없었을까.

서로 다른 장소에서 먼 시차를 두고 태어난 그 두 가지 생각이, 어느 날 한자리에 모여 나란히 걷기 시작한 이야기가 『각의 도시』다. 뒤를 돌아보니 처음 예상했던 것보다 멀고 낯선 장소까지 와버리고 말았지만, 도착한 곳에 어느덧 정이 퍽 들어버린 모양이다. 요 몇 년 매일 함께 뒹굴던 인물들을 배웅하는 지금, 아쉬운 마음이 좀처럼 꺼지지 않으니 말이다.

알아차린 분도 계시겠으나 여러 이름을 윌리엄 셰익스피어의 『햄릿』에 빚졌다. 도시의 이름인 '라뎀'은 'Lathem'을 소리 내 읽은 것으로 'Hamlet'의 철자 순서를 바꾼 애너그램이다. '포르틴'은 노르웨이 왕자의 이름, 서점 '엘시노어'는 성城

456

의 이름에서, 혹각 '트랩'은 희곡의 3막 2장에서 극 중 햄릿이 '쥐덫the mousetrap'이라고 언급하는 데서 인용했다. 일부 등장인물의 이름에도 희곡 인물의 흔적을 조금씩 녹여두었으니 자유로이 발견해주시기를 바란다.

주권과 정체성을 빼앗긴 도시에서 방향을 찾고자 헤매고 고민하는 소년은 여기에도 있지만, 그 행보가 '부재함'보다는 '존재함'으로 '사라짐'보다는 '드러남' 쪽으로 향하기를 바라며 쓴 글이다. 현재 우리의 모습을 조금씩 거울에 비춰보기도 하면서. 하지만 햄릿이라는 이름이 그저 낯설게 들린다 해도, 이 소설의 동행이 되는 데 어려움은 없을 것이다.

책이 세상에 나오기까지 소중한 손길을 더해주신 분들이 많다. 긴 여정의 다정하고 든든한 동반자가 되어주신 윤소진 편집자님과 문학과지성사 한국문학 팀, 초고를 작업하는 동안 꼭 필요한 조언과 응원을 보내주신 이선 작가님, 긴 작업 중에도 묵묵히 시간을 양보하고 나누어준 가족들과 첫번째 독자 다니엘에게 큰 고마움을 전하고 싶다. 마지막으로 이 페이지를 읽고 계신 당신께 무한한 감사의 마음을 보낸다. 덕분에 또 써나갈 용기를 얻는다.

2025년 가을
연여름

참고문헌

전국지리교사모임, 『나의 첫 지정학 수업: 지리는 어떻게 세계 역사를 움직이는가?』, 탐, 2023.

아미타브 고시, 『육두구의 저주: 지구 위기와 서구 제국주의』, 김홍옥 옮김, 에코리브르. 2022.

잭 하트널, 『중세 시대의 몸: 몸을 통해 탐색한 중세의 삶과 죽음, 예술』, 장성주 옮김, 시공아트, 2023.

라시드 할라디, 『팔레스타인 100년 전쟁: 정착민 식민주의와 저항의 역사, 1917-2017』, 유강은 옮김, 열린책들, 2021.

송경숙, 『팔레스타인 문학의 이해』, 한국외국어대학교출판부 지식출판원, 2005.

최광용, 『향신료 전쟁: 세계화, 제국주의, 주식회사를 탄생시킨 향신료 탐욕사』, 한겨레 출판, 2024.

윌리엄 셰익스피어, 『햄릿』, 최종철 옮김, 민음사, 1998.